『우라키』

와 한국 근대문학

지은이

김욱동(金旭東, Kim Wook-Dong)

한국외국어대학교 영문과 및 동 대학원을 졸업한 뒤 미국 미시시피대학교에서 영문학 석사학위를, 뉴욕주립대학교에서 영문학 박사학위를 받았다. 포스트모더니즘을 비롯한 서구 이론을 국내 학계와 문단에 소개하는 한편, 이러한 방법론을 바탕으로 한국문학과 문화 현상을 새롭게 해석하여 주목을 받았다. 현재 서강대학교 인문대학 명예교수다. 저서로는 『모더니즘과 포스트모더니즘』, 『포스트모더니즘』, 『번역의 미로』, 『소설가 서재필』, 『오역의 문화』, 『번역과 한국의 근대』, 『시인은 숲을 지킨다』, 『문학을 위한 변명』, 『지구촌 시대의 문학』, 『적색에서 녹색으로』, 『부조리의 포도주와 무관심의 빵』, 『문학이 미래다』, 『외국문학연구회와 『해외문학』』, 『아메리카로 떠난 조선의 지식인들』, 『이양하 그의 삶과 문학』, 『한국문학의 영문학 수용 1922~1954』, 『설정식』, 『최재서』 등이 있다.

『우라키』와 한국 근대문학

초판인쇄 2023년 10월 5일 **초판발행** 2023년 10월 15일
지은이 김욱동 **펴낸이** 박성모
펴낸곳 소명출판 **출판등록** 제1988-000017호
주소 06641 서울시 서초구 사임당로14길 15 서광빌딩 2층
전화 02-585-7840 **팩스** 02-585-7848 **전자우편** somyungbooks@daum.net **홈페이지** www.somyong.co.kr

값 28,000원 ⓒ 김욱동, 2023
ISBN 979-11-5905-719-9 93810

T h e R o c k y
and Modern Korean Literature

『우라키』

와 한국 근대문학

김욱동 지음

T H E   R O C K Y

1920~1930년대 북미조선학생총회가 이룩한 업적이 한두 가지가 아니지만 그중에서도 기관지 『우라키*The Rocky*』를 발행한 것은 단연 첫손가락에 꼽힌다. 모든 단체나 기관이 흔히 그러하듯이 기관지나 잡지는 그 단체나 기관의 심장과 같다. 인간 신체에서 심장이 가장 핵심적 역할을 하는 것처럼 기관지나 잡지도 단체나 기관에서 아주 중요한 역할을 하게 마련이다. 회합에서 구두로 발표하고 토의하는 것과는 달리 활자 매체를 통한 발행은 기록으로 남길 수 있다는 이점 말고도 회원 외에 다른 많은 독자에게 널리 읽힐 수 있다는 이점도 있다.

북미조선학생총회에서는 국제기독교청년회의 도움을 받아 영문 잡지 『한인학생회보*Korean Students Bulletin*』나 『자유 한국*Free Korea*』을 간행하였다. 이 두 잡지는 주로 미국에 있는 유학생들과 외국인들을 위하여 홍보용으로 간행했다는 점에서 한계가 있을 수밖에 없었다. 그러나 한글로 간행한 『우라키』는 한글을 해독할 수 있는 국내외 독자를 겨냥한 잡지였다.

"교육의 뿌리는 쓰지만 그 열매는 달다."

아리스토텔레스

"외국 교육을 받고 썩어진 인간은

썩은 달걀보다도 더 나쁘다."

윤치호

일제강점기 해외에서 유학한 식민지 조선의 젊은 지식인들에 관한 일련의 책을 쓰면서 내 뇌리에 프리드리히 횔덜린의 시구 한 토막이 끊임없이 맴돌았다. 독일의 두 문호, 요한 볼프강 폰 괴테와 프리드리히 실러의 그늘에 가려 제대로 빛을 보지 못한 횔덜린은 「빵과 포도주」라는 작품에서 "이 궁핍한 시대에 시인은 무엇을 위해 사는 것일까? / 하지만 시인들은 성스러운 한밤에 이 나라에서 저 나라로 나아가는 바쿠스의 성스러운 사제와 같다고 그대는 말하는구나!"라고 노래하였다. 이 작품에서 '시인'이라는 말을 '지식인'으로, 술과 예술의 신 '바쿠스'를 학문과 지식의 여신 '아테나'로 살짝 바꿔 놓으면 일제강점기 온갖 역경을 딛고 해외에서 유학하던 조선의 청년 지식인들을 두고 하는 말로 읽힌다.

고대 그리스 시대를 동경하여 낭만적 이상주의를 노래한 횔덜린은 그가 살던 19세기 초엽을 '궁핍한 시대'로 명명하였다. 그동안 유럽을 지배해 오던 최고의 원리로서의 '신'은 이제 사라지고 기나긴 '밤의 시대'가 도래했기 때문이다. 그러면서도 그는 칠흑 같은 어두움과 절망 속에서도 좀처럼 희망의 끈을 놓지 않고 시인의 도래를 꿈꾸었다. 이렇듯 횔덜린은 궁핍한 시대의 어둠을 뚫고 희망의 빛과 구원의 가능성을 다름 아닌 시인에게서 찾았다. 적어도 이 점에서 일제강점기 온갖 시련을 무릅쓰고 미국을 비롯한 외국에 유학하던 식민지 조선의 젊은이들도 횔덜린이 노래한 시인과 크게 다르지 않았다.

일제강점기 일본과 미국을 비롯한 해외에서 유학하던 조선인 젊은 지식인들은 온갖 가치박탈을 겪으며 청년기를 보내던, 그야말로 '궁핍한 시대'

의 지식인들이었다. 그런데도 그들은 시대적 상황에 좀처럼 굴복하거나 절망하지 않고 직간접으로 조국 해방을 위하여 나름대로 매진하였다. 오히려 그들은 온갖 고난과 역경을 창조적 힘으로 삼고, 백척간두의 위기를 앞으로 도약할 발판의 기회로 삼았다. 외국 유학생들에게는 학업에 열중하여 신학문을 갈고 닦는 것이 곧 조국 해방을 앞당기는 길이었다. 그러므로 독립 운동가들이 만주나 시베리아 벌판에서 칼과 총으로써 일본 제국주의에 항거했다면 유학생들은 펜과 붓으로써 일제에 항거했다고 할 수 있다. 유학생들은 횔덜린의 시인처럼 '성스러운 한밤에' 일본과 미국 같은 낯선 이국땅에서 '아테나의 성스러운 사제'의 역할을 하려고 노력하였다.

내가 이 책을 집필하기 시작한 것은 1920년대 미국에서 조선인 유학생들이 설립한 '북미조선학생총회'와 그 총회가 기관지로 발행한 『우라키 *The Rocky*』를 다룬 졸저 『아메리카로 떠난 조선의 지식인들』을 출간하고 난 직후였다. 이 두 책은 같은 미국 유학생 단체를 다룬다는 점에서 마치 한 부모에서 태어난 형제자매와 같다. 다만 앞의 책이 북미조선학생총회의 설립 과정과 그 기관지 발간에 초점을 맞추었다면, 뒤의 책은 이 단체의 기관지 『우라키』가 한국 근대문학의 발전에 어떠한 영향을 끼쳤는지에 초점을 맞추었다. 무게 중심이 전자에서는 미국 유학사 쪽에 놓여 있는 반면, 후자에서는 문학 쪽에 실려 있다는 점이 조금 다를 뿐이다. 다시 말해서 전자는 통시적 특성이 강하고, 후자는 공시적 특성이 강하다. 실제로 나는 이 두 책을 처음에는 한 권으로 구상했다가 집필 과정에서 분량이 너무 늘어난 데다 주제가 산만해지는 것 같아 두 권으로 나누어 집필하였다.

나는 이 책을 쓰면서 궁핍한 시대에 조선의 젊은이들이 온갖 어려움을 겪으며 학문을 성취해 나가는 모습에 절로 고개가 숙여지지 않을 수 없었다.

1920~1930년대 당시 그들의 나이 겨우 20대 초반, 많아야 30대 초반에 지나지 않았다. 그런데도 그들의 좀처럼 꺾이지 않는 기상, 강인한 정신 상태, 드높은 학문적 의욕, 뛰어난 지적 호기심과 수준 등이 여간 놀랍지 않았다. 물론 조국을 빼앗기고 일본 제국주의의 식민지 지배를 받는 암울한 상황이라서 그러했겠지만 그들은 지적으로 여간 조숙하지 않았다.

그동안 해외 유학생들이 한국 근대화를 이룩하는 데 직간접으로 크게 이바지했다는 사실은 새삼 말할 나위 없다. 그중에서도 현해탄 건너 일본 유학생들과 태평양 건너 미국 유학생들의 역할이 무척 컸다. 일제강점기 외국 유학은 이렇게 일본과 미국의 양대 축으로 이루어졌다. 특히 일본에 유학한 학생들과는 달리 미국에 유학한 젊은이들은 일본을 거치지 않고 서구문물을 직접 맞이하고 세계정신을 호흡하는 데 좀 더 유리한 조건에 있었다. 또한 태평양을 사이에 두고 있던 만큼 미국 유학생들은 일본 유학생들과 비교하여 일본 제국주의의 감시를 덜 받았기 때문에 좀 더 자유롭게 활동할 수 있었다. 북미조선학생총회에서 발행한 『우라키』가 한국 근대문학의 발전에 끼친 영향은 일본의 재일본동경조선유학생학우회에서 발행한 기관지 『학지광學之光』이 한국 근대문학에 끼친 영향 못지않게 자못 중요하다. 어떤 의미에서 『학지광』과 함께 『우라키』를 다루지 않고서는 한국 근대문학의 모습을 제대로 헤아리기란 무척 어렵다.

이 책에서 나는 한국인의 미국 유학사를 다루지 않는다. 다만 미국 유학사의 일부, 그중에서도 특히 북미조선학생총회가 간행한 잡지 『우라키』에 실린 문학 작품을 심도 있게 분석함으로써 한국 근대문학에 끼친 영향에 초점을 맞춘다. 이 책을 집필하는 데 전공이 인문학인 만큼 나는 계량적인 사회과학적 접근 방법 대신 주로 문헌학적인 접근 방법에 의존하였다. 세계문학 담론과 관련하여 요즈음 '멀리 읽기' 방식이 유행하지만 나는 여전히 신비평의 방법, 즉 '자세히 읽기' 또는 '꼼꼼히 읽기' 방식으로 텍스트를 해석하는 데 주력하였다.

나는 이 책을 집필함으로써 그동안 어깨를 짓누르던 무거운 짐 하나를 내려놓은 셈이다. 1980년대 초엽 미국 유학을 마치고 나서부터 스승과 선배들의 눈부신 활약상을 다루고 싶다는 생각이 나의 뇌리에서 좀처럼 떠나지 않았다. 그러나 이 일 저 일에 치여 실행에 옮기지 못하다가 마침내 이 일에 착수하여 탈고하게 되었다. 이 책은 『소설가 서재필』서강대 출판부, 2010, 『한국계 미국 이민 자서전 작가』소명출판, 2012, 『외국문학연구회와 『해외문학』』소명출판, 2020, 『눈솔 정인섭 평전』이숲, 2020, 『아메리카로 떠난 조선의 지식인들』이숲, 2020, 『이양하』삼인, 2022 같은 졸저의 연장선상에 놓여 있다. 나는 지금껏 한국문학과 서양문학의 경계에서 그 벽을 허물고 간격을 메우는 데 전념해 왔고, 앞으로도 이러한 작업을 계속할 것이다.

이 책이 햇빛을 보기까지 나는 그동안 여러 사람과 여러 기관에서 크고 작은 도움을 받았다. 국내 자료는 말할 것도 없고 구하기 힘든 외국 자료까지 신속하게 구해 준 서강대학교 로욜라 도서관과 울산과학기술원UNIST 학술정보원에 이 자리를 빌려 고마움을 전한다. 마지막으로 요즈음처럼 어려운 학술 출판 사정에도 이 책의 출간을 선뜻 허락해 준 소명출판과 박성모 사장님께 감사드린다. 이 작은 책이 인문학의 험난한 산에 오르려는 독자들에게 조금이라도 안내자 구실을 할 수 있다면 저자로서는 이보다 더 큰 보람이 없을 것이다.

해운대에서, 2023년
김욱동

제1장

북미조선학생총회 설립과『우라키』발간

중국이나 일본 유학과 비교하여 조선인의 미국 유학은 시기적으로 조금 뒤늦게 시작되었다. 제도적으로 미국 유학의 문을 처음 열어 준 것은 1882년 5월 체결된 조미수호통상조약朝美修好通商條約이었다. 그러나 제도적으로는 이렇게 어렵게 문이 열렸어도 조선이 20여 년 뒤 일본의 식민지 지배를 받기 시작하자 그 문은 다시 닫히고 말았다. 이 무렵 상황에 대하여 김기림金起林은 "잠시 열렸다 닫혔다 하는 동안에 비좁은 문틈을 새어 들어오고도 유신維新 일본을 거쳐 밀려들어온 '근대'의 섬광은 드디어 개화사상이라는 형태로 차츰 허울과 틀이 잡혔던 것이다"[1]라고 지적한 적이 있다.

그러던 중 미국 유학의 문이 다시 조금 열린 것은 1919년 독립만세운동 이후였다. 일제는 내선융화內鮮融和 정책의 깃발을 내걸고 문화 통치의 일환으로 조선인들에게 해외 유학을 조금씩 허용하기 시작하였다. 그래서 이때부터 조선의 젊은이들이 본격적으로 해외 유학을 떠났다. 특히 일본은 지리적으로 가까운 데다 같은 동아시아 문화권에 속해 있어 조선 젊은

---

1 김학동·김세환 공편, 『김기림 전집』 2, 심설당, 1988, 45쪽.

이들에게 유학 국가로 가장 인기가 많았다.

더구나 이 무렵 젊은이들이 일본 유학을 선호한 것은 몇몇 지식인의 독려에 따른 것이기도 하였다. 예를 들어 일본과 미국 두 국가에 유학한 경험이 있는 장덕수張德秀는 한 학생 잡지에 실린 글에서 "동경이란 곳이 오늘 동양에서는 제반 문물이 제일 발달된 도시요, 각 방면으로 다수한 학교와 다수한 학자를 가진 곳인 것은 여러분이 먼저 아실 것이거니와 사실에 있어 학비만 허락한다면 미국, 독일에 가는 것보다 신학문을 배워 오기에는 동경만한 곳이 없을 것을 단언합니다"[2]라고 말하였다. 장덕수는 "학비만 허락한다면"이라는 단서를 달고 있지만 당시 학비가 없어도 고학할 생각으로 일본 유학을 떠나는 젊은이들도 적지 않았다.

장덕수가 조선의 젊은이들에게 동아시아 국가 중 일본이 신학문의 교두보라는 이유로 일본 유학을 추천했다면 신익희申翼熙는 좀 더 정치적 의도에서 일본 유학을 권면하였다. 신익희는 일본에 빼앗긴 국권을 되찾기 위해서는 무엇보다도 먼저 민족의 실력을 양성해야 한다고 생각하였다. 그는 "우리는 현실을 直視직시 · 正視정시하여야 한다. 우리가 仇敵구적을 몰아내고 나라를 도로 찾는 데는 부질없이 감상에만 흐르지 말고, 현대로 개화 진보한 일본에 가서 배워 그놈을 이기고 일어서야 한다"[3]고 부르짖었다. 말하자면 호랑이를 잡기 위해서는 호랑이 굴로 들어가야 한다는 논리였

2　장덕수, 「동경 고학의 길 – 할 수 있는가? 할 수 없는가?」, 『학생』 1권 2호, 1929. 이 잡지는 1929년 개벽사에서 박달성(朴達成)을 편집인 겸 발행인으로 하여 중학생을 대상으로 발행한 잡지다. 뒤에는 방정환(方定煥)이 맡았다. 교육계 인사가 집필의 대부분을 맡았고, 시기에 따라 적절한 내용의 기사를 수집하고 편집하여 싣기도 하였다. 중학생을 대상으로 한 만큼 학술적 논문보다는 교양과 계몽 위주의 글을 주로 실었다. 1930년 1월 1일 통권 11호로서 종간되었다.
3　신익희, 『나의 자서전』, 1953, 55~56쪽; 구경서, 『신익희 평전』, 광주문화원, 2000, 62~63쪽.

다. 장덕수가 일본 제국주의를 '그놈'이라고 부르면서 짓밟고 일어서야 한다고 자못 과격한 발언을 했는데도 조선총독부의 검열에 걸리지 않은 것이 이상할 정도다.

한 통계자료에 따르면 1920년 829명이던 조선인 일본 유학생이 1925년에 2,087명, 1930년에는 무려 5,285명으로 기하급수적으로 늘어났다.[4] 불과 10년 사이에 6배 넘게 늘은 것을 보면 당시 조선의 젊은이들 사이에서 일본 유학이 얼마나 큰 인기를 끌었는지 알 수 있다. 통계에서 누락된 수까지 합치면 조선인 일본 유학생의 수는 이보다 훨씬 더 많을 것이다.

1. 미국 유학의 길

1920년대 조선인의 해외 유학은 일본과 미국의 양대 축으로 이루어졌다. 그러나 시간이 지나면서 미국을 비롯한 서유럽 유학과 비교하여 일본 유학에는 장점과 가능성 못지않게 단점과 한계가 조금씩 드러나기 시작하였다. 그래서 장덕수와는 달리 일본이나 중국보다는 미국이나 유럽 유학에 손을 들어주는 지식인들이 나타났다. 일찍이 미국에 유학하여 당시 조선인 유학생으로서는 보기 드물게 1924년 아메리칸대학교에서 철학박사 학위를 받은 김여식金麗植이 그러한 지식인 중 한 사람이다. 그는 조선 젊은이들이 일본이나 중국의 대학보다는 미국과 유럽의 대학에서 유학하는 쪽이 더 유리하다고 지적하였다.

---

4 『독립운동사 자료집 별집 3-재일본한국인 민족운동 자료집』, 독립운동편집위원회, 1978; 현규환, 『한국 이민사』, 삼화출판사, 1976.

吾民族^{오민족}이 타민족과 如^여히 발전하랴면 청년 교육에 勉力^{면력}하여야 할 것을 覺得^{각득}한 吾人^{오인}은 세계 사조와 시기 추세에 의하여 서양의 우승한 학술과 기술을 學^학하게 되엿다. 初^초에는 지역의 近^근과 文言^{문언}의 易^이한 所以^{소이}로 일본과 중국을 경유하엿스나 今^금에는 오인의 교육열이 고도에 달함을 조차 萬難^{만난}을 冒^모하고 歐美^{구미}에 유학하여 현세 문화를 직접 수입하는 중이니, 이는 지식이 무엇인[지] 진미와 가치를 더욱 曉得^{효득}하며 쇄국에 僻居^{벽거}한 견문과 전제에 壓劫^{압겁}된 용기를 다시 廣博奮進^{광박분진}하여 신지식과 신용기를 두뇌와 신체에 換盛^{환성}케 함이니, 新智勇^{신지용}이 富^부한 자는 건전한 개인이 多^다한 處^처에 건전한 사회를 成^성하는 것은 천리 인사에 원칙인즉, 吾人^{오인} 중에 勇進務學者^{용진무학자}가 증가함은 참으로 吾族^{오족}의 행복이다.[5]

국한문 혼용체의 유장한 문체에 가려 선뜻 그 뜻을 알아차리기 쉽지 않지만 문체의 거품을 거두어내고 나면 미국과 서유럽에 유학생이 늘어나는 것은 조국의 발전에 다행스러운 일이라는 말이다. 처음에는 지리적 근접성과 문화적 동질성 때문에 조선의 젊은이들이 일본과 중국 유학을 선호했지만 이제는 현해탄 대신 태평양을 건너 미국과 유럽으로 유학을 떠나는 사람이 많다. 그동안 쇄국정책에 굳게 갇혀 서구문물을 제대로 받아들이지 못하고 세계정신을 호흡하지 못한 젊은이들은 이제 마침내 새로운 용기로 서구의 새로운 지식과 학문을 받아들일 수 있다. 근대화의 주역이라고 할 젊은 지식인들이 점차 늘어나는 것은 우리 민족의 영광이요 행복이라는 것이다.

---

5 김여식, 「미국 대학과 유학 예비에 대하여」, 『우라키』 창간호, 1925.9, 6~7쪽.

위 인용문에서 특별히 눈여겨볼 것은 김여식이 "현세 문화를 직접 수입하는 중이니"라는 구절에서 '직접 수입'이라는 용어를 사용한다는 점이다. 이를 달리 표현하면 지금까지 조선에서 일본과 중국을 통한 서구 지식과 기술의 이입은 어디까지나 '간접 수입'에 지나지 않았다는 말이 된다. 줄여서 '직수입'이라고 하는 직접 수입은 다른 나라의 상품을 중간에서 중계하는 나라나 상인의 손을 거치지 않고 당사국과 직접 수입하는 교역 방식이다. 다른 나라나 상인의 손을 거쳐 교역하는 간접 수입은 절차도 복잡하고 비용이 더 들뿐더러 그 과정에서 상품이 변질되는 일도 더러 있다. 20세기 초엽 김여식처럼 조선의 지식인들 중에는 서구문물을 받아들이되 일본을 통하여 간접적으로 받아들이는 대신 서양에서 직접 수입해야 한다고 부르짖는 사람이 적지 않았다. 일본을 통하여 소개된 서구 문물은 어디까지나 '일본화 된 서구 문물'이요 '불완전한 모방'에 지나지 않았기 때문이다. 일본을 통한 서구문물은 서구에서 직접 들여온 문물과는 어쩔 수 없이 차이가 날 수밖에 없을 것이다.

언급하기도 새삼스럽지만 일본이 19세기 말엽과 20세기 초엽 동아시아를 지배하게 된 것은 '탈아입구脫亞入歐'의 깃발을 높이 치켜들고 다른 동아시아 국가에 앞서 먼저 서구문물을 적극 받아들였기 때문이다. 중국계 미국인 학자 리디아 H. 류는 20세기 초엽의 중국 근대화를 다루는 저서 『통어적 실천』2010에서 일본과 중국의 근대를 '번역한 근대'라고 불렀다. 일본과 중국은 번역의 수단을 빌려 서구문물을 받아들여 근대화를 이룩했기 때문이다. 그러나 식민지 조선의 근대는 일본이나 중국이 번역한 서구 근대를 다시 번역한 '중역한 근대'라고 할 수 있다.[6] 비유적으로 말하자면 원본을 복사한 것을 다시 복사한 것과 같다.

'중역한 근대'와 관련하여 일제강점기 조선인 학생과 영국인 교수 사이에서 일어난 일화 한 토막은 시사하는 바 자못 크다. 일본 제국주의는 식민지 조선의 민간인들이 민립대학을 설립하려고 하자 그것을 막으려고 서둘러 1924년 일본 제국의 여섯 번째 제국대학으로 경성에 제국대학을 설립하였다. 뒷날 헌법학자와 정치가로 활약한 유진오兪鎭午가 경성제국대학 재학 시절 청량리에 살고 있던 영국인 교수 호러스 블라이스를 찾아가 대화를 나눈 적이 있다. 런던대학교를 졸업한 블라이스는 1925년 경성제국대학 예과와 본과에서 조교수로 근무하면서 영어와 영문학을 강의하였다. 일본을 비롯한 동양 문화에 심취해 있던 블라이스는 학생들과도 친하게 지냈다.

이 날 유진오는 "시원치도 않은 영어로" 일본인과 일본 문화를 한참 신이 나게 매도하였다. 그러자 블라이스는 "일본의 모든 문화는 전부 'half-boiled半熟'니까"라고 짤막하게 대꾸하였다. 두말할 나위 없이 일본은 서양의 근대문명을 어설프게 받아들였다는 말이다. 이 말을 들은 유진오는 한층 더 신바람이 나서 "그렇지요. 그렇고말고요!"라고 맞장구쳤다. 그러자 블라이스 교수는 "그렇다면, 유 군, 'half-boiled'를 또 'half-boiled'한 것, 즉 'one-fourth-boiled四分之一熟' 한 것이 조선 문화 아닌가?"라고 반문하였다. 이 질문을 받은 유진오는 대답할 말이 없어 물끄러미 블라이스 교수를 쳐다보자 그의 얼굴에는 "의미를 알 수 없는 미소"가 떠올랐다.[7] '중역한 근

6 이 점에 대해서는 Lydia H. Liu, *Translingual Practice: Literature, National Culture, and Translated Modernity − China, 1900~1937*, Stanford : Stanford University Press, 1995, pp.1~42; 김욱동, 『번역과 한국의 근대』, 소명출판, 2010, 54~59쪽 참고.
7 유진오, 「젊은 날의 자화상」, 『구름 위의 만상』, 일조각, 1966, 223쪽. 유진오는 'Blyth'를 'Blythe'로 잘못 표기한다. 블라이스는 뒷날 일본에 살면서 일본의 전통 시가 하이쿠(俳句)를 연구하여 서양에 널리 알리는 크게 이바지하였다. 또한 블라이스의 아내 애나는 경기도립상업학교에서 영어를 가르쳤고, 그때 영어를 잘하는 한 학생을 귀여워해서 집에 데려다 같이 살면서 그를 양자로 입양하다시피 하였다. 뒷날 블라이스와 이혼한 그

대'는 '4분의 1 익힌 달걀'이나 '간접 수입' 방식과 여러모로 비슷하다.

더구나 김여식이 '직접 수입'이라는 용어와 함께 '신지식', '신용기', '신지용'처럼 '신新' 자를 유난히 많이 사용한다는 점도 찬찬히 눈여겨보아야 한다. 이러한 태도에서는 낡은 것을 버리고 새로운 것을 받아들이려는 단호한 의지를 읽을 수 있다. 김여식이 간접 수입이나 중역 방식이 아닌 직수입이나 직역 방식을 부르짖은 것은 바로 그 때문이다. 서구의 '새로운' 지식과 기술을 받아들이려면 직수입 방식이 간접 수입 방식보다 훨씬 더 효과적일 것이다. 이러한 생각은 당시 해외 유학을 꿈꾸던 조선 젊은이들에게 새로운 복음과 같았다.

이 무렵 이렇게 서양의 새로운 지식과 기술을 직접 도입하려고 조선의 젊은이들이 유학한 서양의 여러 나라 중에서도 미국은 단연 첫손가락에 꼽힌다. 미국 유학과 관련하여 김여식은 세 가지 장점을 지적한다. 첫째, 미국은 자유민주주의 공화국 건설에서 가장 괄목할 만한 발전을 보였다. 김여식은 방금 앞에서 인용한 글에서 조선인의 용기가 그동안 전제주의에 '압겁'되었다는 점을 분명히 밝힌다. 조선시대 후기 왕조의 전제주의 체제를 거쳐 일본 제국주의 식민지 지배를 받는 젊은이들로서는 미국의 자유민주주의 제도가 무척 매력적이었을 것이다.

둘째, 이 무렵 조선에서 기독교 선교 활동을 하던 선교사들 중에 미국 선교사가 가장 많았다. 그들은 선교 사업 말고도 의료와 교육, 행정 등 여러 분야에 걸쳐 조선의 근대화 작업에 직접 간접 크게 이바지하였다. 조선

의 아내는 영국에 돌아갈 때 그 학생을 데리고 가 런던대학교에서 공부시켜 훌륭한 학자로 만들었다. 그가 다름 아닌 유명한 영문학자 이인수(李仁秀)다. 그는 고려대학교 교수로 있으면서 미소공동위원회 때 한민당 수석 통역을 맡기도 하였다.

의 젊은이들은 선교사들의 선교와 교육 사업에서 간접적으로 영향을 받기도 했지만 선교사들로부터 직접 유학에 필요한 도움을 받기도 하였다. 초기 유학생 중에 기독교 신자가 유난히 많은 것은 바로 그 때문이다. 미국 선교회에서는 내국인 선교사를 양성할 목적으로 조선의 젊은이들을 미국에 유학을 보내기도 하였다.

셋째, 유학생들은 세계 어느 나라보다도 미국에서 고학하기가 비교적 쉬웠다. 물론 김여식은 다른 나라와 비교하여 그렇다는 것일 뿐 미국에서 누구나 쉽게 돈을 벌어 학비와 생활비를 충당할 수 있다는 말은 아니라고 단서를 붙인다. 그러나 제1차 세계대전이 휴전에 들어간 뒤 미국은 유럽의 여러 나라와는 달리 산업이 발전하면서 경제적 풍요를 구가하였다. 흔히 '재즈 시대' 또는 '광란의 시대'로 일컫는 1920년대의 미국 사회는 F. 스콧 피츠제럴드의 『위대한 개츠비』1925나 시어도어 드라이저의 『아메리카의 비극』1925에서도 엿볼 수 있듯이 미국 역사에서 물질적으로 풍요로운 시기로 기록된다.

그러나 19세기 말엽과 20세기 초엽 미국 유학은 일본 유학과는 달라서 무척 어려웠다. 요즈음에는 과학과 기술에 힘입어 드넓은 오대양 육대주가 지금은 작은 촌락처럼 변하여 미국을 이웃집 드나들 듯하는 단계에 이르렀다. 그러나 당시 식민지 조선 사람들에게 미국은 참으로 아득히 먼 나라였다. 일본 유학생은 한 고을에서도 쉽게 볼 수 있었지만 미국 유학생은 한 도道에 몇 사람이 있을까 말까 할 정도로 참으로 보기 드물었다. 지금처럼 비행기가 있는 것도 아니어서 제물포나 부산에서 배를 타고 일본 고베神戸나 요코하마橫浜에 가서 그곳에서 다시 기선을 타고 태평양을 건너 하와이 섬에 들렀다가 샌프란시스코에 도착하는 데 무려 2주 넘게 걸렸다.

2. 초기 미국 유학생들

미국에 최초로 유학한 조선인은 과연 누구일까? 이 물음에 대한 답은 유학의 기준을 어떻게 잡느냐에 따라 달라질 수밖에 없다. 가령 대학으로 한정할 것이냐, 아니면 고등학교까지 포함할 것이냐? 교육 기관에 정식으로 적을 둔 것으로 한정할 것이냐, 아니면 학적과는 관계없이 수학한 것을 포함할 것이냐? 아니면 학위증을 받고 정식으로 졸업했느냐, 아니면 수료에 그치고 말았느냐?

만약 고등학교 과정까지 유학생을 포함한다면 최초의 조선인 유학생의 영예는 유길준兪吉濬한테 돌아간다. 그는 조미수호통상조약에 따라 1883년 7월 미국에 파견한 견미 사절인 보빙사 수행원으로 미국에 처음 건너갔다. 수행원의 임무를 마친 유길준은 보빙사 전권대신 민영익閔泳翊에게 미국에 계속 남아 공부하고 싶다는 뜻을 밝혔고, 민영익이 그 제안을 받아들임으로써 그는 국비 유학생 자격으로 미국에서 최초로 유학하게 되었다. 유길준은 매사추세츠주 보스턴 북부 바이필드에 있는 사립 기숙학교 '가버너 더머 아카데미'에 1884년 9월 정식 입학하여 4개월 만인 12월에 이 학교를 그만두고 이듬해 유럽을 거쳐 귀국하였다.

그러나 고등학교 입학이 아니라 대학 입학을 기준으로 삼는다면 유길준은 다른 조선인에게 자리를 내어줄 수밖에 없다. 이계필李啓弼은 1885년에, 변수邊燧는 1887년에, 서재필徐載弼과 윤치호尹致昊는 각각 1888년에 미국 대학에 정식 입학하였다. 지금으로부터 130여 년 미국 대학에 입학한 그들은 본격적 의미에서 미국 유학의 선구자들이다.

강원도 철원 출신인 이계필은 1883년 여름 김옥균金玉均이 파견한 일본

1883년 미국에 파견한 보빙사.
앞줄 왼쪽부터 홍영식, 민영익, 서광범, 퍼시벌 로웰. 뒷줄 왼쪽부터 현흥택, 최경석, 유길준, 고영철, 변수

유학생의 일원으로 도쿄 간다神田의 에이와英和 예비학교에서 공부하였다. 그러나 갑신정변甲申政變이 실패한 뒤 정부가 재일 유학생들에게 소환 명령을 내리자 귀국하지 않고 1885년 가을 미국으로 건너갔다. 이계필은 한 미국인의 도움으로 펜실베이니아주 필라델피아의 한 대학교에 입학함으로써 한국 최초의 미국 대학생이라는 영예를 안았다. 1888년 초대 주미 전권공사 박정양朴定陽은 영어에 능통한 이계필에게 숙식과 학비를 제공하면서 워싱턴 D.C. 소재 대학교로 전학시키고 그에게 공사관의 업무를 맡아보도록 하였다. 이계필이 어떤 대학에서 수학했는지는 지금으로서는 확실치 않으며, 다만 1890년경 대학을 졸업한 것으로 알려져 있다.

한편 서재필도 이계필과 비슷한 과정을 거쳐 미국에 유학하였다. 갑신정변에 적극 가담한 서재필은 정변이 3일 천하로 실패하자 김옥균·박영효朴泳孝·서광범徐光範 등과 함께 일본으로 망명하였다. 그러나 외교 문제로 비화될 것을 우려한 일본이 망명객들을 냉대하자 서재필은 미국으로 망명하였다. 미국 샌프란시스코에 도착하여 낮에는 노동을 하고 밤에는 기독교청년회YMCA에서 영어 공부를 하던 그는 1886년 펜실베이니아주 윌크스베어 소재 해리 힐먼 아카데미에 입학하였다. 서재필은 고등학교를 졸업한 1889년 펜실베이니아주 이스튼 소재 라피에트대학에 진학했지만 학비를 조달하기가 어려워지자 워싱턴으로 가서 낮에는 육군 의학도서관에서 일하고 밤에는 컬럼비아 의과대학 야간부조지 워싱턴대학교 의과대학의 전신에서 공부하였다. 1893년 졸업한 그는 미국에서 한인 최초로 세균학을 전공하여 의학학사가 되었다.

그러나 한국인으로 미국 대학에서 최초로 학사학위를 받은 사람은 1891년 메릴랜드대학교에서 농학을 전공하고 이학사를 받은 변수다. 1882년 일본 유학을 갔다가 임오군란壬午軍亂으로 귀국한 그는 박영효의 수행원으로 일본에 다녀왔고, 1883년에는 조미수호통상조약의 답례로 전권대신 민영익이 미국에 파견될 때 유길준과 함께 수행원으로 갔다. 변수도 유길준처럼 수행원 임무를 마친 뒤 미국에 계속 남아 유학하였다. 갑신정변이 실패하자 변수는 일본으로 망명했다가 1886년 1월 미국으로 유학하여 베어리츠 언어학교를 마치고 이듬해 메릴랜드대학교에 입학하였다. 대학을 졸업한 뒤 그는 미국 농무성 직원으로 근무하였다.[8]

---

8 한국인 미국 유학생에 관련해서는 이광린, 『한국 개화사 연구』 개정판, 일조각, 1999, 307~317쪽; 홍선표, 「일제하 미국 유학 연구」, 『국사관 논총』 제96집, 진단학회, 2001, 151~181쪽; 김욱동, 『소설가 서재필』, 서강대 출판부, 2010, 21~28쪽 참고.

초기 미국 유학생 윤치호(1893년 졸업), 이강(1904년 졸업), 김규식(1906년 졸업)

　이렇게 미국 대학에 정식 입학한 조선 유학생들은 20세기에 들어오면
서 학사를 비롯하여 석사학위와 박사학위를 받기 시작하였다. 서재필, 윤
치호, 백상규白象圭, 김규식金奎植, 하난사河蘭士, 박에스더본명 金點童 등이 바로
그러하다. 미국 유학사에서 그들은 미국 대학에서 정식으로 학사학위나
석사학위를 받은 최초의 조선인 유학생들로 꼽힌다.

　이 무렵 최초로 박사학위를 받은 조선인 학생은 다름 아닌 이승만李承晩이
었다. 1904년 11월 독립 보전과 관련하여 미국에 지원을 호소하려고 고
종의 밀사 자격으로 제물포항에서 미국으로 출국한 이승만은 일본 고베
를 거쳐 호놀룰루에 도착하였다. 1905년 이승만은 조지워싱턴대학교에 2
학년 장학생으로 입학하여 1907년 이 대학을 졸업하였다. 같은 해 하버
드대학교 대학원에 입학한 그는 1908년 석사 과정을 모두 수료하였다.
그러나 안중근安重根의 이토 히로부미伊藤博文 암살 사건과 전명운田明雲·장인
환張仁煥의 더럼 스티븐스 암살 사건이 일어나면서 일본에 우호적인 미국인
교수들로부터 냉대를 받자 이승만은 1910년 2월에 가서야 비로소 석사학

위를 받을 수 있었다. 그 뒤 그는 프린스턴대학교 박사과정에 입학하여 정치학과 국제법을 전공하여 1910년 박사학위를 받았다. 그의 학위 논문 「미국의 영향을 받은 영세 중립론」은 1912년 프린스턴대학교 출판부에서 출간될 정도로 미국 학계에서 큰 주목을 받았다.

조선인 미국 유학생 수는 1910년까지만 하여도 겨우 30여 명밖에 되지 않았다. 그러나 기미년 독립운동이 일어난 1919년 즈음에는 그 수가 두 배 넘어 77명이 되었다. 일본 유학생의 수와는 비교도 되지 않지만 시간이 지나면서 점차 질적으로나 양적으로 계속 늘어나기 시작하였다. 북미조선학생총회에서 간행하던 잡지 『우라키』의 사설은 기미독립운동이야말로 조선 유학생 역사에서도 굵직한 획을 그은 사건이라고 지적한다.

초기 유학생 중 한 사람인 이승만.
조지워싱턴대학을 거쳐 하버드대학교에서 정치학 석사학위,
프린스턴대학교에서 정치학 박사학위를 받았다.

최근의 유미 학생계의 안과 박을 밝히 살필 째에 우리는 우리의 입에 제절노 오르는 미소를 부인할 수가 업다. 분량으로 보든지 혹은 품질로 가리든지 최근의 유학생계는 과거의 그것에 비하야 실實노 자랑할 만하며 이에 싸라 우리의 가지는 낙관과 기대도 적은 것이 아니다. 이것도 우리의 3·1운동이 우리의 가난한 집에 가져온 축복祝福 중의 하나인 것은 췌언贅言을 요치 안는다. 과연 1919년은 미약하고 침체 가온데 잇든 유미留美 학생사에 신기원을 획劃하는 기억할 만한 해이엇다.[9]

위 사설을 쓴 필자가 식민지 조선을 '가난한 집'에 빗대는 것이 무척 흥미롭다. 이렇게 '가난한 집'을 다시 일으켜 세우려면 무엇보다도 먼저 실력을 쌓아야 할 것이다. 미국 유학생들이 얼굴에 미소를 띠며 조국의 장래를 낙관한 것도 그다지 무리는 아닌 듯하다. 기미독립운동 이후 1925년경에는 미국 대학과 대학원에서 수학하는 조선인 학생 수가 무려 300여 명으로 늘어났다. 300여 명이라면 1919년과 비교하여 무려 4배 가까이 늘어난 수치다.

필자는 계속하여 "금일에 3백을 넘김에 니르럿스니 엇지 우리의 적빈한 살님에 풍년이라 아니할 수가 잇는가! 수효의 격증만이 어찌 전부를 말하리오 하고 그 품질을 도라살필 째에 우리는 거듭 만족의 우슴을 금할 수가 업게 된다"[10]고 밝힌다. 당시 미국에 유학하는 학생들 중에는 한반도에서 직접 미국에 가는 사람들도 있었지만, 일본이나 중국에서 유학을 마치거나 중도에 가는 사람들도 적지 않았다. 어떤 젊은이들은 하와이 섬으로 노동이민을 갔다가 미국 본토로 이주하여 학업에 종사하기도 하였다. 그런가 하면 독일이나 프랑스 같은 서유럽에서 유학하다가 대서양을 건너 미국에 가는 젊은이들도 더러 있었다. 이렇듯 식민지 조선의 젊은이들에게 미국은 점차 학문의 메카로 자리 잡기 시작하였다.

---

9 「우라키 에듸토리알」, 『우라키』 2호, 1926.9, 1쪽.
10 위의 글, 1쪽.

3. 북미조선학생총회 설립

이렇게 조선 유학생들이 점차 늘어나
자 미국 여러 지방을 중심으로 친교 차
원에서 소규모로 모이던 유학생들은 좀
더 체계적으로 단체를 결성할 필요성을
느끼기 시작하였다. 그래서 1912년 12
월 시카고 지역에서 유학하던 학생들이
친목을 도모하고 학업을 권장하며 안녕
질서를 유지할 목적으로 학생회 조직을
발기하자 다른 지역의 유학생들도 호응
하여 '북미대한인학생연합회北美大韓人學
生聯合會, Korean Students Alliance'를 처음
조직하였다.

재일본동경조선유학생학우회가 발행한 기관지 『학지광』

네다섯 지역에 지회를 둔 이 연합회는 1913년 6월 네브래스카주 헤이
스팅스에서 박용만朴容萬의 주도로 열린 학생대회에서 해마다 두 번씩 영문
으로 『한국 학생 회보Korean Students Review』를 발간하기로 결의하여 그 이
듬해 1914년 4월 첫 호를 발간하였다. '재일본동경조선유학생학우회在日本
東京朝鮮留學生學友會'의 기관지 『학지광學之光』 3호 '우리 소식' 난에 "북미 헤스
팅학교에 재학ᄒᄂᆫ 우리 형제들은 *Korean Students Review*라ᄂᆫ 잡지를 연 2
회로 발행ᄒᆫ다더라"[11]라고 적혀 있는 것을 보면 이 연합회는 비단 미국뿐

---

11 「우리 소식」, 『학지광』 3호, 1914.12, 53쪽.

아니라 고국의 학생들과 일본에 유학 중인 학생들과도 접촉하고 있었음을 알 수 있다. 그러나 이 연합회는 19
16년 이후 이렇다 할 활동이 없이 유명무실해지고 말았다.

1918년 제1차 세계대전이 휴전에 들어가고 파리 강화회의가 개최되는 등 국제정세가 급격하게 돌아가자 이해 12월 오하이오주 델라웨어와 콜럼버스에 유학하던 조선 유학생들은 세계대전 이후 개최될 파리 강화회의를 대비하기 위한 일환으로 '북미조선인유학생회北美朝鮮人留學生會, Korean Student League of America'를 발기하고 1919년 1월 정식으로 출범시켰다. 조국의 독립운동을 전개할 목적으로 강화회의가 끝날 때까지 한시적으로 운영하기로 한 이 유학생회는 의장에 이춘호李春昊, 재무에 옥종경James C. Oak과 윤영선尹永善, 서기에 이병두李炳斗와 임병직林炳稷, 영업부장에 안종순安鐘淳을 추대하였다. 북미조선인유학생회는 박용만, 이승만, 안창호安昌鎬 등이 1909년 설립한 미국 내 독립 운동단체인 '대한인국민회大韓人國民會'와 교섭하여 영문 잡지를 발간하는 한편, 필라델피아에서 서재필이 주관하던 한국통신부와도 교류하였다.

북미조선인유학생회가 결성된 후 미국 중부의 시카고를 비롯하여 서부의 디뉴바와 샌프란시스코 등 미국 각지에서 한인 학생들은 독자적으로 활동하였다. 특히 기미독립운동에 고무된 재미 유학생들은 1919년 9월 샌프란시스코에서 '한인학생공동회'를 열고 학생회를 하나로 통합하기로 결의하였다. 그리하여 그해 11월 '북미대한인유학생회' 포고서를 발표하여 미국 통합 학생회의 설립 목적과 활동 방침을 알렸다. 그 후 1921년 4월 미국 11개 지역 학생 대표들이 뉴욕에서 모임을 가지고 마침내 '북미조선학생총회北美朝鮮學生總會, Korean Students Federation of North America'를 결성하기에 이르렀다. 흔히 '유미조선학생총회留美朝鮮學生總會'라고도 일컫는 이 총회는 초대 회장과 부회장으로 이용직李用稷과 조병옥趙炳玉을 각각 선출하였다. 본부는 동부와 서부의 중간 지역에 위치한 시카고에 두었다. 이로써 미국 유학생들의 모임은 마침내 단일 기구로 발족하기에 이르렀다.

북미조선학생총회 임원은 총회 회장단과 총회 이사부의 이원적 조직으로 구성되었다. 총회 회장단에는 회장과 부회장 밑에 ① 총무, ② 조선문 서기, ③ 영문 서기, ④ 재정부장, ⑤ 편집부장을 두었다. 총회 회장단은 정기간행물을 출간하는 역할을 맡은 만큼 편집부장 밑에 대여섯 명의 편집부원을 따로 두었다. 편집부원들은 종교·철학, 교육, 사회, 자연과학, 문예, 기사 등을 분담하였다. 편집을 총괄하는 편집부장은 창간호에서 4호까지는 오천석吳天錫이 맡았고, 5호에서 7호까지는 전영택田榮澤, 정일형鄭一亨, 김태선金太線이 각각 맡았다. 한편 총회 이사부에는 이사부장 밑에 열한 명 정도의 이사를 두었다. 총회 이사부는 회장단을 자문하는 역할을 맡았다.

북미조선학생총회는 1921년부터 1945년 사이 조국이 일본 식민지로부터 해방될 때까지 유학생 단체로서 어떤 조직 못지않게 활발하게 활동하였다. 예를 들어 총회는 조국에서 미국에 유학하려는 학생들에게 학교 선택과 생활 등 여러 유용한 정보를 제공해 주었다. 또한 총회는 해마다 6월이면 여름방학을 이용하여 정기적으로 모임을 개최하여 여러 현안 문제를 비롯한 시국과 시사 문제를 토론하고 학술 연구를 발표하였다. 1923년 6월 시카고에서 제1차 미주유학생대회를 열었고, 그 이듬해 1924년 6월에는 시카고 북쪽에 있는 에번스턴에서 제2차 대회를 열었다. 시카고와 에번스턴에서 잇달아 대회가 열린 것은 비교적 교통이 편리한 북미대륙 중간 지점에 놓여 있는 데다 시카고대학교와 노스웨스턴대학교에 조선인 유학생들이 비교적 많이 수학하고 있었기 때문이다.

4. 『우라키』 발간

·북미조선학생총회가 이룩한 업적이 한두 가지가 아니지만 그중에서도
기관지 『우라키 *The Rocky*』를 발행한 것은 단연 첫손가락에 꼽힌다. 모든 단
체나 기관이 흔히 그러하듯이 기관지나 잡지는 그 단체나 기관의 심장과
같다. 인간 신체에서 심장이 가장 핵심적 역할을 하는 것처럼 기관지나 잡
지도 단체나 기관에서 아주 중요한 역할을 하게 마련이다. 회합에서 구두
로 발표하고 토의하는 것과는 달리 활자 매체를 통한 발행은 기록으로 남
길 수 있다는 이점 말고도 회원 외에 다른 많은 독자에게 널리 읽힐 수 있다
는 이점도 있다.

1924년 에번스턴 소재 노스웨스턴대학교에서 개최한 제2차 북미조선학생총회 집회.
조병옥, 황창하, 오천석 등이 보인다.

북미조선학생총회에서는 국제기독교청년회의 도움을 받아 영문 잡지 『한인학생회보Korean Students Bulletin』나 『자유 한국Free Korea』을 간행하였다. 이 두 잡지는 주로 미국에 있는 유학생들과 외국인들을 위하여 홍보용으로 간행했다는 점에서 한계가 있을 수밖에 없었다. 그러나 한글로 간행한 『우라키』는 한글을 해독할 수 있는 국내외 독자를 겨냥한 잡지였다.

북미조선학생총회가 발행한 기관지 『우라키』 로키산맥의 기상을 표방하여 제호를 지었다.

영문 잡지 말고도 한글 잡지 『우라키』를 출간하기로 처음 결정한 것은 1924년 6월 에번스턴에서 열린 제2차 미주유학생대회에서였다. 이병두는 「미주 유학생 급及 유학생회 약사」에서 "1924년 6월 11일로 14일까지 제2차 미주유학생대회를 에벤스톤에 회집會集하야 만흔 유익을 엇엇고, 1923년 대회 시에 결정한 학생보學生報 출간 사事는 금년부터 실행하기로 가결되야 이 신사업에 착수하엿스니 이 모든 일노써 학생회의 발전을 추측할 수 잇다"[12]고 밝힌다. 여기서 '학생보'란 다름 아닌 북미학생총회의 기관지 『우라키』를 말한다. 학생총회 회원들이 어렵게 마련한 3백 달러가 이 잡지 발간을 위한 자본금이 되었다.

『우라키』는 1925년다이쇼 14 9월 26일 창간하여 1937년쇼와 11 9월 8일 7호로 종간되었다. 일본 유학생들의 기관지 『학지광』만 하여도 1914년 4

---

12 이병두, 「유미학생총회 약사」, 『우라키』 창간호, 1925.9, 165~166쪽.

KOREAN STUDENT BULLETIN

*Published by the Committee on Friendly Relations Among Foreign Students
347 Madison Avenue, New York. Edited by the Secretary for Korean Students*

| VOL. I | APRIL, 1923 | NO. 3 |

KOREAN STUDENTS IN CHICAGO
Front row, left to right: Donhee P. Lee, S. W. Chang, Y. I. Park, Andrew Hyun, Y. D. Kim.
Back row, left to right: Tong Hyun, Phah Yim, K. S. Yum, C. H. Whang, T. W. Serr, Y. C. Choi.

SUMMER CONFERENCES

In the previous issue of the Bulletin, we announced the dates of the annual Student Summer Conferences, calling your attention to the unusual opportunity open to our students to attend the Conferences. We have also brought to your attention the need of our student group meetings, and the value and importance of gathering together in the Conferences as a group representing Korea. No doubt you realize what it means to us to have a large number of our students present in the Conferences. Without considering the favorable impression you would give to the other groups of foreign students, you will receive much benefit from the Conferences. For many years past, it has been the experience of the Young Men's Christian Association that the Summer Conferences proved to be most serviceable to the students from other lands as the means of contact and friendship.

Our students are few in comparison with other foreign students, and scattered all over the country, therefore it is not often possible to get together in a group. Consequently, we have a tendency to lose all our interest in such conferences or group meetings. And it may be said that we have grown to pay no attention to the social activities of such an organization as the Young Men's Christian Association whose far-reaching service for the students from foreign countries has been and is such a blessing to them.

The Committee on Friendly Relation Among Foreign Students extends this year a special invitation to the Korean students to attend the Conferences, hoping that a large number of students will avail themselves of this opportunity. The Committee has printed matter about the Conferences to distribute among students. Those who are interested, kindly write to the Headquarters, 347 Madison Avenue, New York City, for further information.

The dates of the Summer Conferences are as follows:

Lake Geneva	June 15—25
Silver Bay	June 14—22
Blue Ridge	June 15—25
Seabeck	June 15—25
Estes Park	June 8—18
Hollister	June 9—19

IS IT WORTH WHILE?

As is well known, the Student Summer Conference has been the means of exerting the Christian influence upon foreign students, of fostering the international spirit of goodwill and fellowship among them, and of rendering a far-reaching service to them. When considering the value of the Summer Conference, we are led to think of the quiet, enjoyable "retreat" from our busy "grinding" of school life, into the temple of God where the chorus of the earth and the music of the spheres are ever rehearsing. Amid the greens and shades, one may dream of the vacation of body and soul. All this is to say of the surrounding natural beauty of the place where the Conferences are to be held.

Of course, the primary object in view is long-lasting and deepening. From the social point of view, we cannot over-emphasize the value of personal contacts with the prominent personalities and with international groups of students. What an opportunity for our witong-linted and making friends! And so far as intellectual and spiritual point of view, we can hardly lay stress enough on the value of thoughts and discussions of the international character and life.

First, then, you have the unusual opportunity for making friends. For this alone, it would be worth while. You remember the well-known words of Emerson on friendship. "We take care of our health, we lay up money, we make our roof tight, and our clothing sufficient, but who provides wisely that he shall not be wanting in the best property of all—friends."

Secondly, you have the opportunity for stimulating your intellectual "appetite." Lectures on Christian internationalism and various inspirational topics at the Conference are far more relishing than the class-room lectures. Persons of wide and profound experience in religious and civil life will be there to give one a new vision of life and will deepen one's convictions. Is it not worth while?

Thirdly, you have the opportunity for quickening your spiritual life in the Bible study classes, in the discussion meetings and in interviews with persons of strong religious convictions. It is not worth while?

America stands for Christian idealism. America wishes all the students from other lands to see the vision she cherishes in her ideals. Nowhere could a foreign student catch this vision better than at the Student Summer Conference, for it is another name for American idealism. It is of great value to attend the Conference and see the real America and learn what she thinks of her foreign students. Is it not worth while?

월 창간되어 1930년 4월 종간될 때까지 통권 29호를 내었다. 물론 『우라키』는 통권 2호로 종간된 『해외문학』보다는 수명이 두 배 넘게 길었다. 이렇게 12년에 걸쳐 일곱 차례밖에 간행하지 못한 데에는 그럴 만한 까닭이 있었다. 무엇보다도 유학생들은 학업에 종사하면서 틈틈이 시간을 내어 잡지를 만들어야 하였다. 유학생 대부분이 여름방학이면 고학하여 어렵게 학비를 마련해야 했기 때문에 잡지 발간을 위하여 시간을 내기란 더더욱 어려웠다.

더구나 제1차 세계대전이 휴전되고 10여 년 동안 한껏 풍요를 구가하던 미국 경제는 1929년 10월 뉴욕 월스트리트의 주식시장이 붕괴하면서 그 유례를 찾을 수 없는 경제 대공황을 겪었다. 미국인들이 이 경제 대공황의 터널을 빠져나가는 데는 무려 10여 년이 걸렸다. 이러한 상황에서 유학생들이 일 년에 한 번씩 잡지를 간행한다는 것은 여간 힘에 부치는 일이 아니었다.

『우라키』 7호 편집후기에서 필자는 "본지가 갖고 있는 난難은 경제난, 원고난 등등 만난萬難을 거쳐서 지금에야 출세하게 되었다. 그동안 유학생총회 위원들의 변동도 다른 때에 비하야 많았거니와 세계 경제공황으로 받은 그 창적槍跡은 더욱 심한 원인이였다"[13]고 밝힌다. 그러면서 필자는 계속하여 "이러한 내정內情을 갖고 있는 우리들은 각금 각지 사회인사 제씨들노나 혹은 학우 여러분들의 『우라키』 발간 여부가 어찌 되느냐 하는 독촉을 받을 때마다 우리들의 당면하고 있는 불여의不如意에 느끼고 남은 열정은 무엇에 비할 배 아니였다"[14]고 고백한다. 이 밖에도 필자가 '난산의

---

13 「편집후기」, 『우라키』 7호, 1936.9, 쪽수 없음. 이 후기는 글 끝에 적힌 '太線'이라는 이름으로 보아 김태선이 쓴 것임이 틀림없다.
14 앞의 글.

경境'이니 '변괴지사變怪之事'니 하는 용어를 사용하는 것을 보면 7호를 발간하는 데에도 무척 어려움을 겪은 듯하다. 결국 이 잡지는 7호에서 '다음 호에 계속'이라는 약속도 지키지 못한 채 이 호를 마지막으로 아쉽게도 종간하고 말았다.

그런가 하면 비록 태평양 건너라고는 하지만 일본 제국주의가 점차 군국주의의 마각을 드러내면서 전쟁으로 치닫는 상황에서 잡지를 출간하기란 더더욱 어려웠을 것이다. 『우라키』는 태평양을 사이에 두고 미국과 조선 두 곳에서 만들었다. 좀 더 구체적으로 말해서 편집은 미국에서 유학생들이 직접 했지만 인쇄와 출간 그리고 판매는 미국이 아닌 식민지 조선에서 맡았다. 그러다 보니 전운이 감도는 1930년대 말엽 유학생들이 잡지를 내기란 무척 힘에 부쳤었을 것이다. 1937년의 중일전쟁과 1939년 제2차 세계대전이 발발하면서 일제는 종이를 비롯한 물자 절약을 명분으로 신문과 잡지를 통폐합하거나 아예 폐간하였다.

5. 『우라키』의 제호와 간행 목적

『우라키』는 『학지광』이나 『해외문학』과는 달리 무엇보다도 먼저 그 제호부터가 눈길을 끈다. 한국어는 말할 것도 없고 영어를 비롯한 어떤 외국어에서도 이 '우라키'라는 낱말을 찾아볼 수 없기 때문이다. 그도 그럴 것이 '우라키'는 영어 'Rocky'를 미국 영어로 발음하여 한국어로 표기한 것이다. 이 낱말은 캐나다의 브리티시컬럼비아주에서 미국의 뉴멕시코주까지 남북으로 길게 뻗어 있는 로키산맥의 그 '로키'를 가리킨다. 20세기 초엽과 중엽 미국이나 일본에 유학한 조선 학생들이 영어 낱말을 한국어로 표기할 때 영국식 발음 대신 미국식 발음으로 표기한 것이 무척 흥미롭다. 가령 그들은 요즈음 같으면 '로키', '리퍼블릭', '로버트'로 표기할 것을 '우라키', '으리퍼브릭', '우라벝'으로 표기하였다.[15] 영어 원어민이 아닌 사람들이 흔히 범하기 쉬운 두 유음, 즉 권설음捲舌音 'r'과 설측음舌側音 'l'의 발음 차이를 구별하려고 전자 앞에는 '우'나 '으'를 덧붙여 표기하였다. 이러한 표기 방법은 『우라키』나 『학지광』에서 쉽게 찾아볼 수 있고, 심지어 외국문학 전공 유학생들이 발간하는 『해외문학』에서도 가끔 발견할 수 있다.

그렇다면 북미조선유학생총회에서는 하필이면 왜 잡지 제목으로 '우라키'라는 낯선 이름을 선택했을까? 『학지광』만 같아도 '학문의 빛'을 밝힌다는 의지를 천명하였고, 『해외문학』도 조선문학의 발전을 도모하기 위하여 외국문학에 초점을 맞춘다는 점을 분명히 하였다. 『우라키』의 제호와 관련하여 편집자는 2호 편집후기 '인쇄소로 보내면서'라는 글에서 다음과 같이 밝힌다.

웨 '우라키'라고 하엿나? 제1집을 출간한 뒤로 유미학생 잡지의 일홈을 웨 '우라키'라고 하엿느냐 하는 질문을 여러 번 들엇다. 이것은 우리가 기대하엿든 바이다. 이제 간단히 그 이유를 들면

1. 우라키는 북미대륙의 척골이라고 할 수 잇는 산맥이다. 싸라서 북미에 잇

는 우리 유학생총회를 우라키 3자가 잘 표상할 수 잇다는 것이다.

2. 영어 본의本意대로 암석이 만타함이니, 북미의 유학하는 우리 학생들의 험악한 노정을 우라키라는 말이 잘 묘사한다는 것이다.

3. 본지의 특징을 말함이니, 본지는 우라키산과 갓흔 순결, 장엄, 인내 등의 기상을 흠모한다는 말이다. 그래서 우리 기자들은 유미학생 잡지의 일홈을 우라키라고 불넛다.[16]

이 글 끝에 적은 '황'이라는 머리글자에서 알 수 있듯이 이 글을 쓴 사람은 다름 아닌 황창하黃昌夏다. 1926년도 2호에는 어찌 된 영문인지 창간호처럼 편집진의 이름을 언급하지 않고 '행정부 임원' 명단을 밝힐 뿐이다. 회장에는 시카고대학교 대학원의 조희염曺喜炎, 총무에는 노스웨스턴대학교 대학원의 노준탁盧俊鐸, 서기에는 역시 노스트웨스턴대학교 대학원의 박정회朴晸華, 재무에는 크레인대학교 상과의 김훈金壎, 사교부장에는 개릿신학교의 김창준金昌俊, 체육부장에는 의과대학을 졸업하고 미국 병원에서 실습 중인 이용설李容卨, 편집부장에는 오천석, 영업부장에는 황창하로 되어 있다. 창간호 편집 임원 명단에서 황창하는 총편집자 오천석 밑에 있는 '기사' 담당자였다. 그러나 창간호와 마찬가지로 2호에서도 황창하는 영업부장일 뿐 아니라 오천석과 함께 편집 일에도 관여했던 것 같다.

실제로 이 잡지를 창간한 편집자들은 이 '우라키'라는 제호에 험준한 로키산맥에서 느낄 수 있는 드높은 기상과 꿋꿋한 의지라는 상징성을 부여하였다. 우라키에 관한 황창하의 설명은 정일형이 『우라키』 6호 '편집

---

16 「인쇄소로 보내면서」, 『우라키』 2호, 1926.9, 쪽수 없음.

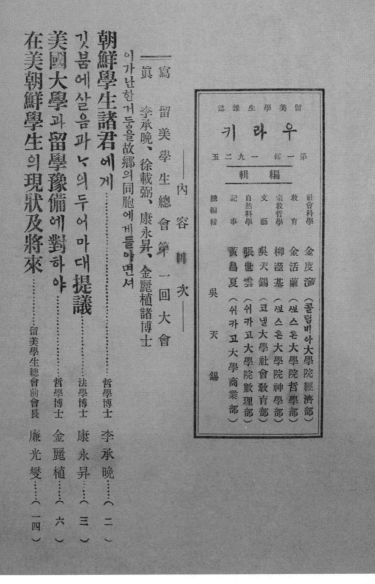

『우라키』 창간호 목차로 편집위원 명단이 기재되어 있다.

후기'에서 말한 내용과도 그대로 일치한다. 정일형은 "제호 '우라키' 산의 고결무구高潔無垢하고 우아장엄優雅莊嚴한 그 기상과 그 영원한 기운과 불변의 상징 또한 무한과 신비의 심볼을 본받아 우리는 이 나그네 땅에서 안광眼光과 온축蘊蓄을 키우려고 남는 여가를 베어 '우라키'를 편집하게 된다"[17]고 밝힌다.

한편 로키산맥은 황창하의 지적대로 미국에서 공부하는 유학생들이 겪는 '험악한 노정'을 상징하기도 한다. 고국을 멀리 떠나 낯선 미국에서의 유학 생활이 얼마나 힘들지 쉽게 미루어보고도 남는다. 태평양을 사이에 두고 있는 미국 유학생들이 겪는 어려움은 현해탄을 사이에 두고 있는 일본 유학생들과 비교하여 훨씬 더 클 수밖에 없었다. 그러나 미국 유학생들에게는 일본 유학생들과는 달리 서양 문물을 직접 배우고 20세기의 시대정신을 몸소 호흡한다는 자부심과 희망이 있었다. 한마디로 이 무렵 미국에서 공부하는 조선 학생들은 정일형의 말대로 "남달은 장도壯圖와 홍지弘志를 품고 소위 신산한 '천당 생활'에 시달리는 3백 새 조선 젊은이들"[18]이었다.

이와 관련하여 『우라키』 3호 '편집여기'에서 편집자 류형기柳瀅基는 독자들에게 이 잡지가 추구하는 이상을 다시 한번 상기시킨다. 그는 "본지를 편집함에 당當하야 우리는 만흔 유혹을 늣기고 잇습니다"로 먼저 운을 뗀 뒤 다음 여덟 가지로 잡지의 지향점을 열거한다.

---

17 「편집후기」, 『우라키』 6호, 1933.3, 쪽수 없음.
18 앞의 글.

1. 사실에 충실하야 과학적이여라.

2. 진리를 차저 연구적이여라.

3. 공론적空論的보다도 실지적實地的
   이여라.

4. 건조하여도 실익적이여라.

5. 감상적보다도 질색적質索的이여라.

6. 과격적보다도 온건적이여라.

7. 병적보다도 건전적이여라.

8. 비관적보다도 낙관적이여라.[19]

『우라키』편집과 발간에 크게 이바지한 오천석.
뒷날 그는 귀국하여 교육 행정가로 명성을 떨쳤다.

류형기는 계속하여 "이러한 주의
밋헤서 편집되는 본지에서 다른 인
쇄물에서 차즐 수 잇는 감상적, 흥분
적 기분을 찾지 못하는 것은 독자의 허물이오 결코 편집 당국자들의 불찰
은 아니올시다"[20]라고 못 박아 말한다. 다섯째 항목에서 '질색적'이 무슨
뜻인지는 잘 알 수 없지만 '감상적'과 대립되는 '이성적'에 가까운 뜻일
것으로 미루어볼 수 있다.

한편 『우라키』 창간호에는 「이 가난한 거둠을 고향의 동포에게 들이면
서」라는 창간사에 해당하는 권두언이 실려 있다. 총편집자 오천석이 쓴 것이
틀림없는 이 글에서 필자는 "이 변변치 안은 곡식을 추수하여 가지고 그립
은 고향의 동포에게 들의고져 하믹, 비희가 교지交至하야 말할 바를 헤아리

---

19 「편집여기」, 『우라키』 3호, 1928.4, 쪽수 없음.
20 위의 글.

지 못하겠습니다"[21]로 시작한다. 필자는 이 글에서 곡식의 재배와 수확의 비유법을 구사한다. 비록 보잘것없을지 모르지만 추수한 곡식을 조국의 동포에 드린다는 것은 곧 유학생들이 먼 이국에서 노력하여 얻은 결과를 글로써 보답하겠다는 뜻이다. 필자는 계속하여 이 '가난한 책 한 권'을 고국의 부모와 형제에게 드리면서 두 가지의 뜻을 품었다고 밝힌다.

> 이제 저희가 들이는 이 책 한 권을 고국의 부모형제를 써난 어린 무리의 간절한 가슴속에서 소사나오는 고향에 대한 정을 기록한 편지입니다. (…중략…) 둘재, 이 책 한 권은 또 한가지 의미로, 고향의 가난한 부모와 형제에게 들이려는 예물과 갓습니다. 비록 이것이 황금黃金이 되지 못하고, 보패寶貝가 되지 못하되 아츰 일즉 이슬의 풀밧을 지나 가쟝 살진 암소의 아직도 다스한 첫 잔의 젓을 짜서 늙으신 부모에게 밧치는 아들의 정성을 가지고 이 보잘것업는 추수을 [를] 감히 들이랴 합니다.[22]

이 무렵 출간된 잡지들이 흔히 그러하듯이 『우라키』도 계몽적 성격이 비교적 강하였다. 그런데 이 잡지가 추구하는 계몽적 의도는 위 인용문에서 가장 잘 엿볼 수 있다. 언뜻 보면 위 인용문은 조국 동포를 계몽하려는 의도와는 이렇다 할 관련이 없는 것처럼 보일지 모른다. 그러나 좀 더 찬찬히 뜯어보면 계몽에 무게를 두고 있다는 점이 드러난다. 이 잡지는 비단

---

21 「이 가난한 거둠을 고향의 동포에게 들이면서」, 『우라키』 창간호, 1925.9, 1쪽. '가난한 거둠'이란 보잘것없는 수확을 가리키는 영어 'poor harvest'를 글자 그대로 옮긴 표현이다. 이러한 번역투 문장은 이 잡지 곳곳에서 쉽게 드러난다. 이 무렵 조선 유학생들의 한국어 구사력과 영어 이해력을 가늠해 볼 수 있다.
22 위의 글, 1쪽.

"고향에 대한 정을 기록한 편지"에 그치지 않고 한발 더 나아가 "고향의 가난한 부모와 형제에게 드리는 예물"이기도 하다. 이 잡지의 계몽적 성격은 다름 아닌 '예물'이라는 말에서 찾을 수 있다. 필자는 비록 이러한 예물이 황금 보배처럼 찬란하지는 않더라도 살진 암소에서 갓 짜낸 우유처럼 자양분이 듬뿍 들어 있다고 밝힌다. 자식이 늙은 부모에게 바치고 형제자매가 고국에 있는 형제자매에게 주는 '젖'이란 조국 해방을 앞당길 수 있는 데 도움을 주는, 서구 문물에 관한 식견과 지식을 말한다.

실제로 『우라키』에는 계몽적 성격의 글이 유난히 많이 눈에 띈다. 편집자는 거의 모든 학문 분야를 망라하여 그동안 미국을 비롯한 서구 학계에서 이루어진 연구 성과를 소개하는 데 주력한다. 이 잡지는 필자들의 전공을 중심으로 종교·철학·교육 같은 인문학, 경제학·사회학·인류학 같은 사회과학, 화학·물리학 같은 자연과학, 그리고 문학과 예술 등 여러 분야에 걸쳐 다양한 내용을 폭넓게 다룬다.[23] 이 무렵 식민지 시대 한국인이 좀처럼 접하기 어려운 서구의 선진 문명을 소개할 뿐 아니라 더 나아가 앞으로 여러 분야에서 이루어질 미래사회에 대한 방향을 제시하기도 한다. 더구나 이 잡지는 비단 학문에 그치지 않고 문학과 예술 분야를 포함한 다양한 문화계에서 이루어진 성과를 조국의 독자들에게 소개한다는 점에서도 눈길을 끈다. 특히 창작과 번역은 이 잡지가 맺은 소중한 열매라고 할 수 있다.

이러한 계몽적 성격은 잡지의 편집 구성을 보면 잘 알 수 있다. 앞에서도 잠깐 밝혔듯이 총편집자 밑에 ① 사회과학, ② 교육, ③ 종교·철학, ④

---

23 『우라키』의 내용 분석에 대해서는 김욱동, 『아메리카로 떠난 조선의 지식인들─북미조선학생총회와 『우라키』』, 이숲, 2020 참고.

문예, ⑤ 자연과학, ⑥ 기사 등 학문 분과를 담당하는 편집자를 따로 두었다. 창간호에서 ①은 컬럼비아대학교 대학원 경제부의 김도연金度演, ②는 보스턴대학교 대학원 철학부의 김활란金活蘭, ③은 보스턴대학교 대학원 신학부의 류형기, ④는 코넬대학교의 사회교육부의 오천석, ⑤는 시카고대학교 대학원의 수리부의 장세운張世雲, ⑥은 시카고대학교 상업부의 황창하가 각각 맡았다. 이렇게 전공 유학생들이 해당 분야를 맡으므로 좀 더 전문성을 꾀할 수 있었다.

계몽과 관련하여 한 가지 주목해 볼 것은 『우라키』가 사실이나 진실에 어긋나는 글을 싣지 않겠다고 천명한다는 점이다. 창간호 '편집여언'에서 편집자는 "내용을 보셔도 아시려니와 저희는 어데까지든지 사실에 충성하야 배반하지 안는 진리를 차저 굴하지 안는 충동에 쫏기어 행동하지 안는 편벽됨이 업는 순박하고 온건한 학생으로 잇고져 기약합니다. 이는 진리가 종래는 승리함을 굿게 밋음으로입니다"라고 밝힌다. 이렇듯 편집자가 이 잡지에서 무엇보다도 주의를 기울이는 것은 사실과 진리를 전달하는 일이다. 북미조선학생총회에서는 조국의 독자들에게 서구의 지식을 정확하게 올바로 전달함으로써 시대정신을 호흡하고 궁극적으로는 조국 광복을 앞당기려고 하였다. 그러고 보니 창간호 권두언의 필자가 왜 "저희는 글의 아름답지 못함을 도라보지 안코, 사상의 화려하지 못함을 생각지 않코……"라고 말하는지 알 만하다.[24] 지식과 정보에 치중하다 보면 글의 아름다움과 사상의 화려함에는 어쩔 수 없이 소홀할 수밖에 없을 것이다.

---

24 「편집여언」, 『우라키』 창간호, 쪽수 없음. 『우라키』의 이러한 편집 방침은 『학지광』의 편집 방침과는 조금 다르다. 『학지광』에서는 잡지 맨 끝에 부기한 '투서 주의' 난에 "원고 재료 : 언론, 학술, 문예, 진단 기타(단 時事政談은 不受)"라고 적었다.

『우라키』창간호의 판권 난을 보면 편집인 겸 발행인 안동원安東源, 인쇄인 정경덕鄭敬德, 인쇄소 (주)조선기독교창문사彰文社, 총판 한성도서·평양 광명서관, 구미歐美 총대리부는 시카고에 두었다. 잡지의 판형은 A5판 170여 쪽으로 정가 50전이었다. 그러나 2호부터는 편집인과 발행인을 비롯하여 잡지와 관련한 모든 것이 조금씩 달라지기 시작하였다. 창간호가 발행되자 미국 유학생과 교민 사회에서는 말할 것도 없고 한반도에서도 큰 반향을 불러일으켰다. 이 잡지가 출간되고 며칠 뒤『동아일보』는「재미 유학생이 발행하는 과학잡지」라는 제호 아래 기사를 크게 다루었다.

> 미국에 있는 유학생총회에서는 그 기관지『우라키』라는 것을 발간하였는데, 이 잡지는 순전히 재미 유학생의 힘으로 편집된 것으로 미국에 있는 명사들도 붓을 잡는 것인 바 잡지의 내용은 순전히 학계에 근거를 둔 과학 잡지로 조선에서 처음 보는 훌륭한 것이며 더욱 미국에서 편집하는 것만치 더 귀한 것이라는데, 책값은 오십 전이오, 발매소는 시내 견지동 한성도서주식회사와 평양의 관후리 광명서관이라더라.[25]

이 기사에서 한 가지 눈에 띄는 것은『우라키』를 '과학 잡지'로 간주한다는 점이다. 물론 창간호에는 과학과 관련한 글이 많은 것은 사실이다. 백일규白一圭의「조선 공업의 역사적 연구」를 비롯하여 장세운의「과학의 일우一隅에서 찰오察悟한 종교의 일면」, 한치관韓稚觀의「과학으로 엮은 금일의 인생관」, 이병두의「과학의 가치」, 김도연의「산업의 과학적 경영에 대

25『동아일보』, 1925.9.30.

한 고찰」, 김정은金正殷의 「화학 여행담」 등 과학과 관련한 글이 무려 전체 글의 3분의 1가량을 차지한다. 그러나 이 잡지는 과학 같은 어느 특정한 분야를 집중적으로 다룬 잡지라기보다는 여러 분야를 두루 다루는 종합 지로 보아야 한다.

『우라키』는 종합지답게 인문학과 사회과학, 자연과학을 포함하여 거의 모든 학문 분야를 아우르는 학술 논문과 논평, 학계의 최신 경향과 소식 등을 폭넓게 실었다. 특히 눈여겨보아야 할 것은 이 잡지에는 시와 소설과 희극, 수필, 기행문 같은 문학 작품이 유난히 많이 실려 있다는 점이다. 미국에서 어떤 서양 학문을 습득하던 그들에게도 문필은 필수적인 교양이었을 뿐 아니라 실제로 문학가에 뜻을 둔 유학생들도 더러 있었다. 더구나 문학은 낯선 땅에서 사상과 감정을 표현할 수 있는 거의 유일한 수단과 다름없었다.

그런데 『우라키』에 실린 문예에 관한 글과 관련하여 한 가지 주목할 것은 1925년 창간호에서 시작하여 1936년 7호 마지막 호에 이르기까지 문학과 예술 분야의 글을 싣지 않은 호가 하나도 없다는 점이다. 문예에 관한 글은 호를 거듭할수록 비중이 더욱 늘어났다. 예를 들어 창간호에는 이 분야의 글이 모두 다섯 편 실렸지만 마지막 7호에는 무려 열여섯 편 가량 실렸다. 미국이 역사에서 유례를 찾을 수 없던 경제 대공황을 겪던 1930년대에 이렇게 문예에 더 많은 지면을 할애했다는 것이 여간 놀랍지 않다. 편집자들은 경제적으로 궁핍한 시대일수록 유학생들에게 정신적 양식이 더더욱 필요하다고 생각했는지도 모른다.

『우라키』 마지막 호인 7호에는 'H 풍문생'이라는 필자가 쓴 「재미 우리 문인 동태」라는 흥미로운 글이 실려 있다. 여러 정황으로 미루어보면 '갈가마귀' 또는 '흑구黑鷗'라는 필명으로 이 잡지에 시와 문학비평, 번역 등을 발표한 한세광韓世光인 것 같다. 필자는 "재미 문인들의 활동은 아직 조선문단에 향한 직접 경향을 주지 못하였다고 해도 그들의 동태를 살피어 재미문단계에도 적은 존재나마 있는 것을 소개하려는 것뿐이다"[26]라고 밝힌다. 그러나 이러한 견해는 아무래도 지나친 겸손이라고 말할 수밖에 없다. 당시에는 비록 그들의 존재가 미미했는지는 몰라도 앞으로 그들이 한국 근대문학에 끼치게 될 영향이나 업적은 작지 않기 때문이다.

이 점에서 『우라키』가 한국 근대문학에 끼친 영향은 『학지광』이나 『해외문학』이 끼친 영향과 비교하여 결코 작지 않다. 유학생들은 시를 비롯한 소설과 희곡, 문학비평에 속하는 작품을 발표하였다. 또한 서간문 형식을 빌린 자서전이나 다분히 문학적 성격이 강한 인물 전기 같은 새로운 문학 장르를 조심스럽게 탐색하기도 하였다. 특히 문학 번역 분야에서 이룩한 성과는 아주 컸다. 만약 1920년대와 1930년대 『우라키』는 암울한 일제강점기 조선문단에 어둠을 밝히는 빛의 역할을 맡는 데 나름대로 적잖이 이바지하였다. 더구나 만약 이 잡지가 없었더라면 한국 근대문학은 조금 뒤늦게 탄생되었거나 같은 시기에 탄생되었더라도 지금과 같은 모습과는 조금 다르게 발전했을 것이다.

---

26 'H 풍문생', 「재미 우리 문인 동태」, 『우라키』 7호, 95쪽.

제2장

『우라키』와 창작 시

　북미조선학생총회가 발행한 기관지 『우라키』에서는 인문학과 사회과학, 자연과학 분야의 학술 논문 말고도 문학과 예술과 관련한 비평 못지않게 창작과 번역에도 깊은 관심을 기울였다. 어떤 의미에서 이 잡지의 업적은 문예 비평 쪽보다는 오히려 문예 창작과 번역 쪽에서 훨씬 더 찬란한 빛을 내뿜는다. 이러한 현상은 십여 년 앞서 일본에 유학 중인 조선 학생들이 결성한 '재일본동경조선유학생학우회'의 기관지 『학지광』도 크게 다르지 않아서 창작 작품과 번역 작품은 문학과 예술에 관한 비평 못지않게 큰 비중을 차지하였다. 두말할 나위 없이 『우라키』는 『학지광』과 마찬가지로 식민지 조선의 문학과 예술이 발전하는 데 소중한 밑거름이 되었다.

　『우라키』 일곱 권은 모두 문학과 예술에 지면을 비교적 많이 할애하였다. 문학과 예술 창작은 문예 비평과 마찬가지로 창간호에서 뒤 호로 가면 갈수록 양이 더 많아질 뿐 아니라 질에서도 훨씬 더 좋아진다. 그것은 아마 문학과 예술에 관심 있는 사람들이 편집에 참여하기 시작했기 때문일 것이다. 창간호부터 4호까지는 사회학과 교육학을 전공하던 오천석이 문예 담당 편집과 총무 분야를 주로 맡았다. 그러나 1932년 그가 학업을 마치고 귀국한 뒤에 나온 5호부터 문예 창작과 번역이 유난히 많이 눈에 띈다. 그도 그럴 것이 이 호의 주필은 이미 유학을 떠나기 전 소설가로 데뷔한 전영택田榮澤이 맡은 데다 문예 분야는 임영빈任英彬과 '한흑구韓黑鳩'라는 이름으로 더욱 잘 알려진 한세광韓世光이 맡았기 때문이다.

부피가 가장 얇은 『우라키』 6호에는 문예에 관한 글이 그다지 많지 않다. 6호가 가장 얇게 발간된 것은 이 무렵 미국 전역을 비롯하여 전 세계를 광풍처럼 휩쓴 경제 대공황의 충격이 1933년에 이르러 아마 가장 컸기 때문일 것이다. 이러한 상황에서 원고를 모으는 일도 쉽지 않을뿐더러 잡지 제작도 여러모로 어려움을 겪을 수밖에 없었을 터다. 6호의 편집부장은 연희전문학교 문과를 졸업한 감리교 총리원 교육국에서 근무하다가 2년 뒤인 1929년 미국으로 건너가 뉴저지주 드루대학교 대학원에서 사회학과를 전공하던 정일鄭一亨이었다. 편집위원은 그동안 이 잡지의 창간호부터 관여해 온 장세운을 비롯하여 한승인韓昇寅, 김세선金世旋, 그리고 변영로卞榮魯가 맡았다. 시인 변영로가 편집위원에 포함되어 있어 문예에 관한 글이 많이 실릴 것 같지만 막상 제한된 지면에 정치와 사회 등 학술 논문을 할애하다 보니 문학과 예술에 관한 글은 다른 호와 비교하여 상대적으로 적을 수밖에 없었다.

그러나 1936년에 나온 7호부터는 다시 문예에 관한 글이 눈에 띄게 부쩍 늘어난다. 특히 이 마지막 호에는 '영미 문예 특집'을 꾸려 문학비평과 함께 창작을 많이 실어 눈길을 끈다. 이렇게 영미문학 특집을 마련한 것은 아마 편집진이 문학에 관심 있는 인물들로 구성되었기 때문일 것이다. 편집부장은 김태선金太線, 편집은 장덕수, 장세운, 강용흘姜鏞訖, 문장욱文章郁, 고황경高凰京 등이 맡았다. 이 특집에는 두 쪽에 걸친 영미 작가의 화보와 함께 주목할 만한 비평과 창작이 많이 실려 있어 관심을 끈다.

1. 『우라키』와 재미 문예 활동

1920년대와 1930년대에 미국에 유학한 조선 학생들이 이렇게 문학과 예술에 깊은 관심을 기울인 까닭이 과연 어디 있을까? 몇몇 유학생을 제외하고는 유학생 대부분은 낯선 이국에서 고학하면서 학업에 전념하고 있었다. 그런데도 이 무렵 이렇게 문예를 중요하게 생각한 것은 아마 그들의 뇌리에 유교 전통이 아직 남아 있었기 때문일 것이다. 사무사思無邪나 문이재도文以載道의 개념에서 볼 수 있듯이 유교 전통에서 문학이 차지하는 몫은 적지 않았다. 시 삼백 편을 한마디로 말하면 거짓된 것이 없다고 보는 견해나, 문을 도를 싣는 수레로 보는 견해는 동아시아의 대표적 예술론이요 창작 원리였다. 물론 한자 문화권에서 '문'은 단순한 글이나 문장이 아니고 도리, 도덕, 윤리, 질서, 교양, 지식 등을 두루 가리키는 복합적인 개념이었다. 어찌 되었든 양반이나 향리 집단 출신이 대부분인 미국 유학생들은 여전히 이러한 유교적 가치의 영향을 받고 있었다.

『우라키』의 편집에 참여하고 창작 작품을 기고한 유학생 중에는 미국에 건너오기 전 이미 작가로 데뷔했거나 뒷날 귀국하여 작가로 활약할 사람이 많았다. 예를 들어 앞에서 잠깐 언급했듯이 전영택은 평양 대성중학교를 거쳐 일본 아오야마青山학원 문학부와 신학부를 졸업한 뒤 미국으로 건너가 캘리포니아주 퍼시픽 신학교태평양 신학교의 전신에서 신학을 전공하였다. 전영택은 미국에 건너가기 전 1918년 이미 김동인金東仁, 주요한朱曜翰, 김환金煥 등과 함께 조선 최초의 문학동인지로 일컫는 『창조』를 창간하고 이 잡지 창간호에 단편소설을 발표하여 문단에 데뷔하였다.

전영택처럼 평양 출신인 한세광은 1928년 숭인상업학교를 졸업하고 보성전문학교 상과에 입학했다가 1929년 미국에 건너가 시카고의 노스파크대학에서 영문학을, 필라델피아의 템플대학교에서 신문학을 전공하였다. 저널리즘 못지않게 문학에 관심이 많던 한세광은 소설가, 비평가, 번역가, 수필가로 여러 장르에 걸쳐 폭넓게 활약하였다. 1935년『조선문단』에서는 '신인 작가 소개' 난에 한세광을 자세히 소개했을 정도다. 광복 후 월남한 그는 수필 창작에 주력하면서 1948년에는 서울에서 포항으로 거처를 옮겼다. 유학 시절 한세광은 어느 조선 유학생들보다도 사회의식이 투철하였다. 미국에서 방랑 생활을 할 당시 그는 미국 서부에 머물던 고향 선배인 전영택과 친밀하게 지냈다.

한편 황해도 금천 출신인 임영빈은 1917년 개성 송도고등보통학교를 졸업하고 몇 년 동안 모교에서 교사로 근무하다가 1926년 미국으로 유학하러 건너갔다. 그는 테네시주 밴더빌트대학교에서 공부하다 남감리교대학교로 옮겨 비교문학을 공부하여 학사와 석사학위를 받았다. 임영빈은 미국에 건너가기 전 1925년 이미『조선문단』에 단편소설 「난륜亂倫」을 발표하여 문단에 정식 데뷔하였다. 이렇듯 5호는 이미 문단에 데뷔했거나 곧 데뷔할 사람들이 주필과 문예를 맡았으므로 그 이전의 호와는 달리 문예에 관한 글이 유난히 많았다.『우라키』7호에는 'H 풍문생'이 쓴 「재미 우리 문인 동태」라는 글이 실려 있다. 여러 정황으로 미루어보아 이 글은 다름 아닌 한흑구가 쓴 것 같다.[1] 그는 여러 열악한 환경에도 유학생 중에

---

1 'H 풍문생'을 한흑구로 볼 수 있는 근거는 그가 발표한 「초당 강용흘의 출세 비화」의 내용과 「재미 우리 문인 동태」의 내용이 서로 일치하는 곳에서 찾을 수 있다. 가령 강용흘의 아내 프랜시스 킬리와 관련하여 한흑구는 "그는 동급생 중에서 가장 그의 정열을 이해하고 사랑해 줄 수 있는 ××양을 만날 수 있었다"고 밝힌다. 그러나 이 내용은 실제 사실과는 적잖이 다르다. 킬리는 하버드대학교가 아니라 케임브리지 근교 여성 명문대학 웰슬리대학에 다녔다. 한흑구, 「초당 강용흘의 출세 비화」,『민성(民聲)』6 : 1, 1950.1, 84쪽.

는 문학에 뜻있는 사람이 적지 않다고 지적한다.

　　미국에 와 있는 사람들 가운데 적지 않은 문인들이 있는 것을 잘 아나 그들
의 존재는 너무나 잠세적^{潛勢的}이다. 언론이라고는 『신한민보』, 『삼일신보』(폐
간되었다), 『춘추』, 『학생영문보』 등의 정기간행물이 있을 뿐 모든 것에, 부족
함이 많다. 그러나 미국에 와서 공부하든 이나 지금 공부하고 있는 분 가운데
문인이 적지 않을 것이 사실이다. 미국에 왔다가 귀국한 이로 당당한 문인들이
많은 것을 기억한다. 추호^{秋湖}, 천원^{天園}, 수주^{樹洲}, 영빈^{英彬}, 월성^{越星}, 유암^{流暗}, 보
원^{步原}, 요섭^{燿燮} 등은 모다 우리가 자랑하는 문인들이다.
　　이곳에 학적을 두고 있는 이로도 강용흘(지금은 구주 여행 중), 김태선, 한
흑구, 극성^{極星}, 구름, 정활천^{鄭活泉}, 성욱^{聖郁}, 혜린^{蕙蘭}, 정두^{廷斗}, 정대^{廷大} 등 제씨
가 있다. 그 외에도 필경 숨은 작가들이 있을 것이다.²

　여기서 필자가 이미 귀국했다고 언급하는 문인 중에 '추호'는 '늘봄'·
'장춘'·'불수레' 등의 아호나 필명을 사용하던 전영택이고, '수주'는 바로
변영로이며, '영빈'은 임영빈을 말한다. '요섭'은 두말할 나위 없이 주요
섭이고, '유암'은 앞으로 자세히 언급하겠지만 『학지광』에도 시를 기고한
김여제다. '천원'은 '바울', '보울', '에덴' 등의 필명을 사용한 오천석이다.
'성욱'은 장성욱으로 더뷰크대학교과 컬럼비아대학교 사범대학에서 교육
학을 전공한 뒤 귀국하여 뒷날 경성사범학교 교장과 서울대학교 총장을
지낸 장이욱^{張利郁}의 친동생이다. 장성욱은 형과 마찬가지로 더뷰크대학교

2 H 풍문생, 「재미 우리 문인 동태」, 『우라키』 7호, 1936.9, 91쪽.

에 재학하면서 의학을 전공했지만 이 무렵 의학 못지않게 문학과 영화에도 큰 관심을 보였다.

또한 '혜란'은 오하이오주 웨슬리언대학교를 졸업하고 보스턴대학교에서 종교철학 석사학위를 받고 귀국하여 이화여자전문학교에 재직한 김혜란을 말한다. 그녀는 『우라키』 4호에 「황국」을, 5호에 「우감偶感」을 기고하였다. '정두'와 '정대'는 아나키즘 운동에 심취하여 일본 경찰의 요시찰 인물로 지목된 이정대와 이정두 형제를 말한다. '극성'은 이화여전과 컬럼비아대학교에서 음악을 전공한 김메리로, 잘 알려진 동요 「학교종」을 작곡한 여성이다. '구름'은 경기도 개성 출신으로 송도고등보통학교한영서원를 졸업한 뒤 미시건대학교에서 유학하던 김봉현金鳳鉉을 가리킨다. 'H 풍문생'은 "두 분[김메리와 김봉현]은 친족 관계가 있다고 한다. 두 분이 다 소설과 번역 문학에 열중하며 『신한민보』를 통하여 그들의 작품을 자조 대할 수 있다"[3]고 밝힌다. '활천'은 보스턴에 체류하면서 『삼일신보三一申報』에 장편소설을 발표한 정성봉鄭聖奉을 말한다. 역시 'H 풍문생'에 따르면 정성봉은 "지금은 뉴욕시에 은거하며 장편 영문소설을 들고서 출판사와 잡지사의 문예 시장으로 조석朝夕 출입하는 것이 그의 최근 동태"라고 한다.

함경남도 고원군에서 출생하고 원산에서 유년 시절을 보낸 김태선은 평양 숭실전문학교를 졸업한 뒤 미국으로 건너가 1932년 시카고 근교의 노스웨스턴대학교 영문학과에서 2년 동안 수학하였다. 1935년 일리노이주 웨슬리안대학교 범죄학 및 사회학 전공으로 학사를 취득하고, 1937년 보스턴대학교 학사원에서 신문학으로 석사학위를 받았다. 김태선은 1939년 귀국

---

3 위의 글, 94쪽.

하여 치안유지법 위반으로 3년간 복역한 뒤 행정 관료로 두각을 보였다.

김태선은 해방 후인 1945년 11월 경무부 수사국 부국장, 1947년 4월 수사국장에 임명되었지만 그해 10월에 사임하였다. 1948년 9월 장택상張澤相의 뒤를 이어 수도경찰청장으로 임명되었고, 이듬해인 1949년에는 서울시 경찰국장으로 참사관 및 경무관이 되었다. 서울시 경찰국장으로 재임 중에는 '국민보도연맹 운영협의회'에 참여하여 국민보도연맹 조직 및 운영에 적극

보스턴대학교를 비롯한 미국 여러 대학에서 공부한 뒤 귀국하여 수도경찰청장과 서울시장 등을 역임한 김태선

적으로 참여하였다. 1950년 내무부 치안국장이 되면서 이사관으로 승진했지만, 한동안 서울시 경찰국장도 겸임하였으며, 1951년 6월 서울시 제5대 시장으로 임명되었다. 1952년에는 이범석李範奭의 후임으로 내무부 장관에 임명되었다가 겨우 한 달 만에 경질되었고, 제6대 서울시장으로 1956년까지 5년간 재직하였다. 1957년 5월 미국 일리노이주 웨슬리안대학교에서 명예법학박사 학위를 받았으며, 1961년 5·16군사정변 후 귀속재산 부정 불하 혐의로 구속되었다가 그해 9월 석방되었다.[4]

그런데 「재미 우리 문인 동태」에서 한 가지 주목해 볼 것은 'H 풍문생'

---

4 김태선은 한자 이름이 '金太線'과 '金泰善' 두 가지로 표기되어 있어 동일 인물이 아닌 것으로 착각하기 쉽다. 『한국민족문화대백과사전』에는 후자로 표기된 것으로 보아 전자는 그의 필명일 가능성이 크다. 미국 유학 중 사회주의에 경도되어 있던 그는 아마 '굵은 선'을 뜻하는 '太線'으로 삼은 것 같다.

이 미국에서 영문으로 작품을 집필한 유학생을 언급한다는 점이다. 그들은 다름 아닌 한도수韓道洙와 강용흘을 말한다. 'H 풍문생'은 "작년 『리버티』 현상 단편소설에 쾌히 영문 소설에 득상得賞한 한도수 씨가 있다"[5]고 말한다. 한도수는 개성 출신이라는 사실밖에는 아직껏 별로 알려진 것이 없다. 그의 이름이 알려지지 않을 것으로 보아 그 뒤로 그는 이렇다 할 작품 활동을 하지 않은 것 같다. 또한 『리버티』라는 제호의 잡지도 여러 종류가 있어 과연 어느 잡지를 가리키는 것인지 확실하지 않다. '모든 사람을 위한 주간지'라는 부제로 1924년 로버트 맥코믹과 조지프 패턴이 창간한 잡지인 듯하다. 이 잡지는 1932년 다른 사람이 인수하여 1941년에 종간되었다.

한국계 미국문학의 초석을 세운 강용흘

한편 7호 편집에 참여한 사람 중에서 특히 강용흘은 좀 더 찬찬히 눈여겨보아야 한다. 그는 이미 미국의 유명 출판사 찰스 스크리브너스에서 영문 소설 『초당』1931을 출간하여 한국계 미국 작가로서의 입지를 굳혔다. 동양인으로서는 보기 드물게 사이먼 구겐하임 창작기금을 받아 유럽에서 2년 남짓 머물며 두 번째 작품 『동양사람 서양에 가다』1937를 집필한 그는 이제 막 미국에 돌아와 두 번째 소설의 출간을 앞두고 있었다. 이 무렵 문학을 전공한 한국인으로 미국의 이름난 대학에서

5 H 풍문생, 「재미 우리 문인 동태」, 91쪽.

교수가 된 사람이 거의 없다시피 하여 강용흘은 유학생들은 물론이고 교민들로부터도 큰 관심을 끌었다. 강용흘과 관련하여 'H 풍문생'은 그를 '기인'으로 여기면서도 그의 문학적 재능을 높이 평가한다.

초당草堂 강용흘姜鏞訖 씨는 우리들의 자랑하는 문인 가운데에 하나다. 미국 온 지 근 20년이 된 모양인데 동서분주로 책보를 끼고 미국 대륙을 다 돌아단기며 "조선문학이 영문학보다 우월하다"는 것을 보이려고 앨쓰는[애쓰는] 그다. 남들은 그를 코웃음하고 미친 사람 같이 알았다. 고학사리에 피로한 몸을 끌고 방 안에만 들어오면 시를 쓰노라고 머리를 긁곤 했다. "하로의 한 편의 시를 못 쓰면 그날은 공空이다!" 이것이 그의 생활 정식이었다. 하바드대학을 나오자 미국의 여류시인이요 동창생인 금발녀를[와] 결혼하게 되고 『중국·일본·조선 시역집 詩譯集』을 발표하므로 그의 열광적 앰시순[앰비션]의 일막一幕이 공개되었다.[6]

이 무렵 강용흘이 미국에서 보인 기별 난 행동은 유학생 사회에서 자못 큰 화제가 되었다. 오천석도 강용흘과 관련하여 "그는 변인變人이다. 그에게서는 상常이라는 것을 찾을 수가 없다. 그의 말, 그의 행동, 그의 사상—모든 것이 그를 보통이라는 세상에서 구축하고야 만다"[7]고 밝힌 적이 있다.

그러나 앞의 각주에서 언급했듯이 강용흘의 결혼과 그의 학력과 관련한 내용은 실제와는 사뭇 다르다. 그는 하버드대학교를 졸업한 것이 아니라 보스턴대학교에서 이학사를 받은 뒤 하버드대학교 교육대학원에서 문학

---

6 위의 글, 92쪽.
7 오천석 「미주 유학생의 면영(面影)」, 『삼천리』 4 : 3, 1932.3, 45쪽; 김욱동, 『강용흘— 그의 삶과 문학』, 서울대 출판부, 2004, 31~34쪽.

교육을 전공하고 석사학위를 받았을 뿐이다. 그가 발표했다는 동양시의 번역서도 끝내 출간하지 못한 채 아직 원고본으로 하버드대학교 도서관에 남아 있다. 'H 풍문생'은 앞 인용문 바로 다음에 강용흘의 자전적 소설 『초당』과 『행복한 숲』을 출간하여 전 세계적으로 이름을 떨쳤다고 언급한다. 그러나 두 번째 책은 별개의 새로운 소설이 아니라 어린이를 위하여 앞의 작품을 쉽게 개작한 것에 지나지 않는다. 'H 풍문생'은 이 무렵 영문으로 글을 발표한 사람으로 한도수와 강용흘을 두 사람을 언급하지만 한 흑구도 그들처럼 영문으로 글을 써서 미국 신문과 잡지에 기고하였다.

『우라키』에서 문예와 관련하여 한 가지 주목할 것은 인문학과 사회과학, 자연과학 논문들과는 달리 문학과 예술, 특히 문예 창작 작품에는 필자의 소속을 제대로 밝히지 않는다는 점이다. 해당 작품이나 '기고가 소개' 난을 아무리 눈을 씻고 찾아보아도 소속 대학이나 전공 학과를 좀처럼 찾아볼 수 없다. 더구나 글을 쓴 필자의 본명을 밝히지 않고 필명이나 가명을 사용할 때도 적지 않다. 어쩌다 본명을 사용할 때도 성을 생략하고 이름만 밝힌다. 그런가 하면 창작 작품은 '문예' 난에서 다루기도 하지만 '취미' 또는 '문예, 취미' 난에서 다루기도 한다. 『우라키』의 편집자들은 문예를 중시하면서도 때로는 취미나 여기餘技로 간주하기도 하였다. 이러한 사실은 『학지광』도 크게 다르지 않았다.

2. 유암 김여제의 창작 시

『우라키』에 실린 문학 창작 작품은 시, 소설, 희곡, 수필, 자전적 작품 등 장르가 무척 다양하다. 그중에서도 가장 눈길을 끄는 것은 역시 운문으로 된 시 작품으로 편수만 보더라도 단연 첫손가락에 꼽힌다. '유암'이라는 필명을 사용하는 유학생이 창간호에 「향수」와 「어머님」이라는 작품으로 첫 테이프를 끊는다. 유암은 평안북도 정주 출신으로 와세다早稻田대학 영문과를 졸업하고 1922년 안창호安昌鎬의 권유로 미국에 건너가 캘리포니아대학교에서 교육학을 전공한 김여제다. 그는 오산학교 시절 춘원春園 이광수李光洙의 제자로 알려져 있다.

이 작품을 발표할 무렵 김여제는 시카고 북쪽 근교 에번스턴에 있는 노스웨스턴대학교에 재학 중이었다. 그는 기미년 독립운동에 관여했다가 이광수와 함께 중국 상하이上海로 망명하여 한국인의 독립운동을 구체적으로 홍보하기 위하여 대한민국 임시정부 안에 조직한 임시사료조사편찬부의 위원으로 일하였고, 이광수와 주요한과 함께 홍사단興士團 원동 지부에 소속되어 있었다. 미국 유학을 마치고 독일 베를린대학교를 거쳐 귀국한 김여제는 오산학교 교장을 역임한 뒤 연희전문학교 교수로 재직하면서 민족교육에 온힘을 쏟았다.

오늘날 김여제는 시인보다는 독립 운동가로 더 많이 알려져 있지만, 독립운동에 투신하기 전에는 일찍이 시를 비롯한 문학과 문필에도 관심이 많았다. 「고향」 끝에 적혀 있는 "이 시를 고향에 잇는 안서岸曙 형의계 드림"이라는 구절에서도 볼 수 있듯이, 김여제는 한 살 아래인 김억金億과 오산학교를 같이 다녔고, 김억은 늘 그를 칭찬하였다. 이때 김여제는 오산학

교에서 교사로 근무하던 이광수의 애제자로 스승의 추천으로 최남선^{崔南善}
이 주재하던 잡지『샛별』을 편집하였다. 김여제는 일본 유학 중에도 김억
과 교류하며 1915년, 1916년, 1917년에 걸쳐『학지광』에 「산녀山女」를
비롯하여 「한끗」, 「잘짜」, 「만만파파식적萬萬波波息笛을 울음」과 「세계의 처
음」을 발표하여 근대 시 발전에 이바지하였다. 김여제는 1920년 3월에는
상해판『독립신문』의 편집위원으로 활약하면서 이 신문에 기미년 독립운
동을 노래한 「3월 1일」과 「오오! 자유」를 비롯한 시를 발표하여 민족의
독립의식을 고취하였다.

　그러나 김여제는『우라키』창간호에 실린 두 작품에서 독립정신보다는
고국을 떠나 이국에서 조국을 그리는 애틋한 심정을 노래한다. 다음은 모
두 다섯 연으로 되어 있는 「향수」 전문이다.

　　고향에피던꼿 여긔도핀다
　　고향에울던새 여긔도 운다
　　다갓치사람이 생활하는땅
　　어듸나순간의쾌락快樂 업스런마는
　　고향의꼿 눈에씌울재
　　이가슴그리워 터지랴한다
　　아아 언제나 도라가리

　　산山넘고 물넘어 져긔져멀니
　　아츰해볏 빗나는져긔
　　나그리는 무궁화 피는져긔

비록빈곤貧困의설음 잇다하여도
쌔로불의不意의재난災難 온다하여도
쓰던달던 내살님사리
아아 언제나 도라가리

가는비 창窓밧게 운雲々히올재
밝은달 창공蒼空에 돗아올을재
고향의녯기억記憶 더욱새로아
오고가는 바람비에 나의초옥草屋은
얼마나 더 문허젓스며
반백半白이 임의넘은 나의부모父母는
얼마나 백발白髮이 더하엿으랴
아아 언제나 도라가리

먼길에피곤疲困한몸 풀우에누어
무심無心히바라보는 북北녁하늘우
흰구름 두어덩이 날니여간다
아아 져밋헤 나의님게시련마는
져밋헤 나의동산 푸루런만은
아아 언제나 도라가리

사람이살면 만년萬年을 살랴
하늘쎄밧은 쌀은동안을

행복幸福하게 유용有用하게 쓴다하여도

오히려 최후最后의눈 안감기거든

하물며산해山海갓치싸힌 이짐을

몸다해 마음다해 풀지못하고

속절업시이역異域에 표박漂泊의생활

생각하면 눈물이 더욱흘은다

아아 언제나 도라가리[8]

위 작품에서 '고향'은 김여제의 고향 정주를 가리키지만 좀 더 범위를 넓혀 보면 일본 제국주의에 신음하던 식민지 조국을 가리킨다. '여기'는 두말할 나위 없이 이 무렵 김여제가 유학하고 있는 미국 땅을 가리킨다. 김여제는 '고향' 대신에 '저긔저긔'라는 장소를 가리키는 지시 대명사를 사용하기도 한다. 이 작품의 주제는 다름 아닌 '여기'와 '저기'의 이항대립에서 엿볼 수 있다. 태평양 건너 쪽 '저기'는 일본 제국주의에 신음하는 식민지 조국이고, '여기'는 평등과 자유의 깃발을 높이 쳐들고 있는 자유민주주의 국가 미국이다. 이곳이나 저곳이나 같은 꽃들이 피고 같은 새들이 지저귀건만 조국을 잃은 시적 화자가 느끼는 심적 상태는 사뭇 다를 수밖에 없다. 둘째 연의 "나그리는무궁화 피는져긔"라는 구절에서 무궁화는 애국가의 한 구절("무궁화 삼천리 화려강산")에서도 볼 수 있듯이 바로 조국을 가리키는 기호다. 그런데 "산넘고 물넘어 져긔져멀니"에서 볼 수 있듯

---

8 유암(김여제), 「향수」, 『우라키』 창간호, 1925.9, 130~131쪽. 김여제는 이 작품을 미국에 오기 전 상하이 머물 무렵 그곳에서 발행하던 『독립신문』(1920년 5월 11일)에 이미 발표한 적이 있으므로 엄밀히 말해서 『우라키』 창간호에는 재수록한 것이 된다.

1919년 상하이 임시정부 기념 사진.
뒷줄 중앙 안창호 오른쪽 옆이 유암 김여제. 앞줄 중앙에 이광수가 보인다.

이 조국은 공간적으로 산 넘고 물 건너 '저기 저 멀리' 떨어져 있다. 두 연 마지막 행의 후렴구 "아아 언제나 도라가리"에서는 시적 화자가 고국을 그리워하는 애틋한 마음을 엿볼 수 있다.

김여제가 식민지 조국에 느끼는 애틋한 마음은 셋째 연의 "오고가는 바 람비에 나의초옥은 / 얼마나 더 문허젓스며"에서도 잘 드러난다. '초옥'은 무궁화처럼 조국을 상징하는 말이고, 그것이 '허물어졌다'는 것은 곧 조국이 일제 식민주의에 착취당하여 피폐해졌다는 말이다. "째로불의의재난 온다하여도"에서 '불의의 재난'은 일본 제국주의의 국권 침탈을 말한다. 그리고 "비록빈곤의설음 잇다하여도"에서 '빈곤'은 식민지 통치에서 겪는 온갖 어려움을 가리키는 말이다. 빈곤은 흔히 부족이나 결핍을 뜻하는 말로 쓰이지만 비단 물질적·경제적 차원에 그치지 않고 더 나아가 정치, 사회, 문화, 심지어 정신을 함께 아우르는 폭넓은 개념이다.

그런데 「향수」에서 시적 화자가 그토록 그리워하고 안타까워하는 조국은 일제강점기에 쓰인 시 작품이 흔히 그러하듯이 '님'의 모습으로 나타난다. 넷째 연의 "먼길에피곤한몸 풀우에누어 / 무심히바라보는 북녁하늘우 / 흰구름 두어덩이 날니여 간다 / 아아 져밋헤 나의님게시련마는"에서 '나의 님'은 시적 화자가 고국에 두고 온 연인을 가리킬 수도 있지만 연인 못지않게 조국을 가리키는 은유로도 볼 수 있다. 이 구절은 "님은 갓슴니다 아々 사랑하는 나의 님은 갓슴니다 / 푸른 산빗을 깨치고 단풍나무 숩을 향하야 난 적은 길을 거러서 참어 떨치고 갓슴니다"라는 만해萬海 한용운韓龍雲의 「님의 침묵」과 여러모로 비슷하다. 물론 만해의 작품에서 '님'은 사랑하는 연인일 수도 있고, 불교의 관점에서 보면 불타佛陀나 중생衆生일 수도 있으며, G. W. F. 헤겔이 말하는 절대정신이나 어떤 궁극적 가치나 이상일 수도 있다. 그러나 일제에 빼앗긴 식민지 조국을 가리키는 말로 받아들여도 크게 무리가 되지 않는다.

시적 화자가 다섯째 마지막 연에서 "하물며산해갓치싸힌 이짐을 / 몸다해 마음다해 풀지못하고 / 속절업시이역에 표박의생활"이라고 노래하는 것을 보면 조국이 고통 받는 모습을 멀리 이국땅에서 지켜보고만 있을 수밖에 없는 자신의 처지를 원망하는 듯하다. '산해'란 산과 바다처럼 규모가 크다는 뜻이지만 둘째 연에서 말하는 "산넘고 물넘어"와도 관련되어 있다. 또한 '표박의 생활'이란 조각배가 망망대해에 떠돌아다니듯이 시적 화자가 고향을 떠나 정처 없이 떠돌아다니는 것을 말한다. 단순히 화자의 지리적 이동을 언급하는 것에 그치지 않고 한발 더 나아가 좀처럼 안정을 찾을 수 없는 화자의 불안한 심리 상태를 나타내기도 한다.

김여제가 「고향」에서 다루는 망향과 애국의 주제는 이번에는 「어머님」으로 자연스럽게 이어진다. 비단 한국어뿐만 아니라 모든 언어를 통틀어서도 '고향'과 '어머니'만큼 함축적 의미에서 서로 깊이 관련된 낱말도 아마 찾아보기 힘들 것이다. '모국'이니 '모국어'니 '모교'니 하는 말에도 '어머니'라는 말이 들어가 있다.

나는 오늘 비로소
불효의 아들임을 깨달아
동으로 서으로 헤매는동안
나는 어머님을 생각한적이 업서
오오 나의 어머님을

인제는 백발을 날닐 어머님
지난날 긴세월에
그 사슴[가슴] 싸인한 한이 잇스리만
나는 어머님을 생각한적이 업서
오오 나의 어머님을

내가 여이고 기운업서 도라가는날

나를 두팔노 안어줄이가

어머님밧게 또 잇스리만은

나는 어머님을 생각한적이 업서

오오 나의 어머님을

세상의 보물을 다가지고

우업는 일홈을 엇는다한들

어머님의 사랑에 비하리마는

나는 어머님을 생각한적이 업서

오오 나의 어머님을[9]

「향수」에서 '님'이 식민지 조국을 뜻하듯이 「어머님」에서 '어머니'도 시적 화자 '나'의 모국을 뜻한다. 물론 축어적 의미에서는 고향에 두고 온 어머니를 가리킬 수도 있지만 비유적 의미에서는 식민지 조국을 가리킨다. 시적 화자가 오늘 갑자기 불효자라는 사실을 깨달은 것은 지금까지 일제에 신음하는 조국을 위하여 이렇다 하게 한 일이 없기 때문이다. 동쪽으로 뛰고 서쪽으로 뛰면서 사방으로 이리저리 몹시 바쁘게 돌아다녔을 뿐 그는 막상 어머니인 모국을 그동안 잊고 살아왔다. 방금 앞에서 언급했듯이 김여제는 실제로 조선 → 일본 → 중국 → 미국 → 독일 → 조선으로 그야말로 숨가쁘게 옮겨 다녔다. 물론 이 시를 쓸 무렵 그는 아직 독일을 거

---

9 유암(김여제), 「어머니」, 『우라키』 창간호, 131쪽.

쳐 조선으로 돌아가기에 앞서 아직 미국에 머물러 있었다. 어찌 되었든 연마다 후렴으로 사용하는 "나는 어머님을 생각한적이 업서 / 오오 나의 어머님을"에서는 시적 화자가 느끼는 고국에 대한 사랑과 회한이 짙게 배어 있다.

시적 화자가 느끼는 이러한 회한은 둘째 연에서 좀 더 뚜렷이 엿볼 수 있다. 화자가 동분서주하는 사이 어머니는 어느덧 백발을 휘날리는 노년에 접어들면서 가슴에 쌓인 한도 적지 않을 터다. 조국이 일제의 식민지 지배를 받은 지도 벌써 15년이 지났으니 이렇게 어머니모국가 백발 노년에 접어든 것은 조금도 이상하지 않을 것이다. 그런데 문제는 시적 화자를 반갑게 맞이해 줄 사람이 이제 백발노인이 다 된 어머니밖에는 없다는 데 있다. 셋째 연의 "내가 여이고 기운업서 도라가는날 / 나를 두팔노 안어줄이가 / 어머님밧게 또 잇스리만은"이라는 구절처럼 시적 화자가 의지할 데라고는 식민지 조국밖에는 아무 데도 없다. 조국은 비록 그가 실의에 차고 병약한 몸으로 돌아가도 넉넉한 어머니의 품처럼 반갑게 맞이하면서 그를 위로해 줄 것이라고 노래한다.

「향수」와 「어머님」에서 볼 수 있듯이 김여제의 작품은 서정성보다는 계몽적이고 혁명적인 성격이 짙다. 이 무렵 그에게는 조국의 독립과 광복보다 더 절실한 것은 없었기 때문이다. 비록 이 점을 염두에 둔다고 하더라도 그의 시는 예술의 심미적 가치를 간과한 채 지나치게 특정한 목적을 염두에 둔 공리적 작품이라는 비판을 면하기 어렵다.

여기서 한 가지 주목할 것은 김여제의 시 작품이 1910년대 중반보다 1920년대 중반에 이르러 목적 지향적 성격이 훨씬 더 짙어졌다는 점이다. 「향수」와 「어머님」을 『학지광』 11호1917에 기고한 「만만파파식적을 울음」과 비교해 보면 그 차이를 금방 알 수 있다.

그대의 적은운율韻律이

만인萬人의 가슴을 혼들든 져날,

가죽이 그대의 발알에 없딀여

황홀恍惚 동경憧憬의 눈물을 흘니든 져무리,

아아 어듸 어듸

져 수만數萬의 혼魂은 아득이는고!

어듸 어듸

다떨어진 비명碑銘이나마 남앗는고!

째안인 서리.

무도無道한 하늘.

모든 것은 다 날앗도다!

아아 만만파파식적萬萬波波息笛.

정령情靈의 이는 불,

쒸노는 물결,

모순당착矛盾撞着 갈등葛藤에 찬 이가슴,

아아 아듸[어듸] 어듸

조화調和의 새샘이 솟는고!

어듸 어듸

뮤-쯔Muse의 단젓이 흘으는고!

영원永遠의 갈망渴望.

만萬겹의 싸인 번열煩熱.

장부丈夫의간장肝腸이 다녹는도다!

아아 만만파파식적萬萬波息笛!10

위 인용문은 모두 네 연으로 된 「만만파파식적을 울음」 중 첫 두 연에 해당하는 부분이다. 이 작품은 시 형식에서 정형시보다는 아무래도 내재율을 지니는 자유시에 가깝다. 이 작품에서는 일정한 외형률을 지니는 운율을 찾기 어렵기 때문이다. 음수율은 말할 것도 없거니와 음위율이나 음보율조차 좀처럼 찾아보기 어렵다. 그러고 보니 첫 두 행 "그대의 젹은 운율이 / 만인의 가슴을 흔들든 져 날"이 자못 반어적으로 들린다. 한국문학사에서 주요한의 「불노리」1919는 흔히 한국 최초의 자유시로 평가받는다. 만약 김여제의 「만만파파식적을 울음」을 자유시로 간주한다면 이 작품은 주요한의 작품보다 무려 3년이나 앞선다.

이 작품의 제목에서도 엿볼 수 있듯이 김여제는 『삼국유사』와 『삼국사기』에 기록된 설화에서 이 작품의 소재를 취해 온다. 『삼국유사』 권2 「기이紀異 만파식적조」에 따르면 삼국 통일을 이룩한 문무왕에 이어서 즉위한 신문왕은 해룡이 된 선왕으로부터 나라를 지킬 신성한 보배를 받는다. 대나무로 피리를 만들어 불면 천하가 태평해질 것이라고 하여 신문왕은 대나무를 받아 피리를 만들어 보관하였다. 나라에 근심이 생길 때마다 이 피리를 불면 평온해지므로 '만파식적'이라고 이름을 붙였다. 그 뒤 효소왕 때 이적異蹟이 거듭 일어나자 '만만파파식적'이라고 하였다. 『삼국사기』

10 유암(김여제), 「만만파파식적을 울음」, 『학지광』 11호, 1917.1, 36~37쪽. 이 작품이 실린 11호는 앞에 언급한 와세다대학의 오무라 마스오(大村益夫) 교수 연구팀의 일원인 호테이 도시히로(布袋敏博)가 미국 의회도서관에서 찾아내었고, 재일 학자 심원섭(沈元燮)이 『문학사상』에 처음 공개하면서 한국 학계와 문단에 널리 알려졌다. 그러나 『학지광』 11호는 이미 아단문고에 소장되어 있었고, 2012년 소명출판에서 '아단문고 미공개 자료 총서'로 간행하였다.

권32 「잡지 제1악조」에도 이와 비슷한 내용이 실려 있다.

김여제는 일본 식민주의를 염두에 두고 「만만파파식적을 울음」을 썼다고 볼 수 있다. 신문왕은 강력한 왕권을 상징할 수 있는 신성한 물건을 등장시키려고 이러한 신화를 만들었다. 만파식적은 단군신화의 천부인天符印이나 뒷날 이성계李成桂의 금척金尺 같은 구실을 하였다. 그러나 신문왕에게는 통일신라의 왕권 강화라는 정치적 함의 말고도 일본의 잦은 침입이라는 문젯거리를 해결해야 할 군사적 임무가 있었다. 신문왕에게 대나무 피리가 왜구의 침입을 막을 수단이었다면, 김여제에게는 일본 제국주의를 물리칠 수 있는 수단은 그의 타고난 재능이었다. 그러므로 그에게 만파식적은 곧 그의 문필력인 셈이다.

그러나 문학은 강철 같은 일본 제국주의를 무너뜨리기에는 현실적으로 힘이 약하다. 김여제가 "아아 어듸 어듸 / 져 수만의 혼은 아득이는고! / 어듸 어듸 / 다어진[깨어진] 비명이나마 남앗는고!"라고 노래하는 까닭이 바로 여기에 있다. 수많은 신라 사람의 혼을 감동하게 했던 피리 소리는 온데간데없이 아득할 뿐이다. 시적 화자가 시 전편에서 무슨 주문呪文처럼 무려 여섯 번이나 되풀이하는 '어듸 어듸'라는 구절은 그러한 힘이 얼마나 무력한지 웅변적으로 보여 준다. 화자가 느끼는 이러한 무력감과 절망감은 "안인[때아닌] 서리 / 무도한 하늘. / 모든 것은 다 날앗도다!"에서 여실히 드러난다. 때아니게 서리가 내리는 것으로 보아 하늘도 마땅히 지켜야 할 도리에 어긋난다고 노래한다. 또한 '날앗도다'라는 말을 '날아가서 사라졌도다'로 해석한다면 일제의 식민지 지배를 받는 상황에서 조선의 모든 전통적인 가치들이 깃털처럼 날아가 흔적도 없이 송두리째 사라져 버렸다. 시적 화자는 식민지 조국의 현실은 비록 만파식적을 울린다고 하여도 해결하지 못할 만큼 암울하다는 비극적 전망을 보여 준다.

이렇듯 「만만파파식적을 울음」은 「향수」나 「어머님」과 비교하여 목적 지향적 기능이 훨씬 덜하다. 김여제가 1916년에 발표한 작품은 전통적인 신화나 전설에서 소재를 빌려온다는 점에서도 그러하고, 시어나 비유법을 구사한다는 점에서도 그러하다. 그런가 하면 "가즉이 그대의 발알에 없딜여(가까이 그대의 발 아래에 엎드려)"처럼 이미지를 구사하는 솜씨도 뛰어나다.

그런가 하면 김여제는 "뮤-즈의 단젓이 흘으는고!"라는 구절에서 볼 수 있듯이 한국의 신화나 설화뿐 아니라 서양의 신화나 종교에서도 소재나 이미지 등을 빌려온다. 그리스 신화에 등장하는 아홉 명의 여신인 무사이는 예술가들의 예술 활동에 영감을 주고 올림포스산에서 연회가 열릴 때마다 아폴론이 연주하는 수금에 맞추어 노래를 불렀다. 김여제가 이 작품의 후반부에서 언급하는 "써-픈트Serpent의 지혜"니 "피-터St. Peter의 하나님"이니 하는 구절도 기독교 경전에서 빌려온 것이다. 구약성서 「창세기」에서도 볼 수 있듯이 유대인들의 상징체계에서 뱀은 갈라진 혀 때문에 흔히 지혜와 관련되어 있다. 피터의 하나님은 예수 그리스도의 열두 사도 중 첫 번째 사도이자 최초의 교황으로 전해지는 성聖 베드로를 말한다. 물론 「향수」나 「어머님」처럼 '아아'라는 감탄사를 여러 번 되풀이함으로써 시적 화자가 감정을 헤프게 늘어놓는다는 점에서 한계가 없지 않다.

3. 동해수부 홍언의 창작 시

김여제의 작품에 이어 흔히 '미주 민족운동의 파수꾼'으로 일컫는 홍언洪焉의 작품도 주목해 볼 만하다. 홍언은 본명이 홍종표洪宗杓로 평생 국민회를 위하여 살아온 까닭에 '미스터 국민회'라는 별명을 얻었을 정도다. 홍언은 『신한민보』와 『대도大道』에 많은 글을 발표한 문필가요 시인이자 독립 운동가였다. 1880년 서울에서 태어난 그는 스물두 살 때 중국에 가서 2년 동안 양지量地 사무소에서 일하는 한편, 만주 간도의 한 사숙에서 한인 교육에 전념한 뒤 귀국하여 1904년 하와이 사탕수수 농장으로 노동 이민을 했다는 사실을 제외하고는 미국에 건너가기 전 그의 활동에 대해서는 별로 알려진 것이 없다.

미주 초기 이민역사 연구가인 방선주方善柱는 홍언의 업적을 줄잡아 여섯 가지 관점에서 평가하였다. 첫째, 홍언은 미주에서 40여 년 동안 언론계에 몸담으면서 독립의식 고취에 힘썼다. 둘째, 그는 평생 국민회를 위하여 살았다. 셋째, 그는 역사가로 미주 한인 역사에 가장 정통한 인물이었다. 넷째, 그는 문필가로 많은 문학 작품을 남겼다. 다섯째, 그는 미주와 캐나다, 멕시코, 페루, 칠레 등을 두루 다니며 독립운동 자금을 모았다. 여섯째, 그는 북미 한인과 북미 화교 사이에서 교량 역할을 하였다.[11] 더구나 홍언은 1913년 5월 샌프란시스코에서 안창호와 함께 흥사단을 창단하였다. 대한인국민회의 핵심간부로 이대위와 백일규 등과 함께 『신한민보』를 이끄는 중추적 역할을 맡기도 하였다.

---

11 방선주 저작집간행위원회, 『방선주 저작집』 1, 선인, 2018.

이렇게 미국에서 팔방미인으로 활약한 홍언은 『우라키』 2호에 「룽라도」
와 「월파루의 달밤」이라는 시를 발표하였다. 그런데 유학생 신분이 아닌
그가 북미조선학생총회가 발행하는 잡지에 글을 발표한 것이 여간 이색적
이지 않다. 홍언은 이렇다 할 제도교육을 받지 않고 주로 집에서 한학을 공
부하고, 스무 살 전후 경기도 광주와 춘천에서 농사를 지으면서 여러 분야
의 학문을 독학한 것으로 알려져 있다. 그의 박식한 소양은 이 무렵 갖춰진
것으로 보이고, 그의 중국어 실력은 중국에 머물 때 쌓은 것으로 보인다.

홍언의 업적 중에서 정치적 독립운동 못지않게 중요한 것이 그의 문화적

독립운동이었다. 1924년 6월 샌
프란시스코에서는 한인 13명의
발기로 신문화·신문예 운동의
깃발을 내걸고 '이문회以文會'라는
단체가 조직되었다. 이 단체에는
오천석이나 한치관·한치진 형제
같은 유학생들과 강영승·김현
구·신두식·백일규·홍언 등 같
은 민족 운동가들이 참여하였다.
이 문학 단체는 미국 교포들이
나 학생들이 모여 함께 문예 작
품을 감상하고 한인사회에 문화
적 교화에 이바지한다는 취지로
조직되었지만 드넓은 미국에 퍼
져 있는 데다 저마다 하는 일이

미국에서 독립운동을 하며 이문회에서 활약한 홍언(중앙)
왼쪽은 강영소, 오른쪽은 최정익

바빠 이렇다 할 성과를 거두지 못하였다. 다만 유학생 중에서는 오천석이, 교포 중에서는 홍언이 이 문예 운동의 중심에 서 있었을 뿐이다.

홍언은 1910년대부터 40여 년 동안 『신한민보』를 비롯한 교포 신문에 직접 간접으로 관여하면서 시, 시조, 가사, 소설, 희곡, 비평, 수필, 전기, 기행문 등 모든 장르에 걸쳐 폭넓게 글을 발표하였다. 캐나다와 라틴아메리카를 포함하여 북남미 대륙에서 홍언만큼 다양한 형식의 문예 활동을 전개한 인물도 좀처럼 찾아보기 어렵다. 그가 발표한 시만도 무려 500여 편에 이른다. 심지어 그는 한시와 한문으로 쓴 논설과 문예 작품을 미주에서 발행되던 중국 신문에 발표하기도 하였다. 한마디로 홍언은 '이민 문학' 또는 '디아스포라 문학'을 보여 주는 더할 나위 없이 좋은 본보기라고 할 수 있다.

『우라키』에 글을 기고한 필자 중에 미국 유학생이 아닌 사람은 홍언을 비롯하여 겨우 몇 사람밖에 되지 않는다. 그가 유학생 기관지에 글을 기고할 수 있었던 것은 방금 앞에서 언급한 이문회와 관련되어 있었을 것으로 추측된다. 이 단체의 멤버였던 오천석이 이 잡지 2호의 편집 책임자였으므로 홍언에게 글을 발표할 기회를 주었을 것으로 미루어볼 수 있다. 이 잡지에 글을 발표할 무렵 홍언은 북미조선학생총회나 『우라키』의 본거지라고 할 시카고가 아니라 샌프란시스코에 머물고 있었다.

홍언은 '동해수부東海水夫', '해옹海翁', '추선'이라는 필명으로 글을 발표하였다. 그렇다면 서울 태생인 그가 하필이면 왜 동해나 바다와 관련한 필명을 사용하였을까? 비록 그는 서울에서 태어났지만 선조의 고향은 원래 경상북도 영덕이었다. 그의 맏형이 살던 곳도 영덕이었으며, 뒷날 홍언이 하와이로 건너간 뒤 국내에 남았던 그의 아내도 영덕에 거주하였다. 그래서 동해는 그에게 늘 마음의 고향과 같은 곳이어서 아마 필명을 '동해수부'

나 '해옹'으로 지었을지도 모른다.

홍언은 「룽라도」에 '룽라도 벗에게'라는 부제를 붙인다. 이 벗이 누구인지 지금으로서는 알 수 없지만 평양 대동강이 굽어 흐르는 곳에 만들어진 하중도와 관련한 인물일 것이다. 여러 정황으로 미루어보아 독립 운동가 이재명李在明일 가능성이 무척 크다. 평양과는 이렇다 할 관련이 없는 홍언이 이 시를 썼다는 것은 그만큼 이재명과 그의 행적에 관한 관심이 컸다는 것을 뜻한다. 실제로 1944년 홍언은 『신한민보』에 이재명에 관한 글을 몇 차례 기고한 적이 있어 이러한 가능성을 뒷받침한다.

홍언보다 일곱 살 아래인 이재명은 평안북도 선천에서 출생하여 평안남도 대동에서 어린 시절을 보낸 뒤 가족과 함께 평양에 이주하여 성장하고 개신교계 사립학교인 일신학교를 졸업하였다. 1904년 하와이로 노동 이민을 떠난 것을 보면 홍언과 같은 배를 타고 떠났을지도 모른다. 하와이 사탕수수 농장에서 몇 년 동안 노동에 종사하던 이재명은 1906년 3월 홍언처럼 다시 미국 본토 샌프란시스코로 건너가 한인의 독립운동단체인 '공립협회'에 가입하여 활동하였다.

그러나 이재명은 샌프란시스코에서 을사늑약과 한일신협약정미 7조약의 강제 체결, 헤이그에서 이준李儁 열사의 순국 소식을 듣고 비분강개하여 귀국하였다. 그는 때마침 전국적으로 비밀리에 조직되고 있던 암살 조직 중 하나에 가입하여 국권 회복을 위하여 일제 침략 원흉인 이토 히로부미伊藤博文 한국 통감과 이완용李完用을 비롯한 매국노 처단을 결의하였다. 이재명은 1909년 1월 순종황제의 서도西道 순시에 동행하는 이토를 암살할 계획을 세웠지만 항일투쟁을 위하여 원산을 거쳐 블라디보스토크로 건너갔다. 1909년 10월 안중근의 이토 암살 소식에 고무되어 다시 귀국한 이재명은 1909년 12월 오늘날의 명동성당인 종현鍾峴 천주교회당에서 열린 벨기에 국왕 추도식에 참석한 이완용을 살해하려고 하다가 미수에 그치고 체포되었다. 재판정에 선 이재명은 "나는 흉행兇行이 아니고 당당한 의행義行을 한 것이다. 이 일에 찬성한 사람은 2,000만 민족이다. 왜법倭法이 불평하여 나의 생명을 빼앗기는 하나 나의 충혼은 빼앗지 못할 것이다. 나는 죽어 수십만 명의 이재명으로 환생하여 기어이 일본을 망하게 하고 말겠다"고 천명하였다.

이재명은 1910년 사형 선고를 받은 후 스물네 살의 젊은 나이로 경성감옥현 서대문형무소 형장에서 순국하였다. 홍언의 뇌리에는 평양이나 대동강 능라도는 이재명 열사와는 떼려야 뗄 수 없을 만큼 깊이 관련되어 있을 것이다. 「룽라도」는 네 연으로 구성되어 있다.

정든고향을
그러서 생각하니
부벽루 건너
대동강 중류
거울갓흔 물에
반월이 잠기엿고
버들이 둘닌
우리 룽라도

다려다 주오
나를 뎨일강산에

뎨일 강산인

우리 룽라도[12]

위 인용문은 「룽라도」의 첫째 연과 후렴구다. 이 작품의 시적 화자는 능라도와 그 섬이 위치한 대동강과 그 근처 이름난 누각인 부벽루의 밤 풍경을 한껏 묘사한다. 둘째 연에서는 부벽루에 이어 유명한 정자 연광정과 유서 깊은 절 영명사, 부벽루가 놓여 있는 청류벽을 언급하기도 한다. 첫째 연을 읽노라면 마치 눈앞에서 한 폭의 수채화를 보는 느낌이 든다. 실제로 이곳은 겸재謙齋 정선鄭歚이 〈연광정〉을 그리고 조선 후기 풍속화가 김홍도金弘道가 『평양감사향연도平壤監司饗宴圖』의 일부로 〈월야선유도〉와 〈부벽루연회도〉를 그릴 정도로 경치가 빼어난 곳이다.

겸재 정선이 그린 연광정.
한반도에서 빼어난 경치로 유명하다.

그러나 홍언의 시에서 무엇보다도 눈길을 끄는 것은 첫 두 행 "정든고향을 / 그려서 생각하니"와 두 번 반복하는 "우리 룽라도"라는 구절이다. 앞에서 잠깐 언급했듯이 홍언이 서울이나 영덕이 아니라 평양을 그의 고향, 그것도 그냥 고향이 아니라 '정든 고향'이라고 부르는 것이 예사롭지 않다. '그려서'라는 말은 '머릿속으로

---

12 동해수부 홍언, 「룽라도」, 『우라키』 2호, 1926.9, 126쪽.

상상하여'라는 뜻과 함께 '그리워하여'라는 뜻으로 해석할 수 있다. 이재명은 한때 평양 연광정골에 살았다. 홍언은 이재명이 성장하고 학교에 다닌 평양과 능라도를 자신의 고향과 동일시한다는 의미가 함축되어 있다. 이재명에게 절대적인 영향을 준 것으로 알려진 안창호도 독립협회의 평양지회에서 활약하여 평양과는 깊이 연관되어 있다. 이완용을 습격하기에 앞서 이재명은 평양역에서 이토 히토부미를 처단하려고 대기했지만 안창호가 의거가 발생하면 순종의 안위에 문제가 생길 것을 걱정하여 거사를 만류한 것으로 알려져 있다.

시적 화자가 이재명 열사를 좁게는 능라도, 넓게는 평양, 더 넓게는 아름다운 강산과 동일시하는 것은 "우리 릉라도"라는 구절에서 좀 더 구체적으로 드러난다. '그의'나 '그들의' 능라도가 아닌 '우리' 또는 '우리들의' 능라도다. 능라도가 있는 평양은 직접적으로는 이재명, 간접적으로는 안창호의 고향일 뿐만 아니라 미국에서 독립운동을 하는 홍언을 비롯한 모든 민족 투사들, 더 나아가 조국의 광복을 열망하는 모든 조선인에게 마음의 고향이기도 하다. 시적 화자가 왜 '나'를 한반도에서 가장 빼어난 강산인 평양 능라도로 데려다 달라고 부탁하는지 알 만하다

더구나 '정든 고향'의 이미지는 둘째 연에 이르러 훨씬 더 분명하게 드러난다. 시적 화자는 "거기서 나서 / 거기서 자랄적에 / 봄에 매생이 / 영명사까지 / 가을 낙시줄에 / 청루벽 련광뎡에 / 내풀대로 가 / 우리 릉라도"라고 노래한다. 화자는 평양에서 자랐을 뿐만 아니라 아예 그곳에서 태어나서 자랐다고 말한다. "봄에 매생이"에서 '매생이'가 무엇을 가리키는지 확실하지 않다. 남한에서는 녹조류 매생잇과의 해조를 가리키지만 북한에서는 '노로 젓는 작은 배'를 가리키는 보통이다. 가령 북한에서 창

작한 작품 중 "하삼수평에서 강 건너 세진평 방향으로 더 좀 올라가면 츠렁바위가 강심으로 내뻗친 가운데 채매생이를 거기에 대기시켜 놓기로 되어 있었다"[13]는 문장에서 그 예를 찾아볼 수 있다. 시적 화자가 능라도를 그리는 마음은 셋째 연과 넷째에 이르러 더더욱 절절하다.

　　　이갓혼 강산

　　　멀어도 정이 슬려

　　　봄비가 오면

　　　접동을 생각

　　　츄풍엔 리어를

　　　더구나 달을 보면

　　　님을 그리워

　　　우리 룽라도

　　　원대로 되여

　　　이몸이 늙기전에

　　　반기는 님과

　　　사정 아는 명월

　　　함께 실은 매생이

　　　제풀에 노와

---

13 4·15문학창작단, 『두만강 지구』, 평양 : 문예출판사, 1981, 24쪽. 한편 '매생이'와는 달리 '츠렁바위'는 '험하게 겹쌓인 큰 바위', '강심(江心)'은 '강의 한가운데'를 가리키는 말로 남북한 사전 모두에 올라와 있다.

우리 룽라도[14]

셋째 연의 "봄비가 오면 / 접동을 생각"도 김소월의 「접동」1923과 관련하여 생각해 보면 그 의미가 새롭게 다가온다. "접동 접동 / 아우래비 접동 // 진두강津頭江 가람까에 살든 누나는 / 진두강 압마을에 / 와서 웁니다." 시적 화자의 누나가 의붓어머니의 시샘에 죽었다면 이재명은 민족의 식의 제단에 바쳐진 희생물이다. 「접동」의 시적 화자가 봄이 올 때면 으레 접동을 생각하듯이 「룽라도」의 시적 화자도 비록 태평양을 사이에 두고 멀리 떨어져 있어도 봄이 오면 어김없이 애국지사 이재명을 생각한다.

한편 시적 화자는 가을이 오면 거울처럼 맑은 물 위에 뛰노는 살찐 이어 잉어를 생각한다. 셋째 연의 마지막 세 행 "더구나 달을 보면 / 님을 그리워 / 우리 룽라도"에서 엿볼 수 있듯이 시적 화자는 둥근 달을 쳐다보면서 그리운 '님'을 그리워한다. 또한 넷째 연의 "이몸이 늙기전에 / 반기는 님과"에서도 '님'을 만나고 싶은 간절한 소망을 드러낸다. 이렇게 시적 화자가 두 번 언급하는 '님'은 유암 김여제가 「향수」에서 노래하는 "흰구름 두 어덩이 날니여간다 / 아아 져밋헤 나의님 게시련마는"이라는 구절처럼 일본 제국주의의 압제에 신음하는 식민지 조국을 가리키는 것으로 보아도 크게 틀리지 않는다. 화자가 자신이 늙기 전에 그리운 '님'을 만나기를 간절히 바란다는 것은 조국이 일제 식민지에서 하루빨리 해방되기를 염원하는 것과 크게 다르지 않다.

그런가 하면 "반기는 님과"라는 구절 바로 다음으로 이어지는 "사정 아

---

14 동해수부 홍언, 「룽라도」, 127쪽.

는 명월"이라는 구절도 생각해 보면 볼수록 그 의미가 여간 예사롭지 않다. 가을 하늘에 떠 있는 밝은 달이 도대체 무슨 사정을 알고 있다는 것일까? 이재명 열사가 이완용을 척살하기로 한 배경과 비록 미수로 끝나고 말았지만 실제 행동으로 옮기기까지의 저간의 과정을 암시하는 것으로 볼 수 있다. 이재명은 1906년 샌프란시스코 한인공립협회에 가입하고 그 이듬해에는 재미동포공동회에서 매국 인사들을 숙청하기로 결의하였다. 한편 밝은 달이 알고 있는 저간의 사정은 어쩌면 이재명이 형장의 이슬로 사라진 지 보름 후 마침내 한일병탄이 이루어졌다는 사실과도 관련 있을지도 모른다.

이재명을 흠모하는 홍언의 민족의식은 「룡라도」에 이어 비록 에둘러서나마 이번에는 「월파루의 달밤」으로 이어진다. 이 두 작품은 경치가 빼어난 명승지를 소재로 삼는다는 점에서 그러하고, 달과 달밤을 중요한 상징과 배경으로 삼는다는 점에서도 그러하다. 그러나 이 두 작품이 더더욱 닮은 것은 시적 화자가 특정한 인물을 마음속에 간절히 그리고 있기 때문이다.

부드러운 월파강月波江
그림을 펼치며
달밤에 들어오니
비단이 깔닌듯
강우에 둘닌 쟝셩
셩우에 월파루
게쥬리 치마와 격삼
늘여서 짠 머리

거긔서 달을 보며

그린듯 섯스니

이그림우에 네령혼이

분명 달속에 잇느냐

"가리나 갈가보다"

네노래 드르니

달속의 네령혼은

아마 정든님 숨속에

숨속에![15]

이 작품에서 홍언이 노래하는 월파루나 월파정이 과연 어디 있는지 정확히 알 수 없다. 달빛이 파도에 아름답게 비친다고 하여 이러한 이름으로 부른 누각이나 정자는 한반도 곳곳에 있기 때문이다. 다산茶山 정약용丁若鏞은 「월파정기月波亭記」에서 아름다운 세 월파정을 다녀왔다고 말한다. 황주 월파정에서 내려다본 달 물결은 황홀했고, 파주 월파정에서는 달빛이 물결에 비치는 밤 배 위에서 옛 친구가 악사와 무동을 보내주어 음악을 즐기며 흥이 나게 놀았다는 것이다. 낙동강 기슭에 있는 세 번째 월파정은 때마침 여름비가 갑자기 내려 강이 불어나는 바람에 끝내 가보지 못하여 마음속에 가장 아름다운 절경으로 남아 있다고 아쉬움을 피력하였다.

그러나 여러 정황으로 미루어보면 홍언이 노래하는 월파루는 황해도 황주 성곽 남쪽 적벽강 절벽 위에 세워진 누각을 말하는 것 같다. 월파루는

---

15 위의 글, 127쪽.

황주산성에 유일하게 남아 있는 누각으로 절벽 위 누대에 오르면 날개를 달고 신선이 되어 올라가는 기분을 느낄 수 있다고 하여 '승선루昇仙樓'로 부르거나, 달밤에 누각에 올라 바라보는 적벽강 달빛이 너무 아름답다고 하여 '용금정湧金亭'이라고도 부르기도 한다. 예로부터 월파루는 주변의 경치와 사면의 전망이 함께 어우러져 가히 환상적인 경관으로 이름난 곳이다. 홍언이 노래하는 월파루를 황주산성의 누각으로 보는 또 다른 이유는 「룽라도」에 노래한 대동강이나 평양과 연관되어 있기 때문이다. 황주군은 북쪽으로 대동강과 인접해 있다. 1895년고종 32년 지방 관제 개편에 따라 황주군으로 고쳐져 평양부에 속했다가 이듬해에 다시 개편되면서 황해도에 편입하였다.

흥미롭게도 황주는 독립운동과 깊이 관련된 곳이다. 1905년 을사늑약에 반대하여 의병을 일으켰던 정운경鄭雲慶 등 애국열사가 이곳에 유배되었다. 1910년 일본이 대한제국을 합병한 이후에도 이곳에서 여러 사회운동이 일어났다. 그 가운데서도 1930년대 초엽에 일어난 가타쿠라片倉 농장의 소작쟁의는 조선인 소작인들이 일본인 농장주에 결연히 맞서 요구를 관철한 중요한 사건으로 꼽힌다.

「월파루」의 시적 화자는 지금 월파루에서 달빛에 비친 강 물결을 바라보고 있지 않다. 그는 아마 이역만리 태평양 건너 미국 땅에 있다. 다만 화자는 지금 달밤에 월파루 그림을 바라보며 어딘가에 들어가고 있는 중이다. 월파루의 달을 바라보고 서 있는 사람은 화자가 아니라 한 여성이다. "게츄리 치마와 적삼 / 늘여서 짠 머리"라고 노래하는 것을 보면 젊은 여성임이 틀림없다. '게츄리'란 삼베 겉껍질을 긁어 버리고 만든 실로 짠 삼베로 흔히 황저포黃紵布라고 부른다. 삼베로 지은 저고리와 치마를 입고 있는 것으로 보아 남편의 죽음을 애도하고 있는 듯하다.

그렇다면 홍언은 「월파루의 달밤」에서 어쩌면 이재명 열사의 아내 오인성_{吳仁}을 염두에 두고 있는지도 모른다. 1908년 이재명이 평양 출신인 오인성과 결혼한 것은 그녀가 가톨릭계의 성모여학교를 다닐 때로 이 학교 교사 등이 소개한 것으로 알려져 있다. 오인성은 이 학교를 졸업한 뒤 재령 진초학교 교사가 되었으며, 이재명의 의거 당시에는 양심여학교_{뒷날 동덕여자의숙과 통합} 학생이었다. 이재명이 아내에게 자신이 이완용을 암살하겠다고 밝히자 그의 아내는 만류하였고, 이재명은 "이 계집이 나라가 중한 것을 모른다"고 화를 냈다고 전해진다.

그러나 나중에 이완용이 습격을 당하고도 살았다는 소식을 듣고 오인성은 이재명의 거사를 말린 것을 후회했다는 말도 전해진다. 재판정에서 검사가 이재명에게 사형을 구형하자 방청석에 있던 오인성이 뛰어나가 "국적國賊 완용아, 이재명은 당당한 애국자이시다. 무슨 죄로 사형이냐? 무죄한 사람을 사형에 처할진데 하필 이재명이냐? 나도 사형에 처하라"라고 말하며 검사에게 대들어 보는 사람들을 놀라게 했다고 한다. 남편이 순국한 뒤 그녀는 성재誠齋 이동휘李東輝의 두 자매와 함께 성진의 보신여학교와 간도의 양정여학교 교사를 지냈다. 오인성은 연해주, 간도, 상하이 등을 오가며 독립운동을 하다가 기미년 독립운동 소식을 듣고 참가하려고 귀국했지만 갑자기 사망하여 일제에 의한 독살설이 나돌았다.

「월파루의 달밤」에서 시적 화자는 달을 쳐다보고 있는 그림 속의 여성에게 "이그림우에 네령혼이 / 분명 달속에 잇느냐"고 묻는다. 지금 그 젊은 여성은 "가리나 갈가 보다"라고 노래 부르고 있다. 달을 바라보며 그녀가 부르는 이 노래는 차라리 장례식 때 상여를 메고 가는 상여꾼이 부르는 만가에 가깝다. 지방에 따라 메기는 소리가 다르지만 보통 "북망산이 머다더니 내 집 앞이 북망일세"니, "이제 가면 언제 오나 오실 날이나 일러주오"니 하고 노래한다. 젊은 여성의 "가리나 갈가보다"는 두 번째 메기는 소리와 아주 비슷하다. 마지막 네 행 "네노래 드르니 / 달속의 네령혼은 / 아마 정든님 쑴속에 / 쑴속에!"에서는 이승을 떠나 저승에 가서 '정든 님'을 만나고 싶다는 간절한 소망을 드러낸다. 또한 '정든 님'은 젊은 여성이 먼저 떠나 보낸 그리운 사람일 것이다. 그러고 보니 이 젊은 여성과 죽은 연인은 오인성과 그녀의 남편 이재명으로 볼 수 있다.

4. 송은 김영의의 창작 시

『우라키』2호에는 '동해수부' 홍언에 이어 '송은'이라는 필자가 기고한 작품 「일허진 벗」도 실려 있다. 송은은 3호에도 「고국의 봄」이라는 시를 기고하면서 이번에는 '김송은'으로 표기한다. 한편 '김송은'은 1922년 『개벽』 22호에 논설 「청춘을 추억하야 성적性的 교육에」를, 1923년 같은 잡지에 「신생활의 발행 금지와 오인吾人의 관견」과 「수업료 저감 결의에 대한 비판」을 기고하였다. 여러 정황으로 미루어보면 위에 언급한 시나 논문의 필자가 동일한 인물일 가능성을 배제할 수 없다.

한마디로 송은은 테네시주 밴더빌트대학교에서 영문학과 신학을 전공하던 김영의金永義다. 그는 『우라키』4호에 「기독교에 대한 오해」를 기고한 '김송은'과 동일 인물이다. 이 잡지 창간호에 실린 '유미학생 통계표'에 따르면 그는 개성 출신으로 이 대학에서 정식 학위 과정이 아닌 영문학 연

구 과정에 있었다. 그러나 3호 '1926~1927년조 졸업생 일람'에는 밴더
빌트대학교에서 신학을 전공하여 신학사학위로 받은 것으로 나온다. 김
영의는 색동회 창립에 크게 이바지한 아동문학가 진장섭秦長燮, 『우라키』에
단편소설을 기고하던 임영빈과 함께 1918년 송도고등보통학교를 1회로
졸업하였다. 그는 미국에서 영문학과 신학을 공부하고 있었지만 1923년
미국에 건너가기 전에는 연희전문학교 상과를 마치고 모교 송도고등보통
학교에서 교사로 근무한 적도 있다.

　1930년 철학박사 학위를 받고 귀국한 김영의는 고향 개성에 머물며 글
을 발표하였다. 가령 그는 『신청년』에 역시 '송은'이라는 필명으로 「시인

밴더빌트대학교에서 영문학과 신학을 전공한
송은 김영의의 논문집

바이론의 생애」와 「은하隱荷 군과 그의 작
품」이라는 평론을 기고하였다. 여기서
'은하'란 다름 아닌 나도향羅稻香의 호다.
또한 김영의는 그동안 썼던 시 작품을 모
아 개성 성문관서점에서 『고향을 떠나
서』1930라는 시집을 펴냈다. 흥미롭게도
『우라키』 4호에는 경성 종로의 판매처 박
문서관에서 "일곱 해 동안의 모든 늦낌을
한글로 쓴 서정시이다. 멀니 떠나 잇는
이의 심회心懷를 알고 싶거든 이 글을 읽
자"16라는 이 책의 광고문이 실려 있다.
　귀국 후 김영의의 활동은 매우 활발하

16 『우라키』 4호, 1930.6, 113쪽. 이 시집의 정가는 60전. 이 광고의 영향 때문이지 이 시
　집은 곧 재판을 찍었다.

여 1931년에는 『송은 소논문집』을, 그 이듬해에는 『송은 제2논문집』을 출간하기도 하였다. 1934년부터 그는 이화여자전문학교 직원을 시작으로 교수로 일하면서 1933년 개성 출신 문인과 지식인을 중심으로 간행한 10인 동인지 『고려시보』를 비롯한 여러 잡지에 글을 발표하였다. 1934년 그는 이화여전이 재단설립을 구상하고 후원회를 만들었을 때 첫 간부 명단에 한영서원韓英書院 설립자 윤치호와 국어학자 이만규李萬珪 등과 함께 기록되어 있을 정도로 깊이 관여하였다.[17] 그동안 경성에서 발행하던 『우라키』 잡지는 4집을 1930년 6월 개성에서 간행하였다. 그것은 김영의가 귀국하면서 잠시 발행을 맡았기 때문이다.

그러면 송은 김영의가 『우라키』에 기고한 여러 작품 중에서 「일허진 벗」을 먼저 살펴보기로 하자. 이 작품은 모두 6행 3연으로 이루어져 있다.

군데 군데 섬들 잇는 여울물로

여름하눌에 써가는 구름들처럼

미스럽게 흐르는 그 여울물로

초생初生달이 차침 차침 나려질째

어스름 어스름 해지는 건너 나루로

내 벗은 내 님은 건거[건너]가시엇다.

---

17 『고려시보』에 참여한 동인은 거화(炬火) 공진항(孔鎭恒), 청농(靑儂) 김학형(金鶴炯), 범사초(凡斯超) 김재은(金在殷), 포빙(抱氷) 고한승(高漢承), 하성(霞城) 이선근(李瑄根), 송은 김영의, 일봉(一峯) 박일봉(朴一奉), 금귀(金龜) 김병하(金秉河), 마공(馬公) 마태영(馬泰榮), 춘파(春波) 박재청(朴在淸) 등이다. 그중 공진항과 이선근은 외국문학연구회와 직간접으로 관련되어 있다. 김영의를 비롯한 개성 문인에 관한 연구에 관해서는 박태일, 「근대 개성 지역문학의 전개-북한 지역문학사 연구」, 『국제언어문학』 25호, 2012.4, 81~120쪽 참고.

춤 추든 물 문히도 거더지고

깁허지는 밤비에 그 섬들이

가슴에 깁히 백힌 기억記憶처럼

식거묵케 식거묵케 비집어날째

내 벗이 가신 건너 나루를

물그럼히 물그럼히 바라보앗섯다.

한 마듸 말슴이라도 하시엇스면

식어지는 가슴을 만저만주섯서도

이다지 그리웁지는 안으련만

숙이신 고개 눈물진 그 두 쌤으로

물소리조차 안이나게 가벼운 노질로

내 벗은 내 님은 나를 써나시엇다.[18]

　이 작품을 꿰뚫는 기본 정서는 '벗' 또는 '님'과의 서러운 이별과 그에
따른 사무치는 그리움이다. 시 형식에서 가장 눈에 띄는 것은 동일한 부사
를 유난히 자주 반복한다는 점이다. 예를 들어 첫째 연에서 첫 행 '군데군
데'를 비롯하여 '차침 차침'과 '어스름 어스름' 등 세 번 사용한다. 둘째
연에서도 '식거묵케 식거묵케시커멓게/시커멓게'와 '물그럼히 물그럼히물끄러미/
물끄러미'도 마찬가지다.
　이 작품에서 시적 화자 '나'는 해가 지고 초승달이 뜬 초저녁 나루터에

---

18 송은, 「일허진 벗」, 『우라키』 2호, 128쪽.

84　『우라키』와 한국 근대문학

서서 나룻배를 타고 어디론가 떠나간 '벗' 또는 '님'을 몹시 그리워한다. 그렇다면 '벗' 또는 '님'은 도대체 왜 "숙이신 고개 눈물진 그 두 쌤으로" 화자를 홀로 남겨두고 떠났을까? 그것도 어스름 해 질 녘에 "물소리조차 안이 나게 가벼운 노질로" 떠났을까? 이 물음에 대한 답은 '일허진 벗'이라는 작품 제목에서 찾아야 한다. '일허진잃어진'이라는 말은 요즈음에는 별로 쓰지 않지만 일제강점기만 하여도 자주 사용하였다. 가령 안서 김억은 영국의 유미주의 시인 아서 시먼스의 시를 번역하여 『잃어진 진주』1924라는 역시집을 출간하였다. 이육사李陸史는 1949년에 「잃어진 고향」이라는 작품을 발표하였다.[19]

송은 김영의의 「일허진 벗」에서 시적 화자는 능동형 대신 수동형 구문을 쓰는 데서도 볼 수 있듯이 자의적이라기보다는 타의적으로 '벗' 또는 '님'과 헤어진다. 그들은 어쩔 수 없는 상황에서 헤어질 수밖에 없었다. 이러한 사정은 "내 벗은 내 님은 나를 써나시엇다"는 마지막 행에서 뚜렷이 엿볼 수 있다. 첫째 연에서는 '건너가시엇다'고 말하다가 마지막 연에 이르러서는 '써나시엇다'고 말한다. 시적 화자 '나'는 '벗' 또는 '님'을 떠내보내고 싶지 않았다. 여기서 '벗' 또는 '님'과의 이별은 앞에서 언급했듯이 다의적이어서 연인이나 친구와 관련한 개인적인 경험일 수도 있고, 지금은 잃어버렸지만 한때는 화자를 가슴 벅차게 한 어떤 원대한 꿈이나 이상일 수도 있고, 한발 더 나아가서는 일본 제국주의에 빼앗긴 조국과

---

19 이 작품의 첫 3연은 다음과 같다. "제비야 / 너도 고향이 있느냐 // 그래도 강남을 간다니 / 저 노픈 재 우에 흰 구름 한 쪼각 // 제 깃에 무드면 / 두 날개 촉촉이 젓겟구나." 2002년 11월 22일 자 『중앙일보』는 이육사가 『주간조선』 제33호(1949.4.4)에 실린 「잃어진 고향」을 비롯한 「산」과 「화제」 등 그동안 공개되지 않은 작품 세 편을 찾아내어 소개하였다.

민족일 수도 있다. 화자가 '벗'이나 '님'을 두고 '말씀'이나 '하시다'처럼 존칭어를 사용하는 것을 보면 그가 우러르는 대상임이 틀림없다.

　김영의는 『우라키』 3호에 「고국의 봄」을 기고한다. 마지막 연의 마지막 행에서 "네 번재 외로울 / 그 봄이 이다지 그리우어라"[20]라고 노래하는 것으로 보아 그가 미국에 건너가 지 4년째 되는 해에 지은 작품인 듯하다. 이 작품은 「일허진 벗」과 비교하여 좀 더 개인적인 경험과 서정적 색채가 물씬 풍긴다.

　　　솔밧 사이로
　　　불근 진달네 보이고
　　　돌각담 넘어로
　　　노랑곳이 늘어질
　　　내 나라의 새 봄이
　　　전에업시 그리우어라.

　　　장다리 밧으로
　　　흰 나비들 날으고
　　　어린 보리에
　　　은빗 바람 늠실대일
　　　내 나라의 새 봄이
　　　전에 업시 그리우어라.[21]

20 김송은, 「고국의 봄」, 『우라키』 3호, 1928.4, 113쪽.
21 위의 글, 113쪽.

김영의는 머나먼 이국땅에서 봄을 맞이하면서 제목 그대로 고국의 봄을 그리워하는 애틋한 마음을 그린다. 다섯 연 중 세 연에 걸쳐 후렴처럼 "내 나라의 새 봄이 / 전에 업시 그리우어라"라고 노래한다. 그러나 화자는 고국의 봄을 그리워하되 좀 더 구체적으로 그가 태어나 자란 고향의 봄을 그리워한다. 첫 두 행 "솔밧 사이로 / 불근 진달네 보이고"에서도 엿볼 수 있듯이 그가 지금 그리는 고향은 다름 아닌 개성이다. 고려의 수도로 500여 년 동안 번영한 옛 도시인 개성은 '송악松岳', '송도松都', '송경松京' 등의 이름으로 불러 왔을 만큼 도시 주위 송악산과 자남산 등에 유난히 소나무가 많은 것으로 유명하다. 김영의가 자신의 필명이나 호를 '송은'이라고 지은 것도 이와 무관하지 않다. 고려 말기의 문신 박익朴翊이 집 뒤의 산을 송악松岳, 마을을 송계松溪, 집을 송암松庵, 호를 송은이라고 지은 것은 모두 송도의 '송' 자의 뜻을 잊지 말자는 의도였다.

「일허진 벗」에서 동양의 수묵화 한 폭이 떠오른다면 「고국의 봄」에서는 울긋불긋한 서양의 유채화 한 폭이 떠오른다. 그만큼 두 번째 작품에서 감칠맛은 시적 이미지를 한껏 구사하여 시각을 비롯한 온갖 감각에 호소한다는 점이다. 첫 연에서는 푸른 소나무밭을 비롯하여 붉은 진달래꽃과 노란 개나리꽃을 눈앞에 선히 보는 듯하다. 이러한 시각 이미지는 둘째 연에 이르러 훨씬 뚜렷이 드러난다. 장다리꽃이란 흔히 유채꽃으로 알려져 있지만 실제로는 배추나 무의 꽃줄기 장다리에서 피는 노란 꽃을 말한다. 노란 장다리꽃에 흰 나비들이 날고, 장다리 밭 옆 초록 보리밭에는 은빛 바람이 넘실거린다. 살랑거리는 봄바람을 은빛으로 표현하는 공감각이 무척 신선하다.

「고국의 봄」의 둘째 연은 소재나 이미지 구사에서 시조 시인 정훈丁薰의

「춘일春日」과 매우 비슷하다. 정훈은 이 작품에서 "노랑 장다리 밭에 / 나비 호호 날고 / 초록 보리밭 골에 / 바람 흘러가고 / 자운영 붉은 논둑에 / 목메기는 우는고"라고 노래한다. 만약 다른 점이 있다면 정훈은 시각과 촉각 이미지 말고도 청각 이미지까지 구사한다. 물론 김영의도 넷째 연의 "먼 산허리에 / 흰 샘 줄기 다시 흐르고 / 돌다리 엽혜 / 어린이 호득이 부는"에서 청각 이미지를 한껏 구사한다. 새봄을 맞아 한겨울에 꽁꽁 얼어붙었던 얼음이 녹으면서 산허리를 타고 다시 하얗게 흘러내리는 폭포는 어쩌면 천마산의 박연폭포를 말하는지도 모른다. 폭포 소리와 함께 아이들이 물오른 버드나무 가지 껍질로 만든 피리를 부는 소리도 귓가에 낭랑하게 들리는 듯하다.

더구나 시적 화자가 어린이를 언급하는 것은 조국의 미래가 바로 청소년들에게 달려 있기 때문일 것이다. 그러고 보니 이 무렵 소파小波 방정환方定煥을 비롯한 민족 운동가들이 전국에 걸쳐 소년회와 소녀회 같은 단체를 결성하고 '색동회' 같은 어린이 운동 단체를 결성하여 어린이 운동에 앞장선 것도 그와 같은 맥락에서 이해할 수 있다. 방정환과 함께 색동회 조직에 참여한 진장섭, 고한승高漢承과 마해송馬海松은 다름 아닌 개성 출신으로 뒷날 아동문학 발전에 크게 이바지하였다.

김영의는 『우라키』 4호에도 '김송은'이라는 이름으로 「부산에 다다르면서」라는 시를 기고한다. 미국 유학을 마치고 마침내 요코하마橫浜를 거쳐 부산에 도착한 감회를 읊은 작품이다. 『고향을 떠나서』의 광고문에서도 알 수 있듯이 그에게는 개성→경성→미국 테네시주→부산에 이르는 7년 동안의 긴 여정이었다. 말하자면 부산은 이제 그에게 젊음의 종착역, 학문의 기항지와 다름없다. 그래서 그런지 화자는 여러 번 "나는 이제나마 돌아옵니다"라고 되뇐다.

> 님의 품을 써나기까지는
> 멀니서 님이 그리웁기까지는
> 쩗지 못할 정이 숨기엇슴을
> 나는 아지를 못하엿소이다.
>
> 님의 사랑의 그늘속처럼
> 온 누리가 서늘할 듯이
> 폭운한 님의 사랑처럼
> 온 누리가 정다울줄 암[알]엇지요.²²

김영의는 4행 11연의 형식으로 된 이 작품에서는 「일허진 벗」보다 휠씬 더 뚜렷하게 '님'이라는 낱말을 구사한다. 앞의 작품만 하여도 '님'보다는 '벗'이 압도적이었다. 그러나 「부산에 다다르면서」에서는 '님'을 무려 열일곱 번이나 사용하고, '벗'은 오직 한 번밖에는 사용하지 않는다. 더구나 이 작품에서 '님'과 '벗'은 셋째 연의 "님보다 어엽븐 벗이 잇슬 듯이"처럼 동의어가 아닌 대립적 의미로 사용한다. 또한 '님'과 관련한 낱말도 하나같이 긍정적인 것들이다. 예를 들어 '님의 품'을 비롯하여 '님의 가슴', '님의 뺨', '님의 두 눈', '님의 팔', '님의 사랑', '님의 어여쁨' 등이 바로 그러하다. 이 중에서 마지막 두 표현만 빼고 나면 하나같이 인간의

---

22 김송원, 「부산에 다다르면서」, 『우라키』 4호, 1930.6, 112쪽.

신체와 관련되어 있어 '님'에 대한 사랑을 단순히 정신적으로만 표현하는 것이 아니라 자못 육감적으로도 표현한다.

이렇듯 김영의는 「일허진 벗」에서는 그렇게 드러내놓고 '님'의 의미를 부각하지는 않았지만 「부산에 다다르면서」에서는 그 의미를 좀 더 분명하게 드러낸다. 누가 보아도 '님'은 식민지 조국을 의미한다는 사실을 쉽게 알 수 있다. '님'조국의 품을 떠나 '멀니서'미국에서 '님'을 몹시 그리워하기까지는 그토록 마음속에 '님'에 대한 간절한 정을 간직하고 있는 줄을 미처 몰랐다고 고백한다. "쏍지 못할 정이 숨기엇슬"에서 '뽑지 못할 정'은 너무나 사무쳐 감당할 수 없는 애틋한 심정을 목재에 단단히 박힌 못에 빗대는 은유적 표현이다. 이렇게 인간의 감정을 쇠붙이에 빗대는 것이 여간 신선하지 않다. 화자는 놀랍게도 '뽑지 못할 정'이라는 구절을 무려 세 번에 걸쳐 되풀이한다. 또한 둘째 연에서 화자가 '님의 사랑'을 두 번 되풀이함으로써 '님'에 대한 감정이 얼마나 애틋한지 여실히 드러낸다. 막상 '님'을 떠나기 전만 하여도 온 세상이 '님'의 품처럼 서늘하고 포근하고 정다울지 알았지만 실제로는 그러하지 않았다는 실망감을 솔직하게 표현한다.

그러나 「부산에 다다르면서」에서 '님'을 식민지 조국으로 못 박아 해석하는 것은 이 작품의 의미를 크게 받아들이는 결과를 낳는다. '님'과 관련하여 앞에서 이미 언급했듯이 '님'은 아주 다의적이어서 조국이라는 좁은 의미 안에 가두어 둘 수 없다. 이 작품의 3행과 4행을 보면 더더욱 그러한 생각이 든다.

아믈 아믈한 산 넘어는
별[星] 다른 하눌이 잇슬듯 십허

돗대 지는 수평선水平線 넘어는

님보다 어엽븐 벗이 잇슬 듯이

가슴 쓰린 님의 쌤으로

방울 방울 눈물마저 흘니실 재

쌔른 것름[걸음] 가벼운 마음으로

님의 품을 써낫섯지요.[23]

첫 행의 '아믈아믈한 산'은 멀리 떨어져 있어 봄 아지랑이처럼 희미하여 보일 듯 말 듯 조금씩 자꾸 움직이는 산을 말한다. 지금 시적 화자는 배를 타고 항구에서 점점 더 멀리 떨어져 바다 쪽으로 간다. 지금 '님'의 곁을 떠나 배를 타고 어디론가 멀리 가는 중이다. 그가 향하는 곳에는 "별 다른 하늘이 잇슬 듯 십허 / 돗대 지는 수평선 넘어는 / 님보다 어엽븐 벗이 잇슬 듯이" 하여 '님'과 헤어지는 슬픔도 잠깐 잊은 채 한껏 희망에 부풀어 있다. 한편 시적 화자를 떠나보내는 '님'은 오히려 가슴 쓰린 뺨에 방울방울 눈물까지 흘린다. 그러나 화자는 바다 건너 이국땅에 대한 기대와 꿈이 너무 크기에 재빠른 걸음과 가벼운 마음으로 님의 품을 떠난다.

김영의는 이 작품에서 문학의 보편적 주제 가운데 하나라고 할 삶의 외견과 실재, 이상과 현실, 기대와 결과의 간극이나 괴리를 다룬다. 식민지 조선에서 바라보는 별이나 자유와 평등의 깃발을 높이 쳐드는 자유민주주의 국가 미국에서 바라보는 별이나 천문학적으로 보면 크게 다르지 않

---

23 위의 글, 112쪽.

을 것이다. 그런데도 시적 화자는 바다 건너 멀리 이국에 가면 하늘에는 조국에서 보던 것과는 다른 별들이 총총 떠 있을 것으로 기대한다. 이와 마찬가지로 화자는 "돛대 지는 수평선 넘어는 / 님보다 어엽븐 벗이 잇슬 듯이"라고 노래하지만, 막상 수평선 너머 이국땅에서는 '님'보다 더 어여쁜 '벗'을 찾아보기란 무척 어렵거나 아예 불가능할지도 모른다. 삶의 겉 모습과 실제 모습의 간극이라는 주제는 동양과 서양을 굳이 가르지 않고 예로부터 모든 문학 작품에 두루 나타난다. 예를 들어 일제강점기 조선 독자들의 마음을 사로잡은 독일 시인 카를 부세의 「저 산 너머」는 바로 이 주제를 다룬 작품으로 유명하다.

산 너머 저 하늘 멀리

행복이 있다고 말하기에

아아, 나도 남들 따라 찾아갔건만

눈물만 머금고 돌아왔네

저 산 너머 더 멀리에

행복이 있다고 모두들 분명 말하건만

이 작품은 일찍이 1905년 일본 시인이요 번역가인 우에다 빈上田敏이 번역하여 일본 교과서에 실리면서 널리 알려진 작품이다. 김억은 일찍이 1924년 이 작품을 '저 산을 넘어'라는 제목으로 번역하여 『영대靈臺』에 발표하였다. 그런가 하면 해방 뒤에는 정지용鄭芝溶이 이 작품을 새로 번역하여 그가 발간하던 어린이 잡지 『어린이나라』에 싣기도 하였다. 그만큼 부세의 작품은 일제강점기와 해방 직후 한국인들에게 널리 읽히던 애송시

중의 애송시였다.

　김영의가 '님'의 곁을 떠난 것은 단순히 행복을 추구하기 위해서만은 아니다. 그는 이 무렵 대부분의 유학생처럼 조국이 일제 식민지에서 벗어날 민족 갱생을 준비하려고 미국 유학을 떠났을 것이다. 그는 마침내 박사학위를 받고 금의환향하지만 귀향은 그에게 끝이 아니라 오히려 시작에 지나지 않을 뿐이다. "숙어지는 고개로나마 / 터질 듯이 눈물 고힌 가슴으로 / 마음이 못 써나는 님의 품으로 / 나는 이제나마 도라옵니다"는 일곱 번째 연과 곧바로 이어지는 "님의 어엽붐을 아는 바에야 / 그 보드라운 두 눈이 업시는 / 나의 압길이 캄캄한 바에야 / 오 나는 이제나마 도와야지요"라는 연은 이 점을 뒷받침한다. 또한 시적 화자 '나'는 열 번째 연에서 "님의 사랑을 밧음보다도 / 이제 브터야 중심인 님의 품으로 / 나는 이제나마 돌아옵니다"라고 노래한다. '나'의 앞길이 캄캄하다는 것은 아직도 식민지 조국에 광복의 빛이 보이지 않는다는 뜻이고, '나'는 이제나마 도와야 한다는 것은 작은 힘이나마 조국을 위하여 힘을 보태야 한다는 말이다.

　김영의 또는 시적 화자가 귀국하면서 느끼는 각오와 관련하여 여덟 번째 연의 마지막 행 "이제나마 도와야지요"에서 '도와야지요'라는 말을 좀 더 찬찬히 살펴볼 필요가 있다. 지금까지 세월이 조국 해방을 위한 준비 단계에 지나지 않았다면 유학을 마친 이제는 조국 해방을 앞당기도록 실천적으로 도와야 할 때다. 화자가 민족을 위하여 해야 할 일이 기다리고 있다는 사실을 깨닫는 것은 아홉째 연의 "못 노흐실 듯이 못 노흘실 듯이 / 나 써날 째 펴신 님의 팔은 / 여러 해 지난 이제나마도 / 나를 바라고 기다리섯지요"에서 좀 더 뚜렷이 엿볼 수 있다.

5. 이정두의 창작 시

『우라키』에 실린 창작 시 작품은 그 스펙트럼이 무척 넓어서 시적 자아
의 생각과 감정을 아름답게 표현하는 서정적인 작품이 있는가 하면, 자못
격앙된 목소리로 일본 제국주의의 식민주의나 사회악에 맞서 울분을 표
출하는 저항적인 작품도 있다. 후자에 속하는 작품을 발표한 시인 중에서
아마 이정두는 첫손가락에 꼽힐 것이다. 그는 일본 경찰로부터 '요주의
인물'의 목록에 올라 있는 인물이었다. 이정두는 「동지들에게 보내는 시」
에서 투쟁에 앞장설 것을 부르짖는다.

> 동지同志여!
> ─우리의시詩는 아름다운노래
> 그대들게보내는편지便紙다!
> 느진저녁
> 열풍烈風은 거리에나무를흔들고
> 우리의손은
> 도시에큰길에 화약火藥을뭇는다
>
> 동지여!
> 우리의시는 우리의노래
> 그대들게보내는 전령傳令이다!
> 이른아츰
> 미풍微風은 언덕을넘고

이 작품의 시적 화자는 첫 행부터 피화자를 '당신'이니 '그대'니 '님'이니 하는 낱말 대신 아예 '동지'라고 부른다. 물론 셋째 행에서 '그대'라는 말을 사용하지 않는 것은 아니다. '동지'란 프랑스에서 혁명을 함께하던 사람들을 부를 때 사용하던 호칭으로 어떠한 일에서 뜻을 같이하는 사람을 일컫는 말이다. 프랑스어 동지camarade의 어원인 '카마라camara'는 방을 뜻하는 라틴어에 뿌리를 둔다. 동지란 글자 그대로 해석하면 '같은 방을 사용하는 사람들'이란 뜻이다. 그래서 사회주의 국가에서는 '동무'라는 용어를 즐겨 사용해 왔다.

이렇듯 독자들은 이 '동지'라는 말에서부터 자연스럽게 사회 변혁이나 혁명을 떠올리게 된다. 그런데도 시적 화자는 계속하여 "우리의시는 아름다운노래 / 그대들게보내는 편지"라고 말한다. 여기서 찬찬히 눈여겨볼 것은 시적 화자가 개아적인 '나'가 아니라 집단적인 '우리'라는 점이다. 더구나 시적 화자의 지적대로 아름답고 그렇지 않은 것은 어디까지 주관적 판단에 따른 것이어서 동지에게 어떤 행동을 하도록 부추기는 작품도 얼마든지 '아름다운 노래'가 될 수 있다. 다만 여기서 '편지'는 달콤한 연정을 담은 연애편지라기보다는 어떤 선동적인 메시지일 것이다. 아니나 다를까 둘째 연에 이르러 시적 화자는 '편지'라는 말 대신 '전령'이라는 말을 사용한다.

첫째 연의 마지막 세 행 "느진저녁 / 열풍은 거리에나무를흔들고 / 우리

---

24 이정두, 「동지들에게 보내는 시」, 『우라키』 4호, 118쪽.

의손은 / 도시에큰길에 화약을뭇는다"는 구절을 다시 한번 찬찬히 살펴보자. 한자로 '熱風'이라고 표기하기도 하는 '열풍'은 일차적 의미는 세차게 부는 바람을 뜻하지만, 이차적 의미는 어떤 현상이 사회적으로 세차고 뜨겁게 일어나는 기세를 말한다. 위 작품에서 시적 화자가 말하는 열풍은 아마 후자를 가리킬 것이다. 가령 그것은 일본 제국주의에 항거하는 독립운동의 열풍일 수도 있고, 이 무렵 미국 경제 대공황의 폭풍을 타고 거세게 불기 시작한 사회주의의 열풍일 수도 있다. 그것이 아니라면 한 민족이나 국가의 테두리를 벗어나 인류 전체를 아우르는 좀 더 보편적인 어떤 운동일 수도 있다. 그런데 그 열풍이 가로수를 흔들어댄다는 것은 그만큼 그 세력이 엄청나다는 것을 뜻한다.

한편 "우리의손은 / 도시에큰길에 화약을뭇는다"는 구절도 생각해 보면 볼수록 그 의미가 예사롭지 않다. '화약'이라는 낱말에서는 혁명이나 전쟁의 냄새가 매콤하게 코를 찌른다. 이 '화약'은 셋째 연의 '총'과 깊이 관련되어 있다. 둘 다 사람을 살상하는 무기로 사용되기 때문이다. 화자는 도시의 큰길에서는 새로운 변혁을 부르짖는 목소리가 넘쳐나지만 지금은 아직 분연히 일어설 때가 아니라고 생각한다. 그래서 화자는 잠시 혁명의 수단인 화약을 땅에 묻어 둔 채 때를 기다린다.

둘째 연은 첫째 연과 여러모로 좋은 대조를 이룬다. 첫 번째 연의 '늦은 저녁'이 시간이 흘러 둘째 연에서는 '이른 아침'으로 바뀌고, 뜨거운 '열풍'은 어느덧 부드러운 '미풍'으로 바뀐다. 이렇게 밤이 지나 밝아온 이른 아침과 언덕 너머로 부드럽게 불어오는 미풍에서는 새로운 희망의 메시지를 읽을 수 있다. 마지막 행 "우리의 기는 빗나게 달린다"에서 시적 화자는 은유를 한껏 구사한다. 가령 깃발은 청마青馬 유치환柳致環이 「기빨」에서 "이것은 소리 없는 아우성 (…중략…) / 순정은 물결같이 바람에 나부끼고 / 오로지 맑고 곧은 이념의 표ㅅ대 끝에 / 애수는 백로처럼 날개를 펴다"라고 노래할 때처럼 이념의 상징으로 자주 쓰인다. 이정두가 그러한 이념의 상징인 깃발이 빛나게 달린다고 노래하는 것은 깃발을 달리는 말에 빗대기 때문이다. 화자는 그것도 그냥 달리는 것이 아니라 공감각적 이미지를 구사하여 '빛나게 달린다'고 표현한다.

방금 앞에서 동아시아의 문학관과 관련하여 문이재도를 언급했지만 이정두는 문학을 도를 싣는 수레 대신 사회 변혁이나 혁명의 수단으로 삼으려고 하였다. 화자는 셋째 연에 이르러 이러한 태도를 좀 더 뚜렷이 드러낸다.

동지여!
래일 우리는 펜을총銃으로!
래일 우리는 진군나팔進軍喇叭을울니자
인류를 구救하는 진두陣頭에서
…………그날까지
동지여!
우리의시는 아름다운노래
그대들게보내는편지다.[25]

위 연에서 이정두는 은유 대신 환유를 즐겨 구사한다. 보편성에 무게를 두는 은유와는 달리 환유는 구체성에 무게를 싣는다. 달리 말해서 은유가

---

25 위의 글, 113쪽.

지배 담론과 맞닿아 있는 수사법이라면 환유는 어디까지나 저항 담론과 밀접하게 연관되어 있는 수사법이다.[26] '오늘'이 현재를 가리키는 환유이듯이 '래일'은 미래를 가리키는 환유다. "펜은 칼보다 강하다"는 서양 속담에서 볼 수 있듯이 '펜'이나 '붓'은 문필을 가리키는 환유고, '칼'이나 '총'은 무력을 가리키는 환유다. 손에 '펜' 대신 '총'을 들자는 시적 화자의 권유에 어떤 독자는 섬뜩한 느낌이 들지도 모른다. 그렇다면 화자는 하필이면 왜 '오늘현재'이라고 말하지 않고 '래일미래'이라고 말할까? 지금은 아마 학업에 종사하는 때여서 그럴 것이다. 그러나 학업을 모두 마치고 나면 도시의 큰길에 묻어두었던 화약을 꺼내 진군나팔을 울리며 인류를 구원하는 그날까지 온갖 사회악에 맞서 싸워야 할 것이다.

이정두는 「동지들에게 보내는 시」에 이어 『우라키』 5호에 「광자狂者의 노래」를 기고하였다. 소재와 형식과 주제에서 이 두 작품은 서로 비슷하다. 두 작품 모두에서 '시'나 '노래'의 형식을 빌리지만 이정두가 독자들에게 전하려는 메시지는 크게 다르지 않다. 그는 앞 작품 첫머리에서 "우리의 시는 아름다운 노래 / 그대들게 보내는 편지 (…중략…) 그대들게 보내는 전령이다!"라고 분명하게 밝힌다. 그러므로 이 두 작품은 시인가 하면 노래요, 노래인가 하면 편지요, 편지인가 하면 전령인 셈이다.

손에는불온문不穩文
파켓트에는폭약爆藥
오날은 이도성都城

---

26 이 점에 대해서는 김욱동, 『은유와 환유』, 서울 : 민음사, 1999, 253~296쪽 참고.

내일은 도인都人

화광火光에서 재[灰]맛되고

우리의 기旗는달닌다.

나를 광자狂者라고

거리에 넘어진나를……

순사는 쪼츠며

행인은 지내간다

그러나 손에는 그들을위한복음福音!

파켓트에는 그들을구求하는 독약毒藥이잇도다.

나를광자라고……

그들은명부名簿에서 제명하고

거리밧그로 쪼차낸다

어러죽어도 조코

마저죽어도 조흔몸둥이라고

그러나 내게는 일점一點의만족이 잇나니……

서광曙光의 그날이여!

인류를 구하는진두陣頭에서

어서오소서.27

_____

27 이정두, 「광자의 노래」, 『우라키』 5호, 1931.7, 156쪽.

이 작품에서 무엇보다도 눈에 띄는 것은 이정두가 「동지에게 보내는 시」에서 사용한 시어나 시구를 거의 그대로 반복한다는 점이다. 예를 들어 전자의 작품에서 사용한 '화약'은 후자의 작품에서는 '폭약'으로 바뀐다. "우리의 기는 빗나게 달닌다"는 구절은 뒤의 작품에서는 '빗나게'라는 부사를 빼고 "우리의 기는달닌다"가 된다. 앞 작품에서 사용한 구절 "인류를 구하는진두에서"는 토씨 하나 바꾸지 않고 뒤의 작품에 그대로 사용한다.

그러나 이 작품의 시적 화자 '나'는 「동지에게 보내는 시」의 화자보다 훨씬 더 과격하다. 앞의 작품이 혁명을 위한 준비 단계에 해당한다면 뒤의 작품은 좀 더 실행 단계에 가깝다. 전자의 작품에서 시적 화자는 "도시에 큰길에 화약을뭇는다"고 말한다. 그러나 후자의 작품에서 시적 화자는 땅에 묻은 화약을 꺼내 호주머니에 넣고 깃발을 나부끼며 이 도시 저 도시 곳곳을 돌아다니며 언제든지 사용할 수 있도록 만반의 태세를 갖춘다.

'광자의 노래'라는 제목에서도 볼 수 있듯이 이 작품의 시적 화자 '나'는 미치광이 취급받는 혁명가다. 물론 화자가 자신을 미치광이로 부르는 것이 아니라 '그들'이 그를 그렇게 부를 따름이다. 그렇다면 '그들'은 과연 누구일까? 이 물음에 답하기 위해서는 "손에는 그들을위한복음! / 파켓트에는 그들을구하는 독약"이라는 구절을 좀 더 찬찬히 살펴보아야 한다. 시적 화자 '나'는 '그들'에게 복음을 전하려고 손에는 불온 문서를 들고, '그들'을 살리려고 호주머니에 폭약을 소지하고 다닌다. 그런데도 '그들'은 시적 화자 '나'를 '광자'로 취급하면서 "명부에서 제명하고" 길거리 밖으로 쫓아낸다. 문맥으로 미루어보아 '그들'은 사회 개혁을 위한 역사적 소명을 깨닫지 못한 채 지금껏 살아온 삶의 방식에 취하여 깊이 잠들어 있는 우매한 민중임이 틀림없다. 그러나 시적 화자는 이러한 상황에 쉽게 좌절하지 않는다. 언젠가는 반드시 서광의 날이 찾아올 것이라고 굳게 믿기 때문이다.

그런데 이 작품에서 한 가지 주목할 것은 시적 화자가 꿈꾸는 이상주의 사회란 단순히 일본 제국주의의 식민지 압제에서 풀려난 해방 조선이 아니라는 점이다. 화자가 상정하는 이상주의 사회는 한반도를 뛰어넘어 그 스펙트럼이 훨씬 더 넓다. 「동지들에게 보내는 시」처럼 「광자의 노래」에서도 화자는 "인류를 구하는 진두에서" 호소한다. 다시 말해서 그는 한 특수한 민족이 아니라 보편적 인류의 평화와 안녕을 갈구하고 그것을 쟁취하려고 진군나팔을 부는 것으로 보아 크게 틀리지 않는다.

6. 흑구 한세광의 창작 시

이렇게 시 작품에서 사회의식을 첨예하게 표현한다는 점에서는 한흑구도 이정두와 크게 다르지 않다. 미국 유학 중인 조선 학생 중에서도 유난히 사회의식이 강한 한흑구는 백인 중심 사회에서 온갖 억압받는 미국 흑인에 깊은 동정을 품고 있었다. 그의 사회의식은 비단 흑인에 그치지 않고 백인을 포함한 다른 사회적 약자로 이어졌다. 미국이 경제 대공황의 깊은 늪을 지나는 동안 비록 정도의 차이는 있지만 백인이 겪는 시련도 흑인을 비롯한 다른 유색인종 못지않았다. 주로 시카고와 필라델피아 같은 대도시에서 생활한 한흑구는 도시 빈민의 실상을 몸소 목도하였다. 그가 『우라키』에 발표한 여러 작품 중에서도 「첫 동이 틀 째」는 고발문학적인 성격이 강하다.

암흑의거리—

도살장屠殺場갓흔 골목길—

첫동은 샐간열정熱情의 파문波紋을 타고서

새로운 맹약盟約의 몽둥이를 들어

너이의 팔쭉을 쑤다려보지 안느냐!28

한흑구는 이 작품 끝에 "1930년, 제야에"라고 적어놓은 것을 보면 섣달 그
믐밤에 쓴 것 같다. 1930년 12월이라면 미국이 경제 대공황의 긴 터널로
진입한 지 일 년쯤 지난 무렵이다. 경제 대공황기 시카고에서는 길거리를
오가던 전차도 멈추고 이제 도시는 암흑에 휩싸여 있다. 그런데 여기서 암
흑은 비단 물리적 어둠만을 뜻하지 않고 은유적으로 당시 암울한 시대적
상황을 말한다. 이 무렵 미국은 1929년 10월 월스트리트 증권 시장의 몰
락으로 그야말로 한 치 앞도 내다볼 수 없는 막다른 상황에 놓여 있었다.
그런가 하면 '암흑'은 금주법이 시행되면서 시카고 같은 대도시를 중심으
로 우후죽순처럼 생겨난 조직 폭력배의 암약을 암시하기도 한다. 이탈리아
계 마피아 알 카포네는 '암흑가의 황제'로 시카고를 중심으로 전설적인 조
직 폭력배 두목으로 악명을 날렸다.

이 점과 관련하여 그다음 행의 "도살장 갓흔 골목길"은 시사하는 바 자
못 크다. 하늘을 찌를 듯이 높이 솟아 있는 화려한 마천루에 가려 잘 보이
지 않지만 시카고는 가축 도살과 폭력으로 얼룩져 있는 도시이기도 하다.
미국 중서부 초원에서 사육되어 운송되어 온 소와 돼지를 도축하고 가공하

---

28 한흑구, 「첫 동이 틀 째」, 『우라키』 5호, 151쪽.

는 도축업은 시카고의 가장 중
요한 산업 중의 하나다. 업튼 싱
글레어가 『정글』1906에서 실감
나게 묘사하듯이 시카고 남쪽
의 도살장과 도살된 가축을 미
국 전역으로 운송하는 지역은
그야말로 피비린내가 진동하는
곳이다.

그러나 한흑구가 말하는 "도
살장 같은 골목길"이란 화려한
시카고의 번화가 뒤쪽의 비인
간적인 이면 세계를 말한다. 시
카고의 급성장 이면에는 처절
한 노동 착취의 어두운 그림자

『우라키』에 시, 평론, 번역 등을 기고한 흑구 한세광(오른쪽).
뒷날 귀국하여 그는 수필가로 일가를 이루었다.

가 짙게 드리워져 있었다. 시카고의 발전은 도축장에서 일하는 최하층
노동자들의 피와 땀의 결실이기도 하다. 다양한 계층의 이민 집단으로
이루어진 노동자들은 경제 대공황기에 더더욱 노동을 착취당할 수밖에
없었다.

그래서 노동자들은 노동 조건 향상을 요구하며 시위를 벌였지만 당국은
시위를 불법으로 규정하여 탄압하자 경찰에 대한 폭탄 투척으로 발전하
였다. 폭탄 투척에 관련된 여섯 명은 마침내 사형당하여 '노동 순교자'의
반열에 올랐다. 이 사태가 바로 헤이마켓 폭동 사건이다. 이 사건에서 볼
수 있듯이 시카고는 이민 노동운동의 중심지요 아나키즘 운동의 메카로

유명해졌다. 첫 연의 마지막 행 "첫동은 샛간열정의 파문을 타고서 / 새로운 맹약의 몽둥이를 들어 / 너이의 팔쑥을 쑤다려보지 안느냐!"라는 구절에서는 목숨을 걸고 자본가에 맞서 싸우는 노동자들의 분노를 느낄 수 있다. 한흑구는 시위를 진압하던 공권력에 희생당한 노동자들의 처절한 모습을 다음 연에서 이렇게 노래한다.

보라!
네엽구리에 가로노인 시체屍體들을!
감지못한 눈에는 정의正義의빗이 가득하고
탈쯧이마른 두입살에는 자유自由의 불으지즘
아! 이 웬일인가! 이 착한사람들이!
그러나 다시 그 엽구리에 손을 대여보라!
창鎗의혼적! 그리고 주린장자腸子를!²⁹

한흑구는 짐짝처럼 길거리에 놓인 시체들의 채 감지 못한 눈에는 '정의의 빛'이 가득 차 있고, 마를 대로 마른 그들의 입술에는 '자유의 부르짖음' 깃들어 있다고 말한다. 그러면서 선량하기 그지없는 사람들이 이렇게 자유와 정의를 부르짖다가 공권력에 무참하게 희생당했다고 분개한다. 한흑구는 그다음 연 첫 행에서 "보라! 그대여! 보라! 그대여!"라고 마치 주문을 외우기라도 하듯이 되풀이하여 말한다. 또한 그는 유난히 느낌표를 자주 사용하여 시각적으로도 독자의 감정을 한껏 돋우려고 한다.

---

29 위의 글, 152쪽.

자칫 그냥 넘겨 버리기 쉽지만 좀 더 찬찬히 뜯어보면 위 인용문에서 한 흑구는 성경과 관련한 인유법을 구사한다. 첫 행 "보라!"에서는 「요한복음」 19장 5장에 나오는 라틴어 어구 "에케 호모ecce homo"가 떠오른다. "이 사람을 보라!"는 말은 폰티우스 필라투스가 예수를 채찍질하고 머리에 가시관을 씌운 뒤 성난 무리 앞에서 예수를 가리키면서 한 유명한 말이다. 또한 '옆구리'니 '손을 대다'니 '창의 흔적'이니 하는 표현도 하나같이 골고다 언덕에서 예수를 처형하는 장면과 관련되어 있다. 한마디로 한흑구는 노동자들의 죽음을 단순히 노동 쟁의의 희생이 아니라 한발 더 나아가 종교적 차원으로 끌어올린다.

이렇게 경제 대공황을 맞이하여 미국 노동자들이 겪는 고통과 분노는 한세광이 '한흑구'라는 필명으로 『우라키』 7호에 기고한 「쉬카고」라는 작품에서 훨씬 뚜렷이 엿볼 수 있다. 그는 제목 다음에 영어 대문자로 'CHICAGO'를 병기하여 미국 제2의 도시에 독자들의 주의를 환기한다. 조금 길지만 전문을 인용하기로 한다.

'쉬카고'는 나의 둘재 고향故鄉!
거기에는 나의 동무가 잇고
조국을 위하여 싸우는
내 동포의 숨길이 잇는 곳

호수湖水 가에는 공원과 '호텔'
'캐시노클럽'으로 가는 자동차들
이 곧에 혼자 나와 앉어

수심하는 동무의 날이여!

'클락 스트릿' 건너 서편에는
백년 늙은 헌집속에 몬지뎅이
밤 늦어 이 골목으로 들어 가는
동모의 무겁게 숙어진 머리

'쉬카고'는 나의 둘재 고향!
거기에는 '애리스토클맅'의 밤이 잇고
'룸펜'의 배 곪은 아츰이 잇는 곧
그리고 그릇나르고 얻어먹는 밥집이어!

'쉬카고'는 시인詩人을 미치게하엿고
사회학자社會學者를 잠못자게 하엿고
'캐폰'의 총銃대는 '호텔'문을 잠그고
시장市長은 '캐폰'의 축배를 들엇도다

돈 많은 사람의 노래터!
예술藝術에게 리혼 당한 화가畫家의 술노래!
음악가音樂家의 엉뎅이 춤!
그 속에도 내 동모들의
무거베 느러진 머리!

'쉬카고'는 나의 둘재 고향!

쌈 많은 그 곧 술 많은 그 곧

돈 많은 그 곧 그러나

일자리는 없는 사람들!

그중에도 내 동모 그리고

머리 긴 동모들!

동모여! '시카고'여!

그 곧은 세상에 둘도 없는

현대인의 수술실手術室이어니 —

우리들의 수술실이어니 —

굶고 헐벗어도

그 곧마는 우리의 수술실!

아! 나의 둘재 고향 쉬카고!

동모와 그 곧이 그립구나![30]

한흑구는 이 작품 끄트머리에 "1932.5.1 필라델피아에 와서"라는 구절을 적어놓았다. 그는 시카고의 파크대학에서 영문학을 전공하다 이 해 필라델피아의 템플대학교로 전학하여 신문학을 전공하기 시작하였다. 그가 이렇게 전공을 바꾼 것은 사회 정의를 부르짖기 위해서는 문학보다 오히려

---

30 한흑구, 「시카고(CHICAGO)」, 『우라키』 6호, 1933.3, 87~88쪽.

저널리즘을 공부하는 것이 더 효과적이라고 판단했기 때문인지도 모른다.

시적 화자 '나'는 시카고를 '나의 둘째 고향'이라고 말한다. 평양에서 태어난 한흑구는 1929년 도미하여 시카고에서 유학하며 학업과 학생 활동으로 바쁜 나날을 보냈다. 화자의 말대로 시카고는 '나'의 친구들이 살고 또 식민지 조국을 위하여 싸우는 '동포의 숨길'이 살아 숨 쉬는 곳이기도 하다. 이 무렵 시카고는 샌프란시스코나 로스앤젤리스 못지않게 조선 독립운동의 산실과 다름없었다. 한순교韓舜教를 비롯하여 강영대姜永大 · 강영소姜永韶 · 강영상姜永祥 형제들, 김경金慶 같은 인물들이 시카고에서 사업하며 독립운동을 직간접으로 도왔다. 또한 정양필鄭良弼과 안재창安載昌은 비교적 가까운 미시간주 디트로이트에 정안주식회사를 설립하여 여러모로 독립운동에 이바지하였다.

한편 시카고는 1930년대 미국 사회의 현실을 보여 주는 거울과도 같았다. 경제 대공황을 겪던 무렵 시카고는 미국의 그 어느 대도시보다도 빈부의 골이 깊었다. 시적 화자의 말대로 시카고는 여전히 "돈 많은 사람의 노래터"일 뿐이다. '노래터'란 술을 마시며 춤을 추고 노래를 부르는 유흥장을 가리키는 말로 '놀이터'와 거의 같은 뜻이다. 다운타운의 카지노클럽으로 향하는 자동차의 물결과는 대조적으로 일자를 잃은 노동자들은 배를 굶주린 채 공원 벤치에 앉아 있다. 백인들도 일자리를 구하기 힘든 상황에서 이민자들이나 유학생들의 삶은 더더욱 열악할 수밖에 없었다. 넷째 연의 "그러고 그릇 나르고 얻어먹는 밥집이어!"라는 구절에서도 볼 수 있듯이 유학생 대부분은 레스토랑에서 접시 닦는 일을 하며 고학하였다. 일이 끝나면 밤늦게 고단한 몸을 이끌고 클락 스트리트 서쪽에 자리 잡은 먼지투성이의 낡은 집으로 걸어간다.

넷째 연의 "거기에는 '애리스토클랩'의 밤이 잇고 / '룸펜'의 배 곯은 아츰이 잇는 곧"이라는 구절도 좀 더 찬찬히 살펴볼 필요가 있다. 경제 대공황을 가져온 주범 가운데 하나라고 할 귀족 계급이나 자본가들은 여전히 흥청거리며 밤 문화를 즐긴다. 사회주의 혁명가들은 그들을 마땅히 타도해야 할 대상으로 간주한다. 그렇다면 아침 밥이 없어 배를 곯는다는 룸펜은 어떠할까? 잘 알려진 것처럼 룸펜은 독일어 '룸펜 프롤레타리아Lumpen-proletariat'를 줄인 말로 카를 마르크스가 처음 사용한 용어다. 자본주의 사회에서 비정상적인 일용직 노동에 종사하는 최하층 노동자이면서도 반동적 음모에 가담하는 계급을 경멸하여 부르던 말이다. 쉽게 말하여 '유랑流浪무산계급'이라고도 한다. 한세광은 이 '룸펜'을 경제 대공황의 거센 물결 속에서 직업을 잃은 노동자를 포함하여 지식인 실업자를 가리키는 환유로 보았다.

이렇게 룸펜을 양산하는 자본주의의 실패와 폐해는 다섯째 연에 이르러 좀 더 분명하게 드러난다. "'쉬카고'는 시인을 미치게 하엿고 / 사회학자를 잠 못자게 하엿고 / '캐폰'의 총대는 '호텔'문을 잠그고 / 시장은 '캐폰'의 축배를 들엇도다." 1930년대 초엽 시카고는 도대체 왜 시인들을 미치게 하엿을까? 많은 시인이 룸펜으로 전락했기 때문일 수도 있고, 자본주의를 날카롭게 비판하고 사회의식을 드높이는 작품을 '미친 듯이' 써야 하는 절박한 사명감을 느꼈기 때문일 수도 있다. 그러나 그다음 연을 보면 후자보다는 아무래도 전자가 더 맞는 듯하다. 시카고는 이제 "예술에게 리혼 당한 화가의 술노래! / 음악가의 엉뎅이 춤!"이 난무하는 도시로 변모하였다. 이러한 상황에서 시인을 비롯한 예술가들이 마음껏 예술적 상상력을 발휘하기란 무척 어려울 것이다.

재미한인사회과학연구회 회원들이 주로 유학한 시카고 소재 루이스학원(현 일리노이 공과대학)

　그렇다면 시적 화자는 도대체 왜 사회학자들이 잠을 제대로 이루지 못한다고 말할까? 1930년대를 흔히 '붉은 10년'이라고 부른다. 경제 대공황이 미국 전역을 휩쓸던 무렵 사회주의가 그 어느 때보다 뭇 사람의 마음을 사로잡기 시작하였다. 이러한 상황에서 사회학자들의 역할이 무척 클 것이다. 이 무렵 시카고에서 공부하던 조선 유학생은 유학생대로 '재미한인사회과학연구회'를 조직하여 사회주의 사상을 좀 더 체계적으로 연구하였다. 한흑구는 고병남, 김태선, 김호철 등과 함께 이 연구회에서 주도적인 역할을 하였다.[31] 『우라키』 4호 광고란에는 북미조선학생총회 10주

---

31 김욱동, 『아메리카로 떠난 조선의 지식인들－북미조선학생총회와 『우라키』(이숲, 2020, 200~216쪽; 고정휴, 「1930년대 미주 한인사회주의 운동의 발생 배경과 초기 특징」, 『한국근대현대사연구』 54집, 2010.가을, 182~183쪽 참고.

년을 기념하려고 여러 기관과 단체에서 축하 광고를 실었다. 그런데 그중에는 '재미국사회문제연구회' 이름으로 광고가 실려 있어 눈길을 끈다. 여러 정황으로 미루어보아 이 연구회는 재미한인사회과학연구회를 가리키는 것으로 보아 크게 틀리지 않는다.

1930년대의 시대적 상황이 이렇게 엄중한데도 시카고 시장은 시대적 상황을 깨닫지 못한 채 이 무렵 금주법으로 대도시를 중심으로 우후죽순처럼 생긴 조직 폭력배의 두목들과 영합하였다. 시장이 호텔 문을 잠그고 '캐폰의 축배'를 들었다는 것은 행정 책임자가 조직 폭력배와 한패가 되었음을 뜻한다. '캐폰'이란 이 무렵 시카고에서 활동하던 이탈리아계 마피아의 두목 '알 카포네Al Capone'를 가리킨다. 그의 이름은 한국을 비롯한 여러 나라에서는 이탈리아 발음으로 흔히 '알 카포네'로 널리 알려져 있지만, 미국에서는 영어식 발음 '앨 커폰'에 가깝게 발음한다. 그는 자신이 이탈리아인이라는 사실을 숨기려고 미국식으로 '카폰 씨Mister Carpon'라고 불렀다.

한흑구의 사회의식은 마지막 두 연에 이르러 좀 더 분명히 드러난다. "동모여! '시카고'여! / 그 곧은 세상에 둘도 없는 / 현대인의 수술실이어니— / 우리들의 수술실이어니—"에서 '동모'는 시적 화자의 동무를 가리키기도 하지만, '머리 긴 동모들'이라는 구절에서도 엿볼 수 있듯이 흑인을 비롯한 유색인종들을 가리킨다. 유색인종들도 조선 유학생들 못지않게 사회주의 혁명에 동참하는 동반자들이다.

그러나 이 두 연에서 무엇보다도 눈길을 끄는 것은 '수술실'이라는 낱말이다. 시적 화자는 시카고를 두고 이 세상에 둘도 없이 유일한 '현대인의 수술실'이라고 밝힌다. 마지막 연에서도 그는 "굵고 헐벗어도 / 그 곧마는 우리의 수술실!"이라고 노래한다. 병원의 수술실이 중병에 걸린 환자를 낮게 하는 공간이듯이 시카고는 자본주의라는 현대 경제체제의 질병을 치유하는 공간이라는 뜻이다. 시카고에서 자본주의의 수술이 성공하느냐 실패하느냐 따라 앞으로 미국 사회의 성패가 판가름이 날 것이다.

한흑구는 미국이 안고 있는 사회 문제에서 잠깐 눈을 돌려 이번에는 식민지 조국의 현실을 생각한다. 그는 「첫 동이 틀 째」를 발표하기 일 년 전 『우라키』 4호에 「그러한 봄은 쏘 왓는가」라는 작품을 기고하였다. 소재와 주제에서 두 작품은 서로 비슷하지만 후자의 작품은 고향에 대한 아련한 향수에 가려 고발문학적인 성격이 전자보다는 훨씬 덜하다.

> 새벽부터 어즈러운 긔덕소래에
> 밥그릇 엽혜ㅅ 긴[낀] 허리굵은 뒷마을 사람들
> 눈 부빌새도 업시 공장에 가는 무리들이여
> 젓달나고 우는 애우름 귀에 담엇는가!
> 아직도 그모양 내눈에 빗긴 — 아 내고향[고향]!
> 그러한 봄은 쏘 왓는가
> 무리를 위한 무리들의 부르지짐이여!
> 아직도 그부르지짐 나 이곳셔도 찻나니
> 그나마 내귀에 멀어질 째면
> 원망하리도 업는 내고향아!
> 부르지짐의 봄!
> 생명의 봄!
> 그러한 봄아! 쏘 다시 왓는가!
> 그러한 봄이여! 그대품에 쏘 다시 왓는가[32]

한흑구는 1930년 3월 초 일제강점기 평양에서 노동자들이 잠에서 깨어나 "눈 비빌 사이도 없이" 아침 일찍 공장에 출근하는 모습을 회상하며 이 국땅에서 이 작품을 썼다. 그가 이국땅에서 이 작품을 썼다는 것은 "아직도 그부르지짐 나 이곳셔도 찻나니"라는 구절에서 엿볼 수 있다. 여기서 '이곳'이란 한흑구가 유학하던 미국을 말하고, '부르지짐'이란 노동자들이 출근하면서 동료 노동자들에게 내뱉는 와자지껄한 소리를 말한다. "졋달나고 우는 애우름 귀에 담엇는가!"라는 구절을 보면 노동자들 중에는 여성들도 있는 것 같다. 한흑구는 새봄을 맞이하여 문득 고향에서 보던 고단한 노동자의 일상을 회상한다. 그러나 이 작품에서 시카고 도살장의 비참한 노동자들의 모습은 좀처럼 찾아볼 수 없다. 오히려 "원망하리도 업는 내 고향아!"라는 구절에서 읽을 수 있듯이 아련한 향수가 아지랑이처럼 피어오른다.

위 작품에서 주목해 볼 것은 "부르지짐의 봄! / 생명의 봄! / 그러한 봄아! 또 다시 왔는가! / 그러한 봄이여! 그대품에 또 다시 왔는가"라는 마지막 네 행이다. 이 구절에서는 일제 식민지 시대 노동에 시달리는 열악한 노동자의 삶보다는 새봄을 맞아 노동자의 삶에 대한 의지와 약동하는 생명력을 느낄 수 있다. 비록 일본 제국주의에 조국을 빼앗겼지만 노동자들의 부르짖음과 생명을 구가하는 봄에서 광복과 해방의 희망을 발견한다.

그러고 보니 한흑구의 이 작품은 이상화李相和가 4년 전 『개벽』에 발표한 「쎄앗긴 들에도, 봄은 오는가」 1926와 여러모로 비슷하다. 한흑구의 "그러한 봄은 또 다시 왔는가!"라는 구절에서는 "지금은 남의쌍─쎄앗긴 들에

---

32 한흑구, 「그러한 봄은 또 왔는가」, 『우라키』 4호, 122쪽.

도 봄은 오는가?"라는 첫 구절이 곧바로 떠오른다. 이상화는 국토 찬탈과 식민지의 민족현실을 '빼앗긴 들'에 빗대어 말한다면, 한흑구는 대동강과 능라도와 을밀대가 있는 고향 평양으로 표현하는 것이 조금 다를 뿐이다. 한흑구가 이상화의 작품을 읽었던 읽지 않았던 두 작품은 어김없이 찾아오는 계절의 순환을 노래한다. 그러나 이상화의 작품과 비교하여 한흑구의 작품은 훨씬 더 긍정적이고 희망에 차 있다. 이상화는 마지막 11연 "그러나 지금은 들을 빼앗겨 봄조차 빼앗기겠네"에서는 체념과 절망의 그림자가 드리워 있다. 반면 한흑구는 "부르지짐의 봄! / 생명의 봄! / 그러한 봄아!"라고 노래함으로써 희망의 끈을 놓지 않는다. 한마디로 한흑구의 작품에서는 사회주의적 낭만주의나 낙관주의를 읽을 수 있다.

한흑구가 『우라키』에 발표한 마지막 작품은 이 잡지 7호에 기고한 「목마른 묻엄」이다. 1932년 9월 필라델피아에서 쓴 이 작품에서는 식민지 조국에 대한 그의 애틋한 사랑을 읽을 수 있다. 시적 화자 '나'가 태평양 건너에서 조국을 생각하는 마음은 무척 애절하고 남다르다.

님이어!
내가 말일 죽거든
님의 이슬을
나의 묻엄 가에 나리소서

세상에 묻엄이
많이도 누엇지만
아! 나의 묻엄 같이

목마른 묻엄이

어데 잇으리까?

산과 바다를 건너

떠단기는 내 몸은

죽을 때까지 님을 못뵈올까

목이 타고 타고 합니다.[33]

'목마르다'는 말은 글자 그대로 입과 목이 말라 물을 마시고 싶은 상태
를 말하지만, 어떤 대상을 바라는 것이 몹시 간절하다는 것을 뜻하기도 한
다. 김지하金芝河는 「타는 목마름으로」에서 "숨죽여 흐느끼며 / 네 이름 남
몰래 쓴다 // 타는 목마름으로 / 타는 목마름으로 // 민주주의여 만세"라
고 노래한다. 그는 독재정권 밑에서 신음하며 자유민주주의를 갈구하는
모습을 갈증으로 표현한다. 김지하보다 40여 년 전 한흑구는 「목마른 묻
엄」에서 일본 제국주의의 식민지 통치에서 신음하는 한민족이 열망하는
해방을 노래하였다. 셋째 연 마지막 두 행 "죽을 때까지 님을 못 뵈올까 /
목이 타고 타고 합니다"를 보면 더더욱 그러한 생각이 든다. 지금 산과 바
다를 건너 이국땅에 와 있는 시적 화자는 일본 식민주의에서 해방된 조국
을 미처 보지 못하고 죽을까봐 전전긍긍한다.

시적 화자는 '님'에게 비록 해방된 조국을 보지 못한 채 죽더라도 자기
무덤 위에 이슬을 내려달라고 기도한다. '님'이 누구를 의미하는지는 앞

---

33 한흑구, 「목마른 묻엄」, 『우라키』 6호, 88쪽.

에서 여러 번 밝혔기 때문에 여기서 새삼 언급할 필요가 없을 것이다. 그가 이렇게 간절히 기도하는 것은 세상에 그처럼 목말라하는 무덤도 없기 때문이다. 따지고 보면 미국에 유학 중인 조선 학생들 중에서 한흑구처럼 조국 해방을 염원한 인물도 찾아보기 쉽지 않다. 일제강점기에 그는 무정부주의자로 오해받기도 하고, 경찰의 요시찰 인물 명단에 올라 많은 박해도 받았다. 1939년 흥사단 사건에 연루되어 검거된 뒤로 그는 붓을 꺾다시피 하였다.

지금까지 『우라키』에 실린 창작시 중에서 유암 김여식, 송은 김영의, 동해수부 홍언, 이정두, 흑구 한세광의 작품을 심도 있게 살펴보았다. 그러나 이 잡지에는 위에 언급한 시 작품 말고도 다른 작품들이 더 있다. 제한된 지면 때문에 중요하다고 생각하는 작품만 다루었을 뿐이다. 미처 다루지 못한 작품은 다음과 같다.

> 유암 김여식, 「무엇이 입부다구?」(5호)
>
> 흑구 한세광, 「여유」(5호)
>
> 보원, 「꿈에 본 발자취」(5호)
>
> 보원, 「밤길」(5호)
>
> 흑룡강인, 「비 나리는 날에」(5호)
>
> 장성욱, 「나의 벗 천원天園에게 들이는 마즈막 불길」(5호)
>
> 김종환, 「대臺 우에 새해 아참」(5호)
>
> 김종환, 「등장 밑에 고객孤客」(6호)
>
> 김혜란, 「우감偶感」(5호)
>
> 이정대, 「완월玩月의 밤」(5호)

이정대, 「불평객」(6호)

산천, 「눈물의 저주」(5호)

허연, 「따르는 강물」(6호)

허연, 「가을 빛」(5호)

『우라키』에 실린 창작 시는 이 무렵 식민지 조선에서 간행되던 문예지나 종합지 또는 재일본동경조선유학생학우회의 기관지 『학지광』에 실린 작품들과 비교해 볼 때 그다지 수준이 높다고 할 수는 없다. 그러나 이 작품에서는 1920년대 중엽에서 1930년대 중엽까지 미국 유학생들의 내면 풍경과 시적 상상력을 엿볼 수 있다. 특히 그들은 문학의 기능 중에서 심리적 또는 예술적 기능보다는 공리적 또는 실용적 기능에 훨씬 무게를 실었다. 그도 그럴 것이 일본 제국주의의 식민지 지배를 받던 상황에서 조국을 해방하는 일보다 더 절실한 과제는 없었을 것이기 때문이다. 그들에게 시는 곧 조국 해방을 앞당기는 무기와 다름없었다. 이정두가 한 시 작품에서 왜 "우리는 펜을 총으로!"라고 부르짖었는지 알 만하다. 미국에서 공부하던 조선인 유학생들은 그들 나름대로 총과 칼 대신 펜과 붓으로 독립운동을 하려고 했던 것이다.

　북미조선학생총회가 발행한 기관지 『우라키』에 실린 문예 작품 중에서 소설을 비롯한 산문은 창작 시 작품과 비교하여 양이나 질에서 조금 떨어진다. 그도 그럴 것이 문학사에서 시는 오랜 전통을 이어 온 반면, 소설과 산문은 비교적 뒤늦게 태어난 문학 형식이기 때문이다. 앞장에서 유교와 문학과의 관계를 잠깐 언급했지만 동양의 유교 전통에서도 '문'이라고 하면 산문보다는 운문을 가리키는 것이 보통이었다. 더구나 분량에서 보더라도 시보다는 소설이 아무래도 구상하고 집필하는 데 더 많은 시간이 걸린다. 그러므로 전문 작가가 아니고 학업에 종사하는 유학생으로서는 비교적 시간이 적게 걸리는 시 같은 장르를 택할 것이다. 여기서 소설이란 주로 단편소설을 말하고, 산문이란 수필이나 일화 또는 회고록을 비롯한 여러 장르의 글을 말한다.

　『우라키』 창간호에는 외국의 단편소설을 번역한 작품이 한 편 실려 있을 뿐 창작 단편소설은 한 편도 실려 있지 않다. 창작 단편소설이 처음 실리기 시작한 것은 2호부터로 장성욱張聖郁이 「모르는 나라로!」라는 작품을 기고한 것이 처음이다. 그는 3호에도 「미국의 영화계」라는 논문을 기고하기도 하였다. 그러다가 4호에 주요섭의 단편소설 작품이 실리고, 5호에는 단편소설이 무려 세 편이나 실린다. 『우라키』일곱 권에 실린 단편소설은 다음과 같다.

1. 장성욱張聖郁, 「모르는 나라로!」(2호)
2. 주요섭朱耀燮, 「할머니」(4호)
3. '구름', 「밧 가운데 집」(5호)
4. 김준상金俊尙, 「교실絞殺」(5호)
5. 임영빈任英彬, 「김정기金正基의 일기」(5~6호)

『우라키』에 실린 단편소설은 비록 양은 적을지 모르지만 그 질에서는 결코 무시할 수 없다. 얼핏 보면 주요섭을 빼고 난 나머지 작가들은 무명작가이거나 무명작가에 가깝다. 그러나 1920~1930년대 그들은 나름대로 단편소설 장르에서 중요한 역할을 하였다. 더구나 그들은 미국에서 직접 수학하던 유학생이 아니었더라면 좀처럼 쓸 수 없는 작품을 발표하였다. 이 작가들은 몇십 년 뒤 '이주문학移住文學'이나 '이민문학移民文學' 또는 '이산문학離散文學'이나 '디아스포라 문학'이 오는 길을 미리 닦아 놓았다고 볼 수 있다.

1. 장성욱의 「모르는 나라로!」

장성욱의 「모르는 나라로!」는 어떤 의미에서는 미국 유학생이 아니면 도저히 쓸 수 없는 작품이다. 비록 쓸 수 있었다고 하여도 이렇게 설득력 있고 감동적으로 쓰기는 힘들었을 것이다. 이 작품에는 1920년대 미국에 유학한 조선 학생들이 겪은 삶의 애환이 고스란히 담겨 있다. 이 작품은 '나'라는 1인칭 서술 화자가 자신의 집에 세 들어 살던 '김순믁'이라는 인물을 회고하는 형식으로 되어 있다. 1인칭 서술 관점을 사용하는 방식 중에서도 화자가 스토리의 안과 밖을 자유롭게 넘나드는, 흔히 '참여 서술 화자'로 일컫는 형식을 취하는 작품이다.

> '인력거군이 영어책이 다—무언구?' 하고 나는 김셔방이 나의 집 압방으로 세를 엇어 드러왓을 째에 비우섯다.
>
> 그러나 석 달이 채 지나지 못한 오늘 저녁에 나는 나의 깁흔 마음으로부터 흘너나오는 동정의 눈물을 흐릿터분한 이 조희 우에 쑥쑥 써러트리며 일생에 잇지 못할 그—나의 친구 김셔방의 생활을 쓰고 잇게 된 것이다.[1]

서술 화자가 겨우 석 달밖에 알고 지내지 않았는데도 세입자 김영섭김순믁을 '나의 친구'라고 부르는 것이 여간 예사롭지 않다. '나의 친구'라는 표현은 비단 위 인용문에 그치지 않고 작품 전체에 여러 번 되풀이하여 사

---

1 장성욱, 「모르는 나라로!」, 『우라키』 2호, 1926.9, 130쪽. 장성욱은 작품 끄트머리에 "1926년 1월 20일, 쮸북서"라고 적어 놓는다. '쮸북'이란 더뷰크대학교의 소재지 아이오아주 동쪽에 위치한 더뷰크를 말한다.

용된다. 집주인과 세입자 사이에 그만큼 좋은 유대 관계가 이루어졌다는 뜻이다. 물론 화자가 처음부터 김영섭을 호의적으로 생각한 것은 아니다. 남의 집에 세 들어 살면서 인력거를 끄는 주제에 영어 원서를 읽는 그를 보고 화자는 적잖이 의아하게 생각할 뿐 아니라 심지어 주제넘다고 경멸하기까지 한다.

서술 화자로서는 세입자가 좀처럼 말이 없어 그가 걸어온 삶의 이력을 알 길이 없다. 다만 넓은 이마에 주름이 난 것으로 미루어보아 김영섭이 살아온 삶의 여정이 그다지 순탄하지 않았을 것이라는 사실을 어렴풋이 짐작할 뿐이다. 또한 언제나 꾹 담은 입술이라든지, 코가 조금 오뚝하다든지, 두 눈이 언제나 반짝인다든지, 걸음걸이도 비교적 느리다는 것도 김영섭의 성격을 잘 보여 준다. 그러나 세 들어 산 지 석 달 뒤 김영섭의 말을 듣고 나서야 화자는 비로소 진심으로 마음속 깊은 곳에서 '동정의 눈물'을 흘리면서 그의 고단한 삶의 여정을 한 편의 단편소설로 창작하기에 이른다. 적어도 작품 창작 과정을 직접 보여 준다는 점에서 이 작품은 포스트모더니즘 소설에서 흔히 볼 수 있는 '메타픽션'에 속한다.

자신을 돌보아줄 부모도 친척도 없는 김영섭은 열다섯 살 때 인천 개발회사에서 하와이 노동이민을 모집한다는 소문을 듣고 무척 기뻐한다. 그는 서술 화자에게 이 소문을 듣고 "울기도 웃기도 헤둥지둥하며 인천으로 챠져가 깃븐 숨을 쉬든 것과 꼭갓치 하와이로 건너갓습니다"[2]라고 말한다. 이렇게 말하는 것을 보면 그에게 하와이 노동이민은 복음과 다름없었다. 여기서 김영섭이 말하는 인천 개발회사란 인천 내리교회 부근에 설립한 동

---

2 위의 글, 133쪽.

서개발회사를 말한다. 주한 미국공사 호러스 알렌의 추천으로 고종 황제는 하와이 이민사업 책임자로 미국 사업가 데이비드 데쉴러를 임명하였고, 데쉴러는 내리교회의 목사 조지 존스에게 부탁하여 신도들에게 하와이 이민을 적극적으로 추천한 것으로 알려져 있다. 한국인 노동자 100여 명을 실은 최초의 이민선은 1902년 12월 인천항을 출발하여 1903년 1월 호놀룰루에 도착하였다. 그 뒤 1905년 일본의 제지로 미국으로의 한인 이민이 중단되기까지 모두 7,200여 명의 한국인들이 하와이에 도착하였다.

김영섭은 이때 하와이에 도착하여 "목숨이 귀하여 배가 달니어 죽을 고생을 견대며" 사탕수수 농장과 파인애플 농장에서 일하였다. 그러나 그는 하와이 농장에서 알게 된 김범식과 그의 가족을 따라 미국 본토 캘리포니아주로 거처를 옮겨 디뉴버 포도농장에서 일한다. 그러나 포도를 따는 작업도 여간 힘에 부치는 일이 아니어서 김영섭은 "짜뉴바의 그─아릿다웁고 우미한 포도밧도 점점 그 의미를 일코 미움과 원한으로 나에게 달녀들 엇습니다"[3]라고 밝힌다. 이렇게 하와이 이민노동자 중에는 김영섭처럼 조국에서는 좀처럼 이룰 수 없는 학업의 꿈을 성취하려고 미국에 건너간 사람들이 적지 않았다.

그런데 김범석 부부가 어린 딸을 남겨놓고 갑자기 차례로 사망하자 김영섭의 삶에도 큰 변화가 일어난다. 김범석의 집에서 같이 생활하던 김영섭은 본의 아니게 주인집의 어린 딸 마거릿을 맡아 키우지 않을 수 없다. 그녀와 관련하여 그는 "나의 마거릿은 어리고 복스러웁고 굼벙이 갓혼 것이 점점 커지고 화신되어 펄펄 날아단니는 아릿다운 범나뷔와 갓치 사람

---

3 위의 글, 133쪽.

의 눈을 쯰을게 되어 갓습니다"⁴라고 말한다. 김영섭이 마거릿이 성장하는 모습을 알에서 애벌레로, 애벌레에서 번데기로, 번데기에서 다시 아름다운 호랑나비로 탈바꿈하는 과정에 빗대는 것이 흥미롭다. 이렇게 '알→애벌레→번데기→성충'의 시기를 거치며 완전탈바꿈 과정을 겪는 마거릿은 김영섭에게 그의 분신처럼 무척 소중한 존재였다. 그는 아무리 힘들고 고단하여도 마거릿과 함께 살아가는 생활은 낙원과 같았다.

> "아—참말이지 그째에 나의 생활의 속에서 나의 마—거릿을 쌔앗어갓다 하면 아—그것이야말노 무엇이엿슬는지 모릅니다. 안이 죽엄밧게 업섯슬 것이엇습니다. 아—참말 나의 적은 마거릿은 크다란 온—우주가 들어브터 나에게 주지 못할 그—큰 깃븜과 만족을 넉넉히 퍼부어 준 것이엇습니다.⁵

김영섭이 서술 화자에게 마거릿을 온 우주에 빗댄다는 점을 주목해 보아야 한다. 그만큼 마거릿이 그에게 주는 의미와 차지하는 몫은 무척 컸다. 오죽하면 자신에게서 그녀를 빼앗는 것은 곧 죽음을 의미한다고 말하겠는가. 이러는 사이 인류 역사에서 그 유례를 찾기 힘든 제1차 세계대전이 일어나고, 포도 가격도 뛰기 시작하면서 조선 유학생들이 학비와 생활비를 마련하려고 점점 디뉴버 농장으로 모여든다. 김영섭은 김범석의 집을 하숙집으로 삼아 이렇게 방학을 이용하여 돈을 벌려고 농장에 찾아오는 조선 유학생들을 정성껏 돌보아준다. 그런데 마거릿이 열너덧 살쯤 되던 해 캘리포니아대학교에서 학업을 마치고 곧 귀국한다는 '참하고 사랑

---

4 위의 글, 135쪽.
5 위의 글, 136쪽.

스러운 학생'인 허문익이 하숙생으로 들어오면서 이 소설은 비극적 결말을 향하여 치닫는다. 허문익은 곧 마거릿과 사랑에 빠지고, 마거릿도 그의 사랑을 받아들인다.

어느 날 우연히 포도밭에서 두 젊은이의 사랑을 목격하는 김영섭은 그야말로 청천벽력 같은 충격을 받는다. 그의 마음속에 마거릿은 그 자신도 모르게 자식 같은 친구의 딸이 아니라 사랑하는 연인으로 자리 잡고 있었기 때문이다. 그는 서술 화자에게 집에 돌아와 마거릿을 생각하며 뜬 눈으로 하룻밤을 지새웠다고 고백한다.

"나는 나의 그만큼 늙어진 꼴과 그리고 나의 어린 마거릿을 그리어 보앗슴니다. 아— 나는 그째에 알엇슴니다. 분명이 확실히 알엇슴니다. 모르는 사이에 모르는 동안에 내가 나의 마거릿에 대하는 나의 사랑은 다만 친구의 사랑이나 늙은 아버지의 사랑만은 안인 것을 알엇슴니다. 나는 하로밧비 집을 팔고 재정 관계를 정리하고 싸뉴바를 써나기로 생각하엿슴니다. 그리고 마거릿과 ♀치 고요히 종용히 화평한 여생을 살니라고 생각하엿슴니다."[6]

위 인용문에서 "마거릿과 ♀치 고요히 종용히 화평한 여생을 살니라고 생각하엿슴니다"라는 마지막 문장의 의미가 조금 애매하다. 지금처럼 친구의 딸과 후견으로 평화롭게 함께 살려고 했다는 뜻일까? 아니면 그녀와 결혼하여 함께 조용하게 여생을 보내고 싶다는 뜻일까? 전후 맥락으로 미

---

6 위의 글, 138쪽. 장성욱은 마거릿을 '김 마거릿'이라고 표기하지 않고 '리 마거릿'이라고 표기하는 것이 이상하다. 작가의 착오인지, 아니면 김범식이 이 씨 성의 남성이 낳은 딸을 대신 길러 왔는지 알 수 없다. 이 작품에서 이 씨는 서술 화자와 명동교회 목사 두 사람밖에는 등장하지 않는다. 김영섭은 집주인인 서술 화자를 '리 형'이라고 부른다.

루어보면 아무래도 후자로 받아들일 수밖에 없을 것 같다. "종용히 화평한 여생"에서 '종용從容히'는 성격이나 태도가 차분하고 침착한 것을 이르는 부사다. 작품 첫머리에서 김영섭을 묘사하는 장면에서도 서술 화자는 "그는 성질이 몹시 종용하고 온화하엿다"고 말한다. '조용히'라는 부사는 이 '종용히'라는 말에서 'ㅇ'이 탈락한 것으로 거의 같은 뜻으로 쓰인다. 마거릿과 결혼하여 조용하게 여생을 보낼 생각으로 김영섭은 서둘러 한국으로 돌아간다.

그런데 귀국한 뒤 김영섭의 태도가 선뜻 이해가 가지 않는다. 귀국하자마자 그는 세브란스 병원의 한 의사에게 부탁하여 미국에서 오래간만에 귀국한 그가 여행 중 세브란스 병원에서 갑자기 병으로 사망했으며 일간신문에 난 사망 기사와 함께 고인의 유언에 따라 그가 남긴 유서를 캘리포니아에 있는 마거릿과 허문익에게 보내도록 부탁하는 것이다. 신분을 위장하려고 이름도 '김영섭'에서 '김순묵'이라고 바꾸는 그는 유서에서 자신의 전 재산을 마거릿에게 상속한다고 밝힌다. 그렇다면 김영섭김순묵은 갑자기 마거릿의 행복을 위하여 마음을 바꾸고 그녀와의 결혼 계획을 모두 포기한 것으로밖에는 볼 수 없다.

이 점을 염두에 두더라도 귀국 후 김영섭의 행동에는 여전히 의문이 남는다. 자신의 과거를 모두 고백하던 날 그는 이 작품의 서술 화자에게 일간신문에 난 결혼식 예고 기사를 보여 준다. 이 기사에는 "미국 가쥬대학에서 학사위를 밧은 허문익 군과 동대학 삼년급을 필한 리마가렛 양과는 12월 29일 수요 오전 열한 시 이십 분에 명동 례배당 내에서 리문구 목사의 쥬례 하에 결혼식을 거행한다는데 그들은 열흘 전에 미국으로브터 동반 귀국하엿다더라"[7]고 적혀 있다. 이 신문 기사를 읽고 깊은 절망감에 빠진 김영섭/김순묵은 서술 화자에게 "나는 죽은 사람이외다. 형밧게는 나를 산 사람으로 알 아모도 업습니다. 혹시 형쎄서도 나를 죽은 사람으로 알어주실 째가 곳 — 올는지는 모릅니다"[8]라고 애매하게 말한다.

이렇게 모든 것을 고백하고 난 뒤 김영섭은 화자에게 자신과 함께 명동교회에 가 달라고 부탁하고, 화자는 그의 간곡한 부탁을 들어준다. "천사의 화상 갓흔 힌옷"을 입은 신부와 "싸옴을 쳐이기고 의긔양양하여 돌아오는 장군과 갓흔 검은 옷"을 입은 신랑이 교회 문 앞 계단을 걸어 내려올 때 김영섭은 갑자기 화자의 손목을 잡고 대한문 쪽으로 걸어간다. 그러고 나서 그는 화자에게 "모르는 나라로 나는 감니다. 모르는 나라로!"라는 말을 남긴 채 어디론가 사라져 버린다. 서술 화자는 "아 — 나의 친구는 치운 이 밤에 어데나 계신지!"라고 독백하면서 이 작품을 끝맺는다.

그렇다면 김영섭은 과연 어디로 간 것일까? 그의 말대로 "보기 실흔 서울과 사랑하는 나의 마거릿을 함께 두고 그리고 형을 써나" 서울이 아닌 어딘가에 숨어서 조용히 살아갈지도 모른다.[9] 그것이 아니라면 김영섭이 작품 곳곳에서 여러 번 암시하듯이 어쩌면 사랑에 절망하여 마침내 스스로 목숨을 끊는지도 모른다. '모르는 나라'라는 제목을 보면 더더욱 그러한 생각이 든다. 마거릿에게 보내는 유서에서도 엿볼 수 있듯이 그는 적어도 정신적으로는 이미 죽은 상태에 있는 것과 크게 다름없기 때문이다.

장성욱의 「모르는 나라로!」는 여러모로 의미 있는 작품이다. 작가가 제목으로 삼은 '모르는 나라'는 미지의 땅 미국을 뜻할 수도 있다. 그렇다면

---

7 위의 글, 132쪽.
8 위의 글, 132쪽.
9 위의 글, 140쪽.

이 작품은 좀 더 나은 삶을 위하여 미지의 땅을 제2의 고국으로 선택한 한 이민자의 고달픈 삶의 여정을 그린다. 20세기 초엽 적지 않은 사람들이 하와이 사탕수수 농장을 거쳐 미국 본토로 건너갔지만 이런저런 이유로 낙심하고 좌절을 겪었다. 또한 허문익에서 볼 수 있듯이 이 작품은 조선인 미국 유학생의 생활을 다룬다. 서술 화자는 결혼식을 마치고 교회 문을 나서는 허문익을 "싸움을 쳐이기고 의긔양양하여 돌아오는 쟝군"에 빗댄다. 허문익처럼 무사히 유학을 마치고 개선장군처럼 귀국하는 유학생들도 있었지만, 중도에 학업을 포기하고 좌절하는 유학생들도 적지 않았다. 그런가 하면 장성욱은 이 작품에서 이상과 현실, 삶의 겉모습과 참모습, 외견과 실재의 간극이나 괴리라는 좀 더 보편적이 주제를 다루기도 한다. 김영섭에게 미국은 '젖과 꿀이 흐르는' 가나안 땅이 아니라 땀을 흘려 노동하지 않고서는 살아갈 수 없는 자본주의 나라요, 동양의 이방인으로서는 여전히 이해할 수 없는 '모르는 나라'일 뿐이다.

2. 주요섭의 「할머니」

『우라키』 5호에 실린 주요섭의 「할머니」도 장성욱의 「모르는 나라로!」 못지않게 중요한 작품이다. 장성욱과는 달리 주요섭은 1928년 미국 스탠퍼드대학교로 유학을 떠나가기 전 이미 1921년 『개벽』에 단편소설 「추운 밤」을 발표하면서 문단에 데뷔하였다. 주요섭은 1930년 「할머니」를 발표하기 전 단편소설 「인력거군人力車」1925, 「살인」1925, 「개밥」1927, 중편 소설 「첫사랑」1925, 그리고 장편소설 『구름을 잡으려고』1923 등을 발표하였다. 그런데 「할머니」는 주요섭 문학에서 분수령 역할을 한다는 점에서 아주 의미가 크다. 이 작품을 시작으로 그의 문학은 이전 작품과는 다른 길을 걸었다.

주요섭은 "이 짧은 니야기를 일천만 종선[조선] 녀성에게 들이노라"[10]라는 짧은 헌정사로 「할머니」를 시작한다. 그는 이 작품이 자신의 할머니에게 보내는 글일 뿐 아니라 한발 나아가 조선의 모든 할머니, 더 나아가 이 무렵 일천 만에 이르는 모든 조선 여성에게 보내는 글이라고 밝힌다. 작가가 할머니의 고희를 맞

스탠퍼드대학교에서 영문학을 전공하며 『우라키』에 단편소설과 에세이 등을 기고한 주요섭

이하여 그동안 그녀가 살아온 굴곡지고 고단한 삶을 회고한다는 점에서 다분히 자전적 성격이 짙은 작품이다. 이 점과 관련하여 주요섭은 "인생칠십고래히[희]라는 노래가 있거니와 이 지나간 대代의 전형적 녀성인 우리 할머니의 한 많고 괴롭은 일생이야말로 현대에 태여난 젊은 녀성으로는 래해할 수 없는, 상상도 할 수 없는 실재와 문제와 운명과 사상의 조고만 작란들로 가득 차 있습니다"[11]라고 말한다.

「할머니」의 서술 화자 '나'는 지금 고국을 떠나 멀리 미국에서 유학 중이다. 그래서 그는 할머니의 고희를 "자못 감사와 동경과 사랑의 눈물로써" 축하할 수밖에 없어 안타까울 뿐이다. '고희'라는 말이 "인생칠십고래희"

10 주요섭, 「할머니」, 『우라키』 4호, 1930.6, 105쪽.
11 위의 글, 113쪽.

는 당나라 시인 두보杜甫의 작품 「곡강曲江」에 나오는 구절이라는 것은 새삼 말할 필요도 없을 것이다. 두보는 "술빛이야 가는 곳마다 흔히 있지만酒債尋常行處有, 인생 칠십은 예로부터 드물도다人生七十古來稀"고 노래하였다. 두보가 살던 8세기에는 나이 칠십을 넘기기가 쉽지 않았고, 이러한 사정은 일제강점기에 이르러서도 크게 다르지 않았다. 그런데도 서술 화자의 할머니는 어느덧 올해로 나이 칠십에 접어들었다는 것은 축하해야 할 일이다.

서술 화자는 할머니가 "지나간 대의 전형적 여성"으로 지난 70년 동안 현대 여성으로서는 이해하기 힘든 인고의 세월을 살아왔다고 밝힌다. 서술 화자는 한 많고 설움 많은 그녀의 삶을 어떻게 표현해야 할지 모르겠다고 솔직히 고백한다.

> 피난 패가 열한 살 난 어린 남편 기생첩 보행객주步行客主 옵바의 집에 기생妓生 자라나는 두 딸 바느질 품파리 빨래 품파리 청춘과수[과부] 한숨 눈물 예수교 기도 손자 아희들의 오줌똥 고독 원한 절망 미신. 아! 그의 한 세기 생生을 엇지 이 두어 형용사로 다 글여낼 수 있으랴! 하나 철필인 나로는 그의 견긔를 쓰려고 시험하는 것보다는 찰아리 이 짧은 형용사의 렬거가 돌오혀 나흐리라구 생각이 됩니다.[12]

주요섭이 쉼표 같은 구두점을 제대로 사용하지 않아 그 의미를 선뜻 이해하기 어렵지만, 요즈음 젊은이들 사이에서 유행하는 랩 음악처럼 단절 없이 계속 이어지면서 묘한 극적 효과를 자아낸다. 칠십 평생 할머니가 걸

---

12 위의 글, 113쪽.

어 온 삶의 궤적은 '한숨→눈물→기도→손자 양육→고독→원한→절망→미신'으로 점철되어 있다. 또한 그녀의 삶은 '피난→패가→결혼→자녀출산→남편 사망→살림살이→손자 양육' 같은 도식으로 그릴 수 있다. '피난'이란 러일전쟁이나 청일전쟁 중 전란을 피하여 도피한 일을 말한다. 한반도에 치른 이 두 전쟁에서 서술 화자 집안이 살던 평양은 큰 피해를 입었다. '패가'란 친정 집안이 무슨 연유로 망한 것을 말하고, '결혼'이란 할머니가 열한 살 난 어린 남편에게 시집간 것을 말한다. 어린 남편은 기생집을 출입하고 나그네만을 치르던 객줏집에서 지내기 일쑤라서 어린 딸들을 친정 오빠 집에 맡겨둘 수밖에 없다. 삯바느질과 남의 집 빨래품을 팔며 간신히 살림을 꾸려가던 그녀는 남편마저 사망하자 청춘 과부 신세가 된다.

이렇게 눈물과 한숨으로 지내던 젊은 과부에게 유일하게 위안이 되는 것은 아마 당시 여성들이 흔히 그러했듯이 서양 선교사를 통하여 받아들였을 기독교의 복음이다. 화자의 말대로 이 무렵 그녀의 삶은 고독과 원한과 절망의 연속이었다. 서술 화자는 작가이면서도 할머니의 삶을 문학적으로 묘사하기보다는 차라리 몇 마디 형용사를 나열하는 쪽이 훨씬 더 나을 것이라고 말하는 것은 그 때문이다.

이 작품의 서술 화자가 어렸을 적부터 지금까지 기억하는 할머니의 모습은 언제나 "니마에 주름이 몹시도 잽힌 뚱뚱한 로친네"다. 할머니와 관련하여 화자가 기억하는 일화가 한둘이 아니지만, 그중에서도 추운 겨울 날씨에 집 밖 화장실에 갈 때 할머니를 화장실 밖에 세워두던 일, 할머니가 도시락으로 싸 준 피밥을 먹지 않고 그냥 집에 가지고 와 할머니를 울게 한 일, 평양에 서커스단이 들어왔을 때 할머니에게 돈을 달라고 조르던

일은 서술 화자의 뇌리에 아직도 깊이 아로새겨 있다. 또한 화자는 1919
년 환갑을 맞이한 할머니가 한사코 환갑잔치를 하지 않겠다고 우기던 일
도 생생하게 기억한다. 그해 김동인金東仁과 함께 지하신문을 만들다가 일
제에 검거된 주요섭은 일본 경찰에 체포되어 "감옥 속에서 니[虱] 잽기로
세월을 보내는" 중이었기 때문이다. 주요섭은 이 일로 열 달 동안 복역하
고 가까스로 풀려났다.

지금 미국 유학 중인 서술 화자는 조선에서 어머니가 보내는 편지에서
할머니 소식을 가끔 전해 듣는다. 어머니는 할머니가 어린 손자에게 못 해
준 것을 못내 섭섭하게 생각하며 울기도 하고 성을 내기도 한다고 전한다.
특히 할머니는 화자가 고국을 떠나 멀리 미국에서 고학한다는 소식을 듣
고 무척 가슴 아파한다는 것이다. 할머니는 "내가 서양사람 집에서 방 쓸
고 그릇 부시어주고 밥 얻어먹는다는 말을 듣고는 매일 '이 치운데 그릇
부시누라구 손이 다 얼어 빠지갓구나!' 하고 말씀하시면서 우신다고 함심
니다"[13]라고 화자는 말한다. 일흔이 된 할머니에게 지금 유일한 즐거움이
라면 손자와 하던 윷놀이를 생각하며 혼자서 윷놀이를 하는 것뿐이다.

이렇게 온갖 시련과 고통을 겪으면서도 화자의 할머니는 아들 주공삼朱
孔三을 한국 기독교에서 초기 목회자 중 한 사람으로 길러내었다. 일찍이
평양에서 미국 선교사 새뮤얼 A. 모펫마포삼열(馬布三悅) 선교사의 전도를 받고
기독교인이 된 주공삼은 1909년 위창석韋昌錫·박영일朴永一·김선두金善斗 등
과 함께 평양 서문밖교회를 설립하고, 1910년 평양장로회 신학교를 졸업
한 해에 목사 안수를 받고 목사가 되었다. 주공삼은 장로교·감리교 연합

---

13 위의 글, 111쪽.

선교회 결정에 따라 일본 도쿄한인연합교회 목사로 부임하여 목회 활동을 한 뒤 1914년 귀국하여 평양 연화동 교회에 부임하였다. 주공삼은 세 아들을 모두 문인으로 키워 한국문학에 크게 이바지하였다. 큰아들 주요한은 시인으로, 둘째 아들 주요섭은 소설가로, 막내아들 주영섭朱永涉은 극작가로 활약하였다.

「할머니」는 주요섭 문학에서 분수령 역할을 한다는 점에서 의미가 크다. 이 작품을 시작으로 그의 문학은 이전 작품과는 다른 길을 걸었다. 그는 1920년대의 작품에서 인도주의적 시선에서 주로 가난한 사람들의 삶을 즐겨 다루었다면, 1930년대 이후 작품부터는 신경향파적 색채에서 벗어나 사회문제보다는 개인이나 가족의 문제에 좀 더 깊은 관심을 기울였다. 그러한 경향을 보여 주는 첫 작품이 바로 「할머니」로 주요섭은 그 뒤 잇달아 「사랑손님과 어머니」1935와 「아네모네의 마담」1936 같은 주옥같은 작품을 발표하였다.

주요섭이 「사랑손님과 어머니」에서 전통적인 어머니의 모습을 서정적으로 그려내는 데 성공했다면, 「할머니」에서는 전통적인 할머니의 모습을 그려내는 데 성공을 거두었다. 주요섭은 전자의 작품에서 전통적인 애정 윤리가 얼마나 비인간적이고 모순적인지 드러내면서도 순진한 소녀의 눈에 비친 사랑손님과 어머니 사이에 오가는 미묘한 애정 심리를 실감 나게 보여 준다. 한편 앞 작품보다 한 세대 앞선 여성 작중인물을 다루는 후자의 작품에서 작가는 유교 질서에 갇힌 여성의 질곡과 함께 온갖 희생을 무릅쓰고 가문을 잇고 지키려는 여성의 피나는 노력에 초점을 맞춘다. 「사랑손님과 어머니」에서 옥희의 어머니와 「할머니」에서 화자의 할머니는 젊은 시절 남편과 사별한다는 점에서는 서로 비슷하지만, 사랑이나 연애 또는 결혼을 바라보는 관점은 적잖이 다르다. 옥희 어머니와는 달리 할머니에게는 다른 남성에게 연정을 품는 것은 감히 생각할 수 없을 만큼 철저하게 유교 질서에 길들여 있다.

주요섭의 「할머니」는 한국문학사에서 '사소설私小說' 장르를 한 단계 제고했다는 점에서 그 가치가 크다. 사소설이란 흔히 작가가 자신의 개인 생활을 있는 그대로의 사실적으로 고백하는 소설 장르로 20세기 초엽 다이쇼大正 시대 일본에서 처음 시작되었다. 사소설은 넓은 의미에서는 자전적 소설의 범주에 속하지만 엄밀히 말해서 이 두 유형은 조금 다르다. 사소설에서는 개인의 외형적 삶보다는 좀 더 개별적 자아의 내면적 측면에 무게가 실린다. 주인공 '나'는 할머니와의 관계를 통하여 내면적으로 적잖이 성숙한다.

3. '구름'의 「밧 가운데 집」

'구름'이라는 필명을 사용하는 작가가 쓴 「밧 가운데 집」은 식민지 조선을 배경으로 조선의 소재와 작중인물들을 다룬다는 점에서 여러모로 주요섭의 「할머니」와 비슷하다. '구름'은 앞장에서 언급했듯이 경기도 개성 출신으로 송도고등보통학교한영서원를 졸업한 뒤 미시건대학교에서 유학하던 김봉현金鳳鉉이다. 작품 끝에 "1930년 12월 22일 쨱숀에서"라는 문구가 적혀 있는 것으로 보아 미시건주 잭슨이라는 도시 소재 대학교에서 공부하고 있었던 같다. '구름'은 개성 출신인데도 춘천과 그 근교 지리를 비교적 소상하게 알고 있었다.

'구름'의 「밧 가운데 집」은 춘천 출신 작가 김유정金裕貞의 작품처럼 토속적인 정취가 물씬 풍긴다. 1인칭 서술 화자 '나'는 이 작품의 배경과 관련하여 "장소는 강원도 춘천군 실운리 창말이요 때는 지금으로부터 15년 전에 된 이약이다"[14]라고 구체적으로 밝힌다. 주인공은 이 마을의 중농계급에 속하는 농부 박건혁의 딸 옥순이다. 박건혁은 옥분이 열세 살 되던 해일찍 부모를 잃고 떠돌이로 돌아다니며 남의 집 머슴을 사는 청년 장상봉을 데릴사위로 맞아들인다. 상봉은 키가 너무 작아서 졸랑졸랑 걷는다고하여 마을 사람들이 '짤뱅이'이라는 별명을 붙여 준다. 그러나 옥순에게는어렸을 적부터 같은 마을에 사는 청년 성환을 마음에 두고 있다. 성환은 성실한데다가 글을 읽을 줄 아는 젊은이로 상봉과는 여러모로 비교가 된다.

옥순의 나희 열다섯, 열여섯이 되면서브터는 옥순의 마음은 점점 무거워젓다. 그것은 자기의게는 짤뱅이라는 장래 남편이 잇는 까닭이엿다. 그리고 그것을 생각할 쌔마다 성환이를 대하기가 붓그럽고 쏘는 슯헛다. 그러나 여전히 성환이는 그리워젓다. ―이니[아니] 더욱더욱 그리워젓다. 그리고는 작고 짤뱅이와 성환이가 비교가 되엿다. 얼골이 비교가 되고 체격이 비교가 되고 언어가비교가 되고 마음이 비교가 되고 재조才調가 비교가 되엿다. 비교를 해 볼사록쌍과 하늘, 흙과 구름이엿다.[15]

누군가를 사랑할 때 다른 사람과 비교하는 것만큼 아마 치명적인 것도없을 것이다. 상대방을 다른 사람과 비교하는 데서 모든 불만과 갈등이 생

---

14 구름, 「밧 가운데 집」, 『우라키』 5호, 1931.7, 127쪽.
15 위의 글, 130~131쪽.

기기 때문이다. 옥순은 성환과 삼봉을 비교하면 할수록 현재 삶에서 만족을 찾을 수 없다. 위 인용문에서 가장 눈길을 끄는 것은 마지막 문장이다. 옥순은 삼봉이 땅이라면 성환은 하늘이고, 삼봉이 흙이라면 성환은 구름이라고 생각한다. 하늘과 땅같이 엄청난 차이를 흔히 사자성어로 '천양지차天壤之差' 또는 '소양지차霄壤之差'라고 한다. 이와 같은 뜻으로 '운니지차雲泥之差'라고 하면 구름과 진흙과 같은 큰 차이를 말한다. 이 비유에서도 엿볼 수 있듯이 옥순의 눈에 성환과 삼봉은 도저히 비교 대상이 될 수 없다.

그렇다고 옥순이로서는 부모의 말을 거역할 수 없어 부모의 뜻에 따를 수밖에 없다. 삼봉이가 데릴사위로 들어오고 몇 해가 지면서 옥순은 아리따운 젊은 여성으로 성장한다. 이 작품의 서술 화자는 "어리든 옥순이는 벌서 2·8이라는 나희 되여 얼골은 도화桃花같이 피여올으고 남자가 무엇인지 시집이 무엇인지 알게 되엿다. 그럴사록 짤뱅이가 보기 실혔다"[16]고 말한다. 그래서 어느 날 옥순은 하루 종일 어머니 앞에서 울면서 삼봉에게 시집가지 않겠다고 말하지만, 어머니는 모든 일이 팔자라면서 참을 수밖에 없다고 딸을 달랠 뿐이다. 마침내 우는 모습을 아버지에게 들켜 옥순은 매를 맞기도 한다.

이렇게 옥순은 아버지한테 매를 맞고 난 뒤부터는 모든 감정을 겉으로 드러내지 않고 오직 혼자서 마음속으로만 삭인다. 열여덟 살이 되던 해 봄 그녀는 삼봉과 결혼하고, 친정집 동쪽 밭 가운데에 조그마한 집을 지어 분가한다. '밭 가운데 집'이라는 작품 제목은 바로 이렇게 분가한 집에 사는 옥순을 부르는 호칭이다. 그러나 옥순은 시간이 지나면 지날수록 남편 상

---

16 위의 글, 128쪽.

봉이 싫고 아직 결혼하지 않은 성환을 더욱더 그리워한다. 옥순이 자신은
이미 결혼한 여자라고 마음을 다잡으려고 하면 할수록 더더욱 성환이 그
리워지는 것이다. 마침내 상사병에 걸려 자리에 드러누운 옥순은 죽음의
문턱에 이른다. 옥순의 병이 아무래도 "심화心火로 난 듯"하다고 생각하는
그녀의 어머니는 옥순의 친구 문희에게 병이 난 까닭을 슬며시 물어보라
고 부탁한다. 심화란 몇 해 전 국제 의학 용어로도 등재된, 한국인에게서
흔히 나타나는 우울증 증후군, 즉 '화병Hwabyung'을 말한다.

결국 병의 원인을 알아낸 어머니는 성환의 친구 용구를 통하여 성환에
게 이 사실을 알리고 옥분을 찾아가 줄 것을 부탁한다. 성환은 몇 번이나
옥순을 찾아가 위로하고, 점차 기운을 차린 옥순은 자리를 털고 일어난다.
그 뒤 옥순은 삼봉과 함께 고향 마을을 떠나 다른 곳으로 이사 간다. 서술
화자 '나'는 몇 해 뒤 철원 주막거리를 지나던 중 우연히 옥순을 다시 만난
다. 이제 옥순의 나이 서른 댓 살밖에 되지 않지만, 맑고 다정한 두 눈만
남아 있을 뿐 "그 곱고 엡부든 옥순의 얼골이 흔적도 업서지고 말는고 바
스라지고" 온데간데없다. 화자가 옥순을 무척 가엾게 생각하면서 그녀의
집을 서둘러 떠나는 것으로 이 작품은 끝난다.

'구름'은 「밧 가운데 집」에서 조선의 가부장 제도와 전통적인 유교 가치
가 얼마나 여성을 옥죄는지 잘 보여 준다. 옥순의 아버지 박건혁은 남성
중심의 가부장 질서에 철저히 길들여 있는 인물이다. 옥순의 어머니는 남
편에게 '짤뱅이' 삼봉보다는 성환이 옥순의 남편으로 적격이라고 말하지
만 남편은 아내의 말에 조금도 신경을 쓰지 않는다. 아내가 애걸하자 그는
"쓸데업는 소리 마우. 아직 어리니까 그러치, 글 읽은 놈 처놋코 사람 속이
지 안는 놈 업습듸다"[17]라고 다그친다. 한번 마음먹은 일은 하늘이 두 쪽

나도 하고야 마는 남편의 성미를 잘 아는 아내는 이제 더 남편을 말릴 엄두를 내지 못한다. 아내는 모든 것이 팔자려니 생각하고 남편의 말에 복종할 수밖에 없다. '부창부수夫唱婦隨'라는 고사 성어에서도 볼 수 있듯이 박건혁 가정에서도 남성을 중심으로 한 권력 질서가 큰 힘을 떨치고 있다.

더구나 전통적 유교 가치는 옥순을 비롯한 여성을 질식시키는 부정적 기제로 작용한다. 잘 알려진 것처럼 유교 사상의 핵심은 인仁에 있다. 그런데 인에서 가장 전형적이요 본질적인 것은 효孝로 설명한다. 공자는 일찍이 "군자는 본本에 힘써야 하니 본이 서야 도道가 생긴다. 그러므로 효제孝弟란 그 인의 본이라"고 말하였다. 알게 모르게 이러한 유교 질서에 학습된 옥순은 삼봉과 결혼하라는 아버지의 명령이 아무리 이치나 정황에 들어맞지 않아도 거역할 수 없다. 단순히 삼봉에게 시집가지 않겠다고 울었다는 이유로 옥순이 아버지에게서 매를 맞는다는 사실은 이 무렵 가부장 질서가 얼마나 큰 힘을 떨치고 있었는지 알 수 있다. 소설의 서술 화자는 "옥순이가 방맹이 맞을 본 후브터는 니를 쌔물엇다. 차라리 죽을지언정 부모의 압헤 자기의 슲은 행동을 뵈지 안으려고. 구도덕舊道德 가정에서 교육을 밧은 옥순이는 제 마음을 책망할지언정 보모를 원망하지는 안앗다"[18]고 말한다.

이렇듯 이 무렵 부모의 말은 자식에게 절대적인 권위를 지니고 있었다. 결국 엄격한 유교 질서의 감옥에 갇힌 옥순은 사망에 이를 정도로 몸과 마음에 병이 든다. 그러나 엄밀히 따져보면 유교 윤리는 단순히 자식에게 효만을 강조하는 것은 아니다. 가령 부자자효父慈子孝의 규범에서는 부모와 자식에게 서로 다른 가치를 강조하는 것을 볼 수 있다. 자식이 부모에게 효

---

17 위의 글, 127쪽.
18 위의 글, 141쪽.

를 보여야 하는 반면, 부모는 자식을 자혜로 대해야 한다. 그렇다면 옥순의 아버지는 유교 가치 중 자식이 부모에게 해야 할 덕목만을 중시할 뿐 자식에게 베푸는 가치는 등한시한다.

그렇다면 '구름'은 왜 이렇게 토속적이고 향토적이라고 할 작품 「밭 가운데 집」을 썼을까? 언뜻 보면 갓 쓰고 자전거를 타는 것처럼 잘 어울리지 않고 어색한 것 같다. 그러나 좀 더 생각해 보면 그가 이 작품을 쓴 것은 미국 유학 중이라는 사실과 무관하지 않은 듯하다. 태평양 건너에서 생활하다 보니 작가는 좀 더 객관적으로 조국의 현실을 비판적으로 바라볼 수 있었을 것이다. 그도 조국에서 살 때는 유교의 가치와 덕목을 자신도 모르게 내면화하여 비판적 시각을 가질 수 없었을지도 모른다. 그러나 지금처럼 자유민주주의 국가인 미국에서 살다 보니 그동안 조선에서 살 때는 미처 깨닫지 못했던 것들이 자연스럽게 눈에 들어오기 시작했을 것이다.

4. 임영빈의 「김정기의 일기」

『우라키』에 실린 소설 중에서 임영빈의 「김정기의 일기」도 주목해 볼 만한 작품이다. 이 작품은 분량이 많아 5호와 6호 두 차례에 걸쳐 나누어 실었다. 앞에서 이미 밝혔듯이 임영빈은 주요섭처럼 미국에 유학하러 가기 전에 이미 단편소설로 문단에 데뷔하였고, 미국에서는 조선 유학생으로는 보기 드물게 비교문학과 신학을 전공하였다. 『우라키』 6호 필자 소개란에서 편집자는 임영빈에 대하여 "다년 북미 어사스[텍사스]주 딸라스 시에 잇는 남감리교대학에서 종교철학을 전공하여 영예의 문학사 급＆ 철

학박사의 학위를 동시에 얻은 우리 학생계의 중보重寶이외다"[19]라고 소개
한다. 임영빈이 유학한 이 학교SMU는 감리교 계열의 사립대학으로 신학
뿐 아니라 경영학 등 일반 전공에서도 명성이 높다.

「김정기의 일기」는 장성욱의 「모르는 나라로!」처럼 실제로 미국 유학
을 경험하지 않고서는 좀처럼 쓸 수 없는 작품이다. 첫 단락에서 드러나듯
이 이 작품에서 미국 유학 생활은 작중인물, 소재, 배경, 주제 등에서 아주
중요한 역할을 한다.

> 김정귀는 미국에서 공부하는 조선 학생이다. 그가 미국에 잇슨 지도 벌서 이
> 러구러 다섯 해이다. 그의 다섯 해 생활은 표면으로 아모 파란 업는 것이엇다.
> 그러나 그의 내적 생활은 엄청난 곡절을 가젓다. 그 자신이 시인이 될 근성과
> 철학자 될 근성을 가진 까닭에, 그러치 안트래도 그 괴임이 클 것을, 그런 까닭
> 에 그 내적 파란이 더 크다. 그의 일긔는 그의 자아 발달사이다. 그리고 만일 우
> 리가 그의 외적 발달사를 미국에 잇는 그에게서 찾는다 하면 그 공空인 것에 놀
> 랄 것이다. 그러나 그 자아 발달사에 들어가서는 그 넘어진[너무 진] 주름살에
> 또 놀랄 것이다.[20]

임영빈은 이 단편소설을 일기 형식을 빌려 구성한다. 두말할 나위 없이
일기는 편지와 함께 대표적인 고백소설 형식이다. 그러나 이 작품에서 특
이한 것은 주인공이 직접 일기를 쓰는 것이 아니라 3인칭 서술 화자가 '김
정기'라는 인물이 쓴 일기를 독자에게 소개하는 형식을 취한다. 그나마

---

19 『우라키』 6호, 1933.3, 85쪽.
20 임영빈, 「김정기의 일기 1」, 『우라키』 5호, 142쪽.

1927년 11월 20일과 같은 해 12월 25일에 쓴 일기만을 독자에게 전한다. 위 인용문은 화자가 일기를 소개하기 전에 김정기가 어떠한 인물인지 소개하는 내용이다. 첫째, 김정기는 미국에 유학 온 지 5년째 되는 학생이다. 둘째, 그는 시인이나 철학자의 기질을 소유한 인물이다. 셋째, 이러한 기질을 가지고 태어난 그는 비록 외적으로는 평온해 보일지 모르지만 내적으로는 엄청난 긴장과 갈등을 겪고 있다.

이밖에도 이 작품의 서술 화자는 김정기가 '객관적'이라기보다는 '주관적'이고, '사회적'이라기보다는 '개인적'이며, '협동적'이라기보다는 '단독적'인 성격의 소유자라고 말한다. 또한 김정기는 냉정하다기보다는 감정이나 감상에 치우치고, 남에게 베풀고 받기보다는 '고장적孤掌的'이며, 감정을 솔직하게 표현하기보다는 마음속에 묻어두는 성격이라고 밝힌다. 화자는 김정기의 성격을 한마디로 '내향적'이라고 규정 짓는다.

그런데 이러한 성격의 소유자는 일본이나 중국처럼 문화가 비슷한 동아시아 국가에서는 몰라도 미국 같은 서양 국가에서는 생활하기 무척 힘들 것이다. 화자는 "그는 불행으론지 다행으론지 거기서 오지 안코 동양, 그중에도 조선, 또 그중에서도 양반이라는 계급에서 왔다"[21]고 말한다. 그러므로 김정기가 진취적인 미국에서 유학 생활하기란 무척 힘에 부쳤을 것이다. 김정기는 여러모로 1920년대와 1930년대 미국에서 공부하던 조선 유학생의 전형적 모습이다. 그러므로 그의 생활과 태도는 곧 이 무렵 조선 유학생들의 축소판으로 보아도 크게 틀리지 않는다.

이 무렵 미국에서 공부하던 조선 유학생의 대부분이 그러했듯이 김정기

---

21 위의 글, 143쪽.

도 미국에서 고학한다. 그는 지금 어느 미국인 부부의 집에서 기거하면서 음식을 만드는 일을 한다. 그런데 그가 겪는 정신적 고통이 이만저만이 아니다. 백인 여주인은 그가 조금만 실수하여도 심하게 나무라는 탓에 일자리에서 쫓겨나지나 않을까 전전긍긍한다. 김정기는 여주인의 부당한 대우에 적잖이 실망하고 낙심하지만 학업을 위하여 미국에 건너간 이상 오직 공부에만 전념하겠다고 마음을 다잡는다. 그래서 그는 "자살! 공부! 보수! 악마! 생의 대전장을 벌이자!"[22]는 말을 무슨 주문呪文처럼 되뇌며 이를 악물고 공부에 매진한다.

임영빈이 「김정기의 일기」에서 다루는 주제는 미국의 인종차별과 기독교 비판이다. 김정기가 기숙하며 일하는 백인 집에는 존이라는 백인 청년도 함께 일한다. 그런데 집주인이 김정기와 짠존을 대하는 태도는 달라도 너무나 다르다. 김정기는 일기에 "나는 외국 사람이다. 그래서 그러타. 이제 짠은 그릇 서넛 깨트렷는데도 아모 말 안이 하드라. 나는 외국 사람이다. 그들은 그들이요, 우리는 우리다"[23]라고 말하며 자못 분노한다. 김정기는 자신은 시간도 잘 지키고 성실히 일하는데도 여주인의 차별이 유독 심하다고 불평을 털어놓는다.

여기서 찬찬히 눈여겨볼 낱말은 '그들'과 '우리'다. 영어에서 'them guys'와 'us guys'라는 표현은 한국어의 '내편'과 '저편'처럼 흔히 서로 대립적 관계를 나타내는 말이다. 이러한 인종차별과 관련하여 김정기는

---

22 위의 글, 144쪽. 이 문장에서 '보수'는 일한 뒤에 받는 일정 금액의 돈을 뜻하는 '보수(報酬)'를 가리키는 듯하지만 문맥에서 미루어보면 오히려 '복수'의 뜻에 가깝다. 그러나 인접 문장에서 이 낱말을 무려 네 번이나 반복하고 있어 '복수'의 오식으로 보기에도 조금 문제가 있다.

23 위의 글, 144쪽.

"Blood is thicker than water"라는 영어 속담을 인용하며 이 말이 거짓말이 아니라고 말한다. 12세기 독일로 그 기원을 거슬러 올라갈 수 있는 이 유명한 영국 속담은 가족의 유대가 우정이나 연정보다 더 강하다는 것을 의미한다. 물론 엄밀히 따지면 이민자들로 이루어진 다인종과 다문화 국가인 미국에서 여주인과 존이 과연 동일한 혈통일지는 알 수 없다. 그러나 적어도 피부 색깔이나 생활방식에서 보면 이 두 사람은 황인종인 김정기와는 뚜렷하게 구분된다.

김정기가 느끼는 이러한 인종차별은 전차에서 우연히 만난 필리핀 학생한테서 "You'll never be happy here!"라는 말을 듣고 나서 더욱 첨예하게 다가온다. 이 말을 들은 김정기는 그에게 "That's true!"라고 대꾸하면서 "나는 그 말을 들을 때에 새 진리가 갑작히 해석되어진 것 같은 느낌을 받엇다. 그리고 무엇이라 형용할 수 없는 슬픔과 호젓함에 쌓이고 말엇다"[24]고 밝힌다. 여기서 '호젓함'이란 고요하다는 뜻보다는 외롭고 쓸쓸하다는 뜻이 더 강하다. 김정기가 필리핀 학생의 말을 여러 번 되뇐다는 것은 그만큼 이 말이 주는 충격이 무척 컸기 때문이다. 김정기는 미국인이 외국학생들에게 아무리 친절하게 대해도 결국 외국인들을 이방인처럼 대한다는 사실을 뼈저리게 느낀다. 인종차별에서 목회자라고 예외는 아니다.

같이 농하고 웃고 뛰고 덤비어도 늘 한 격지 막힌 것 같은 느낌을 잊을 때가 없다.

그들의 태도나 나의 마음에 숨여드는 기분이 나가 "우리는 같은 피가 아니

---

24 임영빈, 「김정기의 일기 2」, 『우라키』 6호, 85쪽. '한 격지'란 여러 겹으로 쌓여 붙은 켜 중 하나를 가리키는 듯하다.

다" 하는 것을 소리친다.

예배당에 가서 목사님의 강도講道를 들으면 말끔 천사들이 된 것 같지만 예
배당 문밖에 나아오기가 무섭게 "너는 우리가 아니다" 하는 눈총을 맞는다.[25]

목사는 교회 안에서 설교할 때와 설교를 마치고 교회 밖으로 나와 행동
할 때가 서로 다르다는 점에서 이중인격자다. 그는 설교할 때는 피부색깔
이나 인종과는 관계없이 모두가 사랑스러운 '하나님의 자녀'로 간주하지
만, 일단 교회 밖으로 나오자마자 "너는 우리가 아니다"라고 인종차별적
인 태도를 보이기 일쑤다.

미국인이 외국인을 대하는 이러한 태도는 비단 교회뿐만 아니라 김정기
가 언급하는 '세계형제친목회' 같은 단체도 마찬가지다. 세계형제친목회
가 어떤 단체인지는 알 수 없지만 아마 기독교청년회YMCA와 비슷한 기관
으로 세계 각국에서 온 사람들을 형제처럼 우애를 강조하는 교회 단체일
것이다. 모임이 끝나고 비가 억수같이 내리는 바람에 외국 학생들은 건물
문간에 서 있는데도 미국의 젊은 남녀들은 자기들끼리 즐겁게 자동차를
타고 그냥 가 버린다. 이러한 일을 겪으면서 김정기는 "괴기는 물로 새는
뫼로 나는 내 나라로!"[26]라고 혼잣말로 내뱉는다.

이렇듯 임영빈은 이 작품에서 인종차별 비판을 기독교 비판으로 자연스
럽게 이어나간다. 여주인은 백인일 뿐 아니라 기독교 신자다. 기독교 신앙
에서 자비와 긍휼은 기독교를 떠받치는 두 기둥이다. 자비는 특별히 복음
서와 신약의 서신서에 잘 나타난다. 예수는 "긍휼히 여기는 자는 복이 있

---

25 위의 글, 85쪽.
26 위의 글, 86쪽.

나니 저희가 긍휼히 여김을 받을 것임이요"^{마가복음 5장 7절}라고 선언한다. 서신서들도 구원이 하느님의 긍휼에 뿌리내리고 있다고 말한다.

그런데도 김정기가 일하는 집의 여주인은 기독교를 믿되 그 내용보다는 텅 빈 형식만을 믿는다. 이와 관련하여 그는 "예수교가 형제주의를 목청이 째지게 불러야 강단 우에 헛수고뿐이다. 헛수고는 안이겠지. 그 소리 질으는 자는 년봉 2, 3만 원 바더서 호사하니까. 그러나 그것을 듯는 그 행복의 테 박게 사람들에게는 귀만 압혼 것이 될 것이다"²⁷라고 말한다. 김정기의 이 말에는 날카로운 가시가 돋쳐 있다. 설교하는 목회자뿐 아니라 그 설교를 듣는 신도들에 대한 비판이 여간 날카롭지 않다. 이러한 비판은 다른 사람도 아니고 기독교를 믿는 김정기 자신이 하는 것이기에 더더욱 그 울림이 크고 의미심장하다.

이러한 상황에서도 김정기가 마음을 터놓고 부당한 대우를 하소연하거나 상의할 사람이 주위에 한 사람도 없다. 그도 그럴 것이 미국에 건너온 지 5년이 되도록 그는 외톨이로 살아왔기 때문에 친구다운 친구가 없다. 그가 느끼는 고립이나 소외는 어디까지나 그 스스로 만들어낸 자기고립이요 자기소외일 뿐이다.

누구에게 이 감정을 말하노? 오, 나는 혼자이다. 그들은 다수이다. 내가 한 번 그들 가운데 가장 친한 듯한 아이에게 내 불평을 말하엿다가 그것이 전 학교에 퍼지는 것을 보앗다. 아무것이나 나는 나를 위하야 잇다. 이 판에서 나 외에는 또 업는 것이다. 나다! 내가 나의 친구요 선생이다. 내가 나를 책선하고

---

27 위의 글, 86쪽.

장려하고 위로하여야 할 것이다. 오오, 나로구나![28]

백인과 조선 유학생의 관계가 '그들'과 '우리', '저편'과 '내편'의 관계 이듯이 김정기와 다른 유학생의 관계도 '나'와 '그들'의 관계다. '나'와 '그들'의 관계는 '내편'과 '저편'의 관계처럼 협력이라기보다는 경쟁의 관계요, 조화의 관계라기보다는 대립의 관계다. 마르틴 부버의 용어를 빌려 말하자면 그러한 관계는 '나-당신I-Thou'의 관계가 아니라 '나-그것I-It'의 관계일 뿐이다. 인간을 비롯하여 사물이나 자연을 대할 때 인격적인 '당신'으로 만나느냐, 아니면 비인격적인 '그것'으로 만나느냐는 하는 것은 살아가는 방법과 가치관에서 엄청난 차이가 나게 마련이다. 김정기는 이러한 소외와 절망 상태에서 기독교에 의존하려고 하지만 그것마저 뜻대로 되지 않는다.

김정기의 11월 20일 자 일기가 사회적 차원에 무게를 둔다면 12월 25일 자 일기는 좀 더 개인적 차원에 무게를 둔다. 12월 25일은 두말할 나위 없이 미국을 비롯한 서양 여러 나라에서 가장 큰 축제일로 지키는 크리스마스 날이다. 그만큼 고국에서 멀리 떠나온 유학생들에게는 그 외로움이 더더욱 클 수밖에 없다. 이 축제일에 김정기는 식당이 문을 닫은 데다 돈을 아끼려고 아침을 거른다. 저녁이 되자 배가 고파 더 이상 참을 수 없자 음식 재료를 사다 음식을 만들지만 쓸쓸하게 혼자서 맛없이 먹는다. 식사를 마친 뒤 텅 빈 집에 "혼자 벙어리 그림자와 함께" 방에 앉아 있자니 도저히 외로움을 견딜 수가 없다. 김정기는 벤 린지와 웨인라이트 에번스의

---

28 임영빈, 「김정기의 일기 1」, 144~145쪽.

『현대 청년의 반항』1925을 펼쳐 들지만 책의 내용이 좀처럼 눈에 들어오지 않는다.

마침내 김정기는 읽던 책장을 덮고 그의 유일한 오락거리라고 할 극장으로 발길을 돌리고, 길거리에서 창녀를 만나 유혹을 받는다. 그녀가 그를 향하여 내뱉는 "Chinaman, come in!"이라는 말도 인종차별과 관련지어 생각해 보면 새로운 의미로 다가온다. 백인들에게 동양인은 하나같이 '중국인'일 뿐이다. 1930년대부터 인종차별법이 통과된 1945년까지 공원이나 공공장소에 붙여 놓은 "개와 중국인 출입 금지"라는 팻말을 쉽게 볼 수 있었다. 여기서 '중국인'은 동양인 전반을 가리키는 환유적 표현이다.

극장에서 육감적인 무희들의 관능적인 춤을 바라보며 김정기는 한껏 성적 흥분에 사로잡힌다. 극장을 나와 도심지 거리를 정처 없이 걸으면서도 그는 고독과 성 충동이 다시 한번 강하게 고개를 쳐드는 것을 느낀다.

"Loneliness is sex." 나는 불으지것다. "What I am Craving for is Woman." 그러타. 쎅스다. 워먼이다. 워먼을 끼어만 언어라! 그러면 천하가 무사태평이다. 리상, 종교, 도덕은 다 쎅스, 워먼을 엇자는 것이다. 그럴가? 사람은 쎅스, 워먼의 화신일 것뿐일가?

그래도 워먼이 그리운 때에는 리상도, 종교도, 도덕도 업는 것이다. 그 모든 가면을 벗게 되는 것이다. 워먼의 입시옭[입시울] 맛을 알면 천하의 모든 것을 말끔 거긔다가 이바지하는 것이다.[29]

---

29 위의 글, 149쪽. 식자공의 실수인지는 몰라도 "Loneliness is sex"라는 구절이 한 낱말로 붙어 있다. 'Craving'과 'Woman'을 대문자로 표기한 것은 의미를 강조하기 위해서일 것이다

김정기는 처음에는 섹스가 이상, 종교, 도덕보다 우위라는 생각하다가도 이러한 생각에 잠깐 의심을 품는다. "사람은 섹스, 위면의 화신일 것뿐일가?"라는 말에서는 섹스 외에 다른 가치도 있을 수 있다고 생각하기 때문이다. 그러나 다시 한번 생각해 보니 섹스가 역시 다른 모든 가치를 앞선다고 그는 생각한다. 섹스 앞에서 다른 모든 것은 한낱 가면에 지나지 않는다. 그의 이 말에서는 모든 인간 행위의 밑바탕에 성性이 굳게 자리 잡고 있다는 지그문트 프로이트의 이론이 떠오른다. 아무리 성 충동에 사로잡혀 있어도 김정기가 이렇게 생각하는 것은 기독교인으로서 그야말로 위험천만하다고 하지 않을 수 없다. 그래서 자신이 이러한 생각을 하는 모습에 깜짝 놀라는 그는 종교에 다시 한 번 의지하여 가까스로 유혹의 손길에서 벗어난다.

임영빈은 「김정기의 일기」에서 유난히 비유법을 즐겨 구사한다. 마치 시인을 무색하게 할 만큼 그는 작품 곳곳에서 직유나 은유를 구사하고, 그러한 비유법은 보석처럼 찬란한 빛을 내뿜는다. 가령 "그는 울어야 할 마음을 펴노홀 데가 업섯고, 그의 외로워야 할 정을 색일 데가 업섯다"[30]는 문장은 좋은 예로 꼽을 만하다. 전자는 울고 싶을 만큼 슬픈 심정을 이불이나 돗자리처럼 넓게 펼쳐놓을 곳이 없다는 뜻이다. 울분을 속 시원하게 털어놓을 사람이 없다는 것을 이불이나 돗자리에 빗대는 말이다. 후자는 외로운 마음을 마치 술이나 김치를 삭히고 곡식을 삭혀서 술을 빚듯이 응어리 없이 모두 털어놓을 곳이 없다는 뜻이다. 임영빈은 "나는 독사가 그가는 혀를 내들이는 것을 본다"[31]는 문장에서도 김정기가 느끼는 온갖 악

---

30 위의 글, 142쪽.
31 위의 글, 166쪽.

마의 유혹을 치명적인 독사에 빗댄다.

임영빈이 구사하는 비유는 "고독은 내 마음을 문정문정 뜨더먹는다. 그리고 비애는 독전毒箭을 함부로 쏜다. 마음은 핏투성이가 되어 업흐러지련다. 종교는 멀리 배경 속으로 들어가고 말었다. 아우성치는 적막은 무엇으로 막을 수가 업다"[32]는 문장에서는 더욱 찬란한 빛을 내뿜는다. 작가는 주인공이 느끼는 외롭고 쓸쓸한 심정을 염소가 마구 풀을 뜯어 먹는 행위에 빗댄다. 비애가 독이 묻은 화살을 함부로 쏜다는 것은 슬픈 감정이 엄습해 오는 모습을 표현하는 것이다. 이렇게 공격을 받은 주인공의 마음은 마침내 피투성이가 되어 땅바닥에 넘어질 수밖에 없다. 이러한 상황에서 주인공에게 힘이 되어야 할 종교는 무대에 서 있기는커녕 슬그머니 무대 배경으로 사라져 버린다. 마지막 문장의 '아우성치는 적막'은 청마 유치환이 「깃발」 첫 구절에서 "이것은 소리 없는 아우성"이라고 노래하듯이 모순어법이다.

임영빈은 「김정기의 일기」에서 미국 유학생의 생활이 얼마나 험난하고 고달픈지 실감 나게 보여 준다. 미국에서 유학생이 겪는 생활은 고국에서 생각하던 것보다 훨씬 심각하다. 학교에서는 서툰 영어로 학업에 시달려야 하고, 학교 밖에서는 학비와 생활비를 벌기 위한 고학에 시달려야 한다. 생활방식이 비슷한 유럽에서 유학 온 학생들과는 달리 조선에서 유학 온 학생들은 문화적 차이로 큰 고통을 겪었다. 특히 혈기 왕성한 젊은 유학생들은 주인공 김정기처럼 성적性的으로도 적잖이 좌절과 고통을 겪을 것이다.

---

32 위의 글, 146쪽.

5. 김준상의 「교사」

　김준상의 「교사絞死」는 임영빈의 「김정기의 일기」와 소재와 주제, 형식에서 여러모로 서로 비슷하다. 임영빈이 일기 형식을 취한다면 김준상은 유서 형식을 취한다. 또 다른 차이가 있다면 후자의 작품에서 주인공은 자살하지만 전자의 작품에서는 삶에 절망하면서도 계속 살아남는다. 김준상의 작품에 대하여 편집자는 편집후기에서 "이 창작은 노서아 작가적 침통미沈痛美가 잇는 것입니다. 나는 이 창작으로 우리 문단에 드문 수확이라 하야도 북그럽지 안을까 합니다"[33]라고 적는다.

　이 편지후기를 쓴 필자는 『우라키』 6호의 편집인 겸 발행인이 소설가 방인근方仁根이었을 것이다. 한편 'ＯＯＨ'라는 약자를 사용하는 필자도 「조선문단에게」라는 글에서 "김준상 군의 「교사」는 현대적 병─곳 Ab-normality의 표현이다. 아직 우리 사향문학思鄉文學의 작품이 그 가경佳境에 일으려면 멀고 먼 길을 걸어야겟다. 그러나 이만한 작품이라도 조선문단에 제공하게 된 것은 깁으다"[34]고 말한다. 여러 정황으로 보아 'ＯＯＨ'은 임영빈의 머리글자로 보아 틀리지 않는다. 같은 호에 두 소설을 발표하는 것이 모양새가 좋지 않아서 그러한 머리글자를 사용했음이 틀림없다. 같은 5호에 한세광도 '흑구'라는 필명을 사용하여 두 편을 글을 싣는다. 어찌 되었든 편집자 방인근과 임영빈 모두 김준상의 작품을 러시아 작품에 빗대면서 자못 높이 평가한다.

　김준상은 「교사」는 글자 그대로 한 유학생이 세 들어 사는 집의 방에서

---

[33] 「편집후기」, 『우라키』 5호, 113쪽.
[34] 'ＯＯＨ', 「조선문단에게」, 『우라키』 5호, 161~162쪽.

목매달아 자살하는 내용이다. 1인칭 서술 화자 '나'는 "1928년 1월 1일 느지막한 아참 볕혜 그의 시체는 천정에 데룽데룽 매여달린 대루 발견되 엿다. 홋허진 조희 자박 싸힌 책상에서 이러한 아레와 갓흔 닭의 발자최들을 어더냇지만 해두 그것들을 무엇인지 아는, 그것들을 알 만한 눈을 가진 이들은 그 천정에 달린 시체를 발견한 이 가운데는 업섯다"[35]고 일기를 시작한다. 그렇다면 '닭의 발자취'란 과연 무엇을 가리키는 것일까? 문맥에 비추어 보면 주인공이 남긴 유서를 가리키는 말로 볼 수도 있고, 책상 위 천정에서 목매달아 자살했다면 그가 남긴 발자국일 수도 있다. 그러나 화자가 위 인용문 다음에 곧바로 주인공이 남긴 유서를 소개하는 것을 보면 유서일 가능성이 훨씬 더 크다. 영어 'chicken'은 비겁한 사람을 일컫는 속어로도 자주 쓰인다.

이 작품의 주인공은 새해를 바로 눈앞에 둔 1927년 12월 마지막 날에 자살한다. 여러 정황으로 미루어보아 그는 미국에서 공부하는 조선 유학생임이 틀림없다. 새해를 하루 앞둔 날 저녁 그에게는 그동안 마음속에 담아 둔 슬픔이 한꺼번에 파도처럼 밀려온다. 그래서 주인공은 유서에서 "뭉치엿든 슯음이 갑자기 가삼을 치민다. 슯음에 만히 울던 그 눈에서 다시 눈물이 흘으기 시작한다. 1927년의 마지막 저녁이라구 해서 그러한지 새삼스러웁게 울구 십구 사실로 울구 잇다. 뭉치엿든 싸혓든 슯음이지만 해도 까닭 모르게 울고만 잇다"[36]고 적는다. 주인공의 가슴에 겹겹이 쌓인 슬픔과 서러움이 세모를 맞아 이렇게 봇물처럼 한꺼번에 터지는 것이다.

---

35 김준상, 「교사」, 『우라키』 5호, 139쪽. "홋허진 종이 자박"에서 '자박'은 다발을 가리키는 경상북도 방언이다. 그렇다면 김준상은 경북 출신 유학생일 가능성이 크다.
36 위의 글, 139쪽.

그렇다면 주인공은 왜 이렇게 울면서 마침내 자살을 감행하는 것일까? 크게 세 가지 이유에서 비극적 선택을 하는 것 같다. 첫째, 그는 병적일 만큼 무척 외로움을 느낀다. 먼 이국에서 세밑이 가까워져 오니 고향에 가고 싶은 마음이 부쩍 더 간절해질 것이다. 집 저편 모퉁이 방에서 들리는 웃음소리는 주인공의 마음을 더욱더 외롭고 쓸쓸하게 한다. 그는 너무 외로워 누구 품이든지 안기고 싶은 충동을 받는다. 특히 오늘 밤 따라 이성의 품이 유난히 그리운 그는 비록 '굶주린 호랑이 품'이라도 안기고 싶을 정도로 이성에 굶주려 있다고 고백한다.

주인공은 자신의 심리를 '변태심리'라고 부르고, 자신의 행동을 '억병자膽病者의 짓'이라고 부른다. '억병자'란 비겁한 사람을 가리키는 일본어다. 「교사」의 주인공은 지그문트 프로이트처럼 인간의 모든 행위의 근저에는 성性이 자리 잡고 있다고 굳게 믿는다. 이성과 이성이 서로 그리워하는 요소와 그 근저와 관련하여 그는 "그 요소는 정욕이구 뿌리를 박으려구 하는 곳은 육교肉交에 굿친다"[37]고 잘라 말한다.

둘째, 「교사」의 주인공이 비통해하고 자살을 결심하는 이유는 비록 간접적이나마 일본 식민지 현실과 관련 있다. 식민지 지식인으로 그가 암울할 시대에 태평양을 건너 미국에 온 것은 오직 신학문을 배우기 위해서다. 일제의 지배를 받는 것은 따지고 보면 한민족이 배우지 않았기 때문이다. 일본처럼 조금만 일찍 서구 문물을 받아들였어도 이렇게 식민지로 전락하지는 않았을지도 모른다. 그러나 유학하면서 주인공은 '배운다'는 사실에 조금씩 회의를 느끼기 시작한다.

---

37 위의 글, 139쪽.

배혼다는 것이 얻어케 해야 남들의 비위나 잘 마치구 떠러진 돈푼이라도, 우리의 피를 긁어먹구 남은 부스럭이라두 어더 먹나 하는 것이다. 그 배홈은 오히려 아니 배움만 갓지 못하다. 그 배홈은 오히려 남들의 종 되기에 졸 만한 배홈이다. 그런 배홈은 배홈과 밧굼이 올타. 창자가 썩어진 선생이란 자들을 모조리 목아 비엿으면 속이 시원할 것 갓다. 이것은 적게 자잡아 노쿠 우리 민중교육, 특히 보통교육에 대한 저주이다.[38]

처음 미국 대학에 입학한 주인공에게 유학이란 진리를 탐구하고 인격을 완성하는 과정이었다. 그러나 시간이 지나면서 점차 그는 미국 유학이 그가 처음 생각한 것과는 적잖이 다르다는 사실을 깨닫는다. 유학을 마치고 귀국한 선배들의 경험에 비추어 보면 학문이란 궁극적으로 직업을 얻는 방편에 지나지 않는다. 식민지 지식인으로서 자신도 어쩌면 선배 유학생들과 같은 길을 걸어가게 될지도 모른다. 위 인용문의 첫 문장처럼 학문한다는 것이 기껏 "얻어케 해야 남들의 비위나 잘 마치구 떠러진 돈푼이라도, 우리의 피를 긁어먹구 남은 부스럭이라두 어더 먹나 하는 것"에 지나지 않는다. 여기서 '남들'이란 귀국하여 직장을 얻은 주인공이 상대해야 하는 주변의 인물들과 일본 관료들을 말한다. '우리의 피를 긁어먹구'라는 구절을 보면 아무래도 일본 관료들을 가리키는 것이 더 맞을 듯하다. 식민지 지식인으로서 주인공이 할 일은 일본 관료들의 비위를 맞추면서 그들이 식민지 조국을 수탈하고 남은 '부스러기'를 얻어먹는 것이다. 그렇다면 식민지 지식인은 일본 관료라는 상전을 섬기고 돈 몇 푼 받는 '종'

---

38 위의 글, 140쪽.

과 크게 다르지 않다.

주인공은 일제가 식민지 조선을 수탈하고 남은 부스러기를 얻어먹으려고 학문을 쌓는다면 차라리 학문하지 않는 것만 못하다고 판단한다. "창자가 썩어진 선생이란 자들을 모조리 목이나 비엿으면 속이 시원할 것 갓다"는 마지막 문장에 이르러서는 섬뜩한 생각마저 든다. '창자가 썩어진 선생'이란 배알이 없이, 즉 배짱이나 줏대 없이 일본 식민지 정책에 따라 학생을 가리키는 교사를 말한다. 이 무렵 일본은 내선일체 정책을 향하여 조금씩 준비 작업을 하고 있었고, 조선인 교사는 일본의 식민지 교육 정책에 따를 수밖에 없었다.

셋째, 「교사」의 주인공은 개인이나 식민지 조선에서 눈을 돌려 좀 더 넓은 시각에서 학문이나 교육 문제를 생각한다. 다시 말해서 그는 국가 차원에서 학문과 교육을 바라보기보다는 보편적 인류의 차원에서 이 문제를 근본적으로 다시 고려한다. 주인공이 한 개인이나 국가에 얽매이지 않고 좀 더 인류 보편적인 관점에서 교육을 바라보는 것은 아마 그가 미국에서 유학하기 때문일 것이다. 이 무렵 미국 대학에는 세계 각국에서 온 유학생들이 새로운 학문을 갈고 닦고 있었다.

인류를 놋쿠 보아 배화야 한다는 조건하에서 배호는 것이 무엇인가? 인습에 노예 되기를 배호는 것이 안인가 한다. 그 인습이란 그것은 얼마나 더러운 신으루 밟아 주어야 할 것이구, 창槍 끗헤 끼여들어 못 됨을 보이구 태워벌일 것인가? 가리치는 것이 인습에 잘 순응해야 잘 살아갈 수 잇다는 것이다. (…중략…) 아는 그만큼 배혼 그만큼 자아를 파괴하구 달은 이들을 말살하는 것박게 업다. 누구의 죄악이 더 큰가? 아는 이들, 배홧다는 이들의 죄가 더 크구 악이 더 성盛하다.[39]

주인공은 교육이란 궁극적으로 인간을 그동안 얽매어 놓았던 인습에서 과감하게 벗어나게 하는 데 목적이 있다고 밝힌다. 그런데 그가 이렇게 교육을 통하여 학습자를 인습에서 벗어나게 하는 과정을 묘사하는 수사법이 여간 놀랍지 않다. 오래된 인습을 교육이라는 신발로 밟아 꾹꾹 누르고, 교육이라는 창으로 찔러 꼼짝 못 하게 하여야 한다고 말한다. 실제로 교육을 뜻하는 영어 'educate'는 라틴어 'educare'에서 비롯한다. 'e'는 '밖으로'라는 접두사고, 'ducare'는 '끌어내다'는 뜻이다. 그러므로 교육이란 학습자의 잠재력을 밖으로 끌어내는 과정이다. 그러나 이렇게 밖으로 끌어내야 할 대상에는 비단 학습자의 잠재력에 그치지 않고 낡은 인습이나 전통도 포함한다. 한마디로 교육의 참다운 목적은 낡은 인습과 전통의 노예에서 벗어나는 데 있다.

그런데 「교사」의 주인공은 교육이 학습자에게 낡은 인습에서 벗어나도록 도와주기는커녕 오히려 그러한 인습에 잘 순응하도록 가르친다는 데 적잖이 절망한다. 이 무렵 교육자들은 인습에 잘 순응하면 할수록 더 잘 살아갈 수 있다고 가르치기 때문이다. 그렇다면 주인공의 말대로 학습자가 교육을 받는다는 것은 곧 그만큼 자신의 자아를 파괴할 뿐 아니라 더 나아가 다른 사람들의 자아마저 말살하는 결과를 낳는다. 주인공은 "누구의 죄악이 더 큰가?"라고 물은 뒤 "아는 이들, 배웠다는 이들의 죄가 더 크고 악이 더 성하다"고 결론 짓는다. 한국어 속담에 '식자우환識字憂患'이라는 말이 있고, 서양 속담에도 "무지는 축복이다"라는 말이 있다.

주인공은 작품 끝부분에서 방 안의 난로에 석탄이 모두 타고 흰 재만 남

---

39 위의 글, 140쪽.

아 있는 모습을 물끄러미 바라보며 "우주 자신이 상복을 입은 세음細音이다"라고 말한다. 여기서 '세음'이란 의존명사 '셈'을 한자로 표기한 것으로 요즈음 말로 하면 '격'에 가깝다. 지금 주인공은 불에 탄 석탄재를 바라보며 곧 다가올 자신의 운명을 생각한다. 미국에 건너가면서 가슴에 품은 청운의 꿈은 이제 한 줌의 흰 재로 변하고 말았다. 그래서 주인공이 현실 도피의 방법으로 택한 것이 곧 자살이다.

> 인간 사회에서 총배척總排斥, 인류에서 총축출總逐黜! 그러면 내 발을 내여노흘 곳이 어대이며 갈 곳이 어대이냐? 다 그만두구 이 사회, 이 인류를 떠나서 나의 살길을 찻자구 결심하구 묵묵히 안저서 살길을 찾는다. '너는 죽어서 꽃치 되구, 나는 죽어서 나븨가 되자'고 한 적이 잇다. 혼잡한 인류 사회를 떠나 이상국을 세윗지만 해두 얼마 지내지 아니해서 다시 혼잡화해서 실패하고 말구 낫으니 다시 그 떠낫던 사회에 먼지를 쓰기두 실쿠 한층 더 타락된 이상국이라고 세윗든 이 나라에서 더 살기도 실쿠 살 수두 업다.[40]

지금 주인공이 '살길'은 아이러니컬하게도 다름 아닌 죽음이다. 자살을 통한 죽음만이 그가 살아갈 수 있는 유일한 길이다. 이렇게 죽음을 생각하는 그에게 문득 『춘향가』의 한 구절이 뇌리에 스쳐간다. "너는 죽어 꽃이 되되 / 이백도홍삼춘화李白桃紅三春花가 되고 / 나는 죽어 나비 될 제 / 화간 쌍쌍 범나비 되어 / 네 꽃봉이를 내가 덥벅 물고 / 바람 불어 꽃봉이 노는 대로 / 두 날개를 쩍 펼치고 / 너울너울 놀거들랑은 / 나인 줄로 알려무나."

---

40 위의 글, 138·141쪽.

죽어서 꽃과 나비가 되겠다는 구절은 비단 『춘향가』에만 그치지 않고 「돈타령」이나 「진주 남봉가」 같은 민요에도 자주 나온다. 주인공은 미국을 학문의 메카요 이상국으로 생각하고 유학을 왔지만 막상 그가 도착한 미국은 그러한 곳이 아닌 것으로 드러났다. 그렇다고 그가 다시 식민지 고국으로 돌아갈 수도 없다는 데 그의 고뇌와 절망이 있다. 이렇게 진퇴양난에 놓인 그는 그의 '살길'로 자살을 택할 수밖에 없을 것이다.

최근 세계문학이 문학 담론의 중심 화제로 떠오르면서 다양성·타자성·혼종성·다문화성을 특징으로 하는 이산문학 또는 디아스포라 문학이 부쩍 관심을 받는다. 민족국가의 영토를 벗어나 낯선 땅에 뿌리를 내리고 살아가는 이주자들의 삶과 이질적인 민족과 문화 속에서 겪는 정체성 문제를 다루는 디아스포라 문학에 대한 관심은 20세기 후반부터 해가 갈수록 높아져 왔다. 세계화 시대의 거센 물결을 타고 전 지구적 경제와 상황에 따라 자본과 노동이 좀 더 유연하게 이동하면서 국경을 넘는 이주자들이 늘어났고 그 결과 이산문학에 대한 관심도 점차 높아졌다.

그러나 이산문학은 한국처럼 식민주의를 직접 경험한 민족의 경우에는 더더욱 각별한 의미가 있다. 한국의 이산문학은 탈민족적이고 초국가적이며 전지구적 상황 속에서 민족국가의 국경을 넘어 다른 민족의 언어와 문화와 접촉하는 21세기의 이주문학과는 사뭇 다를 수밖에 없다. 일제강점기 태평양을 건너 미국에 건너가 유학하던 식민지 조선의 젊은이들은 엄밀한 의미에서는 이주자들은 아니었지만 일정 기간 동안 고국을 등지고 살아야 했다는 점에서 이주자의 범위에 넣어도 크게 틀리지 않는다. 그들은 능동적이고 자발적인 이주 못지않게 수동적이고 (반)강제적인 이주의 성격이 강했기 때문이다.

식민지 조선의 유학생들은 윌리엄 새프런이 언급하는 디아스포라의 특징에 거의 대부분 들어맞는다. 그중에서도 ① 조국에 대한 집단적 기억이나 신화의 공유, ② 거주국 사회로의 온전한 진입 포기와 그에 따른 소외와 고립, ③ 후손들이 귀환해야 할 장소로서 조국의 이상화, ④ 조국의 회복과 유지, 번영을 위한 정치경제적 헌신, ⑤ 조국과의 지속적인 관계 유지와 소속감 등을 들 수 있다.[41] 새프런이 지적하는 여섯 특성 중에서 특정 지역에서 외국의 주변적 장소로의 이동이 빠져 있다. 그러나 좀 더 넓은 의미에서 유학생들이 거주하는 기숙사나 학교 촌을 '주변적 장소'로 파악한다면 이 특성도 예외가 되지 않는다.

『우라키』에 실린 단편소설 다섯 편은 한인 미주 이산문학이라는 식물이 자라는 데 비옥한 토양 구실을 하였다. 소설 장르로 좁혀 보면 그동안 한국계 미국인으로서 이산문학의 발전에 기여한 작가로는 실제로 북미조선학생총회에서 활약하면서 『우라키』 편집에 관여한 초당草堂 강용흘姜鏞訖을 비롯하여 리처드 E. 김金恩國, 글로리아 한金蘭暎, 차학경車學慶, 노라 옥자 켈러, 이창래李昌來, 돈 리李, 린다 수 박朴, 수전 최崔, 수키 김金, 이민진李敏珍 등 열 손가락이 모자랄 정도로 무척 많다. 미국 문단에서 그들의 활약은 이제 무시하지 못할 단계에 이르렀다. 그런데 『우라키』에 단편소설을 발표한 작가들이 없었더라면 그들은 지금처럼 그렇게 찬란한 꽃을 피우기 어려웠을 것이다.

---

41 William Safran, "Diasporas in Modern Societies: Myths of Homeland and Return", *Diaspora: A Journal of Transnational Studies* 1:1, Spring 1991, pp.83~99.

제4장

『우라키』와 창작 산문

북미조선학생총회의 기관지 『우라키』에는 단편소설 말고도 기행문이나 여행 일화, 서간문을 비롯하여 인물 전기나 자전적 수기, 수필 같은 장르에 속하는 산문 작품도 실려 있다. 넓은 의미에서 시 같은 운문을 제외한 글은 뭉뚱그려 산문으로 분류할 수 있지만 이 잡지에서는 단편소설로 분류할 수 없는 산문들도 많이 실려 있다. 가령 창간호에 실린 산문만 보더라도 장이 욱張利郁의 「교육학 견지에서 관찰하는 유미학생의 심리상 경험」, 김정은金正殷의 「화학 여행담」, 이병두李炳斗의 「과학의 가치」, 손진실孫眞實의 「미국 여학생의 생활」 등은 아무래도 논문으로 간주해야 할 것이다. 장세운張世運의 「대여류 수학자 카발네브스키 전傳」 2호처럼 전기의 성격을 띠면서도 학술 논문의 성격이 비교적 강한 글이 있고, 이훈구李勳求의 「미국 유학생의 미국 문명에 대한 감상」처럼 논문으로 보아야 할지 아니면 수필로 보아야 할지 애매한 글도 더러 있다. 논문 성격이 비교적 강한 글을 제외하고 문학 작품에 가까운 산문 작품만 꼽아도 줄잡아 20편이 된다.

1. '면충眠虫', 「미국 처음 와서 시골사름 노릇하든 니야기」(창간호 및 2호)

2. 안영도安永道, 「사진결혼의 비애」(2호)

3. '몽퉁구리', 「미국서 듯고 보고」(3호)

4. 주요섭朱耀燮, 「내 눈에 빗윈 앵키」(3호)

5. 프레데릭 스타, 「고 월남月南 이상재李商在 옹」(3호)

6. 박인덕朴仁德, 「북미 대륙 방랑의 1년」(4호)

7. '제2 면충', 「학생 만화學生漫話」(4호)

8. 이동제李東濟, 「미국에서 맛본 달고 쓴 경험」(4호)

9. KM생, 「곡상 노릇으로 한 여름」(5호)

10. 정일형鄭一亨, 「고학 생활의 부침상浮沈相」(5호)

11. 김상돈金相敦, 「농장 생활」(5호)

12. 정태진鄭泰鎭, 「미국에서 밧은 교훈」(5호)

13. 장성욱張聖郁, 「하우스웍」(5호)

14. 정일형, 「김마리아 논」(6호)

15. 김마리아 외, 「북미 고학생활 백경집」(6호)

16. 노재명盧在明, 「고우故友 최경식崔敬植 군을 추도하노라」(6호)

17. 이극로李克魯, 「구미 유학시대의 회고」(7호)

18. 월국月菊, 「남국의 가을」(7호)

19. 극성極星, 「쩩손 감옥을 방문하고」(7호)

20. 이순희李順姬, 「그리운 고향」(7호)

21. 실화자實話子, 「미국에서 보고 드른 대로」(7호)

이렇게 25편이 넘는 산문은 세부 장르에 따라 ① 문화 답사기나 문화 체험기, ② 기행문이나 여행기, ③ 전기나 회고록, ④ 서간문 등 대략 네

갈래로 나눌 수 있다. ①의 범주에 속하는 글로는 '면충'과 '몽통구리', 주요섭의 글을 넣을 수 있고, ②의 범주에 들어가는 글로는 박인덕과 극성의 글을 들 수 있다. 프레데릭 스타와 정일형의 「김마리아 논」, 노재명의 글은 ③의 범주에, 그리고 안영도의 「사진결혼의 비애」는 ④의 범주에 들어간다.

1. '면충'과 '몽통구리'의 미국 경험담

특정한 논지를 전개하거나 주의 주장을 펼치는 논문 성격이 강한 글과는 달리 문학 작품에 가까운 글일수록 필자는 본명을 밝히는 대신 필명이나 별명을 자주 사용한다. 이러한 현상은『우라키』에 시를 발표하던 필자들도 그러하였고, 재일본동경조선유학생학우회가 발행하던 기관지『학지光學之光』에 문학 작품을 발표하던 필자들도 그러하였다. 이 점에서는『우라키』에 산문 작품을 기고하던 필자들도 크게 다르지 않았다. 「미국 처음 와서 시골사름 노릇하든 니야기」를 발표한 '면충'이 과연 누구인지 지금으로는 확인할 수 없다. 밥만 먹고 하는 일 없이 지내는 사람을 경멸하여 부르는 '식충食蟲'에 빗대어 '면충'은 아마 잠만 자는 게으른 사람을 일컫는 말일 것이다.

창간호~3호에 세 차례 나누어 발표한 면충의 「미국 처음 와서 시골사름 노릇하든 니야기」는 제목 그대로 미국에 처음 와서 겪은 일화를 소개하는 글이다. 시골 사람이 대도시에 가서 겪은 일화처럼 식민지 조선의 젊은이들이 미국에 처음 도착하여 겪게 되는 그야말로 웃음을 자아내는 여러 이야기를 전한다. 그는 자신이 직접 겪은 일화가 아니라 다른 조선인 학생들이 겪은 일화를 소개한다. 그런데 흥미로운 것은 뒷날 여러 분야에서 크게 이름을 떨치는 초기 유학생들의 이름이 등장한다는 점이다. 마크 트웨인이나 오 헨리 같은 미국 작가들이라면 아마 이러한 일화를 소재로 얼마든지 해학적인 단편소설로 창작했을지도 모른다.

예를 들어 면충은 김창준金昌俊 목사와 관련한 일화로 이 글을 시작한다. 미국 선교사 문요한존 Z. 무어에게 세례를 받고 감리회 신자가 된 김창준은 평양 숭실중학교와 숭실전문대학을 졸업한 뒤 일본 아오야마靑山학원 학부 수료하였다. 그 뒤 미국에 건너가 게렛신학교와 노스웨스턴대학교에서 수학하였다. 미국에 도착한 지 몇 주밖에 안 되는 어느 날 김창준은 수화기를 들고 전화기에 대고 아무리 큰 소리로 교환원을 불러도 대답이 없었다. 그도 그럴 것이 이 무렵 전화를 걸 때는 5센트짜리 동전을 집어넣어야만 비로소 교환원이 나와 연결시켜 주기 때문이었다. 마침내 김창준은 위층에서 논문을 쓰던 안동원安東源을 불러 그 이유를 묻는다. 김창준은 5센트짜리 동전 하나를 넣은 대신 1센트짜리 다섯 개를 넣었던 것이다.

면충은 김창준에 이어 이번에는 강용소姜永韶 집안과 관련한 일화를 소개한다. 평안남도 강서 출신인 강영소 집안은 20세기 초엽 하와이에 노동 이민을 떠난 사람들이었다. 다른 이민 노동자들은 대개 혼자서 떠났지만 강 씨 집안사람은 식구들이 집단으로 떠나다시피 하였다. 강영대姜永大, 강영소, 강영상姜永商, 강영각姜永珏 형제는 아버지 강명화姜明化와 함께 하와이에서 미국 본토로 이주하여 저마다 사업을 하여 큰돈을 모으고 그 돈을 독립운동 자금으로 사용하는 등 독립운동에 큰 역할을 하였다.

면충이 소개하는 강 씨 집안과 관련한 이야기는 '강씨 형제 카페테리아'를 경영하던 때 일화다. 하루는 강명화가 시카고의 차이나타운을 다녀온 뒤 식구들에게 "야, 그런데 영어나 우리나라 말이나 맛찬가지려구나"라고 말한다. 그러자 아들 중 하나가 "갓흘 리里가 잇겟습니까!"라고 반문하자 강명화는 "내가 오늘 청인淸人의 동리를 가려고 전차에를 올랏구나. 그래서 차장이를 보고 '아거청인동我去淸人洞'(I go chinatown−아이꼬 차이나타운) 하엿드니 청인의 거리에 와서 나려 주도고나, 그러고 보니 영어나 우리나라 말이나 갓지 안쿠 무얼하냐"라고 말했다는 것이다.[1] 차장은 아마 '아거청인동我去淸人洞'이라는 말을 '나는 차이나타운에 갑니다'라는 말로 받아들여 강명화를 목적지에 내려주었을 것이다. 그러나 이 일화와 관련하여 면층은 "강 노인이 중국사람 갓흐니까 령리한 차장이 미리 알아채리고 중국인 거류지에서 나려들인 것이라고 니야기가 돌아다닙니다"[2]라고 덧붙여 놓는다.

이밖에도 면층의 글에는 재미 있는 일화가 많이 있다. 가령 어느 파티에서 창문을 닫아달라는 부탁을 알아듣지 못하고 동양인이라고 나가달라고 하는 줄로 오해하고 파티 장을 나온 일이라든지, 서북대학노스웨스턴대학교 대학원에 다니던 한국 유학생이 셋이 처음 기차를 타고 여행하던 중 승객이 거의 없는 차량에 옮겨 타고 가다 보니 그 차량이 흡연실임이 드러난 일이라든지 하는 일화가 그러하다. 그런 가하면 캘리포니아주에서 목회를 하던 박정수朴正洙 목사의 어머니에 대한 일화를 전하기도 한다. 아들이 없는 사이에 수도를 고치러 온 기사에게 어머니는 한국어로 "수도에 병이 났다"고 말하였고, 그 말을 알아들을 리 없는 기사는 어리둥절한 채 말없이

---

1 면층, 「미국 처음 와서 시골스람 노릇하든 니야기 (1)」, 『우라키』 창간호, 1925.9, 127쪽.
2 위의 글, 127쪽.

서 있을 수밖에 없었다. 그러자 어머니는 "저런 병신 갓흔 것 보아 말도 모르는 것이 심부름은 엇더케 왓노!"[3]라고 내뱉었다.

그러나 면충의 일화에서 가장 눈여겨볼 것은 윤치호尹致昊와 박노영朴魯英과 관련한 두 일화다. 1장에서 언급했듯이 1885년에 미국에 도착한 이계필李啓弼, 1887년에 도착한 변수邊燧, 그리고 1888년에 도착한 서재필徐載弼과 더불어 윤치호는 미국 대학에 정식으로 입학한 본격적 의미에서 미국 유학의 선구자였다. 면충은 윤치호가 1888년 미국 남부에 도착했을 때의 일을 이렇게 전한다.

미국 남방南方을 가셔 윤尹 백작伯爵 하면 모르는 이가 업스리만큼 조션의 일홈을 크게 빗내고 가신 윤치호尹致昊 선생이지만 처음 미국 와서는 별수가 업섯던 모양이야요. 큰 포부를 가지시고 그 째야말로 산설고 물설고 안 설은 것이 업는 이국의 쌍을 밟아 근근僅々히 목적지인 남방 쪼지아주 에모리까지 차져 뎡거장에 내렷슴니다. 째는 불행히 밤중이라 누구를 차저 가자니 동서東西를 분간할 수 업고 그러타고 여관을 찾저가자니 주머니의 밋창이 드러나기 시작하는 궁경窮境이라 얼마나 난쳐하엿겟슴니까. 나종은 할 수 업시 뎡거장 겻헤 잇는 공원을 차저 어정々 거러가 푸른 짠듸 우에 회색 구름으로 이불을 삼고 피곤한 몸을 쉬일 겸 잇흔날 동트기를 긔다렷담니다.[4]

면충이 언급하는 것은 윤치호가 "처음 미국 와서는 별수가 업섯던 모양이야요"라는 구절은 자칫 에모리에 처음 도착하여 미국 유학을 시작한 것

3 면충, 「미국 처음 와서 시골스람 노릇하든 니야기 (2)」, 『우라키』 2호, 2026.9, 148쪽.
4 면충, 「미국 처음 와서 시골스람 노릇하든 니야기 (3)」, 『우라키』 3호, 1928.4, 129쪽.

으로 오해하기 쉽다. 그러나 그는 1888년에 이미 미국 감리회 선교사 영 J. 알렌의 주선으로 테네시주 내슈빌 소재 밴더빌트대학에 입학하여 신학을 전공하였다. 이곳에서 3년 동안 신학을 공부한 뒤 윤치호는 1891년 조지아주 커빙턴에 있는 에모리대학의 전신인 옥스퍼드대학으로 학교를 옮겼다. 이렇게 조지아주와 인연을 맺은 그는 애틀랜타 거주 한인 1호가 되었다. 윤치호는 에모리대학에서 1891년에서 1893년까지 유학하였다.

위 인용문에서 "주머니의 밋창이 드러나기 시작하는 궁경이라"니 "공원을 차저 어정ᆞ거러가 푸른 싼듸 우에 회색 구름으로 이불을 삼고 피곤한 몸을 쉬일 겸 잇흔날 동트기를 긔다렷담니다"니 하는 마지막 구절을 좀 더 찬찬히 눈여겨볼 필요가 있다. 윤치호는 조선 선조 때의 영의정 윤두수尹斗壽의 둘째 아들 윤흔尹昕의 8대손으로, 병조 판서를 지낸 초기 개화파 정치인 윤웅렬尹雄烈의 아들로 내로라하는 명문가 출신이다. 그런데도 윤치호는 미국 유학 시절 금전적으로 어렵게 지낼 수밖에 없었다.

한국인 최초로 하버드대학교에서 국제정치학 박사학위를 받은 박노영은 『중국인의 기회』1940 같은 저술과 순회강연 등으로 미국에서 크게 이름을 떨친 인물이다. 당시 미국은 경제 대공황의 터널을 지나갈 무렵이어서 유색인종은 박사학위를 얻고서도 대학이나 연구 기관에 취직하기란 그야말로 하늘의 별 따기였다. 그래서 그는 일찍부터 전문직을 포기하고 순회강연을 하여 생계를 유지하기로 결심하였다. 순회강연에서 유창한 영어 구사는 전쟁터의 무기와 다름없었다. 그는 온갖 노력을 하여 영어 실력을 갈고 닦아서 당시 한국인 유학생 중에서 그처럼 영어를 유창하게 할 수 있는 사람도 찾기 힘들었다. 면충은 "지금은 영어 연설을 잘 하기로 유명한 박노영 군이……"라고 말하는 것은 바로 그 때문이다.

면층은 박노영이 처음으로 대중 앞에서 연설을 하면서 겪은 일화 한 토막을 소개한다. 한 교회에서 연설 청탁을 받은 박노영은 한영사전과 씨름하면서 연설문을 작성하였다. 그런데 막상 단상에 올라가 연설문을 읽던 중 준비해 온 연설문 중 한 장이 없어진 것을 발견하고는 깜짝 놀란다.

연설을 긋치고 이러 뒤적 저리 뒤적 차저 보아야 독개비가 가져갓서도 그러케 감쪽갓치는 못 가져 갓스리만치 절묘하게 업서 젓습니다. 청중은 잇는 눈총을 다가지고 불상한 박 군을 쭈러지게 쏘는데 얼골은 잔채하는 집의 아랫구둘갓치 확확 다라왓습니다. 급해마즌 박 군은 우리나라 말노 "내가 분명코 가져오기는 하엿는데……"

그러나 종당에는 그 일헛든 귀물貴物을 차저 무사히 처녀 연설을 맛첫다니 천만다행 천만다행![5]

이러한 실수를 거울삼아 박노영은 연설 준비에 좀 더 철저하였다. 처녀 연설을 성공적으로 마친 그는 '동양의 마크 트웨인'이라는 찬사를 받으면서 미국과 캐나다 등 북미대륙 전역을 돌아다니면서 연설과 강연을 하여 식민지 조선이 일본 제국주의의 실상을 널리 알리는 데 크게 이바지하였다. 로스앤젤리스에서 연설하던 그는 이곳에서 당시 캘리포니아대학교에서 미술을 전공하던 김난혜金蘭兮를 만나 결혼하였다. 흥미롭게도 김난혜는 『우라키』 6호에 「미술과 조선 여자 의상 及 화장 개념」을 발표하였다.

한편 '몽통구리'의 「미국서 듯고 보고」도 면층의 글과 성격이 비슷하지

---

5 위의 글, 148쪽. 박노영의 활동에 대해서는 김욱동, 『한국계 미국 이민 자서전 작가』, 소명출판, 2012, 59~103쪽 참고.

만 몇 가지 점에서 차이가 난다. 첫째, 몽통구리의 글은 길이가 짧은 데다 삽화적이다. 둘째, 이 글은 제목 그대로 조선인 유학생이 미국에서 겪은 일화보다는 유학생의 눈에 비친 미국 생활과 문화의 진풍경을 다룬다. 셋째, 이 글은 비교문화적 성격이 강하다. '엄청나는 구경군'과 '기가 막힌 돈노름', '법을 어겨야 진짜 미국사람' 등 9편의 삽화가 실려 있다.

한국인 최초로 하버드대학교에서 국제정치학 박사학위를 받은 박노영.
그는 미국 전역을 순회하며 강연으로 생계를 유지하였다.

'엄청나는 구경군'에서 필자는 1927년 9월에 있었던 잭 덴프시와 진 튜니의 헤비급 권투시합을 언급한다. 1926년에 튜니에게 헤비급 타이틀을 빼앗긴 덴프시는 시카고에서 다시 시합을 갖지만 튜니가 위기를 넘기고 판정승을 거두었다. 100여 년이 가까운 지금도 인구에 회자되는 '긴 카운트 시합'이었다. 이 시합을 전하며 몽통구리는 "얼마 전에 십륙만 명이라는 무리가 쉬카고에 모혀서 쌤시 튜니라는 두 절믄 사람이 주먹싸움을 하야 피투성이가되는 것을 구경하엿다"고 적는다. 그러면서 그는 "싸홈이 한창 클라이멕스에 니르럿슬 째에는 쉬카고의 교통긔관이 전부 정지 상태에 잇다십히 하엿고 레듸오로 듯든 구경군 가온데 여자 두 명은 기절하야 죽기까지

하엿다"고 말한다.[6] 피를 흘리며 벌이는 권투시합은 '조용한 아침의 나라에서 온 젊은이들에게는 선뜻 이해가 가지 않는 미국의 문화일 것이다.

몽통구리는 '긔가 막힌 돈노름'에서는 뎀프시-튜니 권투시합에서 선수들이 차지하는 상금을 언급한다. 시합에서 이긴 튜니는 한 시간에 무려 백만 달러를, 시합에서 진 뎀프시는 50만 달러를 상금으로 받았다. 이에 대하여 몽통구리는 미국 대통령은 일 년에 일하고 연봉 7만 5,000달러를 받는다고 말하면서 '주먹싸홈군'의 수입은 말할 것도 없고 그 인기가 너무 크다고 밝힌다. 그는 "미국서는 무슨 질알이든지 남보다 잘만 하면 백만장자쯤 되기 그리 힘든 일이 아니다"[7]라고 결론짓는다.

몽통구리는 그 제목만 보아도 고개를 갸우뚱할 '법을 어려야 진짜 미국 사람'에서 반어법을 구사하여 진정으로 미국인이 되려면 미국의 법을 어겨야 한다고 말한다. 필자는 가령 미국 남부 주민들이 흑인에게 선거권을 부여해야 한다는 미국 헌법을 어긴다든지, 미국에서는 술을 제조·판매·유통을 엄격히 금지하는 금주법을 정해 놓고도 집집마다 온갖 술로 넘쳐난다든지, 자동차 속도를 법으로 정해 놓고도 제대로 제한 속도를 지키는 운전자가 거의 없다든지 하는 데 구체적인 예를 찾는다.

---

6 몽통구리, 「미국서 듯고 보고」, 『우라키』 3호, 131쪽.
7 위의 글, 131쪽.

2. 주요섭의 「내 눈에 빛윈 앵키」

주요섭은 단편소설 「할머니」 말고도 미국 여행기 「내 눈에 빛윈 앵키」
를 『우라키』 3호에 기고하였다. 이 기행문은 그가 미국에 도착한 지 석 달
이 지난 뒤에 쓴 미국 인상기다. 미국에 건너간 지 얼마 되지 않아 이러한
글을 쓰는 것이 '경솔한 짓'이라는 것을 알고 있으면서도 그에게는 한 가
지 위로가 되는 것이 있다고 말한다. 즉 어떤 미국인이 두 주 동안 중국을
여행하고 나서 중국 여행기를 썼으니 그도 석 달이라면 충분히 미국 기행
문을 쓸 수 있다는 논리다. 주요섭의 미국 인상기를 좀 더 면밀히 읽어 보
면 석 달 경험으로 미국 사회를 어쩌면 그렇게 자세히 꿰뚫어볼 수 있었는
지 감탄하게 된다. 그러나 다른 한편으로 그의 관찰과 인상에는 잘못 알고
있거나 오해에서 비롯한 내용도 적지 않다.

주요섭이 미국에서 보고 느낀 소감 중에서도 가장 먼저 떠오르는 것은
미국이 황금만능주의 국가라는 점이다. 이 점과 관련하여 그는 식민지 조
선에서 순사 시험과 관련하여 있었던 일화 한 토막을 소개한다. 이 무렵
무정부주의자로 이름을 떨친 '김사국金思國'을 써놓고 응시자에게 그것에
대하여 대답하라는 문제였다. 그런데 한 수험생이 그 질문에 "김사국이란
돈만 생각하는 나라란 말이니 례를 들면 미국 같은 나라이라"[8]고 대답했
다는 것이다. '김사국'을 한 조선인 이름으로 생각하지 않고 그 한자어 뜻
만 새겨 해석하면 충분히 그런 대답이 나올 법하다. 이 일화에 대하여 주

---

8 주요섭, 「내 눈에 빛윈 앵키」, 『우라키』 3호, 1928.4, 40쪽. 김사국은 일제강점기에 활
동한 사회주의 운동가 중 한 사람이다. 만주와 시베리아를 유랑하다가 기미년 독립만세
운동 전에 귀국한 그는 국민대회 사건으로 투옥되었다가 출옥한 뒤 1921년 이영(李英),
장덕수(張德秀), 김명식(金明植) 등과 함께 서울청년회를 조직하여 활동하였다.

요섭은 "허리가 부러지게 웃을 구절이나 그 참에 잇서ㅅ는 아주 관혁을 쎄엇다고 보겟다. 지금 세상에 어째는 그럿치 안으랴만은 더욱이 이 미국에서는 돈이 제일이고 돈이 왕일[이]다"⁹라고 밝힌다.

주요섭은 미국의 특성이라고 할 황금만능주의의 상징을 샌프란시스코 항구에 서 있는 '골든게이트'에서 찾는다. 이름 그대로 황금으로 만들었건 아니면 황금색으로 덧칠했건 이 문은 태평양을 건너 미국에 도착하는 모든 사람들에게 황금이 미국에서 엄청난 힘을 발휘한다는 사실을 웅변적으로 보여 주는 상징물임이 틀림없다. 여객선을 타고 골든게이트를 통과한 주요섭은 이번에는 에인절아일랜드에서 황금의 위력을 다시 한 번 실감한다. 지금은 관광 명소로 널리 알려져 있지만 19세기 말엽과 20세기 초엽 아시아 이민자들에게 이 섬은 악명 높은 공포의 대상이었다. 이 섬은 이민자들이 입국 허가를 받거나 입국이 거부되는 결정이 날 때까지 갇혀 있는 수용소와 다름없었다. 이 섬과 관련하여 주요섭은 "하필 천사도라고 한 까닭이 무엇인지 모르겠다. 만일 정말 천사가 잇서서 그 이민국 감옥을 천사도라고 일홈한 줄을 알면 아마 원통하야 가슴이 터져 죽을 것이다"¹⁰라고 말한다. 돈 있는 사람들은 도착한 날로 이민국을 쉽게 통과하여 샌프란시스코의 마켓 스트리트로 '활기를 치며' 올라갈 수 있었다. 그러나 돈이 없는 사람들은 이 섬에서 온갖 수모를 견뎌내며 여러 날 이민 수속 절차를 받아야 하였다.

이렇게 이민국을 쉽게 통과할 수 있는 이민자들은 태평양을 건널 때 일

---

9 위의 글, 40쪽.
10 위의 글, 41쪽. '천사도'란 중국인들이 에인절 아일랜드(Angel Island)를 의미를 풀어 옮긴 말이다.

등석 표를 구입한 여행객들이다. 이민국 직원들은 일등석을 타고 올 여행객이라면 미국 입국에 별다른 문제가 없을 이민자로 판단한다. 주요섭은 골든게이트와 에인절아일랜드를 통과하기 전에 이미 황금의 위력을 실감한 터다. 몇 주 동안 태평양을 건너가는 동안 일등석을 구입한 여행객과 삼등석을 구입한 여행객은 잠자리, 식사, 서비스 등에서 '천양지별의 대접'을 받는다. 일단 이민국을 통과하여 미국 땅에 도착하고 나면 누구든지 열심히 노력만 하면 그 대가를 받는 나라가 곧 미국이다. 그러나 문제는 미국인들이 지나치게 돈에 무게를 둔다는 데 있다.

> 귀족 쌍놈이 업다. 그져 돈이면 그쌘이다. 무슨 질알을 하든지 무슨 고약한 짓을 해서든지 그져 돈만 만히 모흐면 여기서는 상등사회 인물이 된다. 돈 만흔 사람이면 여기서는 모다 졔일 훌륭한 사람, 졔일 착한 사람, 졔일 자비한 사람, 졔일 유명한 사람, 졔일 존경 밧는 사람, 졔일 어진 사람, 졔일 령리한 사람, 졔일 '무엇이고' 다 된다. 그러나 그 돈을 일허버리는 그 순간에는 그 만흔 '졔일'도 다 업서지고 쌤이 되고 만다.[11]

위 인용문에서 주요섭이 미국에는 귀족과 상민의 구별이 없다고 말하는 것은 맞다. 일찍이 알렉시스 드 토크빌이 일찍이 『미국의 민주주의』1883에서 지적하였듯이 자유와 평등의 깃발을 높이 내세우고 건국한 신생국가 미국에는 반상班常의 구별이 없다. 토크빌은 신분과 교육, 종교를 뛰어넘는 개인주의에서 미국 민주주의 특성을 찾았다. 또한 주요섭은 토크빌처럼 미국

---

11 위의 글, 41쪽.

인이 지나치게 물질주의를 신봉하는 천박성을 비판적 시각으로 바라본다.

그러나 주요섭은 토크빌과는 달리 미국의 황금만능주의를 지나치게 과장하여 말한다는 비판을 면하기 어렵다. "무슨 질알을 하든지 무슨 고약한 짓을 해서든지 그저 돈만 만히 모흐면 여기서는 상등사회 인물이 된다"는 주장은 선뜻 받아들이기 어렵다. 개신교 윤리를 덕목으로 받아들이는 미국인들이 노동과 근면과 부(富)를 중시한 것은 사실이지만, 그렇다고 기독교의 신을 버리고 맘몬 신을 섬기지는 않았다. 미국인들에게도 돈으로는 살 수 없고 얻을 수 없는 것이 얼마든지 있다.

위 인용문의 마지막 문장 "그 돈을 일허버리는 그 순간에는 그 만흔 '졔일'도 다 업서지고 쌤이 되고 만다"도 좀 더 신중하게 받아들여야 한다. 여기서 '쌤'이라는 아마 부랑자, 게으름뱅이, 건달, 놈팡이 등을 뜻하는 영어 'bum'을 그렇게 표기한 것 같다. 그러나 돈이 없어지면 부랑아나 건달이 되고, 이러한 현상은 비단 미국에서만 찾아볼 수 있는 것은 아니다. 이 역시 미국 자본주의를 지나치게 폄하하거나 오해하는 발언이라고 아니할 수 없다.

그러고 보니 주요섭은 「사랑손님과 어머니」 같은 작품에 가려 자칫 깨닫기 어렵지만 문단에 데뷔할 초기에는 사회주의 계열의 문학 진영인 카프 쪽에서 활동하였다. 가령 「추운 밤」을 시작으로 「인력거군」, 「살인」, 「개밥」 같은 작품에서 그는 신경향파 관점에서 극빈한 인물들의 삶과 갈등을 동정하는 시선으로 다루었다. 주요섭이 「내 눈에 빛윈 앵키」에서 미국 자본주의를 날카롭게 비판하는 것은 그의 문학관이나 세계관과 전혀 무관하지 않다. 그가 이 기행문의 제목으로 삼은 '앵키양키'도 가치중립적인 의미보다는 경멸적인 의미로 사용한다.

주요섭은 미국 사회의 두 번째 특징으로 재즈 음악을 든다. 그는 "어데

나 째즈다. 이 사람들도 쇼핀, 쎄도벤을 일홈이라도 아는가 하는 생각이
날만치 이 사람들의 음악은 조야스럽다"[12]고 밝힌다. 그도 그럴 것이 그가
미국에 유학하던 1920년대는 이른바 '재즈 시대'라고 하여 이 흑인 음악
과 댄스가 그야말로 붐을 이루고 있었다. 뉴올리언스의 아프리카 음악과
유럽 음악이 결합한 재즈는 미국이 경제 대공황을 맞이할 때까지 미국 문
화에 크나큰 영향을 미쳤다. 더구나 주요섭은 쇼팽과 베토벤의 고전음악
을 '조야스러운' 재즈 음악과 이항대립적으로 대비시킴으로써 순수음악
과 대중음악을 엄격히 구분 짓는다.

　이렇게 주요섭은 재즈 음악을 고전음악과 구분 지으면서도 재즈 시대
미국 사회의 특징을 잘 짚어낸다. 그가 말하는 금주법과 여권운동이 바로
그것이다. 실제로 재즈와 금주법, 여권운동은 떼어서 생각할 수 없을 만큼
서로 깊이 연관되어 있다. 그런데도 주요섭은 금주법을 잘못 이해하여
"금주도 참말 금주하고 싶허서 한 것이 안이라 술 마시는 취미를 더 놉필
랴고 금주법을 낸 것이다. 그냥 내놋고 마시는 것보다 몰내 마신다고 말로
나마 하면서 마시면 더 흥미가 나기 째문이다"[13]라고 말한다. 물론 주요섭
은 우스갯소리로 그렇게 말하는 것 같다.

　그러나 금주법은 제1차 세계대전 이후 음주 남용에 따른 사회적 문제를
없애기 위한 사회운동의 일환이었다. 농촌 개신교 세력인 '금주 십자군'
을 비롯하여 의회 로비 단체인 안티살롱 동맹, 기독교 여성 단체인 여성
기독교금주연맹 등이 앞장서서 금주법 제정을 주도한 사실만 보아도 알
수 있다. 물론 금주법이 시행되던 13여 년 동안 미국에서 술 소비가 많았

---

12 위의 글, 42쪽.
13 위의 글, 42쪽.

다는 것과는 또다른 이야기다. 몇몇 학자들은 미국의 금주법을 '고결한 실험'이라고 부른다. 의도는 고결했지만 그 결과는 그다지 만족스럽지 못했다는 것이다.

한편 재즈 시대는 미국에서 여권운동이 크게 신장된 시기기도 하다. 이른바 '플래퍼'니 '모던 걸'이니 하는 신여성이 출현한 시기가 바로 1920년대다. 이러한 신여성과 관련하여 주요섭은 "이 달콤한 남성의 비위를 맞추기 위하여 녀성들은 머리를 깍고 입술에 연지 찍고 눈섭 그리고 치마가 녀분 다리도 잘가리우지 안토록 짤게 만들어 닙고 굽 놉흔 구두를 신고 보드러운 두 팔 쇠뱅이를 내놋코 엉덩이를 대룽궁대룽궁하며 단닌다"[14]고 밝힌다. 그가 열거하는 구체적 내용은 하나같이 이 무렵 미국 신여성 '플래퍼'의 특징이다.

그러나 이러한 여성의 파격적 행동은 남성 중심의 가부장 질서에 맞서려는 저항의 몸짓일 뿐 남성의 비위를 맞추기 위한 것과는 거리가 멀다. 미국의 신여성을 조선의 기생에 빗대면서 그들보다 더하면 더하지 덜하지 않다는 주요섭의 주장은 받아들이기 어렵다. 또한 주요섭은 '안해의 횡포'라는 항목에서 미국 사회에서 여성의 힘이 무척 강하여 남성이 제대로 기를 펴지 못한다고 지적한다. 그래서 주요섭은 "세상 안 할 일은 미국 녀자와 혼인하는 일이다. 참으로 불상한 것은 미국 남편이다 (…중략…) 휴— 이 사람들. 장가 왜 드는지 몰으겠다"[15]고 잘라 말한다. 그러나 그의 이러한 판단은 그동안 유교 전통에서 태어나 자라면서 자신도 모르게

---

14 위의 글, 42쪽. 일제강점기 조선의 대표적인 '플래퍼'로는 흔히 무용가 최승희(崔承喜)를 비롯하여 나혜석(羅惠錫)과 김명순(金明淳) 등이 꼽힌다. 일본에서는 영어 'flapper'를 'フラパ'로 표기하였고, 조선에서도 일본식 표기법을 따라 '후라빠'라고 불렀다.
15 위의 글, 44쪽.

가부장 질서에 길들여 있었기 때문일 것이다.

　이밖에도 주요섭은 미국이 이민을 제한하는 것과 관련하여 광활한 미개 척지에 더 많은 이민자를 받아들여야 한다고 주장한다. 미국이 이런저런 이유로 이민을 가로막는 것은 '참 고약한 짓'이라고 지적한다. 이와 관련 하여 주요섭이 미국이 동북아시아 민족에게 이민의 문을 활짝 열어야 한 다고 주장하는 이유가 무척 흥미롭다. 그에 따르면 "자기들도 본래부터 자기 쌍 안이고 홍인종한테서 쌔앗은 쌍이니 그것 가지고 그리 쌔금스리 구는 것은 야스껍기도 하려니와 죄일다. 사실 족보를 캐 보자면 홍인종은 몽고족의 후손이오 죠션족은 몽고족의 정손이니 이 넓은 쌍에도 우리 죠 선인의 권리가 더 만타고 볼 수도 잇다"[16]고 밝힌다. 여기서 '깨금스럽다' 는 '보기에 깨끗하고 아담하다'는 뜻으로 소중하게 여기는 태도고, '야스 껍다'라는 말은 '아니꼽다'는 뜻이다. 주요섭이 미국 정부의 이민 정책을 두고 아니꼬운 것으로도 모자라 죄악이라고 간주하는 것이 여간 놀랍지 않다. 물론 그는 미국 원주민 학살과 박해를 두고 언급하는 것이지만 미국 이민국 직원이 이 말을 들었으면 아마 적잖이 충격을 받았을 것이다.

　마지막으로 주요섭은 미국에 자동차가 많다는 사실에 놀란다. 만약 이 세계에서 석유가 고갈된다면 그것은 바로 자동차가 많은 미국 때문이라 고 그는 말한다. 중산층 가정에서는 식구별로 자동차가 따로 있을 정도다 라는 것이다. 조선에서는 날이 개나 비가 오나 고무신을 신고 걸어 다니는 데 미국에서는 아무리 가까운 거리라도 자동차를 타고 이동한다. 그러니 까 미국에서는 자동차가 조선의 고무신 역할을 하는 셈이다.

---

16 위의 글, 44쪽. 주요섭은 위 인용문 바로 다음에서도 "하여간 이러케 풍부한 광야를 내버 려두고 불상한 외국 이민을 금하는 것은 죄악일다"라고 다시 한번 반복한다.

3. 박인덕의 미국 방랑기

앞에서 언급한 박노영은 여러모로 박인덕과 비슷한 데가 많다. 두 사람 모두 미국에서 자서전을 출간하여 큰 인기를 끌었다는 점에서도 그러하고, 북미 대륙을 누비고 다니며 순회강연으로 이름을 떨쳤다는 점에서도 그러하다. '조선의 노라'로 일컫는 박인덕은 『구월의 원숭이』 1954를 비롯하여 세 권에 이르는 자서전을 출간하여 관심을 끌었다. 이화학당 중학과와 대학과를 졸업한 뒤 그녀는 미국 조지아주 웨슬리언대학에서 철학과 사회학을 전공하였고, 컬럼비아대학교 사범대학에서 교육학 석사학위를 받았다. 박인덕은 미국의 '학생자원운동SVM'의 순회 연사로 발탁되어 미국과 캐나다를 비롯하여 30여 나라를 돌아다니면 무려 1천 회 넘게 강연을 하였다.

「북미 대륙 방랑의 1년」은 박인덕이 1929년 대학을 졸업하자마자 일년 동안 전미주학생선교대회에 참석한 뒤 학생자원운동이 기획한 순회 연설을 하면서 느낀 감상을 적은 글이다. 일 년 동안 그녀는 워싱턴 게티즈버그 소재 대학을 시작으로 미국 48주 중에서 32주, 100대학을 방문하여 5만여 명의 학생들을 상대로 274회에 걸쳐 강연하였다. 박인덕이 강연한 내용이나 주제는 주로 한국의 역사, 문화, 문물, 풍속, 청년 운동, 기독교의 활동 등이었다. 이렇듯 그녀는 일제강점기 미국에서 문화 선교사로서의 역할을 톡톡히 하였다. 한 번은 조지 워싱턴이 살던 마운트 버넌을 방문하여 그의 집과 묘지를 바라보며 시를 짓기도 하였다.

와싱톤의 살던 집

그의 리상을 숨쉬든 쓸

그가 뭇친 곳

아— 마운트 버는!

고요히 흘으는 프토막강

쌔만 엉성히 깃혼 나무가지즐

녯 일을 속삭이는 듯

아— 마운트 버는![17]

박인덕은 이렇게 시를 지을 정도로 미국을 영국 식민지의 굴레에서 해방시키고 신생국가 미국을 건국한 뒤 초대 대통령을 지낸 국부 워싱턴이 살던 농원 저택과 그가 묻혀 있는 묘지를 바라보면서 큰 감동을 받았다. 마운튼 버넌은 바로 워싱턴이 "그의 리상을 숨쉬든 쓸 / 그가 뭇친 곳"이기 때문에 그녀에게는 더더욱 각별했을 것이다. 당시 조선은 일제 식민주의의 어두운 터널을 절반쯤 지나가고 있었다.

위 시에서도 엿볼 수 있듯이 박인덕은 미국 유학 시절 워싱턴처럼 높은 이상을 품고 그것을 실현시키려고 노력하던 여성이었다. 그녀는 "하로 건너큼식, 혹은 날마다, 기차로, 자동차로 낫선 동리에 가서 짐을 풀엇다, 묵것다, 새 사람을 맛낫다 써낫다. 나의 생활이 맛치 썹시와 갓고 물 위에 쓴 부평초갓치 바람에 밀니는 물결 짜라 이 언덕 저 해안에 닷게 되엿다"[18]고

---

17 박인덕, 「북미 대륙 방랑의 1년」, 『우라키』 4호, 1930.6, 124쪽. 박인덕의 미국과 국내 활동에 대해서는 김욱동, 『한국계 미국 이민 자서전 작가』, 105~145쪽 참고.
18 박인덕, 「북미 대륙 방랑의 1년」, 124쪽. 『우라키』에 실린 글에서 눈에 띄는 대목은 남성 필자들과는 달리 여성 필자들은 되도록 한자를 사용하지 않고 순한글과 토박이말을 구사

말한다. 그러나 박인덕은 조국의 밝은 미래를 생각하며 이러한 고통과 시련을 참아낼 수 있었다. 그러므로 그녀는 겸손하게 북미 대륙을 누비고 다닌 경험을 '방랑'이라고 불렀지만, 실제로는 그녀의 여행은 지리적 여정 못지않게 심리적 여정이요 지적 탐험 여행으로 보는 쪽이 더 옳을 것이다. 평소 지적 호기심이 무척 큰 그녀는 북미 대륙을 여행하면서 앞으로 귀국해서 식민지 조국을 위해서 무엇을 해야 할지 계획하였다.

박인덕의 글에서 특히 주목해볼 대목은 캔터키주 버리어에 있는 버리어대학을 방문한 점이다. 이 학교는 여러모로 다른 대학과는 크게 다르다. 예를 들어 일 년 등록금이 150달러가 넘지 않고, 모든 학생은 하루에 두 시간씩 일을 해야 한다. 이 점과 관련하여 박인덕은 "이러케 학생들은 배호고 일하게 됨으로 리론과 실디를 갓치 배우게 된다. 이러한 교육제도가 우리나라에 덕용되리라고 생각한다"[19]고 밝힌다. 실제로 그녀는 뒷날 귀국하여 1961년 강연료와 저술로 얻은 인세, 그리고 후원자들의 기부금으로 서울 성북구 월계동이 대지를 구입하여 버리어대학을 모델로 인덕대학의 전신인 인덕실업학교를 설립하였다. "손과 머리로 무에서 유로"라는 인덕실업학교의 교훈은 버리아대학의 교훈이기도 하다.

한다는 점이다. 이 점에서는 극성이나 손진실 같은 다른 필자에서도 엿볼 수 있다.
19 위의 글, 125쪽.

4. 극성의 교도소 방문기

'극성'이라는 필명의 필자는 『우라키』에 「'김활란 씨 박사논문 촌살'과 '박인덕 여사 이혼에 대한 사회 비평'을 읽고」와 「쨕손 감옥을 방문하고」라는 두 글을 기고하였다. 이 글을 기고한 필자와 관련하여 편집자는 "필자 김양은 경성京城 이전梨專을 졸업하고 현재 미슈간대학 음악과에서 피아노를 전공하며 빛나는 조선朝鮮 악단樂壇의 장래를 위해 새로운 수양과 준비를 온축蘊蓄 중"[20]이라고 밝힌다. 북극성이나 남극성을 뜻하는 '극성'은 여러 정황으로 미루어 보아 김메리메리 김 조임이 틀림없다. 한국 이름이 김체식인 그녀는 대한제국 외무대신 김익승金益昇의 셋째 딸로 해방 정국에서 이승만·김구金九와 함께 민족 지도자로 추앙받던 김규식金奎植과는 사촌 사이이다.

미시간대학교에서 음악을 전공한 김메리. 동요 〈학교종〉을 작사하고 작곡하였다.

김메리는 이화여자전문학교를 졸업한 뒤 1927년 앤아버 소재 미시간대학교에 유학하여 음악을 전공하여 1935년 석사 과정을 마친 뒤 귀국하여 이화여자전문학교 음악과 교수로 근무하였다. 김메리는 1948년 "학교종이 땡땡땡 어서 모이자 / 선생님이 우리를 기다리신다"로 시작하는 유명한 동요 「학교종」을 작

---

20 극성, 「'김활란 씨 박사논문 촌살'과 '박인덕 여사 이혼에 대한 사회 비평'을 읽고」, 『우라키』 6호, 1933.3, 58쪽.

사하고 작곡하였다. 해방 뒤 1948년 정부의 요청으로 초등학교 1학년 음악 교과서 제작에 참여하면서 이 동요를 창작한 것으로 알려져 있다. 4분의 4박자 다장조에 단순한 노랫말과 가락 리듬으로 초등학교 학생들은 말할 것도 없고 한국인들이 애국가 다음으로 많이 부르는 애창곡이다.

극성의 기행문 「쩩손 감옥을 방문하고」를 살피기에 앞서 이 글보다 한해 먼저 발표한 김활란과 박인덕에 관한 글을 잠깐 짚고 넘어가는 것이 좋을 것 같다. 이 글은 방금 다룬 박인덕의 글과 서로 연관되어 있을 뿐 아니라 두 번째 글과도 무관하지 않기 때문이다. 「'김활란 씨 박사논문 촌살'과 '박인덕 여사 이혼에 대한 사회 비평'을 읽고」는 전문적인 학술 논문이라기보다는 논문이나 신문기사에 대한 논평이다. 극성은 이 글에서 여성의 관점에서 식민지 조선의 가부장 질서에서 여전히 억압받던 두 여성을 적극 두둔하고 나선다. 그런데 공교롭게도 김활란과 박인덕과 극성은 이화학당이나 이화여자전문학교 출신으로, 연배로 보면 1896년에 태어난 박인덕이 가장 연장자이고 1899년에 태어난 김활란이 중간이며 1904년에 태어난 극성이 막내다. 그러나 극성은 두 여성을 두둔하는 것은 그들과의 학연이나 친분 관계 때문이 아니라 어디까지나 그들이 여성으로서 조선 사회에서 부당하게 취급받기 때문이라고 분명하게 못 박아 말한다. 박인덕과 마찬가지로 극성은 조선 여성이 지난 수백 년 동안 암흑 속에서 질곡의 삶을 살아 왔다고 말한다.

그러한 장면을 깨치고 첫 번으로 용감히 썰처나온 여성들은 얼마나 위대한가. 남성들은 모르리라. 그러나 우리 여성들로서는 그들을 앙모仰慕하지 아니할 수 없는 것이다. 만일 여성 사회를 일국가로 간주한다면 그들은 혁명가요 모험가들이다. 나폴레온이나 레닌이나 무엇이 다를 것인가. 그러면 그들은 그만큼 싸우고 나오는 도정에 얼마나 한 고경苦境과 풍파風波가 잇엇을 것이다. 이제 조선 사회여! 나는 뭇노라 웨 그대들은 온 겨울 혹한에 무치엇다가 새봄이 되여 겨우 살어날려는 조선 여성들을 악착히도 짓밟으려고 애쓰는가.[21]

여기서 극성은 김활란과 박인덕을 조선 사회의 가부장 질서를 무너뜨리려는 '혁명가'와 '모험가'로 높이 평가한다. 특히 그들을 로자 룩셈부르크나 클라라 체트킨 또는 알렉산드라 콜론타이 같은 여성 혁명가 아닌 나폴레옹이나 레닌에 빗대는 것이 놀랍다. 흔히 한국 여성 교육의 선구자로 일컫는 김활란은 1918년 이화학당 대학부를 1회로 졸업하고 이화학당 고등보통과의 영어 교사로 활동하였다. 그녀는 조선 감리교 감독이었던 허버트 웰취월취(越就) 선교사의 추천을 받아 미국으로 유학하여 1922년 오아이오주 웨슬리언대학교 2학년에 편입하여 학사학위를 받았다. 그 뒤 김활란은 1926년 보스턴대학교 대학원 철학과에서 철학석사 학위를, 1931년에는 컬럼비아대학교에서 「한국의 부흥을 위한 농촌교육」이라는 논문으로 철학 박사학위를 받았다. 조선 여성으로 미국에서 박사학위를 받은 것은 그녀가 처음이어서 이 당시 미국과 식민지 조선에서 큰 화제가 되었다.

그런데 호사다마라고 조선에서는 김활란의 박사학위 논문을 두고 논란이 있었다. 특히 '무언생無言生'이라는 필자는 잡지 『비판』에서 좌익의 입장에서 그녀의 학위논문을 날카롭게 비판하였다. 가령 군이 미국 대학에 유

---

21 극성, 「'김활란 씨 박사논문 촌살'과 '박인덕 여사 이혼에 대한 사회 비평'을 읽고」, 『우라키』 6호, 1933.3, 58쪽. 박인덕을 중심으로 젠더 문제를 둘러싼 논의에 대해서는 김욱동, 『아메리카로 떠난 조선의 지식인들』, 170~177쪽 참고. 극성(김메리)는 자서전 『학교종이 땡땡땡』(현대미학사, 1996)을 출간하기도 하였다.

박사학위 사비에 휘말린 김활란

학하여 한국 문제를 다루는 논문을 쓸 필요가 있느냐느니, 그런 식이라면 미국에서는 영어만 잘하면 「춘향전」을 주제로 학위 논문을 써도 박사학위를 받을 수 있을 것이라느니, 한국의 문헌자료를 제대로 사용하지 않았다느니 하고 날카롭게 비판한다. 이렇게 김활란의 논문을 높이 평가하는 우파 진영과는 달리 주로 좌파 진영에서는 이 논문을 폄하하였다.

김활란의 학위 논문에 대한 이러한 비판에 대하여 극성은 논평할 가치조차 없다고 잘라 말한다. 극성은 조선 유학생들이 미국을 비롯한 서양 대학에서 한국 관계를 주제로 논문을 쓰는 것을 그렇게 부정적으로 볼 수만은 없다고 지적한다. 어떤 의미에서는 그러한 논문이야말로 국제 학계에 좀 더 기여할 수 있기 때문이라는 것이다. 예를 들어 백낙준白樂濬은 1927년 예일대학교 대학원에서 한국 종교사 연구를 전공하여 「조선 신교사朝鮮新敎史」라는 논문으로 철학박사학위를 받았다. 이러한 논문은 어떤 의미에서는 한국인 연구자가 아니고서는 도저히 쓸 수 없다고 하여도 크게 틀리지 않을 것이다. 신학의 한 예로 들었지만 이러한 실례는 하나하나 언급할 수 없이 아주 많다.

극성은 이번에는 박인덕에 대한 이런저런 비판을 다룬다. 그녀는 "박인덕 여사! 조선 사회는 그를 익숙히 잘 안다. 그의 과거 역사는 모든 잡지에 경쟁을 하여 가며 기재하엿다"[22]고 말한다. 두말할 나위 없이 박인덕의

---

22 극성, 「'김활란 씨 박사논문 촌살'과 '박인덕 여사 이혼에 대한 사회 비평'을 읽고」, 58쪽.

우열곡절 많은 김운호金雲鎬와의 결혼과 그 뒤의 별거와 이혼을 두고 이르는 말이다. 심지어 박인덕을 직접 간접 도와주었던 양주 삼梁柱三까지도 그녀의 이혼에 부정적 태도를 보일 정도였다. 극성은 박인덕이 미국 유학을 성공적으로 마치고 귀국을 앞두고 있는 마당에 그녀를 비판만 할 것이 아니라 좀 더 너그럽게 대해 줄 것을 권한다. 극성은 자못 웅변적으로 "조선 사회여, 조선의 딸들을 앗기자! 당신의 딸들을 잘 인도하여 보자! 서

유학 후 여성 운동가로 활약한 박인덕. '조선의 노라'로 화제가 되었다.

로 짓밟지 말고 붓들어 일으키자!"[23]라고 부르짖는다.

한편 「쨋손 감옥을 방문하고」는 '해외 여류 수필' 난에 실려 있는 것으로 보더라도 수필이나 기행문의 성격이 훨씬 강하다. 수필이나 기행문이되 교도소를 방문하고 느낀 소감을 기록한다는 점에서 일반적인 수필이나 기행문과는 조금 다르다. 극성은 앤애버 소재 미시건대학교 캠퍼스에서 동료 학생들과 함께 버스를 타고 이 교도소를 방문하였다. 그녀는 "나는 바쁜 틈을 내여 미국에서 제일 큰 감옥 중 하나이오 또 모범적 그야말로 근대적이라고 칭찬하는 미쉬간주 쨋손시에 있는 주립 감옥을 구경하려고 백여 명 관광단 틈에 끼웠다"[24]는 문장으로 이 기행문을 시작한다. 캠퍼스를 출발한 지 한 시간쯤 지나 일행은 언뜻 대학 건물처럼 보이는 교도소에 도착하였다. 4,000명을 수용할 수 있는 시설이지만 당시 수감자

---

23 위의 글, 59쪽.
24 극성, 「쨋손 감옥을 방문하고」, 『우라키』 7호, 1936.9, 85쪽.

는 그 절반 정도였다.

극성이 잭슨 교도소를 보고 무엇보다도 놀라는 것은 현대식 시설뿐 아니라 비교적 자유롭게 영어圈圄 생활을 한다는 점이다. 의무실, 이발소, 도서관 같은 편의 시설은 말할 것도 없고 음악실과 강당까지 갖추고 있다. 음악을 전공하는 극성으로서는 무엇보다도 교도소의 음악실이 눈에 띌 것이다. 이 방에서는 피아노, 저 방에서는 바이올린, 또 다른 방에서는 색소폰 같은 악기를 연습하는 소리가 들리는가 하면, 흑인 수감자들은 재즈 오케스트라단을 만들어 연습에 열을 올린다. 기악만이 아니고 성악을 연습하는 수감자들도 있다. 방문객 일행은 강당에서 수감자들이 기악과 성악 실력을 보여 준다.

그런데 극성이 교도소를 방문하고 느낀 소감은 비단 현대적 시설과 수감자에 대한 미국 정부의 인권 문제에 그치지 않는다. 한 발 더 나아가 그녀는 식민지 조국의 현실을 염두에 두고 있음이 틀림없다.

나는 그곳을 떠나며 그네들을 등지고 오며 한 가지 깊은 의심은 웨 그네들이 그만큼 자유가 있고 기회를 주고 모든 것이 구비하고 편리한것만[하지만] 거진 전부가 하나도 웃는 얼굴, 화평한 표정 (음악하여 주든 청년 외에는) 반가운 표정이 없고 도로혀 불쾌, 불안, 비애, 원망의 느낌을 우리에게 주는가 하는 것이었다. 나는 다시금 돌아다보았다. 높이 쌓인 담! 이것이 다시 내 눈에 띠일 때 "아 — 나는 알았다. 그곳은 우리가 사는 세계와 딴세상인 것을!"

나는 높이 쌓인 담을 보이지 않을 때까지 도라다보며 수천 명 자유 잃은 인생들을 회상하면서 "자유는 귀한 것이로구나!" 하고 새삼스러운 느낌으로 속눈물을 머금고 달리는 뻐쓰에 어느듯 학교에 다다렸다.[25]

수감자들은 아무리 현대식 시설을 갖춘 교도소에서 수감 생활을 하더라도 사회에서 누리던 자유를 누릴 수는 없다. 감옥을 뜻하는 '囹圄영어'라는 한자어를 보아도 성벽으로 사방을 에워싼 곳에 물리적으로 굳게 갇혀 있는 모습을 담고 있다. 위 인용문 마지막 문장에서 극성이 "자유는 귀한 것이로구나!"라고 생각하면서 속으로 눈물짓는 점을 눈여겨보아야 한다. 그녀는 잭슨 교도소보다도 못한 식민지 조선의 현실을 생각하고 있는지도 모른다. 어떤 의미에서 이 무렵 조선은 거대한 감옥과 같았다고 할 수 있다. 당시는 일본이 전쟁을 향하여 치닫기 시작하면서 군국주의의 고삐를 바짝 조이던 시기였다.

5. 정일형의 「김마리아 논」

『우라키』에는 시, 소설, 문학비평 못지않게 전기傳記에 해당하는 작품과 자전적인 작품이 실려 있다. 전자의 작품으로는 정일형의 「김마리아 논」이 가장 눈길을 끈다. '다망한 망명 생활 공개장'이라는 부제를 붙인 이 글에서 필자는 "나는 대한의 독립과 결혼했노라"고 외쳤던 김마리아金瑪利亞의 다양한 모습을 사실에 충실하면서도 온갖 비유법 구사 등 문학적 수법으로 자못 실감 나게 묘사한다. 정일형은 그녀에 관하여 이미 잘 알고 있었을 터지만 그녀를 직접 만나게 된 것은 아마 뉴욕한인교회에서일 것이다.

김마리아는 1928년 1월 황애덕黃愛德과 박인덕朴仁德을 뉴욕한인교회에서

---

25 위의 글, 89쪽.

기적적으로 다시 만나 '근화회槿花會'를 결성하였다. 이 무렵 뉴욕시 근처 뉴저지주 드루대학교에서 사회학을 전공하던 정일형은 뉴욕한인교회 교인으로『우라키』6호의 편집부장을 맡고 있었다. 그가 김마리아 전기를 집필한 것은 그녀가 파크대학을 비롯하여 시카고대학교와 컬럼비아대학교 등에서 유학을 마치고 1933년에 귀국했기 때문이다.

정일형은 김마리아의 삶의 여정을 기록하되 1891년 황해도 장연에서 태어난 시절부터 다루지 않는다. 오히려 그는 파란만장한 그녀의 삶을 태어난 지 30여 년이 지난 1920년 5월 하순에서 시작한다. 이렇게 주인공의 삶을 한중간에서 시작하는 것은 다름 아닌 서양의 서사시에서 즐겨 사용하는 '인 메디아스 레스in medias res'의 기법이다.

> 수천의 회원과 13의 지부를 두고 ××정부와 ××운동의 희생자 및 유족 구조에 전력하든 애국부인단愛國婦人團의 비밀결사가 대구서원에게 일망타진된 후도 6개월의 세월이 흘럿습니다. 한번 영어囹圄의 몸이 된 그는 불행히도 병마에까지 침로를 받어 마츰내는 깨어진 건강을 안고 병감病監 한구석에서 신음을 거듭하는 신세가 되엇습니다.[26]

정일형은 김마리아의 삶을 대한애국부인회 검거 사건에서 시작한다. 잘

---

26 정일형, 「김마리아 논」,『우라키』6호, 38쪽. 김마리아의 집안은 민족의식이 투철한 명문가로 알려져 있다. 그녀의 고모부인 서병호(徐丙浩)와 그의 아들 서재현(徐載賢)은 대한민국 임시정부에서 일한 독립 운동가였고, 김규식(金奎植)의 아내며 역시 독립 운동가인 김순애(金淳愛)에게는 김마리아가 나이 어린 종고모다. 세브란스 의학전문학교를 졸업한 숙부 김필순(金弼淳)은 뒷날 임시정부를 세운 노백린(盧伯麟), 류동렬(柳東說), 이동휘(李東輝), 김규식 등과 가까운 사이로, 김마리아는 숙부의 집에서 연동여학교(정신여자중고등학교의 전신)를 다니면서 민족정신이 투철한 집안 어른들의 영향을 받았다.

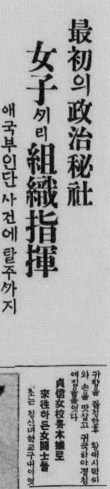

김마리아에 관한 일간신문 기사

알려진 것처럼 기미년 독립만세운동 이후 민족의식이 고양되면서 오현주吳玄洲를 중심으로 한 여성들은 대한민국 임시정부와 연계하여 국내에서 운동자금을 모금하기 위한 목적으로 대한애국부인회를 결성하였다. 오현주의 뒤를 이어 이 단체 책임자가 된 김마리아가 미처 활동을 개시하기도 전인 11월 오현주가 남편과 함께 대구의 조선인 경찰에게 애국부인회 조직을 밀고하면서 김마리아를 비롯한 부인회 인사들이 체포되어 재판 끝에 3년 실형을 선고받았다. 부인회의 조직이 와해한 것은 물론이고 관련자 중 김마리아는 구금 중 심한 고문으로 병을 얻었다. 미국 선교사의 도움으로 병보석으로 가까스로 풀려난 뒤에도 병세가 악화한 데다 폐결핵까지 겹쳐 병원에서 치료를 받지 않을 수 없었다.

그 뒤 정일형은 1920년 김마리아가 극적으로 조국을 탈출하는 과정을 한 편의 드라마처럼 생생하게 묘사한다. 상하이 임시정부에서 파견한 윤응념尹應念은 외사촌이라고 친척임을 내세워 그녀가 입원해 있는 병실에 사람들의 눈을 피하여 자주 드나든다. 밤이 깊도록 그는 그녀에게 권유도 하고 설복도 한 지 몇 달 만에 어떤 결론에 이른다. 마침내 김마리아를 설득한 윤응념은 한밤중 택시로 그녀를 제물포인천의 어느 중국 교회의 강당으로 인도한다. 정일형은 "이날이 바로 토요일 아츰 아직도 수만의 부민府民은 꿈 동산에 헤매는 이른 새벽의 일장一場 활극이엇다 하면 너무나 황상한[황당한] 노릇이 아니고 무엇입니까"[27]라고 말한다.

제물포 부두에서 중국 여성으로 변장한 김마리아는 일행과 함께 일엽편주를 타고 서해를 빠져나온다. 이로써 "수려水戾과[와] 병고病苦로 중태에 빠

---

27 위의 글, 38쪽.

진 젊은 새 조선의 일꾼"은 무사히 중국으로 망명하는 데 성공한다. 중국에 상륙한 김마리아는 기독교 학교에서 잠시 아픈 몸을 추스른 뒤 이번에는 상하이로 출발한다. 정일형은 "몸이 다소 회생되자 갈 길을 재촉하는 동시에 일엽을 당국에 날려 상해 행을 통고하든 당시 심경은 과연시 어떠하엿겟습니까! 오직 감격과 법열에 울든 씨의 승리감이야말로 어찌써 조롱鳥籠에 가첫든 한 마리 새의 해방에 비할 바만 되겟습니까?"[28]라고 묻는다. 김마리아는 상하이에 도착하여 대한민국 임시정부의 황해도 대의원으로 활약하는 한편 난징南京의 진링金陵대학에서 수학하였다. 그러나 "넓은 중국의 천지도 좁은 듯이 지남지서之南之西로 풍진을 무릅쓰고" 독립운동에 힘쓰던 그녀는 1923년 미국으로 건너가 방금 앞에서 언급한 대로 여러 대학에서 사회학과 신학을 전공하였다.

정일형의 글에서 가장 눈에 띄는 부분은 김마리아의 전기적 사실을 기록하는 것보다는 오히려 그녀의 성격과 세계관을 총체적으로 규명하려고 한 점이다. 물론 그녀가 서양 선교사들의 피서지로 이름난 황해도 장연의 송래동 소래마을에서 태어나 일찍 부모를 여의고 온갖 고생을 하며 학창시절을 보낸 경험이라든지, 박인덕·나혜석·신줄리아 등과 함께 여성 독립운동에 참여한 것이라든지, 미국 유학 중 온갖 허드렛일로 고학할 일이라든지 그녀의 삶 자체가 한 편의 드라마처럼 흥미진진하다. 그러나 정일형이 김마리아의 삶에서 무엇보다도 주목하는 것은 그녀의 '강직하고도 열렬한 인품'이다.

---

28 위의 글, 39쪽.

종교적 정조情操 교육의 감화가 큼인지 동지에게 대하는 신의가 남달리 두터운 바가 잇거니와 자긔의 신조와 주장에는 죽엄이 문제가 안 되는 힘과 열의 소유자이외다. 때로는 청렴한 도학자道學者의 냄새도 나려니와 제일선에서 싸화 나아가는 용사의 활긔와 투기가 만만滿滿한 분명히도 다각적 인물이외다. (…중략…)

천하고 약한 무리가 부강한 자에게 짓밟힘을 볼 때 열렬히 불타는 공분公憤에 타올라 반항의 긔ㅅ발을 높이 든 이도 씨요, 공사公私를 미분未分하고 좌왕우천左往右遷하는 우리의 지사志士 이××박사에게 일장의 권고와 힐책을 한 이도 미상불 조선 여성으로서는 그가 잇을 뿐이외다.[29]

위 인용문에서 볼 수 있듯이 김마리아는 자신의 신조와 주장이 옳다고 믿으면 죽음을 무릅쓰고라도 그것을 지키려는 노력하는 인물이다. 도학자이면서 혁명가라고 할 그녀는 행동하는 지식인의 표상이라고 하여도 지나친 말이 아니다. 이러한 김마리아의 성격이 가장 드러나는 것이 이승만에 대한 태도다. 위 인용문의 뒷부분에서 "우리의 지사 이××박사"는 누가 보더라도 이승만을 가리킨다는 것을 알 수 있다. 이승만이 공과 사를 제대로 구분하지 못할 때가 적지 않았고, 지리적으로나 심지어 사상적으로나 우왕좌왕하는 때도 있었다. 그러나 그의 권위에 눌려 그 누구도 그에게 권고하거나 힐책하는 사람이 없었지만 유독 김마리아만이 그렇게 했던 것이다.

그런데 흥미롭게도 『우라키』 4호에는 유암 김여식의 「마리아는 갓다」

---

29 위의 글, 39쪽.

라는 시가 실려 있다. 여러 정황으로 보면 이 작품에서 시인이 말하는 '마리아'는 김마리아를 가리키고, '가다'는 사망을 가리키는 은유임이 틀림없다. 이 작품의 세 번째 연은 이렇게 시작한다.

마리아는 가련한 이엿다
그는 가는 곳마다
불행과 싸웟다
마즈막 순간까지 싸웟다
그러나 지금은
그의 싸호는 손이 쉬인다
영원히 쉬인다
그러케도 귀엽든 마리아는 갓다[30]

위 인용문 중 첫 부분 "마리아는 가련한 이엿다"니 "그는 가는 곳마다 / 불행과 싸웟다"니 하는 구절을 보면 식민지 조국의 독립운동에 일생을 바친 김마리아와 그녀의 죽음을 노래하는 것 같다. 그러나 김여식이 이 작품을 발표하던 1929년에 김마리아는 뉴욕에서 유학하고 있었다. 또한 이무렵 김여식이 뉴욕에서 함께 활동하던 흥사단 40여 명에 이르는 단우 중에는 김마리아도 포함되어 있었다. 그녀가 귀국한 것은 1933년으로 춘원 이광수의 「누이야」라는 시는 미국 유학을 마치고 귀국한 김마리아를 위하여 쓴 작품이다. 마침내 조국의 품에 안겼지만 김마리아는 경성에 체류

---

30 유암(김여제), 「마리아는 갓다」, 『우라키』 4호, 120쪽.

할 수 없고 교사 활동도 신학 외에는 가르칠 수 없는 등 일본 경찰의 제약
이 뒤따랐다. 그래서 원산의 월슨신학교에서 교편을 잡은 그녀는 신학 교
육에 힘쓰던 중 고문으로 얻은 병이 재발하여 1944년 3월 사망하였다.

　그렇다면 김여식의 「마리아는 갓다」에서 '마리아'는 김마리아가 아닌
다른 인물이거나, '가다' 또한 축어적 사망이 아닌 비유적 의미로 받아들
일 수밖에 없다. 한국 근대사에서 '김마리아'라는 이름의 여성은 세 명 등
장한다. '김이쁜'이라는 여성은 병인박해 사건 때 순교한 조선시대 천주
교도다. 그녀는 유교 성리학에서 천주교 개종한 조선시대 천주교도 이의
송의 부인으로 세례명은 마리아였다. 또 다른 김마리아는 대한제국시대
한성부에서 출생한 독립 운동가로 철기鐵驥 이범석李範奭의 두 번째 부인이
다. 그리고 정일형이 『우라키』에서 '힘과 열의 소유자'로 묘사하는 독립
운동가 김마리아다. 그녀는 역시 여성 독립운동가 김순애金淳愛의 세 살 어
린 친정 종고모로 김규식의 두 번째 부인이다.

6. 안영도의 「사진결혼의 비애」

　정일형의 「김마리아 논」이 한 여성 독립투사의 삶을 다룬 전기라면 『우라
키』2호에 실린 안영도安永道의 「사진결혼의 비애」는 하와이 사진신부의
삶을 생생하게 기록한 자전적 작품이다. 그녀는 자신의 삶을 기록하되 'K
형님'이라는 선배에게 소식을 전하는 서간문 형식을 빌려 기록한다. 이러
한 편지 형식은 자신의 삶을 친근하면서도 솔직하게 고백하는 데 더할 없
이 좋은 방법이기 때문이다. 필자는 "섯달 금음날 밤에 1년 지낸 나의 감상

을 눈물 석거 긔록합니다"[31]는 말로 편지를 시작한다. 여기서 1년이란 그녀가 지난 번 편지를 쓰고 한 해가 지났다는 것을 의미할 뿐 그녀가 하와이에 온 지는 벌써 4년이나 된다.

하와이 노동 이민과 깊이 연관된 사진결혼은 한국인의 미국 이민사에서 아주 독특한 위치를 차지한다. 1910년 11월 스물세 살 난 목포 출신의 한 조선 처녀가 하와이 이민자와 결혼하려고 호놀룰루 항구에

안영도처럼 하와이로 시집 간 사진신부들

배에서 내렸다. 그녀가 바로 하와이 사진신부 1호로 그녀는 당시 서른여덟 살이던 이내修李來修와 결혼하였다. 이들을 시작으로 미국의 '동양인배척법'이 제정된 1924년까지 14년 동안 무려 1천 명이 넘는 조선 여성이 중매쟁이가 건넨 신랑감 사진 한 장을 들고 혈혈단신 태평양 건너 머나먼 땅 하와이로 갔다. 이역만리 항해에 나선 사진신부들의 나이는 열여섯에서 스물네 살 정도로 학력은 대부분 무학으로 자신의 이름도 제대로 쓰지 못할 정도였다. 또한 남성들이 대부분 한반도 전역에서 온 도시 출신으로 중등교육을 받은 반면, 사진신부로 온 여성들은 대부분 농촌 출신으로 주

---

31 안영도, 「사진신부의 비애」, 『우라키』 2호, 141쪽.

로 경상도 지방에서 왔다. 한 통계 자료에 따르면 사진신부 중 겨우 5%만이 중등교육을 받은 것으로 나타났다.

『우라키』에 「사진결혼의 비애」를 기고한 안영도도 그러한 사진신부 중의 한 사람이었다. 안영도가 어떤 여성인지는 지금으로서는 알 수 없다. 편지 끝에 "1925년 11월 25일 멀니 미쥬에셔 Mrs. S. K."로 표기되어 있을 뿐이다. 다만 '절칵절칵/절카닥'이나 '거랑뱅이거렁뱅이/거지' 같은 북한에서 자주 사용하는 낱말을 쓰는 것을 보면 어쩌면 북한 출신일지도 모른다. 다만 그녀는 교육을 받은 신여성이라는 점에서 여느 다른 사진신부들과는 적잖이 다르다. 학교는 근처에도 가보지 못한 대부분의 사진신부와는 달리 안영도는 고국에서 중학을 졸업하였다. 대부분의 사진신부가 가난을 피하려고 하와이에 건너왔다면 안영도는 좀 더 공부할 목적으로 하와이에 건너갔다. 그녀는 이미 조국에서 중학교를 마치고 모교에서 교사로 근무하던 상태였다.

> 그릿도 동싱은 본국셔 중학이라도 우등으로 졸업했고 모교 쥬임교ᄉ까지 하다가 돈은 업서 미국 류학은 할 슈 업고 이 미련한 싱각으로 약혼이라도 히셔 미국을 가면 여간한 지식을 엇어 보리라고 하엿더니 이러케 망측하게 되엿습니다.[32]

위 인용문에서 "미국을 가면 여간한 지식을 엇어 보리라고 하엿더니"에서 '지식'이란 단순히 미국에서 생활하면서 보고 들어 배우는 견문을 뜻

---

32 위의 글, 142쪽.

하지 않고 본격적으로 대학에서 제도교육을 받는 것을 말한다. 안영도의
말대로 고국에서 중학 과정까지 마쳤지만 돈이 없어 유학할 수 없어 사진
신부라는 수단을 빌려 미국 유학을 왔다는 말이다. 그러나 공부는커녕 하
루하루 입에 풀칠하기도 쉽지 않은 것이 이민 생활의 현실임이 드러난다.
오죽하면 안영도는 "형님! 내가 밋친 년이웨다. 형님! 말슴을 들어두엇더
면 이런 눈물을 안이 흘넛슬 것인데요"[33]라고 하소연하겠는가. 안영도가
'형님'이라고 부르는 여성은 아마 그녀의 학교 선배인이기 때문인 듯하
다. 형님은 동생뻘 되는 후배에게 하와이 사진결혼의 위험성을 여러 번
경고하였다.

사진결혼은 위험차다는 그 유리한 말슴을 귀등으로만 듯고 오직 미국 가랴
는 호긔심이 생기여 혼인이 무엇인지 남편이 무엇인지 가정이 무엇인지도 리
히치 못하는 어린 쳐녀로 와셔 배에셔 나리자 졀각 혼인 례식을 하여야 된다고
히셔 촌닭 관문 구경으로 멋업시 엇쩔하여 흰옷 닙고 듸똑ﾉﾉ하는 흰 구쥬 신
고 일홈 셩명도 모르던 너울이라고 하는 뼬衣冠을 쓰고 월계화 한 아름 안고 목
스 압헤셔 보셕 가락지 밧어 씨고 혼례라고 할 셕에는 쑴인지 무엇인지 혼돈하
여 깃븐 듯 부스러운 듯 쟝히 보여셔 잠시간 례식을 지닛더니 그 잇혼날브터는
발셔 실은 증이 싱기고 미웁고 무셔운 생각이 나게 되엿슴니다.[34]

이렇게 꿈인지 현실인지도 모를 결혼식이 끝나고 난 뒤 이튿날부터 안

---

33 위의 글, 142쪽.
34 위의 글, 142쪽. "엇쩔하여 흰옷 닙고… 너울이라고 하는 뼬"에서 '엇쩔하여'는 어쩔 줄
을 몰라 당황하는 모습을 가리키고 '뼬'은 베일, 즉 면사포를 말한다. 베일 또는 면사포를
조선시대 복식 명칭에 따라 '의관'으로 풀이한 것이 흥미롭다.

영도는 놀랍게도 남편이 싫고 무섭고 미운 생각이 들었다고 고백한다. 남편의 행동을 보면 그녀의 이러한 고백도 그다지 무리는 아니다. 갓 결혼한 아내인 그녀가 아무리 노력하여도 남편은 상상도 하지 못한 인물로 그녀의 눈에는 마치 '악마'로 보일 뿐이다. 남편은 밤낮 중국집에 하는 노름판에 빠져 허송세월한다. 설상가상으로 결혼한 지 얼마 되지 않아 잇달아 아이 둘이 생기는 바람에 안영도 고국에 돌아가려고 생각하다가도 그러한 생각을 접을 수밖에 없다. 하와이로 오는 비용은 신랑감이 부담한 데다 고향으로 돌아갈 뱃삯도 없었고, 비록 돌아간다고 하여도 기다리는 것은 수치심과 암울한 현실뿐이다.

더구나 하와이 이민에 절망한 안영도는 여러 번 자살을 생각하다가도 아이들 때문에 끝내 이루지 못한다. 그녀는 이제 자신을 희생물로 삼아 "ᄌ식의 거름이나 되려는 결심으로" 이민 생활을 가까스로 이어나간다. 그러나 아이들에게 신길 신발도 먹힐 음식도 변변치 못할 만큼 여간 열악한 삶이 아니다. 한번은 아들이 병에 걸려 돈이 없자 결혼 예물로 받은 반지를 중국인 전당포에 잡히고 돈을 빌리기도 한다. 그녀는 쓰고 남은 돈을 궤에 넣어 두지만 집에 들어온 남편이 "도적 ᄀ치 훔쳐다가" 노름빚과 술값으로 낭비해 버린다.

삶에 거는 기대와 그 결과, 이상과 현실 사이에는 언제나 괴리가 있는 법이어서 안영도도 다른 사진신부들처럼 하와이에 도착하자마자 약혼자를 만나보고 크게 실망한다. 나이도 많은데다 얼굴도 힘든 농장 노동에 찌든 모습이었다. 안영도의 경우에는 다른 사진신부들보다 더더욱 심한 것 같다. 남편에 대하여 그녀는 "본국서 사진으로 볼 ᄊ에는 넷적 17, 8세 ᄊ 찍엇든 사진인지 졈고도 괜치안케 싱겨 뵈이더니 정작 와셔 보니 얼굴은

곰보요, 키는 난쟁이요, 게다가 코는 술에 중독으로 붉은 코 벌겅이요, 아편 중독으로 되놈 모양으로 등은 굽엇고 돈은 한 푼 업는 거랑뱅이웨다그려![35]라고 털어놓는다. 물론 여기서 안영도는 남편의 모습을 조금 과장하여 말하는 것처럼 보이지만 실제 사실과 그렇게 다르지도 않다. 비단 안영도뿐 아니라 다른 사진신부들도 조선에서 사진으로 본 예비 신랑의 모습이 스무 살도 안 된 젊은이처럼 보였지만 막상 하와이에 도착하여 본 모습은 아버지뻘 되는 남자여서 실망이 무척 컸다고 고백하였다.

이 무렵 조선에서 건너가 사진신부들과 하와이에서 결혼한 남편들의 평균 나이 차이는 15살 정도였던 것으로 알려져 있다. 당시 조선의 조혼 풍습에 비추어 보면 아버지와 딸 사이라고 하여도 그다지 이상하지 않았다. 고국으로 보낸 사진 대부분은 십여 년 전 조선에서 하와이 이민 노동자를 모집할 때 찍은 사진들이었다. 하와이에 도착하여 찍은 사진들도 하나같이 백인 저택이나 값비싼 자동차를 배경으로 연출한 사진들이 대부분이었다.

안영도가 이렇게 부끄러움을 무릅쓰고 고국의 '형님'에게 편지를 쓰는 것은 고국에 있는 처녀들에게 사진신부의 위험성을 경고하기 위해서다. 그녀는 "동싱이 이 글을 쓸냐고 싱각할 씩에 자연히 회표[회포]가 가득히 서리운 가슴 속에서 어즈러운 생각이 니러느셔 이갓치 나의 형편을 긔록하게 되엿사오니 너무 넘녀 마시고 보신 후 이 글을 널리 본국에 계신 우리 친구 되시는 신진 녀즈계에 한 큰 징계가 하시샤 나와 굿흔 불행한 운명을 면하도록 하여 주시옵쇼서"[36]라고 간곡하게 말한다. 안영도는 고국

---

35 위의 글, 142쪽.
36 위의 글, 144쪽. 안영도가 "우리 친구 되시는 신진 녀즈계에"라고 말하는 것을 보면 사진

의 젊은 예비 사진신부들이 자신의 잘못된 선택과 그에 따른 비참한 생활을 거울삼아 신중하게 생각하기를 바란다. 그녀가 개인적으로 지인에게 보내는 사사로운 편지가 아니라 『우라키』 같은 잡지를 빌려 공개적으로 보내는 서신인만큼 아마 그 파급 효과는 훨씬 컸을 것이다.

1910년 시작된 하와이 사진신부는 1924년에 미국 이민법이 통과되면서 자연스럽게 끝났다. 이 이민법은 일본인들을 목표로 한 이민법이었지만 이 무렵 조선은 일본 제국의 일부였으므로 조선인들도 영향을 받지 않을 수 없었다. 그런데 25여 년에 걸친 사진신부는 좁게는 하와이 이민, 넓게는 한인의 미국 이민에 직접 간접 큰 영향을 끼쳤다. 첫째, 하와이로 좁혀 말하자면 사진신부는 하와이 한인 사회의 남녀 성비를 바로잡는 데 크게 이지하였다. 1910년에 여성의 비율이 13%였던 것이 1920년에 이르러서는 30%로 늘어났고, 이 비율은 점차 확대되었다. 1930년대에 이르러서는 2세의 등장으로 20대 중반 이하의 남녀 비율은 거의 같아졌다.

더구나 사진신부가 남긴 또 다른 소중한 유산은 하와이의 한인 사회가 활성화되면서 독립운동을 크게 이바지했다는 점이다. 한일합방 전에 한반도를 떠난 남편들은 식민지 조선의 현실을 잘 모르고 있었지만, 사진신부들은 조국에서 일제의 만행을 몸소 겪었으므로 조국을 빼앗긴 서러움을 누구보다도 잘 알고 있었다. 그래서 사진신부의 애국심과 반일 감정은 남편들보다 더 클 수밖에 없었다. 가령 조선에 가서 부모를 방문한 한 사진신부는 1919년 3·1운동에 참가하여 일본 당국에 의해 체포된 적도 있었다. 특히 '영남부인회' 같은 사진신부들의 단체에서는 조선에서

신부가 되려는 여성 중에는 단순히 무식한 시골 처녀들만 있는 것이 아니라 자신처럼 신식 교육을 받은 신여성들도 있다는 사실을 알 수 있다.

인사들을 초청하여 교회나 가정에서 연설을 듣는 등 민족운동에 깊은 관심을 보였다.

안영도의 「사진결혼의 비애」는 자전문학自傳文學으로서의 가치뿐 아니라 더 나아가 이민사의 사료로서의 가치도 무척 크다. 사진신부를 다룬 문학 작품으로는 캐시 송의 시집 『사진신부』1982가 가장 널리 알려져 있다. 또한 2003년에는 한인들의 미주 이민 100년을 기념하는 문집 『사진신부』가 출판되었다. 워싱턴 지역 한인이민 100주년 기념사업회가 10대 공식 사업의 하나로 심혈을 기울여 편찬한 이 책은 한인들이 지난 100년 동안 미국 땅에서 이민자로 살면서 보고 느끼고 겪은 것들을 정리한 야심찬 작품집이다. 실제로 이 책에는 최초의 한국계 미국 작가라고 할 강용흘姜鏞訖을 비롯하여 소설가 김은국金恩國과 시인 박남수朴南秀 등 이민 문학사에 중요한 족적을 남긴 57인의 시, 소설, 수필, 평론 등이 실려 있다.

한국계 미국문학에서 창작 산문이 차지하는 몫은 흔히 생각하는 것보다 무척 크다. 유학을 목적으로 갔든 이민자로 갔든 미국에 살면서 처음 글을 쓴 사람들은 주로 상상력에 크게 의존하는 시와 소설 같은 문학 장르보다는 구체적인 실제 경험에 바탕을 둔 일기나 서간문, 기행문, 자서전에 관심을 기울였다. 계몽적이고 공리적인 기록 문학이 성행한 뒤에야 비로소 좀 더 심미적인 문학 작품이 나타나게 마련이다. 『우라키』에 실린 창작 산문은 뒷날 좁게는 한국계 미국 이민 자서전, 좀 더 넓게는 한국계 미국문학이 발전하는 데 굳건한 토대를 마련했던 것이다.

『우라키』와 문예 비평

북미조선학생총회가 발행한 기관지 『우라키』는 시나 단편소설, 창작 산문 등 문학 장르를 두루 망라하고 있지만 문예 비평에도 깊은 관심을 기울였다. 그런데 이 잡지에 실린 문예 비평은 문학 작품에 관한 비평을 비롯하여 음악과 미술, 영화, 의상, 패션 등 분야가 무척 다양하다. '문학 비평'이라고 하지 않고 굳이 '문예 비평'이라고 말한 까닭이 여기에 있다. 유명한 문학가나 예술가의 삶을 다룬 전기를 겸한 비평도 더러 눈에 띄고, 한 필자가 한 편 이상의 글을 쓴 경우도 있다. 문학비평에서는 시나 소설 또는 번역 작품을 발표한 필자가 비평문을 기고하였다. 또한 영미 문학을 특집으로 다룰 때는 문학가들의 화보와 함께 영미 문학가 인명사 전을 싣기도 하였다. 이 잡지에 실린 중요한 문예 비평과 전기를 간추려 보면 다음과 같다.

1. 장성욱張聖郁, 「미국의 영화계」(3호)

2. 박경호朴慶浩, 「미국의 음악계」(4호)

3. 박경호, 「조선 사람과 음악」(5호)

4. 흑룡강인黑龍江人, 「예술적으로 본 인류학상의 양성兩性 문제」(5호)

5. 한보영韓普容, 「일월과 그 전설」(5호)

6. 한세광韓世光, 「현대 미국 대중시인 연구」(5호)

7. 김태선金太線, 「미국 소설단 개론」(5호)

8. 이정두李廷斗, 「문예의 비평심에 대한 문제」(5호)

9. 극성極星, 「자연의 아들 뻬토벤」(5호)

10. 김태선, 「여시아관如是我觀」(5호)

11. 김난혜金蘭兮, 「미술과 조선 여자 의상 급及 화장 개념」(6호)

12. 한세광, 「영문학 형식 개론」(6호)

13. 이정대李廷大, 「시대의식과 농민 문예」(6호)

14. 안익태安益泰, 「서양 음악계에 대하여」(7호)

15. 김시민金時民, 「미국 문단의 좌익 문학과 기其 성장」(7호)

16. 강용흘姜鏞訖, 「구미 문단의 현세」(7호)

17. 한세광, 「현대 미국 문단의 추세」(7호)

18. 시습생時習生, 「현대 문단 만필」(7호)

이 장章에서는 음악과 미술에 관련한 비평은 제외하고 주로 문학과 관련한 글만 다루기로 한다. 그중에서도 ① 민요와 설화, ② 미국문학에 관한 글, ③ 비평에 관한 비평, ④ 당시 조선문단을 진단하는 글, ⑤ 농민 문예와 사회주의 문학, ⑥ 이식 또는 수입 문학론 등을 주요 논의 대상으로 삼을 것이다. 문학 분야에서 무엇보다도 눈에 띄는 것은 『우라키』가 창간된 1925년부터 종간된 1936년 사이 당대 현실이 부딪힌 문제를 주로 다룬다는 점이다. 이 무렵은 제1차 세계대전 이후 물질적 풍요를 한껏 구가하던 이른바 '재즈 시대'가 점차 종말을 향하여 치달으면서 1929년 10월 월 스트리트 증권시장의 붕괴와 함께 마침내 경제 대공황을 맞이하던 시기다. 그러므로 문학비평에도 자본주의에 대한 비판 등 경제 대공황의 어두운 그림자가 짙게 드리워져 있다.

1. 민요와 설화

『우라키』에 실린 문학비평 중에서 '흑룡강인'이라는 필자가 쓴 「예술적으로 본 인류학상의 양성 문제」가 눈길을 끈다. 그렇다면 이 글을 기고한 '흑룡강인'이 과연 누구일까? 그는 왜 굳이 본명을 밝히지 않고 필명을 사용했을까? 동일한 인물이 같은 호에 한 편 이상을 기고할 때 필명을 사용하는 경우가 더러 있지만, 독립운동 참여처럼 자신의 신분을 숨겨야 할 이유가 있을 때도 필명을 사용하였다. 그런데 여러 정황으로 미루어보아 '흑룡강성'은 이정두인 듯하지만 지금으로서는 누구라고 확실하게 말할 수는 없다. 최근 공개된 「일본외무성日本外務省 편철문서編綴文書 불령단관계 잡건不逞團關係雜件 ― 조선인朝鮮人의 부部 ― 재서비리아在西比利亞」에 따르면 미국에서 주의할 인물로 이정두, 이정대, 박노영朴魯永, 권영태權榮台, 허도종許道宗, 유진석兪鎮奭, 전경무田耕武 같은 유학생들이 언급되어 있다.[1] 일본에서

---

1 'No-Yong Park'이라는 영어 이름을 사용한 박노영은 중앙고보 4학년 때 기미년 독립운동에 참여하였고, '민오(閔悟 또는 眠悟)'라는 법명으로 활동하다가 미국에 건너가 미네소타대학교를 거쳐 하버드대학교에서 국제정치학 박사학위를 받았다. 그의 이름의 한자 표기는 자료에 따라 달라서 '朴魯永' 말고도 '朴魯英', '朴老英' 등으로 나와 있다. 이 책의 저자(김욱동)가 소장하고 있는 그의 자서전『중국인의 기회』3판 속표지에는 박노영이 친필로 '鮑訥榮'으로 적어 놓았다. 김욱동, 『한국계 미국 이민 자서전 작가』, 소명출

유학한 학생으로 경시청 편입 요시찰 인물 명단에도 이정두의 이름이 올라와 있다. 그의 별명은 '정명政名'으로 일본 유학을 마치고 1923년 귀국한 것으로 되어 있다. 귀국한 뒤 그는 일제의 탄압을 피하여 다시 미국에 건너가 유학한 것 같다. 이정두가 쓴 또 다른 문학비평 「문예의 비평심에 대한 문제」에는 이름 앞에 '黑○'이라고 표기하고 있어 '흑룡강'의 '흑룡'을 적으려고 한 것이라는 생각이 든다. 목차의 표기와는 달리 막상 논문에는 '용흥강인龍興江人'으로 표기되어 있지만 그것은 '흑룡강인'의 오식일 가능성이 크다.

이 글에서 흑룡강인은 먼저 예술의 기원을 밝힌 뒤 인류학적 관점에서 양성의 문제를 다룬다. 그는 예술 중에서도 시가詩歌가 고대로부터 인간이 감정과 정서를 자연스럽게 발로하는 것에서 처음 시작했다고 밝힌다. 이러한 이론은 예술 이론에서 그다지 새로울 것이 없지만 이 글에서 한 가지 흥미로운 것은 필자가 예로부터 조선 반도에서 전해 내려오던 민요를 실례를 들어 시가의 기원을 언급한다는 점이다. 이 민요를 근거로 그는 "상고 시대에서 태고민太古民의 소유한 감탄의 소래라던가 공상의 발현, 그것이 즉 예술의 기원으로 기초를 잡는 시가의 최초랄 수밖에 없다"[2]고 지적한다.

비야 비야 오지 마라

망낭딸이 시집간다

비가 오면 비가 오면

───────
판, 2012, 59~103쪽; Kim, Wook-Dong, *Global Perspectives on Korean Literature*, London : Palgrave Macmillan, 2019, pp.145~172 참고.
2 흑룡강인, 「예술적으로 본 인류학상의 양성 문제」, 『우라키』 5호, 1931.7, 54쪽.

채다리가 불어지리
비가 비가 비가 오면
정우치마 얼녹지리

비야 비야 오지 마라
망낭딸이 시집간다
비가 오면 비가 오면
망낭사우 옷 저시리
비가 비가 비가 오면
망낭사우 눈물 지리

비야 비야 오지 마라
망낭딸이 시집간다
비야 비야 오는 비야
망낭딸의 깃불빈가
망낭따의 눈물 빈가
망낭사우 우는 빈가[3]

누나가 시집가는 날 비가 내리지 않기를 바라며 부르는 민요는 한반도 거의 모든 전역에서 두루 찾아볼 수 있다. 다만 남부 지방에서는 "비야 비야 비야 오지 마라 / 장맛비야 오지 말아라 / 꽃가마에 비 뿌리고 / 다홍치

---

3 위의 글, 53~54쪽.

마 얼룩진다 / 연지 곤지 예쁜 얼굴 / 빗물로 다 젖는다"처럼 조금 변이가 있을 뿐이다. 흑룡강성은 이 민요를 '북도민요'라고 밝히지만 과연 어떤 지역의 민요를 가리키는지는 분명하지 않다. 한국의 민요권民謠圈에 북도민요는 없으므로 남도민요, 경기민요, 서도민요를 제외한 나머지 지역에서 전승되어 온 민요인 듯하다. 민요권은 흔히 방언권方言圈과 일치한다. 위 민요에 막내딸의 사투리인 '망낭딸'과 막내사위의 사투리인 '망낭사우'가 나오는 것을 보아 황해도와 평안도를 제외한 북한 지역에서 전승된 민요로 추정해 볼 수 있다.

그런데 흑룡강성은 인간 감정의 자연스러운 발로인 시가가 양성의 연애 감정과 밀접하게 관련되어 있을 뿐 아니라 동시에 그러한 감정에서 발단되었다고 지적한다. 그는 "인간의 고조高潮한 감정의 언어적 표현에 의하야 인간의 탐미적探美的 연애가 기원되었다"[4]고 밝힌다. 그가 이렇게 이 문제에 관심을 두는 것은 이러한 인간의 감정이 "향락회享樂化한 고통, 즉 고통회苦痛化한 현대인의 내면의 일부분을 규시窺視할 수" 있기 때문이다. 다시 말해서 현대인들은 연애와 결혼을 통하여 비로소 이러한 고통에서 벗어날 수 있다는 것이다. 흑룡강성은 시가처럼 인간 감정에 기초를 둔 연애와 결혼은 곧 시가처럼 사회의 원동력이 된다고 말한다.

인류 사회의 원동력의 신기운新機運은 이 인간 각各자체로브터 애愛가 기본하고 아니 함에 따라서 결국 그 사회 인류 역사를 지음에 경계境界적 획선劃線을 나노흘 만한 무서운 힘을 가지고 잇다고 말한다. 이것은 과거에 잇섯으나 막론하

---

4 위의 글, 54쪽.

고 인류 사회학배社會學輩들이 함께 말하는 소이所以이다. 인因하야 사랑 잇는 그 가정은 항상 환락의 꽃이 (일에) 피여 잇게 되고 그 엇던 사회라면 갓혼 행락 적幸樂的 기분에서 지리支離한 권태를 늣기지 안케 될 것일가 한다. 진정한 그 세계에서는 절대로 탄식과 절망을 낫치 안을 것이다. 만일 여하如何한 사람이 탄식과 절망을 낫는다면 그는 참 그 세계 밧게서 고적孤寂으로 늣기는 것이라고 생각할 수밧게 업다.[5]

위 인용문에서 가정을 '환락의 꽃'에 빗대는 것을 주목해 볼 필요가 있다. 남녀의 사랑과 연애, 결혼과 관련하여 흑룡강성은 여러 선현들의 말을 인용한다. 그중에서도 그는 "애愛는 초중草中에 광영을 인認하고 화상花上에 일광日光을 본다"는 시구를 인용하면서 에머슨 씨의 정의가 '제일로 간명한' 말이라고 밝힌다. 그러나 흑룡강성이 인용하는 시구는 에머슨이 쓴 것이 아니다. 물론 에머슨은 「사랑」이라는 에세이와 「사랑에게 모든 것을 바쳐라」라는 시를 썼다. 그러나 흑룡강성이 에머슨의 작품에서 인용한다고 하는 구절은 에머슨의 작품이 아니라 19세기 영국 낭만주의의 대표적 시인 중 한 사람인 윌리엄 워즈워스가 쓴 「송가─불멸성의 암시」에 나온다.

한때 그렇게 빛나던 그 광채가
지금 내 시야에서 영원히 사라진다 해도
초원의 찬란함과 꽃의 광휘의
그 시간을 그 무엇도 되돌려 줄 수 없다 해도

---

5 위의 글, 56쪽.

What though the radiance which was once so bright

Be now forever taken from my sight,

Though nothing can bring back the hour

Of splendor in the grass, of glory in the flower;

흑룡강성의 "애는 초중에 광영을 인하고 화상에 일광을 본다"는 바로 위 시의 마지막 구절을 옮긴 것이다. 그러나 그는 이 작품을 쓴 시인을 잘못 알고 있는 것은 물론이고 인용한 구절도 적절하게 번역하지 못하였다. 1930년대의 문체라고는 하지만 '광영을 인하고'는 선뜻 이해가 가지 않는다. 더구나 워즈워스의 작품에서 '광영'은 풀이 아니라 꽃과 관련한 낱말이고, '일광'은 꽃이 아니라 풀과 관련된 낱말이다. 미국의 극작가 윌리엄 인지의 각본을 바탕으로 엘리아 카잔이 감독하여 1961년 개봉하여 큰 인기를 끈 할리우드 영화 〈초원의 빛〉은 바로 워즈워스의 이 시구에서 따온 것이다.

흑룡강인이 전통 민요를 실례로 들어 인간 기본적인 감정인 사랑을 다룬다면 한보영은 『우라키』 5호에서 「일월과 그 전설」에서 한국을 포함한 세계 여러 나라의 전통적인 설화를 소개한다. 글 끝에 "엠포리아 라마쓰홀에서"이라고 적어 놓은 것으로 보아 이 글을 쓸 무렵 필자는 엠포리아 대학교ESU에 재학 중이었다. 이 대학은 캔자스주 엠포리아에 있는 주립대학교로 이 주에서는 세 번째로 오래된 주립학교다. 한보영은 근대 천문학이 발달하기 전, 심지어 현대에 이르러서조차 아직 과학적 지식을 습득하지 못한 사회에서는 해와 달을 둘러싼 많은 전설과 설화가 전해 온다고 지적한다. 한보영은 해와 달과 관련하여 이 세계에서 가장 널리 알려진 고대

신화로 구약성경 「창세기」에 기록된 "하나님Yahweh씌서 두 개의 큰 빛[빛]을 만드셔서 그 큰 자者로 하여금 낮[낮]을 다사리게 하시고 그 적은 자者로 하여금 밤을 다사리게 하시다"를 한 예를 든다. 그는 히브리 신화 외에 바빌로니아와 앗시리아 민족에 전해 내려온 일월에 관한 신화와 전설을 시작으로 인도를 비롯한 동아시아 민족에게 전해 내려온 신화와 전설을 폭넓게 소개한다.

한보영이 동아시아에서도 노자 『도덕경』 중 "도생일道生一 일생이一生二 이생삼二生三 삼생만물三生万物 만물부음이포양萬物負陰而抱陽 충기이위화沖氣以爲和"를 인용하는 것이 무척 흥미롭다. 도가의 우주관으로 일컫는 이 구절은 흔히 "도는 하나를 낳고, 하나는 둘을 낳고, 둘은 셋을 낳고, 셋은 만물을 낳는다. 만물은 음을 짊어지고 양을 안고 텅 빈 기운으로 조화를 이룬다"고 풀이한다. 한보영은 도가 학자들의 해석에 따라 좀 더 구체적으로 '일'은 태극太極이고 '이'는 일월日月이며 '삼'은 천지인天地人을 의미한다고 풀이한다. 한보영은 이러한 전통적인 해석에 덧붙여 "일은 도 자체, 즉 우주의 본체태극를 말함이오, 이는 일월 자체가 안이라 그를 포용한 음양성을 표시함이오, 삼은 음양과 충화沖和의 삼기三氣를 지칭함이라"[6]라고 밝힌다.

더구나 한보영은 이러한 해석을 토대로 도교와 기독교의 일월 기원설이 근대 천문학과 매우 비슷하다고 주장한다. 도교와 기독교의 태양 기원설에 따르면 태양 자체를 전능한 신으로 간주하지 않고 오히려 다른 신이 창조했을 뿐 아니라 근대 천문가들의 주장처럼 태양만이 유일한 빛의 근원이 아니기 때문이다. 한보영은 해와 달이 '원시 종교의 신앙적 객체'가 되

---

6 한보영, 「일월과 그의 전설」, 『우라키』 5호, 64쪽.

었다고 밝히면서 원시 종족 사회에서 일신日神과 월신月神을 믿지 않은 곳은 거의 없다시피 하다고 밝힌다.

이 글에서 한 가지 눈여겨볼 것은 한보영이 일월에 관한 조선의 신화와 전설도 언급한다는 점이다. 그는 달과 관련한 신앙이나 미신과 관련하여 함경도 어느 지방에서는 어린아이들이 해가 넘어가는 것을 찬찬히 바라보면 어머니가 죽는다는 속설이 있다고 전한다. 한편 우주 전체를 전능한 힘으로 다스리는 태양과는 달리 달은 특정한 부분을 주재하고 보호하는 기능을 맡는다. 그래서 조선을 포함한 여러 나라에서도 달에 관한 금기가 유난히 많다는 것이다. 또한 한보영은 폴리네시아처럼 한반도에도 달의 모습이 지구와 비슷하다고 밝힌다. 달에도 지구처럼 산이 있고 골짜기도 있으며 나무도 자라고 있다. 중국과 일본처럼 조선에서도 달에 나무가 자라고 달 토끼가 그 나무 밑에서 떡방아를 찧는다는 설화가 전해 온다. 물론 중국 설화에서는 달에 계수나무와는 다른 목서木犀가 자란다. 그런데 중국에서는 목서를 계수라고도 부르므로 조선에서는 이를 혼동하여 전혀 다른 나무인 계수나무가 자란다고 전해졌다.

한보영은 폴리네시아 사람들도 동아시아인들처럼 달에 나무가 자란다고 믿는다고 말한다. 다만 그들은 그 나무를 '아오아'라고 부른다는 것이 다를 뿐이다. 폴리네시아 사람들은 달의 검은 부분이 아오아 나뭇가지의 그림자라고 생각한다. 더구나 그들은 달에 나무가 자라고 달 토끼가 살고 있을 뿐 아니라 인간도 살고 있다고 믿는다. 심지어 옛날에는 새들이 지구와 달 사이에 자주 오가곤 했는데 한번은 새들이 아오아 열매를 입에 물고 오다가 그만 폴리네시아 섬에 떨어뜨려 그 뒤로 그 섬에 아오아 나무가 자라게 되었다는 것이다.

다만 한보영의 글에서 한 가지 아쉬운 것은 조선의 일월 전설이나 신화 중에서 자못 중요한 것들이 빠져 있다는 점이다. 예를 들어 한반도에 구전되어 온 「해와 달이 된 오누이」가 가장 대표적인 예다. 또한 손진태孫晉泰가 채록한 함경도 서사무가인 「창세가創世歌」에서도 하늘과 땅을 마련하고 나서 해도 둘, 달도 둘이었지만 이를 하나씩 떼어 내어 별을 만들었다는 이야기가 전한다. 한편 신라 사람인 연오랑延烏郎과 세오녀細烏女가 일본으로 건너가자 신라의 해와 달이 빛을 잃어 세오녀가 보낸 비단으로 제사를 지내어 해와 달이 빛을 되찾았다는 『삼국유사』에 전하는 설화도 일원 신화나 전설에서 중요한 몫을 차지한다.

2. 미국 시와 미국 소설

미국에 유학 중인 학생들이 만든 잡지이기 때문인지는 몰라도 『우라키』에는 미국문학에 관한 글이 유난히 많이 눈에 띈다. 가령 5호만 하여도 한세광의 「현대 미국 대중 시인 연구」와 김태선의 「미국 소설단 개론」이 실려 있다. 한세광은 현대 미국문학이 월트 휘트먼이 뿌린 씨앗에서 발아했다고 잘라 말한다.

그는 시집 *Leaves of Grass*1856로써 영국 문학의 전통과 모방에서 써나 새로운 미국문학을 수립하여야 한다는 것을 웅변하엿다.
그는 고전주의에 대하야 부자유함과 계급적임을 항의抗議하고 나섯다. 여긔서 그는 자유시(Free Verse, 표현 형식을 자유로 하는)를 창작하기 시작하엿고, 또한 표리부동한 사회 제도와 자유, 평등주의의 허명미사虛名美辭에 대하야 더욱 불만을 가지게 되엇다.[7]

한세광의 지적대로 휘트먼이 미국문학, 특히 미국 시의 형식과 주제에서 신기원을 이룩하였다. 그를 흔히 미국의 '국민 시인'으로 일컫는 것은 바로 그 때문이다. 그러나 한세광이 휘트먼을 높이 평가하는 데는 필자 자신의 문학관이나 세계관이 크게 작용하였다. 1930년 3월 그는 흥사단에 입단해 시카고 청년들을 중심으로 사회 문제를 토론하고 법의 정신과 인권 문제에 큰 관심을 보였다. 한세광이 위 인용문에서 휘트먼이 한낱 표리부동한 미국 사회 제도와 미사여구에 지나지 않는 자유와 평등에 적잖이 불만을 품었다고 밝힌다는 점을 주목해 볼 필요가 있다. 언제나 민중 편에서 노래하던 휘트먼은 한세광에게는 "진정한 의미의 미국을 추구하든 시인"이었다.

휘트먼에 이어 한세광은 『동광東光』과 『개벽開闢』 같은 잡지에 미국 흑인 시를 최초로 번역하여 한국에 소개하여 인권 문제를 촉구하였다. 이 무렵 휘트먼에 관심을 기울인 조선 문학가로는 비단 한세광만이 아니었다. 가령 사회의식이 비교적 강하던 정지용鄭芝溶도, 일제강점기 공산주의 운동가로 해방 후 남한에서 조선공산당을 재건하고 책임비서가 되어 활동하다가 월북하여 북한 부수상을 지내다가 숙청당한 박헌영朴憲永도 휘트먼의 작품에 심취하여 그의 작품을 몇 편 번역하였다.

---

7 한세광, 「현대 미국 대중 시인 연구」, 『우라키』 5호, 91~92쪽. 휘트먼의 시집 『풀잎』이 처음 출간된 것은 1856년이 아니라 1855년이다. 그는 사망할 때까지 이 시집을 계속 수정하고 보완하여 이른바 '임종판'을 1892년에 출간하였다.

한세광은 휘트먼에 이어 '시카고의 병적인 도시 생활'을 해부한 칼 샌드버그를 비롯하여 농민의 비참한 생활상을 묘사한 에드거 리 매스터스, 자신이 태어나 자라난 고향을 노래하는 향토 시인 배철 린지, 미국 문단에서 휘트먼에 이어 '국민 시인'으로 대접받던 로버트 프로스트 등의 작품을 소개한다. 프로스트를 빼고 나면 세 시인은 하나같이 '시카고 문예부흥'을 이끈 주역들이다.

20세기에 '미국의 국민시인'으로 추앙받던
로버트 프로스트

한세광은 미국 시단을 크게 대중운동의 무산파와 민족주의파의 두 부류로 구분짓는다. 무산파를 다시 과격파와 온화파로 나누고, 민족주의파를 인생파와 예술파로 나눈다. 무산파는 세계주의를 표방하는 반면 민족주의파는 미국주의를 표방한다. 한세광이 말하는 무산파와 민족주의파는 이 무렵 조선문단에서도 거의 그대로 엿볼 수 있다. 사회주의 이념을 내세우는 프롤레타리아 문학과 민족주의의 이념을 내세우는 민족주의 문학의 대립이 바로 그것이다. 다만 조선에서는 미국처럼 시단보다는 소설을 비롯한 문학 전반에 걸쳐 일어났다. 이렇게 미국 시단의 두 경향을 언급한 뒤 한세광은 무산파를 대표하는 세 시인으로 앞에서 언급한 칼 샌드버그, 에드거 리 매스터스, 배철 린지를 꼽는다. 흔히 '시카고 시인'으로 일컫는 샌드버그에 대하여 한세광은 "그의 시는 가두에 서서 웅변함과 갓다. 그는 노동자의 생활을 관조하며, 그들의 가련한 처지를 눈물과 갓치 바라본다"[8]고 지적한다. 한세광은 샌드버그의 작품 중에서도 「나는 평민이요, 천민이다」를 번역하여 소개한다.

> 나는 평민이다 — 천민 — 군중 — 집단.
> 아는가! 세상의 모든 큰일이 나를 통하여 되여진 것을?
> 나는 노동자, 발명가, 세상의 음식과 의복을 만드는 노동
> 나는 역사를 증명하는 청중이다.
> '나폴레온들'도 나에게로브터 왔고, 역시 '린컨들'도.
> 나는 지상의 종자種子요, 오래 두고 갈어 먹을 초원이다.[9]

얼핏 보아도 샌드버그의 시는 휘트먼의 시와 많이 닮았다. 자유시 형식을 취한다는 점에서도 그러하고, 소재와 주제에서 역사의 동인으로서의 노동자를 노래한다는 점에서도 그러하다. 마지막 행에서 시적 화자가 자신을 대지에 뿌리는 씨앗에, 그 씨앗이 자라나 곡식이 자라는 초원에 빗대는 것이 무척 흥미롭다. 인간의 기본 삶에서 노동자가 차지하는 위치가 그만큼 크고 중요하다는 뜻이다.

한세광은 그가 '농민 문학의 선구자'로 일컫는 매스터스의 대표 작품을 시집 『스푼리버 사화집』1915에서 인용한다. 이 시집에서 매스터스는 '스푼리버'라는 상상의 마을에 살던 주민의 삶을 구어체의 비문碑文 형식을 빌려 노래한다. 다시 말해서 마을 공동묘지에 묻힌 주민들은 언덕배기 땅에

---

8 위의 글, 93쪽.
9 위의 글, 94쪽. 한세광은 이 시의 번역은 본디 김태선(金太線)이 먼저 번역해 놓은 것을 그대로 인용한다고 밝힌다.

묻히기 전에 살아온 고단한 삶의 비밀을 폭로한다.

한세광이 다루는 또 다른 시인은 '향토 시인' 배철 린지다. 미술을 전공하다가 시인이 된 린지는 샌드버그나 매스터스와 마찬가지로 해리엇 먼로가 시카고에서 발행하던 잡지 『시』를 통하여 등단하였다. 린지는 미국 남부의 농촌 지방을 여행하며 그가 말하는 '미의 복음'을 전파하였다. 이러한 여행에서 그는 한편으로는 흑인들이 사회경제적으로 여전히 노예 신분에 머물러 있다는 사실을 알아차리고, 다른 한편으로 '무한대한 흙의 가슴에서 삶의 진리'를 찾으려고 하였다. 린지가 말하는 '미의 복음'에 대하여 한세광은 "자연의 조화 속에서 넓다란 대지 우에서, 흙 냄사[냄새]와 풀의 향기를 맛흐며 고귀한 인간의 본성에 영원히 살자는 것"[10]이라고 밝힌다.

이 밖에도 한세광은 동시대의 대표적인 시인으로 알링턴 로빈슨을 언급한다. 한편 한세광은 이 글에서 '미국 대중 시인'을 다룬다는 제목과는 달리 미국 소설가들과 극작가들을 다루기도 한다.

> 물론 소설단小說壇에서도 동일한 보조를 취한 것이니 씽글레어 루이즈의 도시 생활을 해부한 *Main Street*, 농촌 생활의 횡단면인 루트 썩코의 *Country People*, 쉘우드 앤더슨의 *Winesburg, Ohio*와 *Poor White* 등이 또한 이 시대를 웅변하는 작품이다.
> 역시 희곡계에서는 유진 오네일, 필립 쎄리, 시드니 하드와 폴 그린 등이 이 새로운 운동에 참가하고 잇다.[11]

---

10 위의 글, 98쪽.
11 위의 글, 91쪽.

또한 한세광은 미국 평론계에서 휴머니즘을 대표하는 어빙 배빗과 폴 모어, 새로운 휴머니즘을 부르짖는 제임스 캐블과 존 도스 패서스를 언급한다. 한세광은 이 부류의 비평가들이나 작가들이 관점과 태도가 서로 달라도 인간과 현실을 본위로 사회 개혁을 부르짖는다는 점에서 서로 같다고 지적한다. 그는 이 무렵 미국에서 이렇게 일어나는 일련의 새로운 운동을 '신아메리카주의'라고 부른다.

『우라키』 5호에 실린 한세광의 글이 20세기 전반부의 미국 시를 다룬다면 같은 호에 실린 김태선의 「1930년 미국 소설단 개관」은 이 무렵의 미국 소설을 다룬다. 특히 김태선은 1930년이 미국이 세계에 진출하는 데 획기적인 해로 평가한다. 첫째, 이해에 싱클레어 루이스는 미국 작가로서는 최초로 노벨 문학상을 받았다. 둘째, 1930년에 무려 80여 편에 이르는 미국 작품이 출간되었다. 이는 양적인 면뿐만 아니라 질적으로도 그동안 주목받지 못한 미국문학을 전 세계에 널리 알리는 계기가 되었다.

김태선은 1930년에 미국에서 발표되거나 출간된 단편소설과 장편소설 중에서 주목할 만한 작품을 소개한다. 그가 소개하는 작가 수와 작품의 양이 많다는 데 새삼 놀라게 된다. 문학에 관심을 두고 있다고는 하지만 정치경제학과 사회학을 전공하는 유학생으로 이렇게 1930년대 미국문학을 섭렵한다는 것이 놀랍다. 그런데 90여 년이 지난 지금 김태선이 언급한 작가 중에는 문단이나 학계에서 이렇다 할 주목을 받지 못한 채 사라진 사람이 적지 않다. 다만 이디스 워튼과 캐서린 포터를 비롯하여 도러시 파커, 존 어스킨, 조셉 허게샤이머 같은 작가들이 미국문학사에 이름을 남기고 있을 뿐이다.

김태선의 글 중에서 찬찬히 눈여겨볼 것은 1930년도 노벨 문학상 수상자인 싱클레어 루이스를 자못 높이 평가한다는 점이다. 미국에서 루이스의 노벨 문학상 수상을 두고 학자들과 비평가들 사이에는 의견이 서로 크게 엇갈렸다. 미국 최초의 노벨 문학상인데 그가 받기에는 여러모로 부족하다는 것이다. 그러나 김태선은 루이스가 미국문학의 위상을 세계에 드높였을 뿐 아니라 그의 문학이 위대하다고 높이 평가한다.

> 신클레 루이쓰[싱클레어 루이스]는 거인이다. 씨는 아직 나희가 41세 중년의 재기발발才氣潑˝한 소설가요 신문학자新聞學者이다. 씨의 작품은 치밀하면서도 천착穿鑿하는 듯한 정면을 독자로 감感하게 한다. 그의 작품은 현실 그대로 여실如實을 말하는 이유이다.[12]

김태선이 루이스를 소설가이면서 신문학자라고 말하는 것은 루이스가 예일대학교를 졸업한 뒤 신문기자와 여러 출판사에서 편집자로 일했기 때문인 듯하다. 대학 재학 중에는 업튼 싱클레어가 재정 지원을 하여 시작된 실험적 사회주의 공동체 '헬리컨 홈 콜로니'에 참가하였다. 그러나 루이스는 신문학자라기보다는 차라리 사회비평가로 부르는 쪽이 더 바람직할 것이다. 김태선도 지적하듯이 실제로 루이스는 그가 겪은 다양한 경험을 토대로 미국 사회와 종교의 문제점을 '현실 그대로' 날카롭게 비판하여 주목을 받았다. 루이스가 노벨 문학상을 받는 데는 『메인 스트리트』1920와 속물적 미국인을 파헤친 『배빗』1922이 크게 이바지하였다. 특히 '배빗'이라는 이름은 행동반경이 좀처럼 자기 마을을 벗어나지 못하고 낙천적이고

---

12 김태선, 「1930년 미국 소설단 개관」, 『우라키』 5호, 103쪽.

자기만족적인 중년 사업가를 가리키는 말로 널리 사용되었다.

김태선은 루이스 문학에 대하여 학자들이나 비평가들이 내린 찬반 양쪽의 평가를 소개한다. 그리고 난 뒤 김태선은 한 평론가의 주장을 받아들여 루이스가 노벨 문학상을 받은 것은 '당연하다'고 주장한다. 김태선은 그 이유로 다음 두 가지를 든다.

1. 신클레 루리쓰보다 우월한 소설가가 만혼 것은 사실이나 현대 미국인의 가질 바 문학을 건설한 것.
2. 신클레 루이쓰의 작품은 미국인의게 환영을 만히 밧는 것보다 외국에서 씨의 작품을 더 즐겨 하는 것. 예를 들면 첫재로 노서아 노동국과 독일, 불국, 이태리, 영국, 서반아, 서전 등 제국.[13]

김태선은 미국에 루이스보다 훌륭한 작가들이 있다는 사실을 인정한다. 예술적 측면에서 보면 루이스는 같은 시기에 활약한 F. 스콧 피츠제럴드, 윌리엄 포크너, 어니스트 헤밍웨이 같은 작가들보다 한 수 아래라고 할 수 있다. 그런데도 루이스가 노벨 문학상을 받을 만하다고 주장하는 것은 그가 현대 미국인에게 필요한 문학을 창작하기 때문이다. 그렇다면 미국인에게 필요한 문학이란 과연 어떤 것인가? 유럽과는 달리 미국은 제1차 세계대전 이후 1929년 월스트리트 증권 시장이 몰락할 때까지 10여 년 동안 경제적으로 한껏 풍요를 개가하였다. 그러나 미국은 이 기간에 경제적으로는 풍요로웠을지 모르지만 정신적으로는 공허하였다. 루이스는 바로 이 무

---

13 위의 글, 104쪽.

렵의 공허한 미국인의 모습을 사실적이고도 풍자적으로 표현하였다. 또한 김태선의 지적대로 미국 사회를 비판하는 루이스의 작품은 미국 못지않게 소비에트 연방을 비롯한 대서양 건너 국가들에서도 큰 관심을 받았다.

3. 비평에 관한 비평

『우라키』에는 '비평에 관한 비평', 즉 메타비평도 실려 있다. 이정두의 「문예의 비평심에 대한 문제」가 바로 그것이다. 그는 미국 문단에서 계급주의를 내세우는 프로문학과 기성 문학 사이에 필전이 시작된 것이 1930년이라고 밝힌다. 그도 그럴 것이 이 무렵 미국에서는 경제 대공황을 맞이하면서 여기저기에서 자본주의에 대한 반성이 일어나기 시작했기 때문이다. 이러한 상황에서 문학에 관심 있는 조선 유학생들도 이 문제에 무관심할 수 없었을 것이다. 그래서 이 문제를 두고 이정두는 임영빈과 필전을 벌였고, 그 뒤를 이어 '추성秋星'과 '월성越誠' 사이에서도 논전이 일어났지만, 안타깝게도 의미 있는 담론보다는 개인감정의 토로에 그치고 말았다고 밝힌다.

이러한 문학 논전을 겪으면서 이정두는 좀 더 체계적인 문예 비평 이론의 필요성을 절감하였다. 그래서 쓴 글이 바로 5호에 기고한 「문예의 비평심에 대한 문제」다. 그는 문예 비평의 이론을 크게 ① 기교적 비평심, ② 주관적 비평심, ③ 사회적 비평심의 세 가지로 나눈다. 여기서 그가 말하는 '비평심'이란 비평관이나 비평적 접근방법을 가리키는 것으로 보아 크게 틀리지 않는다.

이정두는 기교적 비평심을 두고 '일종의 향락심'이라고 부른다. 문학과 예술 작품의 기교에서 독자나 관람자가 느끼는 즐거움이 이 비평의 기초가 되기 때문이다. 그렇다고 이 비평이 작품의 내용에 무관심한 것은 아니다. 이 비평과 관련하여 이정두는 "내용의 완성함과 기교의 충분한 이해가 합치되어 독후讀後의 Feeling or Passion이 작가의 목적에 합치되는 경우라야만 성립되는 것이다"[14]라고 밝힌다. 다시 말해서 문예 작품의 내용과 형식은 서로 유기적 관련을 맺어야 한다는 것이다. '충분한 형식의 향락'이라는 표현에서도 엿볼 수 있듯이 이 기교적 비평 방법은 오늘날의 형식주의 비평 방법과 아주 비슷하다.

주관적 비평 방법에 대하여 이정두는 '일종의 자기 본위의 고집적 주장'이라고 말한다. 좀 더 구체적으로 말하자면 비평가는 어디까지나 자신의 생활 경험을 바탕으로 문예 작품에 나타난 문학가나 예술가의 생활 경험의 깊이와 넓이를 판단한다. 이정두는 "비평의 가치는 실로 엄밀공정嚴密公正한 제3자의 태도를 떠나 자기의 동정심 자기의 숭배심에서 발아發芽하고 마는 것이다"[15]라고 지적한다. 그러므로 그는 이 비평방법이 자칫 '주관적 고집'에 지나지 않을 위험성을 안고 있다고 경고한다. 오늘날 비평 이론의 관점에서 보면 주관적 비평은 인상주의적 비평에 가깝다.

한편 사회적 비평 방법은 기교적 비평 방법이나 주관적 비평 방법과는 사뭇 다르다. 이정두는 이 세 번째 비평 방법이야말로 '인류 사회 진화 조건에 의지한 불가피의 현상'일 뿐 아니라 신흥 계급이 전개하는 '필연적 문예운동'이라고 주장한다. 그는 사회적 비평 방법이란 곧 투쟁심이라고 밝힌다.

---

14 이정두, 「문예의 비평심에 대한 문제」, 『우라키』 5호, 159쪽.
15 위의 글, 160쪽.

그것은 즉 투쟁심이라고 할 수 잇다. 고故로 이 투쟁심(사회적비평)의 입장에서 출발한 비평가는 그 작품의 기교의 충분 불충분이던지 그 작가의 생활 경험의 심천광협深淺廣狹에 대하여서는 중대시하지 안는다. 다못 그것이 가지고 잇는 사회적 의식을 결정함이 중대 책임이 됨으로 그 비평가의 사회 계급 입장으로 작가의 사회 계급 입장을 금찰禁察하는 것이다.[16]

이정두가 사회적 비평 방법을 한마디로 '투쟁심'이라고 잘라 말하는 것이 여간 예사롭지 않다. 그의 관점에서 보면 문학비평도 궁극적으로는 한낱 사회 변혁을 위한 투쟁에 지나지 않기 때문이다. 여기서 그가 말하는 투쟁은 곧 계급투쟁을 뜻한다. 이 점과 관련하여 이정두는 어떠한 비평가도 사회 계급을 떠나서 존재할 수 없고, 이 점에서는 문예 작품도 마찬가지라고 주장한다. 허버트 스펜서의 사회 진화론을 굳게 믿는 이정두에게 문학과 예술 작품과 그에 관한 비평은 역사적 발전과 떼어서는 생각할 수 없다. 마르크스주의자들처럼 그는 계급투쟁을 역사 발전의 원동력으로 보기 때문이다. 그러므로 이정두는 이 무렵 무엇보다도 필요한 것이 '무산파' 또는 '피지배 계급의 문예파' 운동이라고 지적한다. 그의 이러한 태도는 이 글의 마지막에서 단적으로 엿볼 수 있다.

금일의 사회에 생존권을 파악한 우리는 금일의 사회, 즉 강권 계급의 사회의 붕괴를 목적으로 한 신흥 문예운동에 출마出馬한 용사가 되지 안으면 안 될 것이다. 고故로 우리의 문예 비평은 오로지 사회의 투쟁심을 기조基調한 비평을 써

---

16 위의 글, 160쪽.

나서는 안 될 것이다.

　미래에 당래當來할 가치 잇는 문예 비판은 투쟁심의 치열熾烈에 현출現出할 것이다. 동시에 우리의 문예 운동은 행동 급及 직접에서 실행되는 엄정한 사회적 비평을 요구한다.[17]

　위 인용문에서 '강권 계급의 사회'란 부르주아 계급이 주도하는 자본주의 사회를 말한다. 이정두는 문예 비평가가 자본주의 사회를 붕괴하는 데 이바지해야 한다고 지적한다. 그에 따르면 이러한 계급투쟁에 바탕을 두지 않은 모든 비평은 이렇다 할 의미가 없다. 그러고 보니 이정두의 주장은 블라디미르 레닌이 일찍이 1905년 「당 조직과 당 문학」에서 부르짖은 내용과 비슷하다. 레닌은 프롤레타리아 문학과 예술이 전체 프롤레타리아 혁명의 일부, 즉 혁명이라는 거대한 기계의 작은 톱니바퀴가 되어야 한다고 주장하였다. 이정두는 이러한 톱니바퀴 역할을 하는 것이 문예 창작가들 못지 않게 문예 비평가들이라고 주장한다.

　이정두는 비록 개략적이나마 문예 비평의 접근방법을 구체적으로 유형화했다는 점에서 주목받을 만하다. 그가 언급한 세 가지 방법은 90여 년 지난 오늘날의 문학비평이나 문학 연구에서도 여전히 유효하다. 다만 문예 비평 방법에는 그가 다룬 기교적 비평방법, 주관적 비평방법, 사회적 비평방법 말고도 중요한 방법이 더 있다. 예를 들어 통시적 관점에서 문예 작품을 비평하는 ① 역사적 비평방법, ② 작가나 작중인물의 심리에 초점을 맞추는 심리학적 비평방법, ③ 작품에서 신화적 원형이나 모티프

---

17 위의 글, 161쪽.

를 찾는 신화적 비평방법, ④ 공시적 관점에서 작품의 구조를 연구하는 구조주의나 포스트구조주의 비평방법 등이 바로 그것이다. 기교적 비평방법은 오늘날의 형식주의와 비슷하고, 주관적 비평방법은 여러모로 인상주의적 방법이나 심리학적 방법과 깊이 관련되어 있다. 또한 이정두가 말하는 사회적 비평방법은 마르크스주의 접근방법과 아주 비슷하다. 어찌 되었든 20세기 초엽 이정두가 문예 비평 이론에 관심을 기울였다는 것은 주목할 만하다.

4. 조선문단의 현실

『우라키』에는 미국을 비롯한 외국문학에서 벗어나 태평양 건너 식민지 조선의 문학을 다루는 글도 더러 있다. 김태선은 「1930년 미국 소설단 개관」에 이어 이번에는 「여시아관」에서 조선 문학이 맞닥트린 몇 가지 문제를 지적한다. 그는 조선 작가들이 일본 제국주의의 식민지 지배를 받는 특수한 상황에 있다는 사실을 인정하면서도 '도피적 문단 부진'에 빠져 있다고 지적한다. 그러면서 그는 조선의 문단 현실에 적잖이 불만을 품는다. 김태선이 조선문단의 문제점을 크게 ① 창작계, ② 비평계, ③ 해외 문학 등 세 분야로 나누어 다룬다. 그는 먼저 창작계와 관련하여 "조선은 빈약한 문단을 가지고 잇는 이만치 소위 영웅 개인주의를 떠나서 다수의 군중 작가들을 요要하는 것이다. 장래 조선문단 발전을 위해서나 우꾸는 대작가급及 대작품을 전망하는 것으로써다"[18]라고 밝힌다. 바꾸어 말해서 조선문단은 아직 빈약한 상태에 놓여 있는 만큼 작가들은 개인주의에서 벗어나

서로 힘을 합쳐 조선문학을 만들어내야 한다.

조선문단에 대한 김태선의 비판은 곧 비평으로 이어진다. 그는 지금껏 '정로正路를 밟은 평론', 즉 평론다운 평론을 읽어 본 적이 없다고 말한다. 제목이 그럴듯하여 읽어보면 비평가는 작품의 진가를 평하기보다는 '야욕적 사심'에 사로잡혀 무조건 욕설을 퍼붓는다는 것이다. 김태선은 "문단인이 가질 바 사회 도덕적 인격을 신념愼念하야 주지 못할가. 문자 그대로 왈터 '칭욕중싱稱辱重傷'이 대문호나 대평론가가 되는 법전이 안이니 기분적으로 大家然대가연하기보담 그 요소와 문호자文好者의 학연궁구學硏窮究로써 과학 기본지식을 광구실득廣求實得하야 개체의 조련調練을 묵정黙定함이 여하如何랴"[19]라고 권한다. 문단에서 대가처럼 행세하지 말고 문학을 철저히 연구하여 작품의 의미와 형식을 과학적으로 밝혀내야 한다. 만약 문학 작품을 두고 논쟁하려면 주제에서 이탈하지 말고 정정당당하게 과학적 방법으로 대응하라고 말한다.

김태선의 조선문단 비평 중에서도 특히 외국문학과 관련한 내용은 귀담아들을 만하다. 그는 해외 문학 소개와 관련하여 세 가지를 요구한다.

> 해외 문학을 소개 혹은 평론할 쌔 좀 더 충실하고 정직해 주엇으면 한다. 혹 씨或氏 등은 작품을 논할 쌔 막연한 추상적으로 오증誤證을 보여 주는 것.
>
> 원음原音 오역을 독자에게 삼갈 것. 원음 그대로 보금치 못하고 '일음日音'을 사용하는 것은 수치. 예를 들면 '칼 산벍'을 '가르 산드버그', '카르 산버크' 혹은 PAUL '포ㅡㄹ'을 '파울' 등등.

---

18 김태선, 「여시아관」, 『우라키』 5호, 163~164쪽.
19 위의 글, 164쪽.

해외문학파에서 각국 산재한 문학 동지를 규합鳩合 우쯔는 확장을 진력할 것.
이는 '조선 문학'을 세계 진출상 초기적 준비로 오로지 해외문학파의 필연적
사명인 연고이다.[20]

김태선이 지적하는 첫 번째 문제는 식민지 조선에 아직 외국문학을 제
대로 전공한 사람이 없기 때문이다. 이 무렵 외국문학을 원천 언어에서 직
접 번역하여 소개하거나 비평 방법에 따라 외국 작품을 비평하는 사람은
거의 없다시피 하였다. 물론 앞서 잠깐 밝혔듯이 일본 도쿄 소재 대학에서
외국문학을 전공하던 조선 유학생들이 결성한 외국문학연구회 회원들이
예외라면 예외라고 할 수 있다. 원음 표기와 관련하여 김태선이 지적하는
두 번째 문제는 외국문학연구회 회원들도 기관지 『해외문학』에서 아주
비중 있게 다루었다.

김태선이 지적하는 세 번째 문제는 조선문학이 세계무대에 진출하는 데
무척 중요하다. 다만 이 무렵 일본을 제외하고 다른 나라에서 외국문학을
전공하는 조선 학생들이 그렇게 많지 않았다는 데 문제가 있다. 미국으로
만 좁혀 보아도 한세광처럼 처음에는 문학영문학을 전공하다가도 인접 학
문신문학으로 전공을 바꾸기 일쑤였다. 『우라키』창간호에 실린 '유미학생
통계표'에 따르면 김영의金永義가 테네시주의 밴더빌트대학교에서, 최윤관
崔允寬이 사우스다코타주의 휴런대학에서 각각 영문학을 전공한 것으로 나
타난다. 『초당』1931과 『동양사람 서양에 가다』1937를 발표하여 한국계 미
국 작가로 이름을 떨친 강용흘은 의학을 전공하다가 문학을 전공하였다.

---

20 위의 글, 164쪽.

Cpammata Eswtika

外國文學研究會의 기관지 『海外文學』 창간호

만약 조선의 외국문학 전공자들이 외국에서 문학을 전공한 '문학 동지'를 찾는다면 아마 강용흘이 유일할 것 같다.

그런데 김태선이 여기서 말하는 '해외문학파'는 외국문학연구회를 가리키는 것인지, 아니면 외국문학을 전공하는 사람들을 두루 가리키는 것인지 분명하지 않다. 조선의 프로문학 진영은 외국문학연구회를 깎아내리기 위하여 '해외문학파'라고 불렀다. 외국문학연구회가 결성된 것이 1925년경이고, 기관지 『해외문학』을 두 차례에 걸쳐 발간한 것이 1927년이므로 김태선은 아마 이 연구회의 존재와 활동을 알고 있었을 터다. 그렇다면 그가 말하는 해외문학파는 곧 외국문학연구회로 보아 크게 틀리지 않다.

더구나 김태선은 조선 문인들의 조로 현상을 지적하기도 한다. 시카고에서 유학하던 그는 시카고에서 『시』라는 잡지를 창간하여 에즈러 파운드, T. S. 엘리엇, 월러스 스티븐스 같은 쟁쟁한 시인들을 배출한 해리엇 먼로를 만난 일을 회고한다. 먼로는 이 무렵 시인뿐만 아니라 극작가요 문화평론가로 이름을 떨쳤다. 김태선이 먼로를 만난 것은 그녀의 나이 78세 때였다. 이렇게 나이가 많은데도 왕성하게 창작 활동을 하는 그녀의 모습을 보고 김태선은 조선 문인들이 나이가 들면 왜 쉽게 붓을 놓는지 의아하게 생각한다.

5. 농민 문예와 사회주의 문학

이정대의「시대의식과 농민 문예」도 좀 더 찬찬히 주목해 볼 필요가 있다. 필자 소개란에는 "나성羅城에서 의학을 연구하는 군은 신흥문예협회新興文藝協會, 미주 사회문제연구회社會問題硏究會, 미국 흑풍사黑風社 등을 조직하고 성盛히 동지를 규합하야 장래할 조선의 신사회 건설 운동에 다대多大한 성의와 노력을 기우리고 잇다 한다"[21]고 소개한다. 최근에 공개된 일본 외무성 자료에 따르면 이정대는 이정두와 함께 미국 유학생 중 '요주의 인물'에 올라 있던 인물이다. 미국에서의 그의 행적을 보면 그가 왜 이 명단에 올라 있는지 알 만하다. 또한 이 글을 기고할 당시 이정대의 소속은 로스앤젤레스 의과대학으로 되어 있다.

이 글에서 이정대는 먼저 시대의식이 무엇인지 정의를 내린다. 그는 "시대에서 요구하는 정당한 의식"이요 "우리 인생이 진행하는바 그 도정途程의 정로正路에 대한 의식"이라고 규정짓는다. 이정대는 이러한 시대 의식을 작품에 표현하는 것이 곧 문학가의 마땅한 임무라고 말한다.

> 우리는 시대의식에 부합한 신시대적인 문예 표현을 요구한다. 우리는 종래의 누벨[노벨]과 같은 협소한 개인 심리적 묘사를 주로 한 문예를 매장하고 신시대가 요구하는 현대 사회상의 표현인 '로만스'와 여如한 신흥문학新興文學, 즉 대중문학大衆文學을 요구한다. 이것이 즉 시대의식에 대한 철저한 대중 문예다.[22]

---

21 이정대, 「시대 의식과 농민 문예」, 『우라키』 6호, 80쪽.
22 위의 글, 81쪽.

이정대는 시대 의식을 가장 잘 반영하는 신세대 문학이 다름 아닌 신흥 문학, 즉 대중문학이라고 단정 짓는다. 그는 종래의 문학 장르, 즉 그가 말하는 '노벨소설'로써는 20세기 중엽의 시대 의식을 제대로 표현할 수 없다고 생각한다. 소설은 '협소한 개인 심리적 묘사'에 초점을 맞추기 때문이라는 것이다. 그러므로 이정대는 소설을 매장해 버리고 대신 신시대가 요구하는 문학, 현대 사회상을 가장 잘 표현할 수 있는 '로만스로망스' 같은 대중문학과 신흥문학을 부르짖는다.

그렇다면 이정대의 주장은 과연 얼마나 설득력 있을까? 문학 작품이 시대정신을 반영해야 한다는 주장은 지극히 옳지만 표현 방식으로 그가 내세우는 문학 장르는 이렇다 할 설득력이 없다. 잘 알려진 바와 같이 서양에서 소설 장르는 '노블novel'이라는 이름 그대로 '새로운 이야기'라는 뜻으로 근대 이후 출현한 서사문학이다. 다시 말해서 17세기 말에서 18세기에 걸쳐 발흥하던 시민계급의 삶과 밀접하게 관련되어 있다. 한편 '로맨스romance'란 공간상으로나 시간상으로 이국적 정조를 띤 중세의 서사문학을 말한다. 19세기 미국 작가 너새니얼 호손은 이 두 장르를 햇빛과 달빛에 빗대어 말한 적이 있다. 그는 『주홍 글자』1850의 서문에서 밝은 햇빛 속에 드러난 삶은 소설의 소재가 되는 반면, 달빛이나 난롯불에 드러난 친근한 모습은 로맨스의 소재가 된다고 밝힌다. 소설은 평범한 일상 경험을 있는 그대로 충실하게 묘사하는 것을 목표로 삼지만, 로맨스는 일상생활에서 좀처럼 볼 수 없는 '신기한' 일이나 '상상적인' 일을 즐겨 다룬다는 것이다. 물론 로맨스라고 하여 황당무계한 공상적인 것이 아니다.

한마디로 일상성과 구체성과 거리를 둔 로맨스로써는 이정대가 말하는 시대 의식을 표현하는 데 한계가 있을 수밖에 없다. 특히 이정대가 이 글을 발표한 것은 미국이 역사에서 유례를 찾아볼 수 없는 경제 대공황의 터널을 막 지나고 있을 1933년이다. 이 무렵 시대 의식이란 두말할 나위 없이 자본주의에 대한 비판과 그에 따른 사회주의에 관한 관심이다. 미국 전역에 팽배해 있는 엄중하고도 현실적인 시대 의식을 과연 로망스라는 그릇으로 제대로 담아낼 수 있을지 의문이 가고도 남는다. 이러한 시대 의식을 표현하는 수단으로는 로망스보다는 소설이 훨씬 더 적절할 것이다. 스탕달은 일찍이 소설이란 사회를 비추는 거울이라고 말하였다.

이정대가 시대 의식을 말하는 것은 미국보다는 식민지 조선의 현실을 언급하기 위해서다. 그는 이 무렵 조선의 대중 문예는 어떠한 상황에 있는지 따져 묻는다. 그리고 나서 그는 조선의 시대 의식을 반영하는 문학으로 농민 문예를 제시한다.

> 그러면 현하現下 조선의 대중 문예는 무엇인가? 조선 인구의 7, 8할을 점령한 농업국인 농민 문예다. 즉 환언하면 조선은 농민국인 동시에 농업국이다. 조선을 부강케 함도 이 농민 등이요 조선을 빈약케 함도 이 농민 등이다. (…중략…) 그러므로 우리의 기본 생활 토대인 농민 문예를 존중시하여야 할 것이며 피등彼等의 음시吟詩 송가頌歌를 연구하여야 할 것이다. 그것이 즉 농민 환경에 적절適切 (단므) 긴요緊要한 문예일 것이다.[23]

이정대는 조선 작가들과 예술가들이 농민과 동고동락하고 생사를 같이할 뿐 아니라 그들의 삶의 반영하는 문학을 창작해야 한다고 주장한다. 이렇게

---

23 위의 글, 81~82쪽.

하는 것이 곧 조선 문학가들과 예술가들이 맡아야 할 직무다. 이정대는 "일반 문예가 등은 뿌르조아지의 이기적 산물인 예술을 위한 문예 급^及 그 상아탑을 떠나서 오등^{吾等} 무산대중이 요구하는 대중 문예, 특히 조선에 처재^{處在}하여서는 농민 문예를 요구한다"[24]고 잘라 말한다. 그가 주창하는 '신문예'란 곧 농민을 소재로 그들의 삶의 다루는 문학과 예술 작품을 말한다.

이정대가 『우라키』에서 주창하는 농민 문예는 한국 근대 소설사의 한 축인 프로문학을 대표하는 탁월한 작가로 흔히 일컫는 이기영^{李箕永}의 『민촌^{民村}』1925에서 이미 찾아볼 수 있다. 이기영은 이 작품에서 상민의 마을 속에 들어 있는 계급의 모순과 그 모순이 가져오는 삶의 애환을 사실주의적으로 묘사하여 관심을 받았다. 친일 지주의 횡포와 그것에 맞서는 소작 농민들의 궁핍한 삶을 다루는 이 소설은 이정대가 말하는 농민 문예에 아주 가깝다. 더구나 신경향파 소설답게 이 작품은 시골 농촌 마을의 여러 문제점을 파헤치면서 동시에 비록 소박하나마 자유스럽고 공평한 농촌 공동체의 이상을 그린다.

이정대가 부르짖은 농민 문예는 거의 비슷한 시기에 식민지 조선의 문단에서도 첨예한 관심사로 떠올랐다. 식민지 조선에서 농민 문학에 관한 문제가 처음 제기되면서 이를 둘러싼 논쟁이 일어난 것은 1930년대 초엽이었다. 일본프로작가동맹NAPF이 '농민문학연구회'를 설립하면서 농민 문학을 중시하였고, 이에 영향을 받은 안함광^{安含光}이 「농민 문학 문제」에서 조선의 특수한 상황에 비추어볼 때 조선의 프로문학은 농민 문학을 거치지 않고서는 수립될 수 없다고 주장하였다. 안함광은 그때까지만 하여

---

24 위의 글, 82쪽.

도 노동자 문학의 하위 개념에 속해 있던 농민 문학을 노동자 문학과 동일한 위치에서 파악하려고 하였다. 그로부터 두 달 뒤 백철白鐵은 「농민 문학 문제」를 발표하여 농민 문학의 중요성을 역설하면서도 실천 방법론에서는 안함과는 태도를 달리하였다. 안함광은 빈농계급에 프롤레타리아 이데올로기를 적극적으로 주입시킴으로써 빈농이 혁명 노선에 가담토록 해야 한다고 주장한 반면, 백철은 빈농계급이 자발적으로 프롤레타리아 이데올로기에 호응할 수 있도록 해야 한다고 지적하였다.

농민 문예를 부르짖는 이정두의 글과 관련하여 『우라키』 7호에 실린 김시민의 「미국 문단의 좌익 문학과 기其 성장」도 좀 더 찬찬히 눈여겨보아야 한다. 이 특집에 실린 다른 글과는 달리 김시민의 글에는 필자 소개가 없다. 가령 강용흘만 하여도 이름 앞에 글을 집필한 장소인 '이태리'를 표기한다. 그래서 이 무렵 김시민이 어느 대학에서 어떤 분야를 전공하고 있었는지 지금으로서는 알 수 없다. 그는 같은 호에 실린 영국 작가 H. E. 베이츠의 단편소설 「어린 아해」를 번역하기도 하였다. 다만 김시민에 관하여 알 수 있는 것은 문학에 관심이 많고 사회주의 문학에 경도되어 있다는 점이다. 특히 그가 이 글을 집필할 1936년은 미국이 경제 대공황의 긴 터널을 한 중간쯤 지나갈 무렵이어서 사회의식이 그 어느 때보다 두드러졌다. 그래서 그도 자본주의의 비판과 함께 대두되기 시작한 사회주의에 영향을 받지 않을 수 없었을 것이다.

김시민은 「미국 문단의 좌익 문학과 기 성장」에서 미국에서 프로문학이 일어난 역사적 배경과 발흥을 소개한다. 이 무렵 미국 문단에서 일어나는 계급 타파를 부르짖는 프로문학은 자못 '불길'처럼 타오른다고 말한다. 김시민은 프로문학의 대두가 무엇보다도 먼저 자본주의 실패에서 비롯했다는 점을 지적한다. 여기에 싱클레어 루이스의 노벨 문학상 수상은 비단 문학뿐 아니라 음악과 미술 같은 다른 예술 분야에서도 영향을 끼쳐 사회주의의 확산을 가져왔다고 말한다. 그런데 김시민은 프로문학이 전통적인 사실주의에 바탕을 둔 노동 문학과는 적잖이 다르다는 점을 천명한다.

미국 문단에서 우리가 고구考究하야 천명闡明할 것은 프로문학의 경향이니 이 문제에 드러서 종래 그대로 관찰할진대 보통 노동 계급을 주제主題하야 창작된 작품은 전혀 프로작품으로 오식하는 폐蔽가 많었다. (…중략…) 그렇나[그러나] 소설가 헤으릭 씨가 말한대로 여상如上의 전통 사실 작품 등이 지금에 말하는 '목적과 의식이 선명'하느냐 하는 의疑제의제에 지금의 프로문학의 신경향은 운동선상 궤도 내에서 자연 성장을 하고 있다. 말하건대 전통 사실주의 작품 등이 노동자들을 주제主題하야 내용 구성이 되엿다 할지라도 가질 바 목적과 의식이 애매하야 금일의 말하는 프로 작품과 판이判異하다는 것이다. 이에 나리는 결론은 노동 문학과 프로문학의 차별 그것이다.[25]

김시민이 기존의 노동 문학과 1930년대 이후 새로 대두하기 시작한 프로문학을 엄격히 구분 지으려는 의도가 어디 있을까? 그는 이 무렵 시카고대학교의 교수와 소설가로 활약한 로버트 헤릭의 이론에 따랐다. 헤릭은 『뉴 리퍼블릭』에 기고한 글에서 프롤레타리아 계급을 소재로 한 새로운 노동 문학이 셔우드 앤더슨이나 시어도어 드라이저 또는 싱클레어 루

---

25 김시민, 「미국 문단의 좌익 문학과 其 성장」, 『우라키』 7호, 1936.9, 114쪽. 오늘날 로버트 헤릭의 작가적 명성은 적잖이 퇴색했지만 20세기 전반부 그는 『삶의 그물』(1900)을 비롯하여 13편의 장편소설을 출간하였다. 1935년 그는 미국령 버진 아일랜드의 총독에 임명되기도 하였다.

이스의 사실주의 문학과는 창작 방법은 물론이고 '목적과 의식이 선명'에서 본질에서 전혀 다르다고 지적하였다. 여기서 프로문학과 관련하여 헤릭이 특히 주목하는 것은 작가의 목적과 의식의 선명성이다. 김시민은 이러한 목적과 의식에 대하여 "오늘의 미국 프로문학에서 작가들이 말하는 좌익 문학은 본질적으로 감상적이 아니요 또는 사실주의를 위하야 지여진 소설과 시가 아니라 그 작품이 전적으로 인성화人性化하야 그 어떠한 목적으로 의식적으로 주력함에 있다"고 밝힌다. 그러면서 그는 "금일의 프로 작가들의 말하는 문학은 혁명적 사상을 고취하야 독자가 여상如上의 목적을 감오자득感悟自得함에 본의가 있다"고 잘라 말한다.[26] 이 말은 앞에서 언급한 블라디미르 레닌이 일찍이 「당 조직과 당 문학」에서 문학이 사회민주주의라는 거대한 기계의 톱니바퀴와 나사가 되어야 한다고 한 말과 일맥상통한다.

김시민이 헤릭의 이론에 따라 주장하는 프로문학의 '목적과 의식'은 1934년 8월 제1차 소비에트 작가 대회에서 소비에트의 공식적인 문학 노선으로 채택한 사회주의 리얼리즘과 여러모로 닮았다. 이 유형의 리얼리즘은 ① 혁명적 발전에서 현실을 충실하게, 역사적 면에서 구체적으로 재현할 것, ② 사회주의 정신에 따라 노동자들의 이념을 변형시키고 교육할 것, ③ 경향적인 태도를 보이며 당의 이념을 표방할 것, ④ '혁명적 낭만주의'에 입각하여 미래 지향적이고 영웅적인 인물을 묘사할 것, ⑤ 현실을 확충하고 역사적 구체성을 지니는 예술적 표현을 사용할 것을 주장하였다. 한마디로 혁명성, 당파성, 인민성, 이념성, 계급성 등은 프로문학을 떠

---

26 위의 글, 114쪽.

받치는 기둥과 같았다.

여기서 눈여겨볼 것은 프로문학은 미국보다 식민지 조선에서 일찍 일어났다는 점이다. 1932년 9월 뉴턴 아빈과 맥컴 카울리, 에드먼드 윌슨을 비롯한 53명에 이르는 미국의 대표적인 문인들과 예술가들이 공산당을 지지하고 공산당 대통령 후보인 윌리엄 Z. 포스터를 지지하는 서한에 서명하였다. 그로부터 2년 뒤 1935년에는 문학적 인민 전선이라고 할 미국작가연맹LAW이 결성되었다. 존 도스 패서스, 시어도어 드라이저, 제임스 T. 패럴, 어니스트 헤밍웨이, 존 스타인벡, 리처드 라이트 같은 소설가들, 윌리엄 칼로스 윌리엄스, 랭스턴 휴즈, 아치볼드 매클리시 같은 시인들, 밴 와이크 브룩스, 루이스 멈포드, 클리프트 패디먼 강은 비평가들이 이 연맹에 가입하였다. 그들은 하나같이 미국 자본주의의 모순을 극복하고 사회개혁을 좀 더 급진적으로 단행할 것을 부르짖었다. 사회주의 이론에 초점을 맞춘 『뉴매스』, 좀 더 학술적인 성격을 띤 『과학과 사회』, 문학을 전문으로 다루는 『파티선 리뷰』 등 같은 잡지가 우후죽순처럼 쏟아져 나온 것도 이 무렵이었다.

한편 식민지 조선에서는 1919년 기미년 독립운동이 실패로 돌아간 뒤 그 어느 때보다 첨예해진 민족의 자아 각성과 민족 현실에 대한 비판적 인식에 마르크스주의가 결합하여 계급문학 운동이 일어나기 시작하였다. 소비에트 연방의 '라프RAPP'와 일본의 '나프NAPF'에 영향을 받아 프롤레타리아 계급 운동의 하나로 전개된 이 문학운동은 1925년 조선프롤레타리아예술동맹조선프로예맹, KAPF이 결성되면서 좀 더 조직적으로 전개되었다. 카프는 계급 문단을 집단화하고 조직화할 목적으로 사회주의 문화단체인 염군사焰群社와 생활에 관심 보이며 '힘의 예술'을 추구하던 파스큘라를 모태로 생겨난 단체다. 카프는 기관지 성격의 잡지 『문예운동』을 창간하여 계급문학 운동의 조직적 실천을 가시화하였다. 방금 앞에서 언급한 이기영을 비롯하여 김기진金其鎭, 이상화李相和, 최학송崔鶴松, 박팔양朴八陽, 박영희朴英熙, 김동환金東煥 등 22명의 동맹원이 활약하였다. 그러나 김기진과 박영희, 박영희와 이북만李北滿의 문학 논쟁에서 볼 수 있듯이 계급문학 운동의 이념과 노선을 두고 내부 갈등을 겪으며 분열하였다. 더구나 1931년 1차 검거 사건과 흔히 '신건설 사건'으로 일컫는 2차 검거 사건을 계기로 1935년 카프는 마침내 강제 해체되었다. 그렇다면 조선에서는 미국에서 계급문학 운동이 본격적으로 대두될 무렵 이미 해체의 길을 걷고 있었던 셈이다.

또한 김시민이 프로문학이 예술적 성과에서 일반 문학에 뒤떨어진다고 지적하는 점도 눈여겨볼 필요가 있다. 김시민은 이 무렵 미국에서 큰 영향력을 행사하던 저명한 문학비평가 헨리 루이스 멩큰이 『새터데이 이브닝 포스트』에서 "프로문학의 창작 행동이 수준 이하의 열품劣品 또는 살풍경殺風景의 무미건조한 내용을 가져서 작품에 접합하려 한다"고 지적했다고 밝힌다. 김시민은 미국의 좌익 문학운동은 과거와 비교하여 큰 발전을 이룩한 것은 사실이지만 아직은 허먼 멜빌, 월트 휘트먼, 유진 오닐 같은 미국 문학에 우뚝 선 작가들을 찾아볼 수 없다고 솔직하게 인정한다.

계급문학의 이러한 한계는 미국 문단뿐 아니라 조선의 프로문학에서도 찾아볼 수 있다. 계급문학에서는 정치적 목적을 내세우다 보니 어쩔 수 없이 예술성이 훼손될 수밖에 없을 것이다. 박영희는 1931년 1차 카프 검거 사건으로 수감되었다가 이듬해 봄 불기소 처분으로 풀려났다. 그 뒤 카프의 좌경향에 회의를 품던 중 그는 마침내 1933년 12월 카프를 탈퇴하였고, 이듬해 1월 『동아일보』에 「최근 문예이론의 신전개와 그 경향」이라는 글을 기고하여 공개적으로 카프 탈퇴 선언과 전향 선언을 발표하였다. 이 글에서 박영희는 "얻은 것은 이데올로기요 잃은 것은 예술이다"라는 유명한 말을 남겼다. 그 뒤 극단 '신건설' 창립을 계기로 그는 1935년 5월 2차 카프 검거 사건이 발생하면서 또다시 체포되어 1년가량 전주 형무소에 수감되었다. 출옥한 뒤에도 사상범으로 보호관찰소에 수용되어 감시를 받던 그는 마침내 순수 문학과 예술주의로 전환하였다. 이 무렵 그의 평론은 초기처럼 신비주의적이고 심미적인 경향을 보였다.

김시민은 조선의 프로문학과는 달리 미국 프로문학에서는 노동자 계급에 속한 사람이 직접 문학 작품을 창작한다고 지적한다. 이러한 경우를 보여 주는 좋은 예로 그는 잭 컨로이와 앨버트 핼퍼를 든다. 흔히 '노동자-작가'로 알려진 컨로이는 미주리주 광부 출신으로 자전적인 소설『유산을 박탈당한 사람들』1933과 경제 대공황기 석탄 광부의 두 아들이 세속적 성공을 추구하는 과정을 그린『승리할 세계』1935를 출간하여 주목을 받았다.

한편 제철 노동자 출신인 핼퍼는 리투아니아 이민자의 아들로 소설가와 극작가로 활약하였다. 그는 희곡 말고도『유니온 스퀘어』1933를 비롯한 장편소설을 12권 출간하였다. 그런가 하면 워싱턴주의 목재 공장과 공장 파업 분위기에서 자란 로버트 캔트웰은『풍요의 나라』1934를 비롯한 작품을 써서 어니스트 헤밍웨이로부터 찬사를 받았다. 물론 김시민은 노동자 계급에 속한 사람들이 직접 작품을 집필하는 데는 여러 어려움이 따른다고 밝힌다. 다른 사회 계층과 비교하여 노동자들은 시간적 여유가 별로 없다는 점에서도 그러하고, 문학적 재능을 갈고닦을 기회가 없었다는 점에서도 그러하다. 어찌 되었든 그는 프롤레타리아 신분 출신 작가들이 프로문학 작품은 '계급성을 잃지 않은 무산계급의 작품'으로 높이 평가한다.

그러나 한국에서 노동자가 직접 소설가나 시인으로 활약하기까지는 몇십 년 더 기다려야 하였다. 가령 '박노해'라는 필명으로 잘 알려진 박기평朴基平은 노동자 출신 작가다. 박노해는 노동운동가 시절 '박해받는 노동자[勞]의 해방[解]'이라는 문구에서 앞글자를 따서 지은 필명으로 뒷날 정식으로 이 이름으로 개명하였다. 상업학교 야간부를 졸업한 뒤 여러 업종에서 노동자로 일하던 그는 1983년 『시와 경제』 지에 「시다의 꿈」이라는 시를 발표하면서 등단하였다. 이듬해 한국에서 노동자 자신의 처지에서 쓴 최초의 시집이라고 할 『노동의 새벽』1984을 출간하면서 한국 문단과 지식인 사회에 큰 충격을 주었다. '얼굴 없는 시인'으로 활약한 박노해는 공개적인 노동자 정치조직인 '서울노동운동연합서노련'을 창립하여 중앙위원으로 활동하였고, 서노련이 정권의 탄압으로 와해되자 1989년 비공개 지하조직인 '남한사회주의노동자동맹사노맹'을 결성하기도 하였다.

6. 이식 또는 수입 문학론

『우라키』 5호에 실린 한세광의 「영문학 형식 개론」도 좀 더 찬찬히 주목해 볼 만하다. 이 글을 쓸 무렵 그는 시카고의 파크대학에서 필라델피아의 템플대학교로 전학하였다. 필자 소개란에 "템플대학에서 영문학을 전공하는 군은 일즉이 영문시를 발표하여 미국 학생계 문단에 이채를 발揮한 서경西京의 시인 — 우리는 앞날의 매스터피-즈를 볼 때까지 침묵을 지키며 성공을 빌 뿐"[27]이라고 적혀 있는 것으로 보아 아직은 신문학으로 전공을 바꾸지 않고 여전히 영문학을 전공하고 있었던 것 같다.

제목 그대로 영문학의 형식을 다루면서도 한세광은 이 주제에 그치지 않고 더 나아가 조선문단과 관련하여 귀담아들어야 할 소중한 내용을 언급한다. 한세광은 문학이란 곧 삶이라는 아널드 베닛, 삶에 관한 비평이라는 매슈 아널드, 그리고 언어를 사용하여 삶을 예술적으로 해석하는 것이라는 H. 와트의 말을 인용하면서 글을 시작한다. 이렇듯 한세광은 '예술을 위한 예술'을 지양하고 좀 더 삶에 주목하는 '삶을 위한 예술'을 강조한다는 것을 쉽게 알 수 있다.

한세광은 전통적 이론에 따라 좁게는 영문학, 더 넓게는 서구문학을 시, 희곡, 에세이, 산문 같은 장르로 구분 짓는다. 다만 여기서 특이한 것은 그가 소설을 시나 희곡처럼 따로 구분하지 않고 ① 산문 물어散文物語, prose fiction, ② 웅변문oration, ③ 산문 잡록miscellaneous prose으로 구분 짓는다는 점이다. 근대 문학의 총아로 떠오른 산문을 단순히 소설에 국한하지 않고 좀 더 넓은 차원에서 파악하려는 의도로 보인다. 찬란한 문학적 상상력이 빚어내는 허구적 산물인 소설은 그가 말하는 '산문 물어'에 속한다.

그런데 한세광의 글 중에서 가장 눈에 띄는 것은 조선의 신문학을 언급하는 부분이다. 그가 "먼저 이 논제를 택할 때 다맛[다만] 영문학의 형식 일반을 아웉라인하는 것으로써 끊지려고 한 것이 않이요 각 부분의 형식을 논구하야 조선의 신문학 형식과 비교 연구하려고 하엿다"[28]고 밝히듯이 어떤 의미에서 영문학 형식은 조선의 신문학 형식을 언급하기 위한 발판으로 볼 수 있다.

---

27 한세광, 「영문학 형식 개론」, 73쪽.
28 위의 글, 77쪽.

조선의 신문학의 형식이 직접 혹은 간접으로 서양문학의 형식을 수입한 것이 많고 할 수 있으니 우리는 문학 형식에 대한 일반적 연구를 속히 힘쓸 필요가 잇다고 생각한다.

예例하면 조선 혹或 일본에서 '소곡小曲' '산문시散文詩' 등의 술어를 사용하는데 그것이 영문학 형식의 역명譯名이라면 그 내용에 잇어 상위相違되는 점이 잇을 것이다.[29]

조선의 신문학 중에 서양문학의 형식을 '수입'한 것이 많다는 한세광의 주장은 옳다. 다만 오랫동안 통상수교 거부 정책을 펼친 나머지 조선에서는 서양문학을 직접 만나지 못하고 일본을 통하여 간접적으로 만났을 뿐이다. 무역에 빗대어 말하자면 이 무렵 조선 문학계에서는 직수입 방식이 아니라 간접 무역 방식을 통하여 서구문학과 문물을 받아들였다. 말하자면 일본이 받아들인 서양문학을 다시 조선에서 이식하여 받아들였다. 이러한 이식문학론을 처음 주장한 사람은 프로문학의 기수라고 할 임화林和다. 그는 『조선 신문학사론 서설』1935를 비롯하여 『개설 조선 신문학사』1939~1941, 「조선 문학 연구의 일 과제」1940, 「조선 민족문학 건설의 과제」1946, 「조선소설에 관한 보고」1946에서 조선에서 이루어진 신문학의 역사는 곧 이식 문화의 역사라고 말한다.

신문학사의 연구에 있어 문학적 환경의 고구考究란 것은 신문학의 생성과 발전에 있어 부단히 영향을 받아 온 외국문학의 연구이다. 신문학이 서구적인

---

29 위의 글, 77~78쪽.

제5장_『우라키』와 문예 비평   239

'문학 장르'(구체적으로 자유시와 현대 소설)를 채용하면서부터 형성되고, 문학사의 모든 시대가 외국문학의 자극과 영향과 모방으로 일관되었다 하여 과연이 아닐 만큼 신문학사란 이식문학의 역사다.[30]

임화가 말하는 외국문학이란 곧 일본문학, 좀 더 정확히 말해서 메이지明治 시대와 다이쇼大正 시대의 일본문학을 가리킨다. 물론 이 무렵 중국문학의 영향이 전혀 없었던 것은 아니지만 서양문학 대부분은 현해탄을 건너 들어왔다. 이 점과 관련하여 임화는 "신문학이 서구문학을 배운 것은 일본문학을 통해서 배웠기 때문이다. 또한 일본문학은 자기 자신을 조선 신문학 위에 넘겨준 것보다 서구문학을 조선문학에 주었다. 그것은 번역과 창작과 비평 등 세 가지 방법으로 통해서 수행되었다"[31]고 지적한다. 임화와 한세광이 소품, 자유시, 소설 같은 문학 형식을 언급하는 것이 무척 흥미롭다.

지금까지 한국문학사에서 이식문학론은 임화가 처음 주장한 것으로 널리 알려져 있다. 그러나 한세광이 「영문학 형식 개론」에서 임화보다 몇 년 앞서 이 문제를 처음 제기하였다. 다만 차이가 있다면 임화는 '이식'이라는 식물학 용어를 사용하고 한세광은 '수입'이라는 무역 용어를 사용했을 뿐이다. 그런데 한세광보다 6년 앞서 이 문제를 처음 거론한 것은 도쿄 소재 대학에서 외국문학을 전공하던 조선 유학생들이 결성한 외국문학연구회 회원들이었다. 그들은 연구회의 기관지 『해외문학』 창간호 권두언에서 일찍이 "무릇 신문학의 창설은 외국문학 수입으로 그 기록을 비롯한다.

---

30 임화, 『임화문학예술전집 2-문학사』, 소명출판, 2009, 16쪽.
31 위의 책, 22쪽.

우리가 외국문학을 연구하는 것은 결코 외국문학 연구 그것만이 아니오, 첫재에 우리 문학의 건설, 둘재로 세계문학의 호상 범위를 넓히는 데 잇다"[32]고 천명하였다. 신문학 창설이 외국문학의 수입에서 시작한다는 권두언은 곧 신문학사를 이식문학의 역사로 간주하는 임화의 말과 크게 다르지 않다. 다만 외국문학연구회에서는 일본을 통한 이식보다는 서구문학의 직수입을 언급한다는 점이 임화와는 다르다. 실제로 외국문학도들은 일본을 통한 간접 수입 방식을 지양하고 서양에서 직접 수입하기 위하여 연구회를 결성했던 것이다.

이식이든 수입이든 자기 땅에 없는 어떤 물건을 남의 땅에서 들여와 받아들인다는 점에서 크게 다르지 않다. 임화의 지적대로 조선의 신문학은 일본을 통하여 들어온 외국문학으로부터 한편으로는 자극과 영향을 받고 다른 한편으로는 모방하면서 발전해 왔다. 예를 들어 한국 신문학의 효시로 흔히 일컫는 최남선의 「해海에게서 소년에게」는 영국 낭만주의 시인 조지 바이런의 장편시 「차일드 해럴드의 순례」에서 영향을 받고 쓴 작품이다. 여러 정황으로 미루어보면 영시를 해독할 수 없던 최남선은 미야모리 아사타로宮森馬太郎와 고바야시 센류小林潛龍가 함께 일본어로 번역하고 편집하여 출간한 『영미백가시선英美百家詩選』을 읽고 영향을 받았다. 이 시선집에는 바이런의 「대양에게 부치다大洋に寄す」라는 작품이 수록되어 있다.

한세광은 서구문학을 수입하거나 이식하는 과정에서 문학 형식의 용어를 잘못 사용하는 것을 경계한다. 가령 조선 문학에서 '소곡'이라는 용어를 무분별하게 사용하지만 영문학에서 소곡소넷은 14행의 서정시를 일컫는 특

---

32 외국문학연구회, 『해외문학』, 창간호, 1927.1, 1쪽.

정한 장르다. 또한 한세광은 '자유시'라는 용어 사용에 대해서도 문제를 제기한다. 이 점과 관련하여 그는 "'산문시'라는 것도 오류적誤謬的 문자이다. 산문prose이 운문verse에 상대의相對意라면 산문은 시[韻]가 아닐 것이다. 차라리 '자유시'라고 하는 것이 정당할가 한다"[33]고 밝힌다. 임화가 조선 신문학이 받아들인 대표적인 서구적인 문학 장르로 꼽는 것 중에는 자유시와 현대 소설이 있다. 임화는 마치 한세광의 주장을 따르기라도 하듯이 '산문시'라는 용어 대신에 '자유시'라는 용어를 사용하는 것이 흥미롭다.

그러나 '산문시'라는 용어 대신 '자유시'를 사용한다는 점에서 한세광과 임화의 주장에는 적잖이 무리가 있다. 물론 운율을 지닌 모든 글을 일컫는 운문은 산문과 대립되는 용어다. 실제로 시와 운문은 같은 뜻으로 사용하기도 하지만 이 두 용어는 좀 더 엄밀히 구별할 필요가 있다. 고대 로마시대의 시인 호라티우스는 일찍이 '시인poeta'과 '운율가rymer'를 구별 지었다. 운문 중에는 시 아닌 글도 얼마든지 있고, 이와는 반대로 운을 밟지 않는 시도 얼마든지 있기 때문이다. 새뮤얼 콜리지는 산문을 '최적으로 배열해 놓은 낱말'로, 시를 '최적으로 배열해 놓은 최적의 낱말'로 정의하였다.

한세광은 '산문시' 대신 '자유시'라는 용어를 사용할 것을 제안하지만 이 두 용어도 엄밀한 의미에서는 조금 다르다. 산문시란 글자 그대로 운율을 밟지 않는 시 형식, 즉 시처럼 행갈이를 하지 않고 줄글로 쓰는 작품을 말한다. 자유시는 정형시에 대립되는 것으로 전통적인 형식을 떠나 자유로운 표현으로 시인의 감정과 사상을 표현하는 작품을 가리킨다. 외형율

---

33 한세광, 「영문학 형식 개론」, 78쪽.

을 지니는 정형시와는 달리 자유시는 내재율, 즉 운율을 겉으로 표현하는 대신 리듬과 소리의 음악적 효과를 자아내기 위한 운율로 조직되어 있다. 또한 이러한 내재율마저도 불규칙하게 사용되기 일쑤다.

다시 말해서 서정시의 특징을 대부분 갖고 있는 산문 형식의 시가 곧 산문시다. 방향성에서 보면 자유시는 정형시의 엄격한 운율에서 벗어나 산문 쪽으로 이행하려는 과정에서 발전한 시다. 한편 산문시란 산문에서 벗어나 운문 쪽에 가까이 접근해 가는 과정에서 발전한 시를 말한다. 산문시는 연과 행을 구분하지 않고 줄글로 쓴다는 점에서 자유시보다 좀 더 파격적이다. 그러므로 한세광이 외국문학에서 사용하는 용어를 엄격히 받아들이자는 주장은 지극히 옳지만 자유시와 산문시의 경우에는 받아들이기 어렵다.

한세광의 글에서 또 한 가지 주목해 볼 것은 문학 형식에서 에세이를 중시한다는 점이다. 서양문학 형식에서도 그는 시나 소설 못지않게 에세이를 독립된 장르로 자리매김하였다. 서양문학과는 달리 조선문학에서 에세이 장르가 제대로 뿌리를 내리지 못한 점을 애석하게 여긴다.

조선에는 아직도 에쎄이 작가가 희귀하다. 에쎄이는 대체로 일반이 좋아하는 독물讀物이며 또한 누구나 쓰기에 자유로운 형식이다. 조선 서적을 많이 대하지 못하지만 특히 에쎄이를 많이 읽을 수 없는 것이 유감이다. 양주동 씨의 『문예시대』에 실리엇듯 「수상록」(?), 『문예공론』에 실리엇든 「인생人生 · 예술藝術 · 잡감雜感」과 이광수 씨의 「병어록病語錄」, 「나의 속할 유형」 「묵상록」 등은 2, 3독讀의 흥미와 가치가 잇는 것이라고 생각한다.[34]

한세광은 조선문학이 일본을 통하여 서구의 신문학을 받아들이면서도 유독 에세이 장르에는 소홀히 하는 점을 애석하게 생각한다. 이 장르야말로 일반 독자들이 애호할 뿐 아니라 형식이 자유로워 누구나 쓸 수 있는 보편적인 문학 형식이기 때문이다. 한세광이 흥미와 가치가 있는 수필로 양주동梁柱東과 이광수李光洙의 수필을 꼽는다. 『문예시대』에 실린 양주동의 「수상록」에 의문부호를 붙이는 것은 아마 자신의 기억이 맞는지 확신하지 못하기 때문일 것이다.

그러나 한세광의 기억대로 이 에세이는 실제로 이 잡지 창간호와 2호에 걸쳐 실렸다. 창간호 표지 부제에 '문예취미'라고 표기했듯이 이 잡지는 문예를 전문 예술보다는 취미로 독자에게 소개하려는 것이 편집 의도였다. 그래서 창간사에서도 "본지는 순문예 잡지가 아니고 문예를 중심으로 한 취미잡지인 것을 여러분은 미리 알아주어야 하겠다. 그래서 어떻게든지 읽기에 부드럽고 재미있는 잡지 만들자는 것이 우리의 방침이니, 무엇이든지 희망하시고 교시하실 것이 있거든 주저치 말고 알려주기를 바란다"고 밝혔다. 물론 순문예지의 성격을 벗어나지는 않았지만 문학 형식 중에서 수필이 차지하는 분량이 가장 많았다. 한편 한세광이 이광수가 썼다고 밝히는 「병어록」은 1928년 10월부터 같은 해 11월 초까지『동아일보』에 연재한 「병창어病窓語」를 가리키는 듯하다. '병창어'라는 제목 아래 이광수는 수필 형식을 빌려 여름밤의 달, 조선의 하늘, 죽음, 시조 등 여러 주제를 폭넓게 다룬다. 이광수는 1932년 4월 『동광』에 「묵상록」을 발표하기도 하였다.

---

34 위의 글, 78쪽.

한세광은 양주동과 이광수의 몇몇 수필에서 볼 수 있듯이 조선문단에는 '흥미와 가치가 있는' 에쎄이 작품이 쓰였다고 밝힌다. 그러나 한세광은 이러한 에쎄이가 좀 더 많이 쓰이기를 바라지 않는다. 그는 "에쎄이가 만인만독萬人萬讀의 가치와 흥미가 잇는 형식이나 아직도 조선문단에 에쎄이가 단행본이 한 권도 없음은 유감이다. 문학 형식상에서 에쎄이를 조선문단에 주문하나니 앞으로 많은 에쎄이스트들이 출연하야 조선심朝鮮心을 노래하기 바란다"[35]고 말한다.

그러고 보니 한세광은 미국 유학 전과 유학 중에는 주로 소설, 시, 문학 비평에 관심을 기울였지만 귀국 후에는 주로 수필 창작에 온힘을 기울였다. 그는 「하늘」, 「바다」, 「사랑」을 비롯하여 「눈」, 「보리」, 「노년」, 「갈매기」, 「겨울 바다」, 「석류」, 「들밖에 벼 향기 드높을 때」, 「흙」 등 무려 100여 편의 수필을 남겼다. 한세광은 수필집 『동해산문東海散文』 1971과 『인생산문人生散文』 1974을 출간하였다. 한국문학사에서 김진섭金晉燮, 이양하李敭河, 피천득皮千得을 흔히 수필 문학의 세 봉우리로 꼽지만 한세광도 이 세 사람 못지않게 한국 수필 문학의 발전에 끼친 업적이 무척 크다.

『우라키』가 한국 문화와 문학에 끼친 영향이 한둘이 아니지만 문학과 예술 비평에 끼친 영향도 적지 않다. 이 잡지는 단순히 미국을 비롯한 서양의 문예 이론을 소개하는 것에 그치지 않고 한발 더 나아가 조선문단에 여러 문제를 제안하고 앞으로 조선문학이 나아갈 길을 제시하였다. 적어도 이 점에서 이 잡지는 일제강점기 일본 도쿄에서 결성된 재일본동경조선유학생학우회의 기관지 『학지광』이나 도쿄 소재 대학에서 외국문학을

---

35 위의 글, 78쪽.

전공하던 유학생들이 결성한 외국문학연구회의 기관지『해외문학』과 거의 같은 임무를 수행하였다.

일본이든 미국이든 조선인 유학생들은 하나같이 일제 식민지 지배에서 벗어나 조국이 해방될 날을 기다리면서 광복 이후의 새로운 문화 창달을 위한 준비 작업을 하였다. 그들은 시나 단편소설, 창작 산문 같은 문학 창작 못지않게 문학비평 분야에도 관심을 게을리하지 않았다. 문학비평은 단순히 문학 작품을 해석하고 분석함으로써 작품의 가치와 의미를 구명하는 것에 그치지 않고 이보다 한 발 더 나아가 문학이 나아갈 길을 제시하고 선도하는 역할을 맡기 때문이다. 식민지 조선에서 문학비평의 이러한 역할은 그 어느 때보다 무척 중요함은 두말할 나위가 없을 것이다.

제6장

『우라키』와 번역

북미조선학생총회에서 『우라키』 창간호를 준비할 무렵 일본 도쿄에서 외국문학을 전공하던 조선 유학생들이 '외국문학연구회'를 결성하고 그 기관지로 『해외문학』을 간행하였다. 편집자는 창간호 권두언에서 "우리는 가장 경건한 태도로 먼저 위대한 외국의 작가를 대하며 작품을 연구하여써 우리 문학을 위대偉大히 충실히 세워노며 그 광채光彩를 독거 보자는 것이다. 이에 우리는 우리 신문학新文學 건설에 압셔 우리 황무荒蕪한 문단에 외국문학外國文學을 밧어 드리는 바이다"[1]라고 천명한다. 외국문학연구회는 1920년대와 그 이후 외국문학의 번역과 소개 그리고 연구에 굵직한 획을 그었다. 그러나 이 잡지는 연구회 회원들이 품었던 원대한 포부를 제대로 실현하지 못한 채 안타깝게도 2호로 종간되고 말았다.

이 잡지보다 몇 해 앞서 역시 양주동梁柱東을 비롯한 일본 유학생들이 문학 동인지 『금성』을 간행하였다. 창간호의 편집자는 오늘날의 편집 후기에 해당하는 '육호잡기六號雜記'에서 이 잡지가 "시가요조詩歌謠調의 창작과 특히 외

---

1 「창간 권두사」, 『해외문학』 창간호, 1927.1, 1쪽.

국 시인의 작품 소개와 번역, 기타 소품을 중심으로 엮어진다"[2]고 밝힌다. 그러나 이 잡지에서 시도한 외국 시 작품의 소개 작업은 한국 근대 문학사에 그다지 큰 획을 긋지 못하였다. 이 잡지도 1924년 1월 통권 3호로 폐간되는 바람에 처음에 계획한 뜻을 제대로 이루지 못하였다.

『금성』보다 몇 해 앞서 1918년 9월 역시 일본에서 외국문학을 전공하던 김억을 비롯한 황석우黃錫禹, 이일李一, 장두철張斗澈 등이 중심이 되어 한국 최초의 주간 문예 잡지라고 할 『태서문예신보』를 간행하여 번역을 통한 서구문예의 도입과 소개에 주력하였다. 이 잡지의 편집자는 창간호 권두언에서 "본보는 저 태서泰西의 유명한 소설·사조·산문·가곡·음악·미술·각본 등 일반문예에 관한 기사를 문학 대가大家의 붓으로 직접 본문으로부터 충실하게 번역하여 발행"[3]할 것이라고 밝힌다. 그러나 그들 또한 의욕만 앞섰지 실제 성과는 그다지 크지 않았다. 이 문예 잡지는 시 작품을 제외한 다른 장르에는 별로 지면을 할애하지 않았다는 한계가 있다. 더구나 1919년 2월까지 약 5개월에 걸쳐 16호를 내고 종간하고 말았다.

한국의 번역사에서 북미조선학생총회와 그 기관지 『우라키』는 번역 분야에서 차지하는 역할은 작지 않다. 이 잡지는 학술종합지 성격을 띠면서도 시나 소설, 문학비평 같은 창작 작품에 못지않게 번역 작품에도 관심을 기울였다. 양으로 보면 번역 작품은 시나 소설, 희곡 같은 창작 작품과 비슷하였다. 이처럼 미국에서 유학하던 조선인 학생들은 자국문학 못지않게 외국문학에도 자의식을 느끼고 깊은 관심을 보였다. 서구 학문에 관심을 기울인 것처럼 그들은 서구문학에도 무관심할 수 없었기 때문이다. 더

---

2 「육호잡기」, 『금성』 창간호, 1923.11.
3 「권두언」, 『태서문예신보』 창간호, 1918.9.

구나 그들은 일본 유학생들과는 또 달라서 미국 현지에서 영문학을 비롯한 서구문학을 직접 접하였다. 이러한 서구문학 작품을 식민지 조국의 독자들에게 알리려면 번역이라는 매개를 거치지 않을 수 없다.

이렇게 외국의 문학 작품에 관심을 기울였다는 점에서 북미조선학생총회의 『우라키』는 재일본동경조선유학생학우회가 발행한 『학지광』과 여러모로 비슷하다. 이 무렵은 조선에서 신문학이 첫걸음을 내디딘 지 얼마 되지 않은 때여서 문학에서 번역이 차지하는 몫이 무척 컸다. 한마디로 이 두 유학생 잡지는 한국 근대문학사에 끼친 영향 못지않게 한국 번역사에 끼친 영향도 무척 컸다.

1. 오천석의 시 번역

『우라키』 창간호에는 번역에 관한 글이 무려 세 편이나 실려 있다. '바울'이라는 필명을 사용하는 필자가 쓴 「미국의 최근 시단」, '천국'이라는 필명을 사용하는 역자가 옮긴 「동방박사의 예물」, 그리고 장성욱張聖郁이 번역한 희곡 작품 「솔노몬의 연가」가 바로 그것이다. 여기서 '바울'과 '천국'은 동일 인물로 다름 아닌 오천석吳天錫의 필명이다. 엄밀히 말해서 '천국'은 식자공이 '園' 자를 '國'로 잘못 뽑아 빚어진 '천원天園'의 오자다. 목사의 아들로 태어나 어린 시절부터 신실한 기독교인인 오천석은 '바울'을 비롯하여 이 이름을 한자로 표기한 '보울寶鬱', 천국의 정원을 뜻하는 '천원' 또는 '에덴' 등을 즐겨 자신의 호나 필명으로 삼았다. 그는 영어 이름으로는 사도 바울을 개인 이름으로 삼아 'Paul Auh'로 표기하였다. 흔히

'한국의 페스탈로치'로 일컫는 그는 뒷날 교육 행정가로 탁월한 업적을 남겼다.

「미국의 최근 시단」은 '소개 비평'이라는 부제대로 엄밀히 말하면 본디 미국 시를 소개하고 비평하는 글이다. 오천석은 영국 시인 존 메이스필드가 미국을 방문하여 "미국은 위대한 시인의 출생을 준비하고 잇다. 쵸서가 나기 전에 영국민의 다수가 시를 닑고 지엇다. 그째에 쵸서가 왓다. 이와 흡사한 시에 대한 강렬한 흥미가 쉑스피어가 오기 전에 뵈엿다. 이제 이 나라에서 제군은 위인의 출생을 준비하고 잇다. 대규모의 시의 부흥이 임하엿다"[4]고 한 말을 인용하면서 이 글을 시작한다. 그러고 난 뒤 오천석은 메이스필드의 예측대로 미국 시단에 새롭게 등장한 시인으로 로버트 프로스트, 배철 린지, 에이미 로월, 에드거 리 매스터스, 새러 티즈데일 등 다섯 사람을 언급한다.

더구나 오천석은 해리엇 먼로가 미국 현대 시단에 끼친 영향이 무척 크다고 지적한다. 그녀는 1912년 시카고에서 시 전문 잡지『시 ─ 운문의 잡지』를 창간하여 많은 시인을 배출한 것으로 유명하다. 동양인 최초로 노벨문학상을 받은 라빈드라나트 타고르를 처음 발굴하여 미국에 소개한 것도 먼로였고, 에즈러 파운드나 T. S. 엘리엇 같은 미국 모더니즘 시인들을 발굴한 것도 먼로였다. 또한 먼로는 샌드버그, 린지, 매스터스를 발굴하기도 하였다. 이 잡지와 관련하여 오천석은 "실노 영국과 이 나라를 통하야 이 잡지에 기고하여 보지 안은 유명한 시인은 극히 적다"[5]고 잘라 말한다. 기독교인답게 그는 문학비평가와 잡지 편집자로서의 먼로의 업적을 성경 구

---

4 바울(오천석),「미국의 최근 시단」,『우라키』창간호, 1925.9, 132쪽.
5 위의 글, 134쪽.

절을 인용하여 '충성된 일군'이라고 부른다. 생각해 보면 볼수록 미국 현대 시를 바라보는 오천석의 비평적 안목이 여간 놀랍지 않다.

오천석은 이 글에서 현대 미국 시를 비평하는 것에 그치지 않고 한발 더 나아가 미국 시 네 편을 번역하여 소개한다. 새러 티즈데일의 「나 마음치 안으리라」, 조이스 킬머의 「나무」, 칼 샌드버그의 「안개」, 에드거 리 매스터스의 「나의 빗 그대의 것과 더브러」가 바로 그것이다. 티즈데일에 대하여 오천석은 "천진난만한 천재의 사랑 시의 작자로 일흠 놉다. 고요한 읇치 안는 보드러히 흐르는 멜로듸를 양의 작품에서 언제든지 감感할 수 잇다. 시집으로 *Sonnets to Duse*, *Helen of Troy and Other Poems*, *Love Song* 등 외 수 종이 잇다"[6]고 소개한다.

티즈데일은 어렸을 적부터 병약하여 세상 일에서 물러나 휴식과 관조의 생활을 하며 지냈다. 오천석의 지적대로 그녀는 에밀리 디킨슨이나 크리스티나 로제티 같은 당시의 여성 시인들과 마찬가지로 사회를 등지고 은둔 생활을 하면서 사랑과 죽음, 그리고 자연의 아름다움을 소재로 한 작품을 즐겨 썼다. 한국에 널리 알려진 「잊으시구려Let It Be Forgotten」는 김소월의 「먼 후일」1922과 비슷한 데가 있다. 특히 "누가 묻거든, 잊었다고 / 벌써 예전에, 예전에 잊었다고 하시구려"

일제강점기 식민지 조선에서 인기를 끈
미국 시인 새러 티즈데일

---

6 위의 글, 134쪽.

라는 구절을 보면 더더욱 그러한 생각이 든다.

티즈데일의 작품을 맨 처음 한국어로 번역하여 한국 독자들에게 소개한 사람은 김억金億과 오천석이다. 김억은 1925년 1월 순수 문예잡지 『영대』에 「침묵」을 번역하여 처음 소개하였다. 같은 해 같은 달 오천석도 『조선문단』에 「아말피의 밤 노래」, 「그대의 사랑 안에 살고 십허」, 「봄날 밤」, 「네 귀의 바람」 등 모두 네 편을 번역하여 발표하였다. 그러므로 그는 『우라키』 창간호에 「나 마음치 안으리라」를 번역하여 발표하기 여덟 달 전에 이미 식민지 조선에 티즈데일의 작품을 소개한 셈이다.

김억과 오천석이 티즈데일의 작품을 소개한 지 2년 뒤인 1927년 7월 외국문학연구회에서 주도적인 역할을 한 이하윤異河潤은 『해외문학』 2호에 방금 언급한 「이져 바리여요」를 번역하여 발표하였다. 그는 1930년 12월 『동아일보』에 이 작품을 「이저 바립시다」라는 제목으로 다시 발표하였다. 흥미롭게도 정지용鄭芝溶도 이 작품을 번역하여 1947년 5월 『경향신문』에 「잊지 말자」는 제목으로 소개하였다. 지금은 이렇다 할 관심을 받지 못하지만 티즈데일은 1920년대 중엽부터 해방 직후까지만 하더라도 한국 독자에게 가장 사랑받던 미국 시인 중 하나였다. 티즈데일의 작품 중에서도 특히 이 시는 외국 애송시 중의 애송시였다.

티즈데일의 「나 마음치 안으리라」는 2연으로 된 8행 서정시다. 본디 제목은 "I Shall Not Care"로 1933년 그녀가 자살했으므로 한때 자살을 예고한 작품으로 오해받기도 하였다. 그러나 이 시는 그녀의 시집 『바다로 흐르는 강』1915에 수록되어 있어 죽음을 노래할 뿐 시인의 자살과는 아무런 관계가 없다. 『우라키』에 실린 오천석의 번역은 다음과 같다.

내가 죽어 찬란한 4월이

비에 저즌 머리채를 내여 혼들 째

쓰린 가슴으로 그대 나를 차저도

나 마음치 안으리라.

나는 평화를 가지리라, 닙 욱어진 나무와 갓치

나리는 비 가지을[를] 휘여 나릴 째

나는 더욱 잠잠하리라, 차듸차리라

오날의 그대보다도.[7]

오천석의 번역은 원문을 모르는 독자가 읽어도 쉽게 이해가 될 만큼 번역에 큰 무리가 없다. 시적 화자 '나'는 젊은 여성으로 어쩌면 피화자 '그대'의 사랑에 절망하여 사망한 것 같다. '그대'는 '나'가 죽은 뒤에야 비로소 후회하면서 "쓰린 가슴으로" '나'의 무덤을 찾아온다. 제목과 첫째 연 마지막 행의 '마음치 안으리라'라는 표현은 오늘날의 어법에는 조금 이상해 보일지 모르지만 1920년대에는 '개의치 않다', '신경 쓰지 않다', 또는 '괘념치 않다'의 의미로 널리 쓰였다. 젊은 연인의 사랑을 다루므로 어떤 의미에서는 '마음치 않다'는 표현이 오히려 더 적절해 보이기도 한다. 번역이 잘 되었는지 좀 더 면밀히 살피기 위하여 원문을 인용해 보자.

When I am dead and over me bright April

---

7 위의 글, 134쪽.

Shakes out her rain-drenched hair,

Tho' you should lean above me broken-hearted,

I shall not care.

I shall have peace, as leafy trees are peaceful

When rain bends down the bough,

And I shall be more silent and cold-hearted

Than you are now.

원문에 좀 더 충실하게 옮긴다면 시적 화자 '나'가 죽어 묻힌 뒤 무덤 위에 찬란한 4월이 비에 젖은 머리채를 내어 흔든다고 옮겼더라면 더 좋았을 것이다. "내가 죽어 찬란한 4월이 / 비에 저즌 머리채를 내여 흔들 쌔"만 가지고서는 '그대'가 후회하면서 '나'의 무덤에 찾아왔다는 의미를 충분히 전달할 수 없기 때문이다. 첫 연 셋째 행 "쓰린 가슴으로 그대 나를 차저도"에서도 '나'가 누워 있는 무덤 위에 '그대'가 허리를 굽히고 있다는 의미가 잘 드러나 있지 않다. 원문의 "you should lean above me"라는 구절에서는 '그대'가 허리를 굽히고 있는 모습이 좀 더 뚜렷하게 시각적 이미지로 드러난다.

그러나 오천석 번역에서 가장 아쉬운 것이라면 역시 원문 첫 연과 둘째 연의 'broken-hearted'와 'cold-hearted'를 적절히 옮기지 못했다는 점이다. 시 전편에서 이 두 복합 형용사는 가장 핵심적인 낱말로 전자는 은유적 의미가 강한 반면 후자는 축어적 의미가 강하다. '나'의 사랑에 보답하지 못하거나 일찍 알아차리지 못한 '그대'는 '나'의 무덤 앞에서 상처 받은 가슴을 안고 서 있다. 한편 '나'는 지금 비록 차디찬 무덤 속에 누워 있지만 '그대'에게 침묵을 지키며 냉담한 태도를 짓고 있다. 그러므로 '차디차리라'라는 낱말로써는 '나'의 냉담한 마음을 충분히 담아낼 수 없다. 번역 시만 읽는 독자들은 자칫 '나'의 시체가 차디차게 식어 무감각한 상태에 있는 것으로 받아들일지 모른다.

오천석이 『우라키』와 『조선문단』에서 티즈데일의 작품을 번역하여 소개한 것은 여러모로 의미가 크다. 첫째, 그는 한국에 이 미국 여성 시인의 작품을 처음 본격적으로 소개하였다. 김억과 이하윤이 각각 한 편씩 번역한 것과 비교해 보면 오천석은 무려 다섯 편이나 번역하여 소개하였다. 둘째, 오천석은 일찍이 티즈데일의 시적 성과를 제대로 평가하였다. 그녀는 월러스 스티븐스나 T. S. 엘리엇, 윌리엄 칼러스 윌리엄스 같은 시인들처럼 시 형식과 기법에서 혁신을 꾀하지는 않았다. 그러나 그녀는 나름대로 서정성과 아름다움을 추구하여 주지적으로 흐르던 20세기 미국 시단에 새로운 활기를 불어넣었다. 최근 들어 미국 학계와 문단에서 티즈데일에 대한 평가가 새롭게 이루어지고 있는 점을 생각할 때 오천석의 문학적 감수성과 재능이 어떠했는지 가늠해 볼 수 있다. 1932년 유학을 마치고 귀국한 뒤 오천석은 교육 행정가로서 한국 교육계에 굵직한 획을 그었지만 그의 문학적 재능 또한 작지 않았다. 만약 그가 교육학자로서 성공을 거두지 못했더라면 아마 번역가로서 두각을 나타냈을지도 모른다.

오천석이 '바울'이라는 필명으로 번역한 조이스 킬머의 「나무」는 한국 독자들에게 처음 소개하는 작품이다. 킬머는 1913년 8월 시 전문지 『시』에 이 작품을 처음 발표한 뒤 그 이듬해 두 번째 시집 『나무 및 기타 시』 1914에 이 작품을 수록하였다. 이 작품이 발표될 당시 비평가들이나 학자들한테

「나무」로 유명한 조이스 킬머.
오천석이 번역한 이 시는 한국 문인들에 큰 영향을 미쳤다.

서는 주목을 받지 못했어도 일반 독자들로부터는 엄청난 인기를 끌었다. 이 무렵 킬머는 비록 '가톨릭교회'라는 단서가 붙어 있기는 했지만 '계관시인'이라는 찬사를 받았다. 킬머가 이 작품을 발표할 1910년대는 낭만주의가 점차 힘을 잃으면서 모더니즘에게 자리를 내어주기 시작하던 무렵이다. 기법에서 다분히 전통적이라고 할 그의 작품은 이러한 문학적 풍토에서 푸대접을 받을 수밖에 없었다.

오천석은 킬머의 「나무」를 번역하면서 티즈데일의 경우처럼 번역문 바로 앞에 이 작품과 시인에 대한 짤막한 설명문을 덧붙여 놓는다. "「나무」는 실노 이 시인을 유명하게 한 걸작이다. 컬럼비아대학 졸업생으로 현금現今 『뉴욕시보』의 문예부 기자로 잇다가 대전시大戰時에 전사하엿다. 시집으로 *A Summer of Love*, *Trees and Other Poems* 등이 간행되엿다."[8] 여기서 『뉴욕시보』란 『뉴욕타임스』를 말하고, '대전시'란 제1차 세계대전을 말한다. 실제로 킬머는 1917년에 미 육군 보병으로 참전하여 프랑스의 제2차 마른 전투에서 서른한 살의 젊은 나이로 사망하였다. 오천석의 「나무」 번역은 오늘날의 기준으로 보더라도 아주 훌륭하다.

---

8 위의 글, 134~135쪽.

나무와 갓치도 사랑스러운 시詩를

다시야 엇지라 볼가이나.

달듸도 달음이 넘어 흐르는 쌍의 품을 등지고,

나무는 주린 입을 벌니고 잇서다.

나무는 밤과 쏘 낫 하나님을 우르러 보며

닙 픠어 욱어진 팔을 들어 기도祈禱 올녀다.

녀름이 되면 나무 그 머리 우에

'라빈' 새의 깃을 드리게 하고,

겨울에 눈은 그 품에 고여

비와 더브러 살님 하서다.

시詩는 나와 갓혼 어리석은 쟈가 지으되

나무는 오직 하나님 한 분이 창조創造하서다.[9]

I think that I shall never see

A poem lovely as a tree.

---

9   위의 글, 135쪽. 오천석의 「나무」 번역에 관해서는 김욱동, 『부조리의 포도주와 무관심의 빵』, 소명출판, 2013, 65~116쪽 참고.

A tree whose hungry mouth is prest

Against the sweet earth's flowing breast;

A tree that looks at God all day,

And lifts her leafy arms to pray;

A tree that may in summer wear

A nest of robins in her hair;

Upon whose bosom snow has lain;

Who intimately lives with rain.

Poems are made by fools like me,

But only God can make a tree.

　오천석의 번역에서 무엇보다도 눈길을 끄는 것은 될 수 있는 대로 한자
어를 배제하고 순수한 토박이말을 살려 옮기려고 애썼다는 점이다. 가령
'earth'를 '대지'라고 옮겨도 될 것을 굳이 '땅'이라고 옮기고, 'hungry'를
'갈증 나는'이라고 옮겨도 좋을 것을 '주린'으로 옮긴다. 또 'all day'도
'주야'로 옮기는 대신 '밤과 또 낮'으로 옮긴다. 잘 알려진 바와 같이 한자
어나 한자에서 유래한 낱말이 관념적이고 추상적 성격이 강하다면, 토착
어는 훨씬 감각적이고 구체적이어서 그 느낌이 살갗에 직접 와 닿는다. 이
러한 번역은 킬머가 이 작품에서 될 수 있는 대로 라틴어나 그리스어에서

파생된 다음절 영어를 사용하지 않고 순수한 앵글로색슨 토착어를 구사하려고 한 것과 궤를 같이하는 것이어서 바울이 이 작품을 번역하면서 시어 구사에 무척 세심하게 관심을 기울였음을 알 수 있다.

더구나 오천석은 시적 분위기를 한껏 살리려고 영탄법을 즐겨 구사한다. 예를 들어 첫 두 행 "나무와 갓치도 사랑스러운 시를 / 다시야 엇지라 볼가이나"에서 "~라고 나는 생각하네"라고 평서문으로 번역하지 않고 굳이 수사적 의문문으로 번역한다. "다시야 엇지라 볼가이나"는 다시는 도저히 볼 수 없다는 뜻을 힘주어 말하는 표현이다. "다시야 엇지라" 대신에 "다시 엇지"로 할 수 있는데도 일부러 강조사 '야'와 '라'를 덧붙여 한층 더 그 뜻을 보강하려고 한다. 번역 시를 자세히 뜯어보면 볼수록 번역자의 솜씨가 보통이 아니라는 사실을 알 수 있다.

그런가 하면 오천석이 킬머의 작품을 번역하면서 고풍스러운 맛을 살려 옮긴 것도 찬찬히 눈여겨볼 만하다. 번역자는 2행 연구聯句의 둘째 행마다 거의 예외 없이 의고체를 구사한다. 가령 방금 앞에서 언급한 "엇지라 볼가이나"를 비롯하여, "벌니고 잇서다", "기도 올녀다", "살님 하서다", "창조하서다" 등이 바로 그러하다. 특히 다섯째 연의 "Who intimately lives with rain"이라는 구절을 "비와 더브러 살님 하서다"로 번역한 솜씨가 여간 돋보이지 않는다. 다른 번역자 같았으면 아마 '친하게 살다'나 '친밀하게 지내다'로 옮길 구절을 오천석은 '더불어 살림하다'로 옮긴다. 물론 '살림'이라는 말은 '살다'는 동사에서 갈라져 나온 명사형이지만 '살림'과 '살이'라는 두 낱말은 함축적 의미에서는 큰 차이가 난다. 단순히 삶을 영위해 가는 '살이'와는 달리 '살림'이라는 말에서는 한집안을 이루어 살아가는 일이라는 뜻이 담겨 있다.

물론 그렇다고 오천석의 「나무」 번역이 모든 점에서 뛰어나다는 것은 아니다. 예를 들어 둘째 연 "달듸도 달음이 넘어흐르는 쌍의 품을 등지고"는 그렇게 적절한 번역으로 보기 어렵다. 형용사 'sweet'를 '달듸도 달음'이라고 반복하여 번역한 것도 그러하고, 굳이 명사형으로 바꾸어 번역한 것도 그러하다. "달듸도 달음이 넘어흐르는"이라는 구절은 아무래도 번역학에서 흔히 말하는 '과잉 번역'으로 부적절하고 어색하다. 또 전치사 'against'를 '등지고'로 옮긴 것도 부적절하고 어색하기는 마찬가지다. 여기에서 이 전치사는 '~에 기대어', '~에 의지하여', '~에 대고', '~에 내리누리고' 등의 뜻이다. 더구나 동사 'prest(pressed)'와 함께 쓰이고 있어 더더욱 그러한 뜻이 될 수밖에 없다. 그러므로 "쌍의 품을 등지고"로 번역하면 원천 텍스트의 내용과 정반대가 될 수도 있다. 둘째 연에서 킬머는 나무가 땅속 깊이 뿌리를 박고 물과 자양분을 빨아들이는 모습을 자애로운 어머니가 자식을 가슴에 품고 젖을 먹이는 것에 빗대기 때문이다.

다섯째 연 "겨울에 눈은 그 품에 고여 / 비와 더브러 살님 하서다"도 그다지 좋은 번역이라고 보기 어렵다. 오천석은 첫 행과 둘째 행을 원인과 결과로 해석하여 번역했지만 이 두 행 사이에는 인과관계가 희박하다. 이 시행에서 세미콜론은 등위 접속사 역할을 할 뿐 종속 접속사의 역할을 하지 않는다. 킬머는 앞에서 이미 지적했듯이 대조법을 구사하여 겨울이 되면 가슴에 눈을 안고 있는 반면, 여름처럼 비가 내리는 계절이 되면 비와 더불어 살고 있다고 노래할 따름이다. 눈이 '고인다'는 표현도 그렇게 적절하지 않다. 빗물이 '고인다'고 말할 수는 있어도 눈이 '고인다'라고 좀처럼 말하지 않고 '쌓인다'고 말하는 것이 한국어 관습이다.

오천석에 이어 1930년 독문학자 김진섭金晉燮이 「나무」를 다시 번역하여

『조선지광』에 실었다. 그러나 킬머의 이 작품 번역으로는 오천석이 처음일뿐더러 번역의 수준도 상당히 높다. 오천석의 「나무」 번역은 뒷날 한국 시인들의 상상력에 적잖이 영향을 끼쳤다. 물론 서양과 비교하여 좀 더 자연친화적이라고 할 한국 문화권에서 시인들이 작품의 소재로 나무에 관심을 기울인 것은 두더라도 한국 현대 시인들이 유난히 나무에 대한 시를 많이 쓴 것은 킬머의 이 작품이 일찍이 한국어로 번역되어 널리 읽혔기 때문이다. 가령 정지용은 「나무」라는 작품을 『가톨릭 청년』1934.3에 처음 발표하였다. 그의 뒤를 이어 '청록파' 시인 중 한 사람인 박두진朴斗鎭도 「나무」라는 작품을 썼다. 또한 김현승金顯承과 천양희千良姫 같은 시인들이 킬머에게서 영향을 받은 듯한 작품을 썼다. 그런가 하면 이윤기李潤基는 아예 장편소설 『기도하는 나무』1999에서 킬머의 작품에서 제목을 따올 뿐만 아니라 비슷한 주제를 다루기도 한다.

오천석의 세 번째 시 번역은 칼 샌드버그의 「안개」다. 오천석은 샌드버그와 관련하여 "급진파의 일대 선봉으로 지목을 밧는 썬드버그의 시는 노래라기보다도 오히려 말 니야기다. 그의 작품을 시적이라기보다도 웅변적이라는 편이 가하다. 그러나 그의 작품에서 우리는 쪽〃한 힘 잇는 모형을 볼 수가 잇다. 이는 로뎐의 조각의 선을 연상케 한다"10고 밝힌다. 샌드버그의 시 작품이 '말 니야기'에 가깝다는 것은 서정보다는 서사, 즉 내러티브의 성격이 강하다는 뜻이다. 물론 샌드버그의 작품 중에는 서사적 성격이 강한 작품도 있지만 「안개」처럼 서정적인 작품도 적지 않다. 오천석이 그의 시를 오귀스트 로댕의 조각품에 빗대는 것은 아마 시인이 시각적 이

10 바울(오천석), 「미국의 최근 시단」, 135쪽.

미지를 즐겨 구사하기 때문일 것이다.

「안개」는 외형적 형식과 주제, 이미지에서 일본의 전통 시가 하이쿠俳句와 닮았다. 그도 그럴 것이 샌드버그는 어느 날 시카고의 그랜트 공원 근처를 걷다가 이 작품을 썼다. 그는 이때 읽고 있던 하이쿠 시집을 가지고 있었고, 친구를 만나러 가던 도중 시간이 남아 공원 벤치에 앉아 하이쿠를 닮은 작품을 썼다. 하이쿠에서 영향을 받고 쓴 만큼 「안개」는 서사시적이라기보다는 다분히 서정적이다. 물론 17음밖에 되지 않는 하이쿠보다는 길이가 조금 길지만 일반적인 영시의 정형시보다는 매우 짧다. 오천석은 자연에 관한 샌드버그의 관심을 잘 보여 준다는 점에서 아마 이 작품을 선택했을 것이다.

안개가 나린다
조고만 고양이의 발거름으로.
항구와 성시城市를 나려다보며
이는 안는다
고요한 허리로
그리고는 움직기어 간다.[11]

The fog comes
on little cat feet.

---

11 위의 글, 135쪽.

It sits looking

over harbor and city

on silent haunches

and then moves on.

무엇보다도 먼저 눈에 띄는 것은 오천석이 두 연으로 나뉜 원작 시를 한 연으로 묶어 번역했다는 점이다. 그는 하이쿠나 한국의 전통 시가 시조를 염두에 두었기 때문일지도 모른다. 어찌 되었든 이 시의 감칠맛은 무생물이나 추상적 관념에 인간의 속성을 부여하는 의인화 기법에서 찾을 수 있다. 샌드버그는 시카고 미시간 호수를 끼고 자욱이 끼는 안개를 고양이에 빗댄다. 그런데 오천석은 조그마한 고양이 발걸음으로 안개가 '온다'고 옮기지 않고 비나 눈처럼 '나린다'고 옮긴다. 그래서 '고양이 발걸음'과 '나린다' 사이에서는 불협화음이 일어난다. 넷째 행 "이는 안는다"에서도 '이'는 안개를 가리키는 대명사로 그다지 적절한 것 같지 않다. 대부분의 서양어와는 달라서 한국어에서는 좀처럼 대명사를 사용하지 않는다. 그러므로 '이' 대신 그냥 '안개'로 옮는 것이 더 좋을 것이다.

이보다 더 심각한 문제는 이 작품의 후반을 번역한 "항구와 성시를 나려다보며 / 이는 안는다 / 고요한 허리로 / 그리고는 움직기어 간다"는 구절이다. 오천석의 번역에서는 안개가 "고요한 허리로" 항구과 도시를 내려다보는 것으로 되어 있다. 그러나 원문 시의 "on silent haunches"는 안개가 고양이처럼 계속 움직이는 동작을 수식하는 부사구가 아니라 시카고 항구와 도시를 '내려다보는' 행위를 수식하는 부사구다. 다시 말해서 "It sits (…중략…) on silent haunches"로 연결된다. 더구나 사람이나 짐승이 '웅크리고' 앉아 있는 모습을 묘사하는 이 부사구는 "고요한 허리로"라는 표현으로는 제대로 원문의 맛을 살려낼 수 없다. 아무리 은유적 표현이라고 하더라도 허리가 어떻게 고요할 수가 있겠는가. 안개가 마치 고양이처럼 소리 없이 살그머니 웅크리고 앉아서 항구와 도시를 내려다보는 모습을 묘사한 것이다. 그리고 나서 안개는 다시 고양이처럼 슬그머니 어디론가 이동한다.

오천석이 현대 미국 시단을 소개하면서 샌드버그의 많은 작품 중에서도 굳이 「안개」를 골라 번역한 것을 보면 역자의 문학적 감수성이 얼마나 뛰어난지 가늠해 볼 수 있다. 「안개」는 샌드버그 작품 중에서도 미국 독자들에게 가장 널리 알려져 있다. 또한 하이쿠 시를 염두에 두고 쓴 만큼 자연에 관한 관심 등 샌드버그의 문학세계를 엿볼 수 있는 작품이다. 좀 더 개인적 차원에서 보면 오천석으로서는 미시간 호수에 자욱하게 끼는 안개를 보며 조국에 일말의 향수를 느꼈을지도 모른다. 샌드버그의 이 작품을 맨 처음 한국어로 번역하여 소개한 사람은 다름 아닌 오천석이다. 1930년에 이르러서야 비로소 이하윤이 이 작품을 다시 번역하여 『신생』에 실었다.

샌드버그의 「안개」는 오천석에 이어 김태선金泰善이 『우라키』 7호에 다시 번역하여 소개한다. 여기서 잠깐 오천석과 김태선의 번역을 서로 비교해 보는 것도 흥미롭다.

안개가 나린다
조고만 고양이의 발거름으로.
항구와 성시城市를 나려다보며
고양이는 안는다

고요한 허리로

그리고는 움직기어 간다

적은 고양이 발로

안개는 나림니다요.

도시와 항구를 넘머

그는 안저셔 바라봄니다요.

가많이 니러나

그리고는 떠나 갑니다요.[12]

평서체를 구사하는 오천석과는 달리 김태선은 경어체를 사용한다. 경어
체라도 종결 어미 뒤에 보조사 '～요'를 붙임으로써 좀 더 친근감이나 해
학을 드러낸다. 이러한 표현은 가끔 한국어에서도 사용하지만 아무래도
일본어 '요ょ'에서 영향을 받은 듯하다. 오천석의 "안개가 나린다 / 조고만
고양이의 발거름으로"처럼 안개를 강조하기 위하여 도치법을 구사한다.
한편 김태선은 한국어 어순에 따라 "적은 고양이 발로 / 안개는 나림니다
요"로 번역한다. 어순의 도치는 그만두고라도 '적은 고양이 발'보다는 '조
고만 고양이의 발거름'으로 옮기는 쪽이 더 낫다. "항구와 성시를 나려다
보며"가 "도시와 항구를 넘머 그는 안저셔 바라봄니다요"보다 좀 더 정확
한 번역이다. 오천석의 "고요한 허리로 / 그리고는 움직기어 간다"보다는

12 김태선, 「영미시 대표작 선역」, 『우라키』 7호, 1936.9, 145~146쪽.

김태선의 "가많이 니러나 / 그리고는 떠나 갑니다요"가 원문에 좀 더 가깝다. 원문의 'on silent haunches'를 '가많이 일어나'로 옮기면 그 뜻이 정반대가 된다. 물론 오천석의 '고요한 허리로'도 정확한 번역은 아니다. 안개가 고양이처럼 '엉덩이를 땅에 붙이고'라고 해야 정확한 번역이다. 마디로 오천석의 번역이 김태선의 번역보다 낫다.

오천석은 이번에는 에드거 리 매스터스의 「나의 빗 그대의 것과 더브러 My Light with Yours」를 번역하여 소개한다. 매스터스와 관련하여 오천석은 "변호사의 직을 가지고 평민 사이에 끼여 일하며 그들의 비밀의 동정, 야비, 타락, 의협, 및 친절함을 체험하여 본 매스터스의 천재를 오직 한 큰 강물노써야 원만히 상징할 수 잇슬 것이다. 미국의 실생활을 미추美醜 가림업시 전개한 이 시인의 작품에는 현실주의의 자최를 역력히 볼 수 잇다. 「나의 빗 그대의 것과 더브러」는 그의 '러브 포임' 가온데 유명한 것이다"[13]라고 밝힌다. 오천석이 매스터스의 문학적 천재성을 도도한 강물에 빗대는 것도 그다지 무리가 아니다. 매스터스는 시집 21권을 비롯하여 소설 6편, 희곡 12편, 전기 6권을 출간하는 등 그를 단순히 시인의 범주에 묶어둘 수 없다. 그는 문학 장르의 벽을 자유롭게 넘나든 문인이었기 때문이다. 그가 출간한 전기 중에는 에이브러햄 링컨을 비롯하여 마크 트웨인, 동료 시인 베이철 린지와 월트 휘트먼 전기가 들어 있다.

바다가 배들을 잡어 삼키고,
집 쏙닥이와 탑들이

---

13 바울(오천석), 「미국의 최근 시단」, 135~136쪽.

언덕으로 도라갈 째에

그리고 온갖 성시城市가

벌판과 더브러 가즈런할 째에 한 번 더 다시.

구리의 아름다움과

무쇠의 강함이

고요한 대륙으로 바람 불니윗슬 째에

마치도 사막의 모래가 불니움갓치 —

나의 몬지 그대의 것과 더브러 영원히

미련함과 슬기럼이 더 업고

그리고 불이 더 업슬 째에

사람이 더 업스매

죽은 세상이 표류물漂流物을 천々히 걸어

허무虛無도 가라안즐 째에 —

나의 빗 그대의 것과 더부러

빗 가온데 빗 안에 영원히!¹⁴

When the sea has devoured the ships,

And the spires and the towers

Have gone back to the hills.

And all the cities

---

14 위의 글, 136쪽.

Are one with the plains again.

And the beauty of bronze,

And the strength of steel

Are blown over silent continents,

As the desert sand is blown —

My dust with yours forever.

When folly and wisdom are no more,

And fire is no more,

Because man is no more;

When the dead world slowly spinning

Drifts and falls through the void —

My light with yours

In the Light of Lights forever!

매스터스의 일곱 번째 시집 『걸프만을 향하여』1918에 수록된 이 작품은 얼핏 종말론적 주제를 다루는 것처럼 보일지 모르지만 실제로는 사랑의 영원성을 노래한다. 인간이 이룩한 모든 문명은 모래성처럼 허물어지고 대신 그 자리에 자연이 다시 들어선다. 탑이 다시 언덕으로 되돌아간다는 것은 곧 문명의 파괴를 말한다. 시적 화자는 이렇게 그동안 인간이 높다랗게 쌓은 문명의 성이 허물어지고 나면 연약한 것들은 아름다운 것들로, 연약한 것들은 다시 강한 것들로 바뀐다고 노래한다. 심지어 인간 사이에도 이렇다 할 차이가 없이 동등하게 될 것이고, 사람들은 이미 죽어 이 지구에서 없어진 사람들과 재회할 것이다. 그러나 이 작품에서 매스터스가 노래하는 것은 문명의 파괴나 인류의 종말보다는 남녀의 영원불변한 사랑이다. 이처럼 죽음마저도 갈라놓지 못하는 열렬한 사랑을 노래한 시도 찾아보기 힘들다.

그러면 이제 오천석의 번역을 좀 더 찬찬히 살펴보기로 하자. 그는 'spires'는 '집 쏙닥이'로 번역했지만 이 낱말은 곧바로 나오는 'towers'와 흔히 함께 쓰이므로 아무래도 '첨탑'으로 옮기는 쪽이 좋을 것이다. 서양 문명에서 흔히 교회를 상징하는 탑과 첨탑은 언덕 위에 짓는다. 그래서 탑과 첨탑이 허물어져 다시 언덕으로 되돌아간다는 것은 곧 기독교 문명이 그 이전 상태로 돌아가는 뜻이다. 이왕 기독교 말이 나왔으니 말이지만 'dust'를 옮긴 말도 '몬지먼지'보다는 죽음을 뜻하는 '흙'이나 '티끌'로 옮기는 것이 좋을 것이다. 매스터스는 "너는 흙에서 나왔으니, 흙으로 돌아갈 것이다"「창세기」 3장 19절라는 성경 구절을 염두에 두고 이 'dust'라는 낱말을 사용하였다. 아니면 "사람에게 닥치는 운명이나 짐승에게 닥치는 운명이 같다 (…중략…) 둘 다 같은 곳으로 간다. 모두 흙에서 나와서, 흙으로 돌아간다"「전도서」 3장 19~20절는 구절을 염두에 두었는지도 모른다.

더구나 "And all the cities / Are one with the plains again"을 번역한 "그리고 온갖 성시가 / 벌판과 더브러 가즈런할 째에 한 번 더 다시"는 구절에서 '더브러 가즈런하다'는 구절은 '들판과 하나가 되다'로 옮기는 것이 더 적절할 것이다. 프랑스 낭만주의 대표 작가 중 한 사람인 프랑수아 샤토브리앙이 "숲 다음에 문명이 오고, 문명 다음에 사막이 온다"고 말한 적이 있듯이, 인간은 들판의 나무와 숲을 베어내고 그 자리에 도시 문명의 집을 세웠다. 그러나 이제 그 화려한 도시들도 모두 다시 원시의 상태로 돌아간다는 말이다. 또한 "As the desert sand is blown—"을 "마치도 사막의 모래가 불니움갓치—"로 옮긴 것도 그렇게 적절하지 않다. 여기서 접속사 'As'는 '마치 ~하는 것처럼'의 의미가 아니라 '~할 때' 또는 '~하는 동안'이라는 뜻이다. "벌판과 더브러 가즈런할 쌔에 한 번 더 다시"도 '한 번 더 다시'를 '벌판' 앞에 놓아야 '~할 때'에 좀 더 잘 어울린다. 그러므로 이 구절은 "사막의 모래바람이 휘몰아칠 때조차—"로 옮겨야 한다.

그러나 오천석의 번역에서 더욱 문제가 되는 것은 시간을 가리키는 종속절(~할 때)만 강조되어 있을 뿐 문장의 핵심이라고 주절이 잘 드러나 있지 않다는 점이다. 번역에서는 문명이 다시 원시 상태로 되돌아갈 때 과연 어떤 일이 일어나는지 분명히 드러나 있지 않다. 다만 "나의 몬지 그대의 것과 더브러 영원히"라는 말로 주절을 대신할 뿐이다. 원문에서 세 번에 걸쳐 반복하는 'When'도 단순히 시간보다는 양보를 가리키는 접속사로 보아야 한다. 다시 말해서 '~할 때'가 아니라 '~할 때조차'로 옮기는 것이 원문의 뜻이 훨씬 가깝다. 시적 화자 '나'가 '그대'에게 느끼는 사랑이 영원히 변하지 않을 것이라는 단호한 결의가 담겨 있다. 물론 여기서 영원히 변하지 않는 것은 일차적으로는 남녀의 사랑일 수 있지만, 어떤 절대적 진리나 이상 또는 정치적 이념이나 신념일 수도 있다.

둘째 연에서도 "미련함과 슬기럼이 더 업고 / 그리고 불이 더업슬 쌔에 / 사람이 더 업스매"에서도 '더 없다'는 표현은 '이제 더 존재하지 않는다'로 옮기는 것이 적절할 것이다. 지혜가 있고 없음도, 문명을 밝힌 불도 '하느님의 형상'으로 창조되었다고 하여 만물의 영장 취급 받는 인간도 이제 더 존재하지 않을 때라는 뜻이다. 마지막 네 행에 이르러서는 그 의미가 더욱 불분명하다. "죽은 세상이 표류물을 천々히 걸어 / 허무도 가라 안즐 째에 — "라는 구절은 도무지 무슨 뜻인지 이해하기 어렵다. 표류물이 천천히 걷는다는 것도 이상하고, 허무가 가라앉는다는 것도 선뜻 이해할 수 없다. 죽은 세계가 천천히 회전하면서 허공 속에서 표류하고 낙하한다는 뜻이다. 마지막 두 행 "나의 빛 그대의 것과 더부러 / 빗 가온데 빗 안에 영원히!"라는 구절도 원문의 의미를 충분히 살려냈다고 보기 어렵다. '빛 중의 빛'이란 절대적 존재자를 가리키고, 그 안에서 시적 화자 '나'의 빛은 '그대'의 빛과 하나로 결합할 것이라는 뜻이다.

2. 오천석의 단편소설 번역

오천석은 『우라키』 창간호에 미국 시뿐 아니라 오 헨리의 「동방박사의 예물」 같은 미국의 단편소설도 번역하여 소개하였다. 이 무렵 그의 문학적 관심이 비단 시에 그치지 않고 산문에도 있다는 것을 알 수 있다. 그가 미국 유학을 가기 전에는 미국문학뿐 아니라 영국문학을 비롯하여 프랑스문학과 러시아문학, 인도문학 작품도 번역하였다. 오천석이 『우라키』에 소개하는 「동방박사의 예물」은 오 헨리의 작품 중에서 가장 널리 알려져 단편선집에 단골 메뉴로 자주 등장한다.

1원圓 87전錢. 그것은 전부엿다. 그리고 이중의 60전은 동전으로엿다. 동전은 한 푼 두 푼 반찬장수 푸성귀장수 및 고기장수의 쌤이 이러한 밧혼 홍정이 쯧하는 인색의 말 업는 책망으로 볼 붓홀 째까지 위혁威嚇하야 모은 것이엇다.

세 번이나 쎌라는 이것을 헤여 보앗다. 1원과 87전. 그리고 잇흔날은 예수 탄일이엇다.[15]

미국의 단편소설 작가 오 헨리.
오천석이 그의 작품을 처음 번역하였다.

위 인용문에서 무엇보다 먼저 눈에 띄는 것은 미국의 화폐 단위인 달러와 센트를 식민지 조선과 일본의 화폐 단위로 환산한다는 점이다. '1달러 87센트'는 화폐 가치에서 '1원 87전'과는 적잖이 다를 수밖에 없는데도 말이다. 작품 끝부분에서도 '8달러'와 '백만 달러'는 각각 '8원'과 '백만 원'으로 옮겼다. 두말할 나위 없이 목표 문화에 맞추기 위한 번역 전략이다.

'크리스마스'를 '예수 탄일'로 옮긴 것도 눈에 띄는 대목이다. 이 무렵에는 '성탄일' 또는 '성탄절' 같은 번역어가 '크리스마스'라는 외래어보다 훨씬 널리 쓰였다. 그래서 '크리스마스이브'도 '탄일 전날 밤'으로 불렀다. 델러의 남편 수입이 줄어들면서 아파트 문에 붙어 있는 그의 이름표 '제임스 딜링햄 영'의 '딜링햄'도 'ㄷ' 자로 줄어든다고 옮기는 것은 아무래도 지나친 자국화 번역이라고 할 수밖에 없다. 한국어 자음 'ㄷ'보다는 로마자 알파벳 'D'로 옮기는 쪽이 훨씬 더 좋을 것이다.

오천석의 번역은 그 다음 단락에서 문제점이 조금씩 드러나기 시작한

---

15 오천석, 「동방박사의 예물」, 『우라키』 창간호, 137쪽.

다. 다음은 델러가 절망 상태에서 소파에 털썩 주저앉아 우는 장면이다.

> 나들: 해여진 조고만 장의자長椅子에 펄人석 주져안저 우는 것밧기는 아모
> 것도 할 것이 업섯다. 그래서 쎌라는 그대로 하엿다. 이는 그의 도덕적 반성을
> 선동하야 삶이란 늣겨울음과 코人당구와 우슴으로 만들니엇다. 그중에도 코당
> 구가 쟝을 친다 하엿다.[16]

> There was clearly nothing left to do but flop down on the shabby
> little couch and howl. So Della did it. Which instigates the moral re-
> flection that life is made up of sobs, sniffles, and smiles, with sniffles
> predominating.

어떠한 판을 혼자서 휩쓸다는 뜻의 '쟝場치다'처럼 1920년대 중엽 널리
쓰이던 낱말이나 표현은 접어두고라도 오천석의 위 번역은 금방 이해가
가지 않는다. 그냥 '초라한'이나 '낡아빠진'이라고 하여도 될 것을 굳이
'나들나들 해여진'이라고까지 할 필요가 있을까? 'moral reflection'도
'도덕적 반성'보다는 '도덕적 성찰'이나 '도덕적 교훈' 또는 그냥 '교훈'이
나 '명언' 정도로 옮겨야 할 것이다.

더구나 "이는 그의 도덕적 반성을 선동하야 삶이란 늣겨울음과 코人당
구와 우슴으로 만들니엇다"는 문장에 이르러서는 더더욱 이해하기 어렵
다. 번역문에 따르면 주인공이 신세를 한탄하며 초라한 소파에 털썩 주저

---

16 위의 글, 137쪽.

앉아 울자 '도덕적 반성'이 일어나 삶을 이러저러한 것으로 만들었다는 뜻이 된다. 그렇게 주저앉아 울게 되자 삶에 관한 이러저러한 생각이 갑자기 머리에 떠올랐다는 말이다. 'sobs'를 '늦겨울음'으로, 'sniffles'를 '코스댱구'로 옮기는 것도 조금 이상하다. '흐느껴 울음'을 '늦겨울음'으로 옮긴 것 같고, 코를 훌쩍거리며 우는 행동을 의미하는 '코스댱구'는 아마 오천석의 고향인 평안도 지방에서 사용하던 사투리인 듯하다. 이 문장은 "이렇게 울다 보니 삶이란 흐느낌과 훌쩍거림과 미소로 이루어져 있지만 그중에서도 훌쩍거릴 때가 가장 많다는 교훈이 갑자기 떠올랐다"로 옮기는 것이 가장 무난할 것이다.

오천석의 번역 중에서 짐이 아내의 짧게 깎은 머리를 보고 놀라는 모습을 묘사하는 "거의 반넴이의 모양으로"라는 구절도 선뜻 이해가 가지 않는다. 원문 "with an air almost of idiocy"는 "바보에 가까운 태도로"로 옮기는 쪽이 훨씬 더 좋을 것이다. '반넴이'는 바보를 가리키는 지방 사투리 같지만 그 뜻을 알아차릴 독자는 그다지 많지 않을 듯하다.

델러가 짧게 깎은 자신의 머리를 두고 "코니도島 창가대唱歌隊의 쳐녀갓다"는 구절도 곧바로 이해되지 않기는 마찬가지다. '코니도'보다는 '코니아일랜드'로 옮기는 것이 맞다. 그것은 마치 '뉴욕'을 '새로운 '욕'으로 옮길 수 없는 것과 같은 이치다. 맨해튼 남쪽에 있는 유원지인 코니아일랜드는 노동자 계층이 자주 이용하는 놀이공원으로, 이곳에서는 방문객의 흥을 돋우려고 합창단 소녀들이 춤을 추며 노래를 부르곤 하였다. 그런데 이 무렵 합창단 소녀들은 사내아이처럼 머리를 짧게 깎았다. 그러므로 코니아일랜드 처녀 같다는 말은 점잖은 양갓집 규수라기보다는 가난한 노동자의 딸처럼 초라하게 보인다는 뜻이다.

또한 "as if he had not arrived at that patent fact yet, even after the hardest mental labour"를 번역한 "마치도 아직까지 몹시 어려운 머리의 노동 뒤에 이러한 분명한 사실을 알어 보지 못한 것처럼"이라는 구절도 무슨 뜻인지 쉽게 이해되지 않는다. "그는 아무리 머리를 써보아도 그 명백한 사실이 납득되지 않는다는 듯이"라고 옮겼더라면 독자들은 아마 이보다 훨씬 쉽게 그 뜻을 알아차렸을 것이다.

이와 비슷한 맥락에서 델러가 남편의 머리빗 선물을 받고 놀라는 장면도 좋은 번역으로 보기 힘들다. "그리고는 애달파라! 이 셋ㅅ방 주인의 온갖 위자의 능력의 긴급한 사용을 필요케 하는 '히스테리'적 눈물과 통곡으로에의 급한 여성적 변화"는 한번 읽어서는 무슨 의미인지 헤아리기가 여간 어렵지 않다. 원문 "and then, alas! a quick feminine change to hysterical tears and wails, necessitating the immediate employment of all the comforting powers of the lord of the flat"을 보면 오천석이 번역 수준을 알 수 있다. 오천석은 일본식 통사구조에 따라 지나치게 '의'를 반복할 뿐 아니라 '통곡으로에의'처럼 한국어에는 좀처럼 사용하지 않는 '~(으)로에의'라는 일본어 조사를 사용한다. '사용해야 할'이라고 옮겨도 될 것을 굳이 영어 표현을 축자적으로 옮겨 '사용을 필요케 하는'이라고 한 것도 좋은 번역으로 볼 수 없다. 이 문장을 좀 더 한국어답게 옮긴다면 "그리고 나서 어머나, 그 소리는 곧 여성의 발작적인 눈물과 통곡으로 바뀌어서 이 아파트의 남자 주인은 있는 힘을 다해 그녀를 위로해야 했다" 정도가 될 것이다.

더구나 오천석의 번역에서 작품 첫머리 세 번째 단락의 "한 쥬일 가구까지 써서 8원짜리 셋방. 아조 적빈赤貧이라고는 할 수 업섯스나 그러나 그

글자가 걸인굴乞人窟을 엄중히 경계하고 잇는 것은 사실이엿다"[17]는 문장에 이르러서는 고개를 갸우뚱하지 않을 수 없다. 원문은 "A furnished flat at $8 per week. It did not exactly beggar description, but it certainly had that word on the lookout for the mendicancy squad"다. '적빈' 은 몹시 가난하다는 뜻으로 집안이나 살림에는 잘 들어맞지만 아파트를 수식하는 낱말로는 그다지 적절하지 않다. '그 글자 걸인굴을 엄중히 경계한다'는 말도 선뜻 의미가 떠오르지 않는다. 'mendicancy squad'는 집이 없이 떠돌아다니는 거지들을 단속하는 경찰을 말한다. 그러므로 위 원문은 "임대료가 일주일에 8달러인 가구 딸린 방이었다. 말이 필요 없을 정도로 누추한 집은 아니지만 거지 단속반이라도 오지 않을까 경계해야 할 만큼 초라한 집이었다"로 옮겨야 한다.

한국 번역 문학사에서 오천석은 오 헨리의 이 작품을 최초로 번역하여 소개한 번역가로 평가받는다. 그로부터 5년 뒤인 1928년에 유도순劉道順이 "The Gift of the Magi"를 「머리빗과 시계줄」이라는 제목으로 번역, 좀 더 정확히 말하면 '번안'하여 기독교 교양잡지 『신생』에 소개하였다.[18] 이 해남李海南은 1933년 「크리스마스 선물」이라는 제목으로 다시 번역하여 『신가정』에 실었다.

여기서 잠깐 번역가로서의 오천석을 살펴보는 것이 좋을 것 같다. 그는 지금 교육 행정가로 널리 알려져 있지만 일제강점기와 해방 공간에는 교

---

17 위의 글, 135쪽.
18 이 무렵 영문학을 전공하고 영문학 작품을 번역한 사람으로는 유도순(劉道順)이 눈에 띈다. 그는 일본 니혼대학(日本大學) 영문과를 졸업하였고, 1925년 『조선문단』에 시 추천을 받고 등단하였다. 아동문학가로도 활약한 그는 다른 나라의 동화를 번역하여 소개하기도 하였다.

육 행정가 못지않게 번역가로서도 이름을 날렸다. 배재학당에 입학한 뒤 1년 만에 일본에 유학하여 아오야마학원에서 공부한 오천석은 도쿄에서 방인근方仁根과 함께 같은 집에서 하숙하였다. 이 무렵 같은 학교에서 유학한 문인으로는 방인근 말고도 주요한朱耀翰의 동생 주요섭朱耀燮과 전영택田榮澤이 있었고, 얼마 뒤에는 주요한, 이광수李光洙, 김동인金東仁, 김환金煥 등과도 교유하면서『창조』의 동인으로 참여하기도 하였다.

1919년 귀국한 오천석은『학생계』의 주필을 맡으면서 번역에 심혈을 기울였다. 1921년 그는 '오천원吳天園'이라는 이름으로 잘 알려진 「성냥팔이 소녀」를 비롯한 안데르센 동화와 세계 여러 나라의 동화를 번역하여 한국 번역사에서 최초의 번역 동화집으로 평가받는『금방울』을 광익서관에서 출간하였다.『동아일보』책 광고에는 "이제 오천원 군은 그 유려한 채필彩筆로 동화의 왕이라고 할 만한 안데르센의 구슬 같은 비단 같은 장미 같은 작품을 비롯하여, 여러 나라의 어린이의 세계에만 허락하는 아름다운 따스한 시를 품은 독물讀物을 순 우리글로 모드아, 우리 사회에서 일찍 시험하여 보지 못한 최초의 동화집을 만들었습니다"[19]라고 적혀 있다. 또한 1925년에는 야코프 그림과 빌헬름 그림 형제의 동화집『쓰림 동화』와 한국 최초의 세계문학 선집이라고 할『세계문학 걸작집』을 번역하여 출간하기도 하였다. 소파小波 방정환方定煥은 천도교에서 펴내는 종합잡지『개벽』에 이 번역 동화집이야말로 조선에서 동화 문학의 지평을 여는 책으로 높이 평가하였다.

---

[19]『동아일보』, 1921.8.24.

3. 장성욱의 희곡 번역

『우라키』창간호에는 오천석의 미국 시와 단편소설 번역에 이어 장성욱이 해리 켐프의 단막 희곡 「솔노몬의 연가」를 번역하여 소개한다. 지금은 잊히다시피 했지만 20세기 전반기만 하여도 켐프는 미국에서 '방랑시인', '떠돌이 시인' 또는 '미국의 프랑수아 비용'으로 그런대로 이름을 날렸다. 당시 그는 특히 미국 청소년들에게 우상으로 대접받을 정도였다. 켐프는 주로 시를 썼지만 틈틈이 희곡 같은 산문 작품에도 손을 대었다. 그는 '해리 켐프 극단'과 연행에도 큰 관심을 기울였다. 이 무렵 켐프는 유진 오닐이 이끄는 '프로빈스타운 극단'에서 갈라져 나와 미국 연극계에 그 나름대로 독특한 전통을 수립하였다.

켐프는 성경을 비롯하여 호메로스의 고대 서사시 『오디세이아』나 조반니 보카치오의 『데카메론』 같은 작품에서 즐겨 작품 소재를 빌려와 작품을 썼다. 「솔로몬의 노래」도 그의 창작 습관에 크게 나지 않는다. 이 작품의 제목은 본디 「솔로몬의 노래Solomon's Song」로 '단막극으로 된 전원적 비희극'이라는 부제가 붙어 있다. 번역자는 제목과 부제를 조금 고쳐 '솔로몬의 연가'와 '목자의 비희극 1막'이라고 하였다.

이 희곡의 번역자 장성욱은 뒷날 서울대학교 총장을 지낸 교육자 장이욱張利郁의 동생이다. 앞 장에서 밝혔듯이 장성욱S. Lynn Chang은 형과 함께 미국에 유학하는 동안 문학에도 깊은 관심을 보였다. 이 무렵 장성욱은 더뷰크대학교에서 교육학을 전공하던 형과는 달리 같은 학교에서 의학을 전공하였다. 장성욱이 켐프의 단막 희곡을 번역하면서 '번역'이라는 용어 대신 '역술譯述'이라는 용어를 사용하는 것이 흥미롭다. '번역하여 기술하다'는 뜻의 역술은 원문을 충실하게 옮기지 않고 그 의미를 풀어서 비교적 느슨하게 옮기는 번역 방법으로 의역에 가깝다.[20]

「솔노몬의 연가」에는 단막극답게 작중인물이 솔로몬을 포함하여 애비샥, 애비아더, 샴게이져샘게이저, 밀카 등 모두 다섯 명이 등장한다. 시간적 배경은 예수가 태어나기 1천 년 전경으로 솔로몬 왕의 전성시대고, 공간적 배경은 예루살렘에 있는 솔로몬 왕의 궁전 밀노다. 궁전은 참으로 웅장하고 화려하여서 마룻바닥에서 천정까지 히말라야삼목으로 벽을 하고 황금으로 장식하였다. 무대 한 중앙에는 "세계를 쏠코 일홈이 쟁쟁한" 솔로몬의 옥좌가 놓여 있다. 계단에는 그가 다스리는 이스라엘의 12지파를 상징하는 청동 사자가 우뚝 서 있다. 단막극치고는 무대 설명이 꽤 길고 자세하다.

이 작품에서 극적 갈등의 발단은 다윗의 아들 솔로몬 왕이 아내와 첩 7백 명을 거느리고 있는데도 "감아틱한 살갓의 호리호리한 청춘의 여자"인 애비샥을 또 다른 아내로 맞이하려는 데서 시작한다. 왕은 일 년 전 애비샥의 하녀 밀카마저 이미 아내로 삼아 그녀를 위하여 별궁을 지어 주었다. 애비샥은 이미 목동인 애비아더를 사랑하고 있어 솔로몬 왕의 제안을 받아들일 수 없다. 그래서 그녀는 비록 목숨을 바칠망정 왕을 사랑할 수 없다고 단호하게 말한다. 그러자 옥좌 뒤에 숨어 있던 애비아더가 왕 앞으로 뛰쳐나오면서 "과연 왕을 죽이어이다. 나의 사랑을 도적질하는 솔노몬"[21]이라고 외친다. 왕은 애비샥과 애비아다가 자신의 제안에 선뜻 응하

---

20 '역술'을 포함하여 '초역(抄譯)', '축역(縮譯)', '경개역(梗槪譯)', '번안(飜案)' 등의 개념에 대해서는 김욱동, 『번역과 한국의 근대』, 소명출판, 2010, 293~306쪽 참고.

21 해리 켐프 원작, 장성욱 역술, 「솔노몬의 연가」, 『우라키』 창간호, 153쪽.

지 않자 무장한 병사로 위협한다.

　그러나 솔로몬은 마침내 두 젊은이의 열렬한 사랑에 감동한 나머지 두 사람에게 왕궁을 떠나 들판과 언덕으로 돌아가라고 명령한다. 수많은 왕비와 첩을 거느리고 살지만 왕은 이 두 사람의 애정을 통하여 비로소 사랑의 진정한 의미를 깊이 깨닫는다. 그러면서 왕은 "환라아 — 그것이야말노 영원 영원히 나의 것이 안이다. 그 — 사랑 내가 아지 못하엿든 불운의 그것. 꿈 — 나의 먼 꿈의 소원으로 하여 모상模像된 그것이다!"[22]라고 부르짖는다. 지금껏 그가 알고 있던 사랑은 한낱 환상이 빚어낸 환상에 지나지 않을 뿐 현실과는 아무런 관련이 없기 때문이다. 그러나 이 기회를 잡아 애비샥은 "그것은 모든 남자와 온 여인들이 반다시 창조하여야 할 하나님의 천당 — 사랑의 동산"[23]이라고 말한다. 이렇게 남녀의 신실한 사랑이야말로 인간이 지상에 창조해야 할 에덴동산이요 천국이라는 것이다.

　이 작품은 고대 그리스 비극이 흔히 그러하듯이 주인공이 삶에 대한 통찰이나 각성에 도달하는 것으로 끝이 난다. 솔로몬 왕은 애비샥과 애비아다의 참사랑과 비교해 보면 자신의 삶이 얼마나 초라하고 덧없는지 깊이 깨닫는 장면으로 막이 내린다.

　　그것은 나다. 꼭 나다. 둥저리 속에 잡히엿다. 안이다. 아 — 안이다. 나라는 다 무엇이런가, 이 청춘과 그리고 참애愛의 압헤.
　　(…중략…)

---

22 위의 글, 155쪽.
23 위의 글, 155쪽.

허무한 심령[.]뿐이다, 나의 한아인 왕국은.

나의 소슨 왕위王威! ─이는 도금鍍金한 고목枯木[.]뿐,

'광영' 그것이 날 철고鐵錮하고 잇다.

그리고 나는 사멸의 웅터리에 눌려 잇다.

내 화미華美의 무게로 하여.

아─무엇이 나의 지혜이런가! 차즈나 못 맛나는.

그리고 모다 허무 우에 전령全零!

(잠시 침묵─그리더니 위세 잇는 자과自誇의 목소래로)

그러나 내가

온 민중이 불느는 노래를 지엇던가!²⁴

위 인용문의 둘째 행에서 '도금한'이라는 표현을 좀 더 찬찬히 주목해
야 한다. 솔로몬 왕이라고 하면 부귀와 영화의 상징일 뿐만 아니라 지혜
나 심판의 상징이다. 그는 문학적 재능도 뛰어나 구약성경 가운데 「시편」
과 「잠언」의 상당수를 집필하였고, 「전도서」와 「아가」의 저자로도 알려
져 있다. 그러나 솔로몬 왕은 자신의 이러한 영화가 이렇다 할 실속도 없
이 한낱 겉만 번지르르한 겉치레에 지나지 않는다는 사실을 깨닫고 절망
에 빠진다.

본래 재료의 성질보다 더 아름답게 보이게 하거나 유용하게 하려고 그
것보다 나은 물질을 해당 물체의 표면에 얇게 입히는 도금처럼, 솔로몬 왕
의 명성도 실제보다 자못 과장되어 있을 뿐이다. 어떤 의미에서 그는 하느

---

24 위의 글, 155쪽.

님이 내려준 지혜와 아버지 다윗이 물려준 탄탄한 국가를 사치와 향락으로 망쳐 버린 방탕아라고 할 수 있다. 그의 번영과 영광은 한마디로 '속 빈 강정'과 같았던 셈이다. 그다음 행의 '철고'는 쇠로 땜질한다는 뜻으로 '도금'과 비슷하다. 또한 '고'에는 사람이나 물건을 붙들어 매거나 가두는 것을 뜻하므로 쇠로 만든 그물이나 울타리에 갇혀 있는 상태를 가리키기도 한다. 그러므로 솔로몬 왕이 "허무한 심령뿐 (…중략…) 그리고 모다 허무 우에 전영!'이라고 외치는 것도 그다지 무리는 아니다.

이렇듯 '텅 빈 가슴'이라는 구절에서도 엿볼 수 있듯이 솔로몬 왕은 혈기가 왕성하던 젊은 시절에는 온갖 영광과 풍요를 구가했지만, 나이가 들면서 몸은 점점 시들어가고 처첩들에 휩싸인 나머지 총명하던 지혜도 점차 쇠락해간다. 결국 그는 모든 것이 부질없고 공허하다고 느낀다. 하느님의 사랑을 그토록 많이 받은 솔로몬이 말년에 그렇게 타락하고 다른 신을 섬긴 이유에 대하여 너무 많은 이교도 여자들을 첩으로 두게 되었기 때문이라고 지적하는 신학자들도 있다. 켐프의 작품에서도 솔로몬 왕은 수많은 아내와 첩이 있으면서도 애비샥에 눈독을 들인다. 가무잡잡한 피부 색깔과 외모로 보아 그녀는 이스라엘 민족보다는 다른 이민족에 속하는 여성인 것 같다.

위에 인용한 장면을 읽으면서 무슨 의미인지 몰라 고개를 갸우뚱하게 되는 것은 다름 아닌 번역 때문이다. 장성욱의 번역에는 여러모로 문제가 많다. 가령 "그것은 나다. 꼭 나다. 등저리 속에 잡히엿다. 안이다. 아—안이다. 나라는 다 무엇이런가, 이 청춘과 그리고 참애愛의 압헤"를 한 예로 들어보자. "'Tis I that am the one caught in a net…… Nay, what am I, before this youth and love?"라는 원문과 비교해 보면 장성욱의 번역 수준을 금방 알 수 있다. '둥저리'란 '둥우리'의 고어로 짚이나 대 또는 싸리로 엮어 만든 그릇을 말한다. 고풍스러운 맛을 내려고 '둥저리'로 옮긴 것까지는 탓할 수 없을지 모른다. 조선 전기 학자 최세진崔世珍이 신숙주申叔舟의 『사성통고四聲通考』를 보충하여 펴낸 『사성통해四聲通解』에서는 '남籃'을 '드는 둥저리'로 새겼다.

그러나 사람이 둥우리 속에 잡혀 있다는 것은 어딘지 이치에 맞지 않는다. 이 장면에서 솔로몬왕은 자신이 놓인 상황을 산짐승이 그물이나 덫에 갇혀 있는 사실에 빗댄다. "둥저리그물에 갇힌 것은 바로 나다 (…중략…) 아니, 이 젊음과 사랑 앞에 도대체 나란 도대체 무엇 하는 사람이란 말인가?"로 옮겨야 한다. 청춘남녀 애비샥과 애비아더의 진실한 사랑을 지켜보는 솔로몬 왕은 노쇠한 자신의 육체와 그동안 탐닉해 온 육체적 사랑이 얼마나 부질없는지 처음으로 깨닫고 한탄한다.

생략 부호 다음의 문장에 이르면 장성욱의 번역은 더더욱 문제가 심각하다는 것이 밝혀진다. 두세 번 읽어도 그 뜻을 헤아리기가 무척 어렵다. 이 작품의 대단원을 장식하는 원문은 다음과 같다.

My only empire is an empty heart,

My lifted sceptre, but a gilded boast;

The glory that I have possesses me;

I am weighted down with splender to my death,

Am sickened by the wasting of desire

For what my wisdom, seeking, cannot find—

And all is vanity of vanities! (…중략…)

(A pause (…중략…) then, with a proud ringing voice.)

Yet have I made a song that all men sing!

첫 문장에서 주부主部와 술부述部를 도치해 놓은 것은 그렇다 치더라도 "허무한 심령쑨이다, 나의 한아인 왕국은"은 선뜻 이해가 가지 않는 번역이다. '유일한'을 '한아인'이라고 옮긴 것도 이상하지만 '텅 빈 마음'을 '허무한 심령'으로 옮긴 것도 이상하다. 또한 그 다음 문장 "나의 소슨 왕위! ─이는 도금한 고목쑨"에 이르러서는 더더욱 그러하다. '나의 소슨 왕위'는 '높이 쳐든 홀笏' 또는 '높이 치켜든 권장權杖'으로 옮겨야 한다. 홀은 왕위나 왕권을 상징하는 물건이지만 여기서는 물리적인 물건 그 자체를 뜻한다. 또한 원문 'gilded boast'는 '도금한 고목'으로 번역해서는 그 의미가 통하지 않는다. 원문에 '고목'이라는 낱말이 없을 뿐더러 고목에 금으로 도금한다는 것도 논리에 맞지 않는다. 이 말은 도금한 물건처럼 아무런 실속도 없이 겉만 번지르르한 허세나 허풍이라는 뜻이다.

더구나 "광영 그것이 날 철고하고 잇다. / 그리고 나는 사멸의 웅터리에 눌녀 잇다"는 두 문장도 현대 독자는 물론이고 1920년대 중엽 독자들도 이해하기 쉽지 않았을 것 같다. '철고하다'는 어떤 물건이나 사람을 무쇠처럼 단단하게 붙들어 매거나 쇠로 땜질한다는 뜻이다. 앞의 문장은 "내가 누리는 영광이 나를 사로잡고 있다"는 뜻이고, 뒤의 문장은 "광휘에 짓눌려 죽을 지경이다"는 뜻이다. "나는 사멸의 웅터리에 눌녀 잇다에서"에서 '웅터리'는 아마 '웅덩이'의 지방 방언이거나 오식일 가능성이 크다. '광휘' 대신에 '화미'라는 낱말을 사용하는 것도 흥미롭다.

장성욱은 "Am sickened by the wasting of desire"라는 구절을 아예

번역하지 않고 건너뛴다. 그러나 생략한 구절은 그 다음 문장과 연결되기 때문에 생략해서는 절대로 안 된다. 즉 'of desire'는 바로 다음 행의 "For what my wisdom, seeking, cannot find —"로 이어진다. 즉 "나의 지혜로써는 찾으려 하여도 찾을 수 없는 것"에 대한 갈망을 낭비한 탓에 몸에 병이 생기거나 그러한 욕망에 신물이 날 정도로 싫증이 난다는 뜻이다. 여기서 슬기롭기로 이름난 솔로몬이 그 지혜로써도 찾을 수 없는 욕망이란 애비샥과 애비아더 두 젊은이가 보여준 것과 같은 참사랑에 대한 갈망일 것이다. 그러므로 이 구절은 "아 — 무엇이 나의 지혜이런가! 차즈나 못 맞나는"으로 옮겨서는 원문과 사뭇 거리가 멀다.

마지막으로 "그리고 모다 허무 우에 전영!"이라는 구절에 이르러서는 더더욱 어리둥절할 수밖에 없다. '전영'이란 영어 'all zero'를 옮긴 것 같지만 원문에는 그러한 낱말은 한 번도 나오지 않는다. 원문은 "And all is vanity of vanities!"다. 두말할 나위 없이 이 문장은 솔로몬이 지은 구약성경 「전도서」 1장 2절의 마지막 구절 "헛되고 헛되다. 헛되고 헛되다. 모든 것이 헛되다"다. 인간이 이 세상에서 하는 모든 일이 헛되다는 허무주의가 짙게 배어 있는 이 구절은 장성욱의 위 번역으로써는 도저히 표현해 낼 수 없다.

4. 한세광의 시 번역

『우라키』 창간호에 이어 5호에는 한세광韓世光이 「현대 미국 대중시인 연구」를 기고하면서 미국 시 몇 편을 번역하여 소개하였다. '흑구黑鷗'나순한글로 '검갈매기' 또는 '검은 갈매기'라는 필명을 사용하는 그는 이 글에서 미국문학사에서 주목할 문인으로 시인 월트 휘트먼과 소설가 마크 트웨인을 언급한다. 한세광의 지적대로 이 두 사람은 미국문학이 영국문학에서 젖을 떼고 비로소 국민문학으로 발돋움하는 데 크게 이바지하였다. 휘트먼과 트웨인의 소개에 이어 한세광은 이른바 '시카고 시인들'을 언급하며 그들의 작품을 번역하여 소개한다. 시카고를 중심으로 활약한 시인 중에서도 한세광의 관심을 가장 많이 끄는 시인은 오천석이 일찍이 소개한 칼 샌드버그다.

샌드버그에 대하여 한세광은 "노서아의 맑심 쓰키와 갓치 가장 쓰라린 현실을 맛본 작가 중의 일인"[25]이라고 지적한다. 그가 샌드버그를 막심 고리키에 빗대는 것은 삶의 바다에서 겪은 온갖 쓰라린 경험을 바탕으로 작품을 쓰기 때문이다. 실제로 이 두 문인은 집안이 몹시 가난하여 학교를 다니지 못하고 어려서부터 사환·접시닦이·제빵 기술자 등 온갖 허드렛일을 하였다. 한세광은 샌드버그의 대표작 중 하나로 「할스테드의 전차 Halstead Street Car」를 꼽는다.

> 만화가여! 이리로 오라,
> 아츰 닐곱시
> 홀스테드 전차 안에서
> 나와 갓치 스트랩을 잡어라.

---

25 한세광, 「현대 미국 대중시인 연구」, 『우라키』 5호, 1931.7, 92쪽.

그대여 붓을 들어

이 얼골들을 그리여보라!

이 햇숙한 얼골들을 그리여보라!

도야지 찔느는 자者 갓혼 그의 입,

공장에 일 가는 게집애들! 그 느러진 볼들을.

그대여 붓을 들어

이 피로한 얼골들을

그대의 기억 속에도 그리여보라!

습기에 저즌 새벽녘―

싸늘한 아츰 일즉이

자고 이러난 그들의 잠 얼골

갈망에서 절망된

동경憧憬에서 적멸寂滅을 안은.[26]

Come you, cartoonists,

Hang on a strap with me here

At seven o'clock in the morning

On a Halsted street car.

---

26 위의 글, 93쪽. 한세광은 「나는 평민이오 천민이다」와 마찬가지로 이 작품을 1935년 11월 10일 자 『조선중앙일보』에 「홀스테드 전차」라는 제목으로 다시 싣는다.

Take your pencils

And draw these faces.

Try with your pencils for these crooked faces,

That pig-sticker in one corner —his mouth—

That overall factory girl —her loose cheeks.

Find for your pencils

A way to mark your memory

Of tired empty faces.

After their night's sleep,

In the moist dawn

And cool daybreak,

Faces

Tired of wishes,

Empty of dreams.

할스테드는 노동자들이 가장 많이 지나다니는 시카고 거리로 불결하기 그지없는 곳이다. 샌드버그의 작품에 대하여 한세광은 "그의 시는 가두에 서서 웅변함과 갓다. 그는 노동자의 생활을 관조하며, 그들의 가련한 처지를 눈물과 갓치 바라본다"[27]고 밝힌다. 이 작품에서 샌드버그는 아침 일찍 붐비는 전차를 타고 일하러 가는 노동자들의 고단한 일상을 한세광의 말

그대로 '웅변'처럼 묘사한다. 햇빛을 보지 못하여 해쓱한 얼굴이며, 돼지 도살장 노동자의 입이며, 공장 직공들의 축 늘어진 뺨 등 하나같이 을씨년스러운 풍경이다. 미시간 호수 옆에 자리 잡고 있어 시카고는 안개가 자주 끼는 바람에 특히 새벽녘에는 습도가 높다. 이러한 상황에서 노동자들은 아직 잠에서 덜 깬 얼굴로 지금 전차를 타고 공장으로 출근하고 있다.

오천석과는 달리 한세광은 시인과 소설가, 번역가로 활약했을 뿐 아니라 영문학을 전공한 만큼 독자들은 그의 번역이 좀 더 세련되기를 기대할 수 있다. 실제로 한세광의 번역은 다른 번역가들의 번역과 비교하여 조금 더 낫지만 몇몇 구절에서는 그다지 매끄럽지 못하다. 예를 들어 한세광은 'crooked faces'를 '햇숙한 얼골들'로 번역한다. 그러나 '햇숙한햏쑥한/해쓱한'보다는 '일그러진'이나 '뒤틀린'으로 옮기는 쪽이 더 정확하다. 노동자들의 얼굴은 열악한 조건에서 과도하게 작업하는 탓에 일그러져 있다. 'pig-sticker in one corner'란 돼지 목을 따는 도살장 노동자가 전차 한 귀퉁이에 서 있는 모습을 말한다. 또한 'overall factory girl'은 '작업복을 걸친 젊은 여성 공장 노동자'를 말한다. 그러나 이 두 행에서 도살장 노동자가 전철 한 구석에 서 있다는 표현과 젊은 여성 직공이 작업복을 걸치고 있다는 표현은 한세광의 번역에서는 모두 빠져 있다. 그다음 연의 'tired empty faces'에서도 그냥 '피곤한 얼굴들'로 옮겼을 뿐 아무런 감정이 없이 '무표정하다'는 낱말을 번역하지 않는다.

마지막 연의 마지막 세 행 "Faces / Tired of wishes, / Empty of dreams"도 "갈망에서 절망된 / 동경에서 적멸을 안은"으로 옮겼지만 그 뜻을 헤아리

---

27 위의 글, 93쪽.

기 쉽지 않다. 물론 '갈망'과 '절망'에서 운을 맞추려고 한 점은 돋보이지만 '갈망에서 절망된'이라는 구절은 '소망에 지친'이라는 원문의 의미와는 사뭇 거리가 있다. 또한 '동경에서 적멸을 안은'도 마찬가지로 의미가 명확하지 않다. 번뇌의 세계를 완전히 벗어난 경지를 뜻하는 '적멸'에서는 불교 냄새가 물씬 풍긴다. 그냥 '아무런 꿈이 없는' 또는 '모든 꿈이 사라진'으로 옮기는 것이 좋을 것 같다.

이 작품의 시적 화자는 지금 언어로써 그들의 삶을 묘사하면서 만화가에게는 붓으로 그것을 묘사하라고 권하는 것이 아이러니라면 아이러니다. '필설로 다하지 못하다'는 표현도 있듯이 글로 다할 수 없으니 만화가나 삽화가의 힘을 빌리려는 것이다. 활자나 말보다는 시각적 이미지가 훨씬 강한 메시지를 줄 때가 있기 때문이다. 여기서 'cartoonist'는 일반 만화가보다는 일간신문이나 잡지에 세태를 풍자하는 삽화를 그리는 화가를 말한다.

더구나 한세광은 샌드버그의 「할스테드의 전차」를 번역하는 것에 그치지 않고 이보다 한 발 더 나아가 이 작품에서 영감을 얻어 창작시를 쓰기도 하였다. 그가 1931년에 『동광』 28호에 발표한 「밤 전차 안에서」가 바로 그것이다.

자정이 넘어서
홀스테드 전차를 탔네.
차 안에는
일터로부터 돌아오는 노동자들,
껌둥이, 파란波蘭 여자, 애란愛蘭 색시.

노예에서 해방된 껌둥이
오늘은 다시 돈의 철쇄鐵鎖에······.
러시아서 해방된 파란 여자
오늘은 다시 돈의 속박에······.
녹색치마의 애란 색시
오늘도 그 치마 녹색······.

모두 다 하품하며
끄덕끄덕 졸고 앉았네.
한두 번 전차가 멎더니
그들도 모두 내리었네.
그중에 나 혼자 남아
커브를 도는 차바퀴 소리를 듣네.

쓸쓸히 방문을 닫고
돌아와 자리에 눕네.
그들이 내 눈에 쓰림을 주는데
내 몸은 누가 돌보나!
××××× ×××
무엇 무엇해도······
그들은 명절이 있고,
그들은 설 곳이 있고······.
××× ××××

나는 송곳 하나 꽂을 땅도—

아! 나는 송곳 하나 꽂을 땅도……[28]

한세광의 「밤 전차 안에서」는 소재, 배경, 형식, 주제 등에서 샌드버그의 「할스테드의 전차」와 아주 비슷하다. 한세광은 샌드버그의 작품이 아니고서는 이 작품을 쓸 수 없다고 하여도 크게 틀리지 않는다. 예를 들어 샌드버그의 작품의 "도야지 씰느는 자 갓흔 그의 입, / 공장에 가는 게집애들"은 「밤 전차 안에서」에서는 "껌둥이, 파란 여자, 애란 색시"로 바뀐다. '파란'과 '애란'이란 폴란드와 아일랜드를 각각 음역한 말이며, '껌둥이'이란 돼지 도살장에서 일하는 흑인 노동자들을 말한다.

이 작품의 시적 화자는 흑인들이나 이민자들이 노예의 몸에서 풀려나 자유민주주의의 깃발을 높이 쳐든 미국의 품 안에 안겼지만 여전히 노예와 크게 다르지 않다고 말한다. "노예에서 해방된 껌둥이 / 오늘은 다시 돈의 철쇄에……"라는 구절에서 엿볼 수 있듯이 흑인들은 남북전쟁 이후 정치적 노예 신분에서 벗어났을지 모르지만 경제적으로나 사회적으로는 여전히 노예 신분에 머물러 있다. 이 점에서는 유럽에서 미국으로 건너온 이민자들도 크게 다르지 않아서 여전히 자본주의라는 '돈의 속박'에 매어 있다. 폴란드는 러시아에서 독립하고 아일랜드는 북아일랜드를 제외하고 영국에서 독립했지만, 미국에 이민 온 그들은 여전히 노예의 굴레를 쓰고 있었던 셈이다.

그런데 문제는 흑인이나 유럽 이민자들보다도 훨씬 가엾은 존재가 바로

---

28 한흑구, 「밤 전차 안에서」, 『동광』 28호, 1931.11.

시적 화자 '나'다. 돌아갈 집과 가족이 있는 그들은 한밤중 전차에서 내려 집으로 돌아간다. 그러나 그들이 모두 내리고 텅 비다시피 한 전차에 커브를 돌며 내는 시끄러운 소리를 듣는 것은 오직 '나' 한 사람이다. 마침내 '나'도 전차에서 내려 텅 빈 집에 돌아와 학업과 고학 일로 피곤한 몸으로 자리에 드러눕지만 전차에서 만난 사회적 약자들보다도 오히려 자신의 신세가 훨씬 더 애처로울 뿐이다. 조선총독부의 검열에 걸려 두 행에 걸쳐 '×××'로 처리한 부분은 자못 의문을 자아낸다. 두말할 나위 없이 일본 제국주의의 가혹한 식민지 통치를 비판하는 구절일 것이다.

한세광은 이번에는 샌드버그의 또 다른 작품 「클락 스트리트 다리Clark Street Bridge」를 번역한다. 미시간 호수에 인접한 클락 스트리트는 시카고에서 한국인 이민자들이 가장 많이 살던 거리이기도 하지만, 아일랜드계 미국인 갱단과 알 카포네가 이끄는 이탈리아계 갱단이 주도권 싸움을 벌이던 악명의 거리이기도 하다. 시카고 강에 놓여 있는 다리가 바로 클라크 스트리트 브리지다.

발의 씌씰[塵]
그러고 수레박휘의 씌씰—
수레와 사람들은 지나간다.
하로 종일 수레와 발자죽.

지금은 ……
…… 다못 별과 안개,
외로이 섯는 순사巡査,

두 주점의 무지舞子,

그러고 별과 안개,

이저는 발도 수레도 지나지 안네.

쌀라[弗]를 찾는 소리

그러고 피방울 자죽

. . . . .

실망자失望者의 소래여!

…… 소래는 모여 노래한다, 노래한다.

…… 은전銀錢의 소래도, 노래한다.

별보다도 부드럽게

안개보다도 희미하게.²⁹

Dust of the feet

And dust of the wheels,

Wagons and people going,

All day feet and wheels.

…… Only stars and mist

A lonely policeman,

Two cabaret dancers,

---

29 한세광, 「현대 미국 대중시인 연구」, 93~94쪽. 한세광은 「나는 평민이오 천민이다」와 「할스테드의 전차」와 마찬가지로 이 작품 역시 1935년 11월 10일 자 『조선중앙일보』에 「클락가교(橋)」라는 제목으로 다시 싣는다. 한세광은 이 날짜 이 신문에 샌드버그의 「시카고」, 「모자」, 「움직이는 사람들」도 번역하여 함께 싣는다.

Stars and mist again,

No more feet or wheels,

No more dust and wagons.

Voices of dollars

And drops of blood

. . . . .

Voices of broken hearts,

…… Voices singing, singing,

…… Silver voices, singing,

Softer than the stars,

Softer than the mist.

　도시 노동자들의 비참한 삶의 모습은 샌드버그의 이 작품에서도 엿볼
수 있다. 한세광은 「할스테드의 전차」와 「클락 스트리트 다리」에 대하여
"이 두 편 시로써 그가 노동자들의 타락되여 가는 비참한 생활을 규시窺視
하고 쏘한 호읍號泣함을 볼 수 잇다"[30]고 밝힌다. 이 작품의 시적 화자는 전
반부에서는 대낮의 분주한 일상을, 후반부에서는 흥청거리는 밤의 일상
을 묘사한다. 흙먼지 자욱하던 대낮이 밤이 되면서 하늘에는 별이 총총 떠
있고 안개가 자욱이 클락 스트리트를 감싸고 돈다. 이렇게 대낮이든 한밤
중이든 생계를 위한 노동자들의 고단한 삶을 피부로 느낄 수 있다.

---

30 위의 글, 94쪽.

이 작품의 번역도 앞 작품의 번역처럼 대체로 훌륭하다. 다만 한세광의 번역은 후반부에 이르러 조금 흔들린다. "실망자의 소래여! (…중략…) 소래는 모여 노래한다, 노래한다"에서 '실망자'는 '낙심한 자' 또는 '낙담한 자'로 옮겼더라면 훨씬 더 쉽게 이해가 될 것이다. 소래가 모여 노래한다는 것도 원문과는 거리가 멀다. '소래여!'라고 영탄조로 옮긴 것도 선뜻 이해가 가지 않는다. 오히려 "낙심한 자의 목소리들 (…중략…) 노래하고 또 노래하는 목소리들"로 번역하는 것이 좋을 것이다. 더구나 "은전의 소래도, 노래한다"는 원문에서 좀 더 멀리 떨어져 있다. 그윽하고 다정하고 온화한 'golden voice'와는 달리 'silver voices'는 날카롭고 낭랑한 고음의 목소리를 말한다.

한세광은 샌드버그를 단순히 누추한 현실을 폭로하는 현실주의자에 그치지 않고 한 발 더 나아가 미래를 낙관적으로 바라보는 이상주의자라고 지적한다. 그는 샌드버그의 작품 중에서 「펜실베이니아Pennsylvania」를 그의 낙관주의적 세계관을 엿볼 수 있는 좋은 작품으로 평가한다.

> 그러고 총을 닥글 손이 업시 되고,
> 총은 벽 우에 걸닐 것이니―
> 손구락은 총을 가르키지도 안코,
> 다못 이즈려든 물건갓치 될 터이니
> 저들은 거믜에게
> "어서 줄을 치여라"고 할 것이다.[31]

---

31 위의 글, 94쪽.

And no hands will polish the gun, and it will hang on the wall.

Forefingers and thumbs will point casually toward it.

It will be spoken among half-forgotten, wished-to-be-forgotten things.

They will tell the spider: Go on, you're doing good work.

그런데 한세광은 샌드버그의 이 작품을 다른 작품과 혼동하고 있다. 물론 같은 시집 『매연과 강철』1920에 수록되어 있지만 위에 소개하는 시는 「펜실베이니아」가 아니라 「A. E. O.」라는 작품이다. 위 인용문은 후자의 작품 중에서 후반부를 번역한 것이다. 'A. E. O'란 'American Expeditionary Force'의 약자로 미국 원정군을 뜻한다. 좀 더 구체적으로 말해서 미국 원정군은 제1차 세계대전이 막바지에 접어든 1917년 유럽에 파견하기 위하여 존 J. 퍼싱을 사령관으로 한 미군으로 구성된 군대를 말한다. 이 원정군은 제1차 세계대전에서 미군의 군사 작전 동안 전쟁의 막바지에 독일군에 맞서 프랑스와 영국 측에서 프랑스에서 전투를 벌였다.

샌드버그는 제1차 세계대전 전투에 직접 참여하지는 않았지만 신문사 특파원으로 유럽에서 활약하면서 전쟁의 참혹성을 몸소 겪었다. 「A. E. O.」는 제1차 세계대전을 다룬 작품 중 하나로 그는 이 작품에서 전쟁과 살상의 상징이라고 할 총이 이제 더 쓸모가 없어진 평화로운 상황을 노래한다. 원문의 'sweetheart'에서 볼 수 있듯이 시적 화자는 전쟁에 참가한 남성으로 지금 애인에게 마침내 평화가 찾아왔으니 이제는 더 걱정하지 않아도 된다고 위로한다. 한세광이 번역하지 않은 전반부는 다음과 같다.

There will be a rusty gun on the wall, sweetheart,

The rifle grooves curling with flakes of rust.

A spider will make a silver string nest in the

darkest, warmest corner of it.

The trigger and the range-finder, they too will be rusty.

한세광의 번역은 대체로 무난하지만 좀 더 정교하게 다듬을 여지가 있다. 예를 들어 첫 행 "그리고 총을 닥글 손이 업시 되고"는 "그 어떤 손도 총을 닦지 않게 되고"로 옮기는 쪽이 더 좋다. 이 두 문장은 함축적 의미에서 적잖이 차이가 난다. 또한 "손구락은 총을 가르키지도 안코"도 "집게손가락과 엄지손가락은 무심코 총을 향해 가리킬 것이고"로 옮겨야 한다. 총을 발사하는 데 가장 중요한 역할을 하는 이 두 손가락은 이제 평화를 맞이하여 아무 생각 없이 습관처럼 움직일 뿐이다. 그런가 하면 "다못 이즈려든 물건갓치 될 터이니 / 저들은 거미에게 / '어서 줄을 치여라'고 할 것이다"도 원문의 미묘한 의미를 놓친 번역이다. "반쯤 잊힌, 잊히고 싶은 물건처럼 말할 것이고 / 사람들은 거미에게 말하리라 / '계속하려무나. 지금 잘하고 있어'라고"로 옮기는 쪽이 좋을 것이다.

샌드버그에 이어 한세광은 그가 '농민 문학의 선구자'로 일컫는 에드거 리 매스터스의 대표 시집 『스푼리버 사화집』1915에 수록된 작품 중 일부를 번역하여 소개한다. 한세광의 매스터스 작품 번역은 오천석이 『우라키』 창간호에 「나의 빗 그대의 것과 더브러」를 번역한 후 두 번째다. 다음은 매스터스의 시집에 수록된 첫 번째 작품 「언덕」의 번역이다.

엘마, 헐맨, 벨토, 톰, 쏘한 촬리는 지금 어데 잇느냐?

약자인, 강자인, 패자인, 주정군酒町軍인, 쌈군軍인 이들이?

그는 감기에 도라가고,

그는 광산에서 소사燒死하고,

그는 말다툼 끗에 마저 죽고,

그는 옥獄 가운데서 죽고,

그는 처자를 위하야 노역하든 다리에서 낙사落死하고,

그들은, 그들은, 모다 언덕 우에 자고 잇다.[32]

매스터스가 부르는 엘마엘머, 헐맨허먼, 벨토버트, 톰, 촬리찰리는 언덕 위 무덤에 묻힌 주민들의 이름이다. 그가 셋째 연에서 언급하는 엘러, 케이트, 맥, 리지, 이디스 같은 이름은 여성 주민들의 이름이다. 그러나 그 이름들은 한낱 구체적인 개인에 그치지 않고 스푼리버 마을에 살던 필부필부匹夫匹婦의 보편적 민중을 뜻한다. 죽음을 맞이한 방식이 저마다 다르지만 그들은 하나같이 비참하게 삶을 마감했다는 점에서는 서로 비슷하다. 가족이 지켜보는 가운데 침대에서 평화롭게 임종한 주민은 아무리 눈을 씻고 보아도 찾아볼 수 없다. 그나마 감기에 걸려 사망한 주민은 행운이라고 할 만큼 나머지 주민들은 온갖 사건과 사고로 비명에 죽었다.

이 작품과 관련하여 한세광은 "이 시에 흘으는 리듬과 성찬 무드를 들을 째 매스터스가 귀향한 후에 얼마나 농민의 빈곤한 생활에 대하야 호읍號泣

---

32 위의 글, 96쪽.

하엿스며 동정하엿는가 나는 특히 조선의 여러 청년들과 갓치 늑겨보고 십헛다"[33]고 말한다. 여기서 한세광이 굳이 조선의 청년들과 함께 느껴보고 싶다고 말하는 것은 식민지 조선의 참상이 스푼리버 주민들의 참상과 크게 다르지 않기 때문이다. 이 무렵 조선 청년들은 목숨을 부지하고 있을 망정 삶다운 삶을 살지 못하고 있었다. 그들은 말하자면 '삶 속의 죽음'을 살고 있었다.

한세광은 이 시를 처음 한국어로 번역하여 소개하면서 오역한 부분도 없지 않다. 가령 둘째 행 "약자인, 강자인, 패자인, 주정군인, 쌈군인 이들이?"라는 구절이 그러하다. '약자'와 '패자'는 서로 의미가 비슷하지만 그 사이에 어울리지 않게 '강자'가 들어 있는 것이 어딘지 모르게 논리적으로 잘 들어맞지 않는다. 아니나 다를까 원문 "The weak of will, the strong of arm, the clown, the boozer, the fighter?"를 잘못 옮긴 결과다. 좀 더 원문에 가깝게 옮긴다면 "의지가 약한 사람들, 팔뚝 힘이 센 사람들, 어릿광대, 주정꾼, 싸움꾼?"이 될 것이다. 팔뚝 힘이 세다는 것은 완력을 사용할 가능성이 그만큼 크다는 뜻이다.

한세광은 매스터스가 고통 받는 민중의 삶을 노래할 뿐만 아니라 더 나아가 세계 인류를 위한 평화를 노래한다고 밝힌다. 그는 매스터스가 한편으로는 무정부주의자와 공산주의자로서의 세계관을 보여 주면서도 다른 한편으로는 "인류애로서 세상을 포용하려는 가장 쓰겁고, 침정沈靜한 시인"이라고 밝힌다. 한세광은 이러한 경향의 작품으로 매스터스의 「칼을 쎄여라! 오! 민중이여!Draw the Sword, O Republic」를 꼽는다. 매스터스는 영

---

33 위의 글, 96쪽.

국 시인 러드여드 키플링의 작품 「모든 것을 위하야 존재하고 소유한다For
All We Have and Are」에 대한 응답으로 이 작품을 썼다. 한세광은 모두 여섯
연 중에서 첫 연의 일부와 마지막 연만을 번역하여 소개한다.

칼을 쎄여라! 오! 민중이여! 칼을 쎄여라!

영국의 광명을 위하야,

노서아의 부활을 위하야,

불란서의 비애를 위하야,

쏘는 속박과 빈곤에 우는

세상에 모든 대중을 위하야!

자유를 위한 정신의 힘으로써,

인류애를 위한 힘으로써,

쏘한 죽엄을 慰撫할 수 잇는 힘으로써,

압흐로 올 위대한 인류들을 위하야,

칼을 쎄여라! 오! 민중이여!

칼을 쎄여라!³⁴

(…중략…)

By the blue sky of a clear vision,

And by the white light of a great illumination,

---

34 위의 글, 97쪽.

And by the blood-red of brotherhood,

Draw the sword, O Republic!

Draw the sword!

For the light which is England,

And the resurrection which is Russia,

And the sorrow which is France,

And for peoples everywhere

Crying in bondage,

And in poverty!

(…중략…)

By the Power that drives the soul to Freedom,

And by the Power that makes us love our fellows,

And by the Power that comforts us in death,

Dying for great races to come ─

Draw the sword, O Republic!

Draw the Sword!

　그런데 이 작품도 방금 앞에서 언급한 「언덕」처럼 오역 탓에 아쉽게도 그 의미가 충분히 독자들에게 전달되지 않는다. 번역과 원문을 대조해 보면 한세광이 이 작품을 어떻게 오역했는지 쉽게 알 수 있다. "칼을 쌔여라! 오! 민중이여! 칼을 쌔여라!"에서 '오! 민중이여!'는 '오, 공화국이여!'로 번역해야 맞다. 여기서 공화국이란 두말할 나위 없이 미국을 말한다. 그렇다면 한세광은 왜 'republic'을 '민중'으로 옮겼을까? 매스터스를 아마 '민중시인'으로 자리매김하기 위해서일 것이다. 또한 "영국의 광명을 위하야, / 노서아의 부활을 위하야, / 불란서의 비애를 위하야"도 적절한 번역으로 보기 어렵다.

이렇게 번역이 정확하지 않기는 마지막 연에서도 마찬가지다. "자유를 위한 정신의 힘으로써"는 "영혼을 '자유'로 몰아가는 '힘'으로써"로, "인류애를 위한 힘으로써"는 우리 동지를 사랑하도록 하는 '힘'으로써"로 번역하는 것이 좀 더 적절하다. "또한 죽엄을 위무할 수 잇는 힘으로써"도 "죽음으로 우리를 위로하는 '힘'으로써"로, 그리고 "압흐로 올 위대한 인류들을 위하야"는 "앞으로 다가올 위대한 인종들을 위하여 죽음을 각오하며"로 옮겨야 한다.

한세광이 번역하여 소개하는 또 다른 시인은 '향토 시인' 배철 린지다. 한세광은 린지의 대표적인 작품으로 「공장 창문 노래The Factory Window Song」의 세 연 중 처음 두 연을 번역하여 소개한다. 「공장 창문은 늘 깨어지네」라는 제목으로 더욱 잘 알려진 이 작품은 그의 시집 『콩고 및 기타 시』1914에 수록되어 있다.

공장 창문은 늘 깨여지네.
엇든 사람의 늘 던지는 돌에,
엇든 사람의 던지는 무거운 돌에,
보기 실케도 악희자惡戱者의 손에 깨여지네.

공장 창문은 늘 깨여지네,
다른 창문은 그대로 두고.

그러나 잔인과 우롱의 돌을 들어
예배당 창문에 던지는 者는 업나니.[35]

Factory windows are always broken.
Somebody's always throwing bricks,
Somebody's always heaving cinders,
Playing ugly Yahoo tricks.

Factory windows are always broken.
Other windows are left alone.
No one throws through the chapel window
The bitter, snarling derisive stone.

린지는 '노래하는 시인'이라는 칭호에 어울리게 이 작품에서도 음악성에 무게를 싣는다. 두세 번 읽으면 기억하여 중얼거릴 정도로 리듬감이 있고 시어도 단순하고 소박하다. 이 작품에서 '공장'은 '예배당'과 대조를 이룬다. 전자가 산업을 의미한다면 후자는 종교를 의미한다. 시적 화자는 사람들이 공장을 향하여 돌을 던지거나 재를 뿌려 창문이 성할 날이 없다고 불평한다. 그러나 사람들은 공장 창문과는 달리 교회 창문에는 좀처럼 돌을 던지지 않는다. 그렇다고 한세광이 그러하듯이 이 작품의 주제를 종교에 의존하는 인간 본성으로 파악하는 것은 표층적 의미를 읽어 내는 것

---

35 위의 글, 98~99쪽.

과 다름없다.

이 작품의 주제를 좀 더 이해하려면 시적 화자가 공장 창문에 던지는 돌을 "잔인과 우롱의 돌"이라고 말하는 점을 눈여겨보아야 한다. 단순히 장난기 섞인 어린아이들의 돌팔매질이 아니라 울분을 토하는 성인들의 의도적인 행위다. 두말할 나위 없이 그것은 공장주와 자본가에 적잖이 불만을 품은 노동자들의 소행이다. 『콩고 및 기타 시』에 수록된 작품들은 흑인들의 열악한 삶을 다룬다는 점을 염두에 두면 공장 창문에 돌을 던지는 사람들은 미국 자본주의의 열매를 공유하지 못하는 사회적 약자다. 한 세광이 미처 번역하지 않은 마지막 연을 보면 그러한 의미가 좀 더 뚜렷이 드러난다.

> Factory windows are always broken.
> Something or other is going wrong.
> Something is rotten—I think, in Denmark.
> End of the factory-window song.

마지막 연 첫 행에서도 첫 연과 둘째 연처럼 공장 창문이 늘 깨어져 있다는 구절을 반복한다. 그러나 둘째 행에서는 갑자기 "무슨 일인지 잘못되고 있네"라고 노래한다. 사람들이 왜 공장 창문에 돌을 던지는 이유를 알 수 있는 대목이다. 셋째 행에 이르러서는 그 의미가 좀 더 분명하게 드러난다. 'rotten'과 'Denmark'에서는 윌리엄 셰익스피어의 『햄릿』의 비극적 주인공 덴마크의 왕자가 곧바로 떠오른다. 부패한 사회를 살아가던 햄릿은 시대가 안고 있는 문제에 깊이 고민하는 지성인의 전형이다. 그는 한 장면에서 "세상은 관절이 어긋나 있구나. 오, 이 저주받은 운명이여, 이 것을 바로잡도록 내가 태어나다니!"1막 5장라고 절망감을 털어놓는다. 그 런데 이렇게 사회의 부조리와 부패에 절망하는 것은 비단 햄릿만이 아니 다. 20세기 초엽 미국에서도 부패한 사회에 "잔인과 우롱의 돌"을 던지는 사람들이 적지 않았다.

한세광의 번역은 매스터스의 「칼을 쎄여라! 오! 민중이여!」처럼 그렇게 정확하지 않다. 첫 행 "공장 창문은 늘 쎄여지네"부터가 그러하다. '깨어 지다'라는 행위보다는 '깨져 있다'는 상태로 옮기는 더 정확하다. 공장 앞 을 지나가는 사람은 늘 공장 창문이 깨져 있는 것이 볼 수 있다. 원문에 좀 더 충실히 옮긴다면 누군가가 '돌'을 던지는 것이 아니라 '벽돌'을 던지고 공장 주위에 나도는 '재'나 용광로에서 나온 '쇠찌끼'를 뿌린다. 첫 연의 마지막 행 "보기 실케도 악희자惡戱者의 손에 쎄여지네"도 마찬가지여서 "Playing ugly Yahoo tricks"의 의미를 제대로 살려냈다고 보기 어렵다. 둘째 연의 셋째 행 "그러나 잔인과 우롱의 돌을 들어"도 "The bitter, snarling derisive stone"의 번역으로는 조금 미흡하다. "으르렁거리고 조롱하고 증오에 찬 돌"로 옮기는 쪽이 좀 더 원문에 가깝다.

5. 한세광의 단편소설 번역

한세광은 오천석처럼 『우라키』에 시에 이어 이번에는 단편소설을 번역 하여 소개한다. 이 잡지 마지막 호인 7호에는 야심차게 '영미 문예 특집' 을 싣는다. 이 중 '창작 선역選譯'에는 영국의 두 작가와 미국의 두 작가의 작품을 나란히 소개한다. 한세광은 영국 작가 존 골즈워디의 작품 「죽은 사람The Dead Man」과 미국 작가 셔우드 앤더슨의 「잃어버린 소설The Lost Novel」 두 편을 번역하여 소개한다. 골즈워디는 1932년도 노벨 문학상을 받아 이 무렵 미국뿐 아니라 전 세계에 걸쳐 큰 관심을 받았다. 이 작가를 소개하는 글에서 한세광은 "세상이 그를 사회주의자라고 지칭함에 그는 대답하기를 '보통 나를 사회주의자라고 불으리고[부르기도] 하고 개인주의자라고도 한다. 그러나 이것은 잘못이다. 아마 나는 그 중간이겠다. 여하간 그의 소설은 거의 사회주의 경향을 다분히 갖인 것 같다"[36]고 밝힌다.

골즈워디의 단편집 『작은 사람 및 기타 풍자』1915에 수록된 「죽은 사람」은 작중인물이 오직 두 사람밖에 등장하지 않는데다가 그나마도 한 변호사가 친구에게 신문 기사를 읽어주는 내용이 전부다. 신문 기사에는 "어떤 빈한해 보이나 점지 않은 한 로동자"가 런던 재판소로 판사를 방문하여 그의 충고를 듣는 내용이다. 이 젊은이는 판사에게 최근 직장을 잃어 오갈 데가 없다고 딱한 사정을 하소연하면서 구한다.

"판사여, 나는 실직한 사람입니다."

"그러면 그것이 어떻게 되었다는 말이냐?"

"판사, 그것은 이렇습니다. 나는 나의 잘못함이 없이 두 달 동안이나 일을 잃어버리고 있습니다. 판사여! 당신은 수만 명이 나와 같이 일을 잃어버린 사람이 잇는 것을 들어서 아시겠지요."

"그래서 어서 이야기해!"

---

36 존 골즈워디, 한흑구 역, 「죽은 사람」, 『우라키』 7호, 150쪽.

"판사여, 나는 아모 유니온(조합)에도 들지 않았습니다. 당신도 아시는 것 같이 내가 일하는 철쇄공[철쇄공, 鐵鎖工]들은 유니온이 없습니다."[37]

판사는 노동자에게 의지할 만한 친척이나 친구가 없느냐고 묻고, 그는 그들도 자신과 같이 모두 실직해 있다고 대답한다. 그러자 판사는 영국에는 빈민구제법이 있으니 빈민 구제소를 찾아가 숙식을 해결하라고 충고한다. 노동자는 이미 그곳을 찾아갔지만 실직자들이 너무 많아 쫓겨나고 말았다고 대답한다. 판사는 노동자에게 잇달아 길거리에서 구걸하거나 범죄를 저지르는 것은 법을 어기는 것이므로 절대로 해서는 안 된다고 조언한다.

그러자 실직 노동자가 그렇다면 지금 자신이 입고 있는 옷을 벗어서 팔 수밖에 없고 길거리에서 방랑하며 노숙자가 될 수밖에 없다고 말하자, 판사는 그것도 법에 어긋나는 행위라고 말한다. 마침내 노동자는 판사에게 "어떻게 음식을 먹지 않고 살 수 있는 방법을 지시해 주시고 충고해 줄시 [줄시] 없습니까?"라고 묻자, 판사는 자신에게는 그러한 능력이 없다고 고백한다. 마침내 노동자는 "그러면 판사여, 나는 당신에게 뭇습니다. 법률의 눈으로 나를 보아 내가 과연 산사람입니까?"[38]라고 묻는다. 판사는 역시 자신이 대답해 줄 수 있는 문제가 아니라면서 그를 동정하는 나머지 재판소 돈궤에서 1실링을 가지고 나가라고 말할 뿐이다.

실직 노동자가 판사에게 묻는 마지막 질문에서 '산사람'이라는 낱말을

---

37 위의 글, 151쪽. 한흑구는 이 작품을 『우라키』에 앞서 1935년 4월 『조선지광』 4권 2호에 기고하였다.
38 위의 글, 152쪽.

사용한다는 점을 주목해 보아야 한다. 골즈워디가 이 작품의 제목으로 사용하는 '죽은 사람'의 반대말이기 때문이다. 노동자는 생물학적으로는 살아 있을지 모르지만 경제적 측면에서는 죽은 사람과 다름없다. 한세광이 이 작품을 번역한 1930년대는 미국이 경제 대공황의 긴 터널을 한중간쯤 지나고 있을 무렵이다. 경제 공황은 미국뿐 아니라 유럽을 비롯한 전 세계 국가를 강타하여 모든 사람에게 엄청난 영향을 끼쳤다. 제1차 세계대전 종전 후에 일어난 세계 규모의 경제 침체 현상은 금융 시장의 대혼란과 대규모 실직이 일어나 서구 사회 체계를 뒤흔들었다. 이렇게 경제와 사회가 붕괴하면서 시장경제에 대한 회의를 비롯하여 국민의 삶의 질 악화, 인종 차별, 노사 갈등을 비롯한 사회적 갈등의 골이 더욱 깊어졌다. 이렇게 고통 받는 사람 중에서도 일자리를 잃은 노동자들의 고통이 무척 컸음은 두말할 나위가 없다.

자본주의 모순과 병폐에 어느 작가보다도 민감하던 골즈워디로서는 어떤 식으로든지 자본주의 사회의 병폐를 다루지 않을 수 없었다. 그가 발표한 자본주의를 비판한 작품 중에서도 「죽은 사람」은 가장 대표작으로 꼽힌다. 그렇다면 골즈워디는 왜 이 작품의 시간적 배경을 집필 연대인 1910년대 중반으로 설정하지 않고 굳이 1950년으로 설정했을까? 그는 자본주의 사회의 모순과 병폐가 머지않은 장래에 찾아올 것을 예감했기 때문이다. 그래서 그는 1950년을 그 시기로 예상하였다. 그러나 경제 대공황은 그가 예상보다 무려 20여 년 앞서 미국에서 촉발하였고, 그 파장은 대서양을 건너 유럽까지 파급되었다.

한세광이 골즈워디의 작품에 관심을 기울인 데는 그럴 만한 까닭이 있다. 여기서 다시 한번 한세광의 정치적 태도를 살펴볼 필요가 있다. 앞장에서 이미 밝혔듯이 그는 1930년 10월 미국 시카고에 거류하던 진보적인 한인 학생들과 청년들이 조직한 '재미조선인사회과학연구회'에서 활약하였다. 이 연구회 소속 회원들은 마르크스-레닌주의를 비롯한 사회주의적 이론과 실천을 연구하는 한편, 『우라키』 같은 매체를 통하여 사회주의를 전파하는 데 힘썼다. 그중에서도 한세광과 김태선은 이 잡지에 사회의식이 강한 문학 작품을 창작하거나 번역하고 문학의 사회적 기능을 강조하는 문학비평을 기고하였다.

한세광이 번역하여 소개한 두 번째 작품은 앤더슨의 「잃어버린 소설」이다. 앤더슨은 이 작품을 『스크리브너스』 잡지에 게재했다가 뒷날 『앨리스와 잃어버린 소설』1929로 출간하였다. 그는 이 작품을 다시 『숲속의 죽음 및 기타 단편소설』1933에 다시 수록하였다. 한세광은 이 당시 미국소설 분야의 거두 중 장편소설 작가로는 싱클레어 루이스와 업튼 싱클레어를 들고 단편소설과 장편소설 모두에서 유명한 작가로는 앤더슨을 꼽는다. 그러면서 그는 "미국 신문예의 진중을 끝내 걸어가는 앤더슨은 미국 소설단壇의 한 자랑이다."[39]라고 평가한다.

앤더슨의 작품이 흔히 그러하듯이 「잃어버린 소설」도 자전적 색채가 짙다. 이 작품에는 서술 화자 '나'와 영국 런던에서 활약하는 유명 작가가 등장한다. 이 소설은 장르에서 보면 '예술가 소설퀸스틀러로만'에 속한다. 두 소설가가 작중인물로 등장하는 것도 그러하고, 그들이 문학의 본질이나 성

---

39 셔우드 앤더슨, 한흑구 역, 「잃어버린 소설」, 『우라키』 7호, 171쪽. 한흑구(한세광)는 이 잡지에 앞서 1935년 11월 『조선문단』 4권 2호에 같은 작품을 번역하여 싣는다. 『우라키』에 기고하려고 번역했지만 잡지 출간이 늦어지는 바람에 『조선문단』에 먼저 실린 듯하다. 『우라키』 7호는 경제 대공황을 겪는 상황에서 재정을 비롯한 여러 사정으로 6호가 간행된 지 3년이 지나서야 비로소 간행되었다.

격을 두고 진지하게 심도 있는 대화를 나누는 것도 그러하다. 영국 작가는 이미 결혼하여 자식을 둔 가장이지만 글을 쓰는 동안에는 모든 세속적인 것에서 벗어나 홀로 다락방에서 작품을 쓴다. 이를 참지 못하는 아내는 마침내 두 자식을 데리고 집을 나가기 이른다. 그래서 그는 런던의 빈민굴에 있는 조그마한 셋방에서 글을 쓴다.

그런데 앤더슨은 자신의 이 두 작중인물에게 자신의 삶을 거의 그대로 투영한다. 좀 더 구체적으로 말해서 그는 화자에게는 자신의 예술관을, 영국 작가에게는 자신의 개인적 삶을 담아낸다. 앤더슨이 이 작품에서 다루는 첫 번째 주제는 이른바 '자동 글쓰기'다. '몽환적 글쓰기'로도 일컫는 이러한 글쓰기 방식은 무의식이 지시하는 대로 글을 쓰는 창작 행위를 말한다. 다시 말해서 의식적인 판단 없이 그저 머릿속에 떠오르는 대로 글을 쓴 방식이다. 이 글쓰기 주장하는 작가들은 이러한 메커니즘을 사용하여 무의식 속의 진정한 자아가 있는 잠재의식에 도달할 수 있다고 주장한다. 이러한 주제는 이 작품의 첫 단락에서 엿볼 수 있다.

그는 모다 꿈같다고 말하였다. 문인의 말이니 그럴밖에. 어쨋든 그는 책을 하나 쓰는 데 두서너 달을 보내든지 혹은 1년을 넘어 보내는 일이 있으나 그는 한 자도 완고지 우에 써 보지 못하였다. 말하자면 그의 맘이 늘 글을 쓴다는 말이다. 책이라는 것은 그가 쓰는 것이 아니고 그냥 그이 맘속에 생각키는 것으로 맨들어지고 또한 버리여진다는 말이다.[40]

---

[40] 위의 글, 171쪽.

한흑구가 번역한 위 인용문의 첫 문장을 보면 영국 작가로 등장하는 작중인물은 세상만사가 하나같이 꿈이나 환상에 지나지 않는다고 말하는 것 같다. 그러나 원문은 "He said it was all like a dream"으로 번역한 문장과는 의미가 조금 다르다. 다만 원문은 '그것'이 모두 꿈과 같다고 말할 뿐이다. 여기서 '그것'이란 작가가 작품을 창작하는 과정을 말한다. 좀 더 구체적으로 말해서 모든 작가는 마치 꿈을 꾸듯이 작품을 창작한다는 말이다. 그러므로 영국 작가는 서술 화자에게 '자동 글쓰기' 또는 '몽환적 글쓰기'에 관하여 말하는 셈이다. 그는 템스강 강변에 있는 의자에서 앉아서 화자에게 자신의 '잃어버린 소설'에 대하여 말한다.

한세광이 작가 소개에서 지적하듯이 「잃어버린 소설」은 지그문트 프로이트의 정신분석 이론과 맞닿아 있다. 실제로 앤더슨은 미국문학에 프로이트의 정신분석을 최초로 도입한 작가로 평가받는다. 프로이트는 1907년 「창조적 작가와 몽상」이라는 사담私談에서 무의식적 몽상과 창조적 예술의 관계에 대하여 말한다. 그에 따르면 문학 창작과 꿈은 서로 밀접한 관계가 있게 마련이다. 그러므로 프로이트에게 문학 창작이란 현실에서 얻을 수 없는 어떤 소망을 실현하거나 대리 만족을 느끼는 행위와 크게 다름없다.

「잃어버린 소설」의 두 번째 주제는 예술의 완벽성을 둘러싼 문제다. 평소 산책을 즐기는 영국 작가는 어느 날 런던의 하이드파크로 산책하러 나간다. 공원 벤치에 앉아 밤이 되도록 그는 정성스럽게 작품을 쓴다. 이렇게 소설 한 권을 다 쓴 그는 무척 기쁜 마음으로 집으로 돌아간다. 그는 화자에게 "처음으로 삶의 만족과 자기 자신의 행복을 맛보았다"[41]고 고백할 만큼 지금껏 느껴보지 못한 희열을 느낀다. 집에 돌아와 책상 위에 공원에서 창작한 원고를 올려놓은 뒤 그는 시내로 나가 식사를 하고 산책을 하다가 돌아와 이튿날 아침까지 평화롭게 잠을 잔다. 그러고 난 뒤 일어나 작품 원고를 읽어 보려고 원고를 찾지만 책상 위에는 아무것도 쓰지 않은 흰 원고지만 놓여 있을 뿐이다. "어쨌든 나는 다시 그렇게 아름다운 소설을 쓸 수 없는 게야!"[42]라고 중얼거리며 큰 소리로 한번 웃는다. 그러자 서술 화자는 "나는 이 세상 우에 이 소설가의 우슴을 잘 이해할 사람이 많지 못할 것을 생각한다"[43]는 말로 이 작품을 끝맺는다. 물론 서술 화자는 그 웃음의 의미를 잘 알고 있음을 암시한다.

이러한 예술의 완벽성과 관련하여 서술 화자는 "어떤 작가든지 완전한 것을 저술할 수는 없다고 동감하는 것이 우리 두 사람의 생각이었다. 물론 어느 작가가 사실 완전한 작품을 저술한다는 것이야 조고마한 그릇 속으로 뿔을 던져 넣으기보다도 힘들고—소누깔을 마치는 것보다도 더 힘들 일인 것이지"[44]라고 말한다. 이렇게 화자는 예술에서 완벽성을 성취한다는 것이 얼마나 어려운지 공과 화살의 비유를 들어 설명한다. 그런데 화자의 이 말은 작가 앤더슨의 예술관을 그대로 표현한 것과 다름없다. 앤더슨은 진정한 예술가라면 예술 작품에서 완벽성을 성취할 수 없다는 사실을 깨닫는 사람이라고 말한 적이 있다. 예술적으로 완벽한 작품은 아마 영국 작가가 하이드파크 공원에서 쓴 작품처럼 영원히 사라진 채 아무것도 적

---

41 위의 글, 175쪽.
42 위의 글, 176쪽.
43 위의 글, 176쪽. 앤더슨이 『숲속의 죽음』에 수록하기 전에 나온 이 작품의 판본에는 위에 인용한 마지막 문장 뒤에 "하지만 왜 그렇게 일방적으로 말한단 말인가? 어쩌면 심지어 열두 명 정도는 있을지도 모른다"는 문장으로 끝난다. 이 열두 명 중에는 화자가 말하는 윌리엄 셰익스피어를 비롯하여 존 키츠, 조지 보로, 대니얼 디포 등이 들어갈 것이다.
44 위의 글, 172쪽.

지 않은 흰 원고지로 남고 말 것이다. 그러고 보니 앤더슨이 왜 이 작품의 제목을 '잃어버린 소설'로 붙였는지 알 만하다. 예술적으로 완벽한 작품은 아마 영국 작가가 하이드파크 공원에서 쓴 작품처럼 영원히 사라진 채 아무것도 적지 않은 흰 원고지로 남아 있을 것이다.

한세광의 번역 솜씨는 「잃어버린 소설」에서도 그다지 훌륭하다고 보기 어렵다. 앞에서 이미 첫 문장부터 원문의 의미를 충실히 살려내지 못하였다. 완벽한 작품을 창작하기란 "조고마한 그릇 속으로 뽈을 던져 넣으기보다도 힘들고 ― 소누깔을 마치는 것보다도 더 힘들 일"이라는 방금 앞에서 인용한 구절도 그러하다. 원문의 'plate'는 '조고마한 그릇'으로 옮겨서는 조금 부족하다. 그릇보다는 접시에 공을 집어넣기가 더 어렵다는 말이다. 또한 ''hit the bull's eye'를 번역한 '소누깔을 마친다'는 번역도 지나치게 축어적으로 옮긴 나머지 그 의미가 불분명하다. 화살이 '과녁의 중심을 맞히다'느니, '정곡을 찌르다'느니로 옮기는 쪽이 더 정확하다. 그런가 하면 한세광은 세 번째 단락의 첫 문장 "There is something I neglected to say"처럼 아예 번역하지 않는 문장이 더러 있다. 다시 말해서 그는 번역학에서 흔히 말하는 '축소 번역'의 과오를 범하는 셈이다.

6. 김태선의 시 번역

김태선은 앞에서 이미 밝혔듯이 한세광과 여러모로 비슷한 점이 많다. 같은 지역에서 유학했다는 점에서도 그러하고, 시카고에서 재미한인사회과학연구회에서 활약했다 점에서도 그러하다. 두 사람은 이 무렵의 다른 조선 유학생들과는 달리 사회의식이 투철하였다. 또한 그들은 영문학을 전공하다가 신문학으로 전공을 바꾸었다는 점에서도 비슷하다. 물론 김태선은 영문학에서 신문학으로 전공을 바꾸는 사이 1935년에 일리노이주 웨슬리안대학교에서 범죄학 및 사회학을 전공하였다. 그런가 하면 창작가와 번역가로서 일관되게 문학에 관심을 기울인 한세광과는 달리, 1939년에 귀국한 김태선은 변신에 변신을 거듭하였다. 치안유지법 위반으로 3년 동안 복역한 뒤, 김태선은 1961년 5·16군사정변 후 귀속재산 부정 불하 혐의로 구속되기 전까지 행정 관료로서 그야말로 눈부시게 활약하였다.

김태선이 외국문학 작품을 본격적으로 번역하여 소개한 것은 『우라키』 7호지만, 그가 번역한 칼 샌드버그의 작품은 이미 이 잡지 5호에 한세광이 먼저 소개하였다. 한세광은 현대 미국의 대중 시인을 소개하면서 김태선이 번역해 놓은 칼 샌드버그의 「나는 평민이요, 천민이다 I am the People, the Mob」를 그대로 옮겨놓는다. 이와 관련하여 한세광은 "이 시는 김태선 씨가 먼저 역하여 둔 것이 잇서 그로붓허 고마웁게 밧어 인용한다"[45]고 밝힌다.

나는 평민이다 — 천민 — 군중 — 집단.
아는가! 세상의 모든 큰일이 나를 통하여 되여진 것을?
나는 노동자, 발명가, 세상의 음식과 의복을 만드는 노동자
나는 역사를 증명하는 청중이다.

---

[45] 한세광, 「현대 미국 대중시인 연구」, 『우라키』 5호, 94쪽. 한세광은 이 작품을 김태선이 먼저 번역해 놓았다고 밝히면서도 1935년 11월 10일 자 『조선중앙일보』에 자신의 이름으로 발표한다. 오늘날의 기준으로 보면 한세광의 이러한 행위는 표절이나 도용에 가깝다.

'나폴레온들'도 나에게로브터 왓고, 역시 '린컨들'도.

나는 지상의 종자種子요, 오래 두고 갈어 먹을 초원이다.

사나운 폭풍우들은 나에게 탁친다.

나는 닛는다

나의 상책은 쌜니우고 바리엿다. 나는 닛는다.

모든 것을—그러나 나에게 죽엄이 오고

날노 일하게 맨들고, 무엇이나

내가 하려는 것을 중지케 한다. 나는 쏘한 닛는다.

가다가 째々로 나는 불평을 울붓고 몸부림치며,

긔억함에 멧 방울 피를 흘닌다. 그러고 나는 닛는다.

평민, 내가 추억의 길을 더듬을 째,

평민, 내가 작일昨日이라는 일과를 사용할 째,

더 오래 닛지 못하겟다.

그가 지나간 해에 나를 훔쳐갓고, 우롱하얏나니—

이제 온 세상에, 말할 사람은 업슬 것이다.

그 일흠을 '평민' 한 점의 냉소로써

혹은 놉게 크게 웃는 조롱으로써—

그 천민—군중—집단—그러면 압날에 올 것이니—[46]

I am the people—the mob—the crowd—the mass.

Do you know that all the great work of the world is done through me?

---

46 위의 글, 94~95쪽.

316   『우라키』와 한국 근대문학

I am the workingman, the inventor, the maker of the world's food and clothes.

I am the audience that witnesses history. The Napoleons come from me and the Lincolns. They die. And then I send forth more Napoleons and Lincolns.

I am the seed ground. I am a prairie that will stand for much plowing. Terrible storms pass over me. I forget. The best of me is sucked out and wasted. I forget. Everything but Death comes to me and makes me work and give up what I have. And I forget.

Sometimes I growl, shake myself and spatter a few red drops for history to remember. Then—I forget.

When I, the People, learn to remember, when I, the People, use the lessons of yesterday and no longer forget who robbed me last year, who played me for a fool—then there will be no speaker in all the world say the name: "The People," with any fleck of a sneer in his voice or any far-off smile of derision.

The mob—the crowd—the mass—will arrive then.

샌드버그의 작품 중에서도 이 시는 그의 사회의식을 뚜렷이 보여 준다. 시적 화자 '나'는 자신을 두고 "나는 평민이다—천민—군중"이라고 밝힌다. 문법적으로 보면 화자 한 사람이 복수 개념인 평민과 천민, 군중이 될 수는 없다. 그런데도 이렇게 문법을 어기면서까지 말하는 것은 집단을 구성하는 것은 어디까지나 '나'라는 개체라는 사실을 강조하기 위해서다. 화자를 포함한 평민은 세계를 움직이는 동력이므로 만약 이 세계에 평민이 없다면 세계라는 기관차는 멈추어 설 수밖에 없다. 더구나 평민은 역사를 증명하는 역할을 맡기도 한다. 나폴레옹 같은 영웅들도, 링컨 같은 민주주의 지도자들도 평민이 없이는 존재할 수 없다. 화자가 평민을 두고 "지상의 종자요, 오래 두고 갈어 먹을 초원"이라고 말하는 까닭이 여기에 있다.

평민과 노동자들은 지배계층을 변혁하려고 노력하지만 "지나간 해에 나를 훔쳐갓고, 우롱하얏나니"라는 구절에서도 엿볼 수 있듯이 여전히 지배계층에게 착취당하고 핍박 받고 억압 받는다. 그래도 화자는 마치 민요 가락의 후렴처럼 "나는 닛는다"라는 구절을 여러 번 되풀이하여 말한다. 그러나 이러한 핍박과 억압이 계속되자 평민은 "더 오래 닛지 못하겟다"고 말한다. 이 구절에서는 평민의 저항 의식을 읽을 수 있다. 마지막 부분에 이르러 평민은 지배계층에게 앞으로 어디 두고 보라고 경고한다. 평민이 그들의 힘을 자각할 때 지배계층은 냉소나 조롱으로 그들을 대하지 못할 것이다. 그러고 보니 샌드버그는 이 작품을 쓰면서 시카고의 헤이마켓 폭동이나 러시아 혁명을 염두에 둔 것 같다.

한세광의 번역과 비교하여 김태선의 번역은 그렇게 만족스럽지 않다. 무엇보다도 첫 구절 "나는 평민이다―천민―군중―집단"에서 '평민'은 '민중'으로, '천민'은 '무리'로, '집단'은 '대중'으로 옮기는 것이 더 좋다. "나의 상책은 쌜니우고 바리엿다"는 문장도 무슨 의미인지 선뜻 이해가 가지 않는다. 원문 'the best of me'를 번역한 '나의 상책'은 '나의 가장 좋은 것'으로 옮겨야 좀 더 정확하다. 또한 "가다가 째ー로 나는 불평을 울붓고 몸부림치며, / 긔억함에 멧 방울 피를 흘닌다"도 원문과는 조금 거리가 있다. "때때로 나는 역사가 기억하도록 울부짖고, 몸부림치고 붉은 피 몇 방울 흘린다"로 옮기는 것이 원문에 좀 더 충실한 번역이다.

그런가 하면 "평민, 내가 추억의 길을 더듬을 쌔, / 평민, 내가 昨日이라는 일과를 사용할 쌔, / 더 오래 닛지 못하겟다. / 그 일홈을 '평민' 한 점의 냉소로써 / 혹은 놉게 크게 웃는 조롱으로써 —"라는 구절도 원문과는 조금 차이가 난다. 원문에 좀 더 충실하게 옮긴다면 "나, 민중이 기억하는 법을 배울 때, / 나, 민중이 어제의 교훈을 사용하여 이제 더 작년에 누가 나를 강탈했는지, / 누가 나를 바보 취급했는지 잊지 않을 때 — 그럴 때가 오면 온 세상에 '민중'이라는 그 이름을 / 냉소의 목소리로 또는 희미한 조롱의 미소로 말할 사람이 없으리라" 정도가 될 것이다.

김태선은 『우라키』 7호에 '영미시 대표작 선역'이라는 제호 아래 영국과 미국의 시 작품을 집중적으로 번역하여 소개한다. 여기에 모든 작품을 다룰 수는 없고 그 중에서 영국 시 몇 편과 미국 시 몇 편을 살펴보기로 하자. 다음은 토머스 하디의 「서로 기다림Waiting Both」이라는 작품이다.

별 하나 나려다보며 날 보고
하는 말이 "여게 그대와 내가
피차 우리들 처소에 서 있는 것이
무었을 뜨[뜻]하나이까 — 뜨[뜻]하나이까?"

"내가 알기에는 때라[때가] 가고 흘러가
변화가 내게 이를 때까지
기다리고 있노라." 말한즉 — "꼭 그렀소."
별은 니여 "나 역 그렀소. — 나 역 그렀소."[47]

A star looks down at me,
And says: "Here I and you
Stand each in our degree:
What do you mean to do,—
Mean to do?"

I say: "For all I know,
Wait, and let Time go by,
Till my change come."—"Just so,"
The star says: "So mean I:—
So mean I."

하디는 소설가로 유명하지만 시를 쓴 시인으로도 널리 알려져 있다. 이 작품은 그의 몇몇 소설처럼 염세주의적인 세계관을 잘 보여 준다. 하디는 이 시에서 목적지향적인 인간이 아무런 목적이 없는 우주나 자연과 겨루는 모습을 간결하게 묘사한다. 별이 화자에게 그의 삶으로 무엇을 할 것이냐고 묻는다. 그러자 화자는 기다리면서 죽음이 닥쳐올 때까지 시간이 흐르도록 그냥 내버려 둘 것이라고 대답한다. 이 대답에 별은 자신도 그렇게 할 것이라고 맞장구친다. 여기서 시적 화자 '나'는 인간을 말하고, 별은 우주나 자연을 상징한다. 이 작품에서 하디는 자연이 인간에게 적의를 드러내고 기껏해야 무관심한 이 우주에서 인간이 할 수 있는 일이란 별로 없다

---

47 김태선, 「영미시 대표작 선역」, 『우라키』 7호, 144쪽.

는 그 특유의 염세주의적 철학을 피력한다.

이번에는 김태선의 번역 수준을 살펴보기로 하자. '처소'보다는 '위치'로 옮기는 쪽이 더 좋다. 지상에 놓여 있는 인간과 천상에 자리 잡고 있는 별의 위치를 가리키기 때문이다. 그러나 그보다 더욱 심각한 문제는 그 다음의 "무었을 뜻하나이까─뜻하나이까?"라는 행이다. 원문에 충실하게 옮긴다면 "당신은 무엇을 할 작정입니까?" 또는 "당신은 무엇을 할 계획입니까?"로 번역해야 한다. 방금 앞에서 언급했듯이 자연이나 우주와는 달리 인간은 지상에서 이룩해야 할 일정한 목표나 의도가 있게 마련이다. 가령 청교도였던 존 밀턴에게는 하느님의 길을 인간에게 의롭게 하는 것이 삶의 목표였다.

김태선의 이 작품을 정확하게 번역하지 않기는 그 다음 행 "내가 알기에는 때라 가고 흘러가 / 변화가 내게 이를 때까지 / 기다리고 있노라"에서도 마찬가지다. "내가 알기로는, 내게 변화가 올 때까지 기다리며 / '시간'이 흘러가도록 할 거요"로 옮겨야 한다. 여기서 하디가 '시간'을 굳이 대문자로 표기한 것은 일반적 의미의 시간이 아니라 좀 더 추상적 의미의 시간, 즉 유한한 인간이 놓인 실존적 조건으로서의 시간을 나타내기 위해서다.

김태선은 하디에 이어 로버트 루이스 스티븐슨의 「진혼곡Requiem」을 「만기挽歌」라는 제목으로 번역한다. 스티븐슨은 『보물섬』1883과 『지킬 박사와 하이드 씨』1886 같은 작품을 쓴 소설가로 유명하지만 때로는 시를 쓰기도 하였다.

넓고 별 많은 하눌 아래

무덤을 파고 나를 누여 달라.

삶에 즐겨한 듯이 죽음에 쾌히 하려노라

유언과 함께 나를 누여 달라.

이것이 나에겐 설어운 노래가 되여라.

어데라 그가 누이는 그곳

바다라 집이라 수부水夫의 집

산이라 또 산양군 집이라.**48**

Under the wide and starry sky,

Dig the grave and let me lie.

Glad did I live and gladly die,

And I laid me down with a will.

This be the verse you grave for me:

Here he lies where he longed to be;

Home is the sailor, home from sea,

And the hunter home from the hill.

　동서양을 통틀어 이 시만큼 죽음을 그렇게 긍정적으로 받아들이는 작
품도 찾아보기 어렵다. 스티븐슨은 죽음이란 삶의 종말이 아니라 나그네

---

48 위의 글, 145쪽.

가 인생이라는 여정을 끝낸 뒤 다시 고향으로 돌아가 편히 쉬는 영원한 안식으로 생각하였다. 지금껏 유쾌하게 살아온 시적 화자 '나'에게 죽음은 오히려 당연한 귀결일 뿐이다. 화자는 둘째 연 마지막 행에서 자신의 묘비명을 적는다. 실제로 이 구절은 시인이 사망한 뒤 그의 묘비에 그대로 적혀 있다.

김태선의 이 시 번역은 그렇게 정확하다고 보기 어렵다. 예를 들어 제목부터가 원제와는 조금 다르다. '진혼곡'이란 글자 그대로 죽은 사람의 넋을 달래기 위한 노래를 말하는 반면, '만가'란 죽은 이를 애도하는 노래나 시가를 말한다. "삶에 즐거한 듯이 죽음에 쾌히 하려노라"는 "즐겁게 살았고, 또 즐겁게 죽노라"로 번역하는 것이 적절하다. 둘째 연의 첫 행 "이것이 나에겐 설어운 노래가 되어라"는 졸역이라기보다는 차라리 오역에 가깝다. 이 작품 원문에서 시인은 'grave'라는 낱말을 두 가지 의미로 사용한다. 하나는 '무덤'을 뜻하는 명사형이고, 다른 하나는 '새기다'라는 뜻의 동사다. 그런데 김태선은 이 낱말을 슬그머니 빼고 번역한다. 또한 'verse'도 '설어운 노래'가 아니라 묘비에 새길 시구나 아예 묘비명으로 옮겨야 한다. 그러므로 "나를 위해 새겨줄 묘비명은 이렇게 해다오"로 번역하는 쪽이 훨씬 더 정확하다.

더구나 시적 화자가 제안하는 묘비명 구절인 "어데라 그가 누이는 그곳 / 바다라 집이라 수부의 집 / 산이라 또 산양군 집이라"는 그 의미가 분명하지 않다. 원문에 'where'라는 낱말이 나오지만 '어데라'와는 아무 관계가 없이 '여기'를 수식하는 부사구일 따름이다. '산이라 또 산양군 집'도 혼란스럽기는 마찬가지다. 원문에 좀 더 충실하게 옮긴다면 "여기 그가 그토록 바라던 곳에 누워 있노라. / 뱃사람이 집에 돌아왔네, 바다에서 /

사냥꾼이 집에 돌아왔네, 작은 산에서"가 될 것이다.

　김태선은 『우라키』에 영국 시인들의 작품에 이어 이번에는 미국 시인들의 작품을 번역하여 소개하였다. 그는 샌드버그의 「안개」를 번역한 데 이어 「행복Happiness」이라는 작품을 번역하여 소개한다. 후자의 작품은 전자의 작품과 비교하여 길이가 두 배 정도 길다.

> 生을 말하는 교수들에게
> 행복이 무었인가고 무렀읍니다.
> 또한 수천의 노동을 부리는
> 유명한 공장주들에게 갔읍니다.
> 저들은 내가 우정 뭇는 줄 알고
> 모다 빙글빙글 웃으며 머리를 저었읍니다.
> 그래서 어떤 일요일 오후
> '띄스풀네인' 호반을 거닐고 있띤 중
> 보았읍네다. 나무 아래서 떠드는 어린애 여인들이 함께
> 기악에 삐어를 마시며 즐기는
> '헝가리앤'들을 나는 보았읍니다.[49]

> I asked the professors who teach the meaning of life to tell
> me what is happiness.
> And I went to famous executives who boss the work of

---

thousands of men.

They all shook their heads and gave me a smile as though

I was trying to fool with them

And then one Sunday afternoon I wandered out along

the Desplaines river

And I saw a crowd of Hungarians under the trees with

their women and children and a keg of beer and an

accordion.

이 작품에서 샌드버그는 진정한 행복이 과연 무엇인지 다룬다. 시적 화자 '나'는 행복의 의미를 발견하려고 노력하는 사람이다. 여기서 '교수'는 지식이나 학식을 가리키고 '공장주'는 물질적 성공을 가리킨다. 그러나 이 두 사람은 화자에게 행복의 진정한 의미를 가르쳐 주지 못한다. 그러던 어느 날 화자는 위스콘신주에서 일리노이주로 흐르는 디스플레인 강변을 거닐다가 헝가리에서 미국에 온 가난한 이민자들이 여성들과 아이들 함께 즐겁게 노는 모습을 바라보면서 비로소 행복의 진정한 의미를 깨닫는다. 행복한 사람은 높은 지식을 쌓거나 많은 돈을 버는 사람이 아니라 현재의 삶을 충실히 즐기는 사람이다. 행복한 사람이란 모든 일에서 '최상의 것'을 소유하는 사람이 아니라, 오히려 자신들이 가지고 있는 모든 것을 '가장 잘 활용하는' 사람이라는 것이다.

김태선의 번역한 작품 중에서 이 작품은 몇 군데를 제외하고는 비교적 번역이 뛰어나다. 다만 첫 행 "생을 말하는 교수들에게"는 원문에 좀 더 충실하게 옮긴다면 "인생의 의미를 가르치는 교수들에게"로 옮겨야 한다.

넷째 행 "저들은 내가 우정 뭇는 줄 알고"라는 구절은 오자나 탈자 때문인 지는 몰라도 도무지 그 의미를 헤아릴 수 없다. 원문에는 "마치 내가 그들을 놀리고 있다는 듯이"로 되어 있다. 또한 "기악에 삐어를 마시며 즐기는"에서도 악기로 연주하는 음악을 뭉뚱그려 말하는 '기악'보다는 원문에 좀 더 충실하게 '아코디언'이나 '손풍금'으로 번역하는 것이 좋다. 이 무렵 유럽에서 건너온 이민자들은 야외에서 흥을 돋울 때 주로 이 악기를 사용하였다.

김태선은 미국 시인으로 샌드버그와 함께 루이스 언터마이어의 「석탄광부」를 번역하여 소개한다. 김태선은 언터마이어에 대하여 "씨의 교육은 자수自修로 금일과 같은 영미 문단의 제1인자의 지위를 잡고 있나니"[50]라고 밝힌다. 실제로 그는 이렇다 할 제도 교육을 받지 못한 채 독학으로 시인이 되었다. 오늘날 언터마이어는 시인보다는 오히려 문학비평가나 앤솔로지 편찬자로서 훨씬 더 명성을 얻고 있다.

님이여 공치사하기 우리는 즐거하지 않습니다.
우리는 아나이다 그 탄광이 자미없는 것을
더구나 굴에는 비가 모혀 못을 일우고
더욱이나 캄캄하고 차듸참내다.

님이여 당신은 알지 못할 것임니다—
밝으나 밝은 한울 당신의 들창 안에서는.

---

50 위의 글, 143쪽.

어둠침침한 날 바람소리를
당신은 지켜봅니다―따듯한 태양을 항상 더브러.

님이여 만일 당신께서 그 달[月]을
당신의 모자에 달고 등피를 삼언다 해도
멀지않어 그대는 괴로움을 느낄 것입니다.
습하고 어둠침침한 데로 나려나려 간다면.

머리 우에는 아무도 없음니다. 그러나 암흑일 뿐
또한 아무도 움직이미 없으되 오직 승강기를……
님이여 만일 당신께서 우리들의 사랑을 원하신다면
우리들에게 한 줌의 별[星]이나마 던저 주소서![51]

God, we don't like to complain―
We know that the mine is no lark―
But―there's the pools from the rain;
But―there's the cold and the dark.

God, You don't know what it is―
You, in Your well-lighted sky,
Watching the meteors whizz;

---

[51] 위의 글, 143쪽.

Warm, with the sun always by.

God, if You had but the moon
Stuck in Your cap for a lamp,
Even You'd tire of it soon,
Down in the dark and the damp.

Nothing but blackness above,
And nothing that moves but the cars—
God, if You wish for our love,
Fling us a handful of stars!

본디 이 작품의 제목은 「석탄 광부」가 아니라 「석탄 광산의 칼리반Cali-
ban in the Coal Mines」이다. 칼리반은 윌리엄 셰익스피어의 희곡 『폭풍우』에
등장하는 인물로 마녀와 악마 사이에서 태어난 자식으로, 어두운 본능과
사악한 본성을 의인화한 야만인이요 고통 받는 노예다. 이 작품에서 석탄
광부들은 칼리반처럼 "태양 가까이 밝은 하늘에 앉아 유성을 바라보는"
하느님에게 버림받았다고 생각한다. 광부들은 하느님이 얼마든지 자신들
의 비참한 처지를 개선해 줄 수 있는데도 무관심하다고 불평한다. 전지전
능한 하느님도 아마 "어둡고 습진 곳"을 참지 못할 것이라고 말한다.

그러면서 마지막 두 행에 이르러 광부들은 하느님이 자신들을 축복하여
"한 줌의 별"이 상징하는 좀 더 나은 삶을 살게 해 준다면 하느님을 기꺼
이 사랑하겠다고 약속한다. 그런데 여기서 한 가지 눈여겨볼 것은 이 작품

의 시적 화자가 '나'라는 개인이 아니라 '우리'라는 집단이라는 점이다. 언터마이어는 석탄 광부라는 한 개인이 아니라 광부라는 집단에 초점을 맞추어 광부라면 누구나 겪게 마련인 고통과 절망을 노래한다. 이 무렵 공산주의에 적잖이 경도되어 있던 언터마이어가 이렇게 석탄 광부들의 열악한 삶을 고발하는 것은 어찌 보면 당연하다고 할 수 있다.

언터마이어의 작품에 이르러 김태선의 번역은 문제가 더욱 심각하다. 무엇보다도 '하느님'을 '님'이라고 옮기는 것부터가 그러하다. 독자들은 처음 세 연에 걸쳐 반복하는 이 '님'을 하느님 같은 초월적 존재자가 아닌 연인으로 받아들일지 모른다. 앞에서 이미 지적하였듯이 '님'이 가리키는 의미의 폭은 무척 넓다. 사랑하는 연인일 수도 있고, 식민지 조국일 수도 있으며, 어떤 초월적 존재자나 궁극적 이상의 의미할 수도 있다.

「석탄 광부」에서 "님이여 공치사하기 우리는 즐겨하지 않습니다"라는 첫 행도 원문과는 조금 거리가 있다. 원문의 'complain'은 '공치사하다'가 아니라 '불평하다'는 뜻이다. '공치사하다'란 남을 위하여 수고한 것으로 생색내며 스스로 자랑하는 행위를 말한다. 둘째 연 "밝으나 밝은 한울당신의 들창 안에서는 / 어둠침침한 날 바람소리를 / 당신은 지켜봅니다 ─ 따듯한 태양을 항상 더브러"에서도 원문에는 '당신의 들창'이라는 구절이 없이 '밝디 밝은 하늘에서'라는 구절이 언급되어 있을 뿐이다. 또한 하느님이 밝은 하늘에 앉아 지켜보는 것은 '어둠침침한 날 바람소리'가 아니라 '유성이 휭 소리를 내는 소리'다. '따듯한 태양을 항상 더브러'도 '늘 태양을 옆에 두고 있어 몸이 따뜻한 채'로 옮기는 쪽이 원문에 가까울 뿐만 아니 이해하기도 훨씬 더 쉽다.

김태선이 '영미 시인 대표작 선역'에 번역하여 소개한 작품 중에서 미처 다루지 않은 시는 영국의 존 메이스필드의 「선택」, 윌리엄 데이비스의 「나뭇잎」, 시그프리드 새순의 「누구나 노래를 불어」다. 미국 작품으로는 제임스 오펜하임의 「노예」, 배철 린지의 「이젓든 독수리」, 그리고 존 나이하트의 「백성들의 부르지즘」이다. 이 작품들은 조선 독자들에 처음 번역하여 소개한다는 점에서 앞에서 다룬 작품 못지않게 자못 중요하다. 다만 지면 관계로 여기서 자세한 논의를 생략할 뿐이다.

7. 김태선의 단편소설 번역

김태선은 영미 시와 함께 미국 작가 메리 윌킨스 프리먼의 단편소설 「어머니의 반역The Revolt of Mother」을 번역하여 소개하기도 한다. 뉴잉글랜드 지방의 농촌을 소재로 작품을 쓴 프리먼은 흔히 '지방색 작가'라는 꼬리표가 붙어 다닌다. 김태선도 작가를 소개하면서 "미국 문단에 있어서 이 작가 쯔리맨[프리먼]처럼 미국 농촌 생활을 묘사한 단편 작가로써는 드물 것이다"[52]라고 밝힌다. 그러면서도 그는 그녀의 업적을 좀 더 보편적인 문제를 다루는 셔우드 앤더슨보다는 조금 낮게 평가한다. 제목에서도 뚜렷이 드러나듯이 이 작품은 남성 중심의 가부장 질서에 맞서 자신의 정체성을 주장하려는 여성을 다룬다. 1890년 『하퍼스 버자』에 처음 발표한 이 작품은 미국문학사에서 페미니즘을 부르짖는 최초의 문학 작품 중 하나로 흔히 꼽힌다. 헨리크 입센의 『인형의 집』1879의 주인공 노라처럼 집

---

52 메리 윌킨스 프리먼, 김태선 역, 「어머니의 반역」, 『우라키』 7호, 153쪽.

을 박차고 나가지는 않지만 프리먼의 여주인공도 그녀 나름대로 남성중심주의에 적잖이 도전한다.

펜 집안의 가장이요 남성 주인인 아버지는 아내에게 낡은 집을 허물고 새집을 지어 주겠다는 결혼 약속을 어기고 오히려 창고와 축사를 짓는다. 아들 샘도 어머니보다는 아버지 편에 서 있다. 그러나 어머니 새러에게 집은 자못 상징적인 공간이다. 더구나 딸 내니를 시집보내야 하는 어머니로서는 번듯한 집에서 결혼식을 올리고 싶을 것이다. 남편이 창고와 헛간을 짓고 이어 소 외양간까지 크게 지으려 하자 어머니는 참다못하여 마침내 그에게 다가서 이렇게 말한다.

> 이제 말 좀 하오. 아직도 당신의 생각에 당신이 하는 일이라면 전부 잘했다고 하는지 내 좀 알기 원하오. 40년 전에 우리가 결혼할 때 당신이 나더러 말하기를 1년 안으로 새집을 짓겠다고 허락했소. (…중략…) 지나간 40년 동안 나는 할 수 있는 대로 푼푼 절약해서 당신을 도와왔소. 그러나 아직도 당신은 새집 지을 생각을 염두에도 안 두고 창고를 짓고 헛간을 짓는 등 그래도 더 부족해서 왱깐을 또 짓는다 하니 당신이 옳은 일을 하고 있는 것이라 할 수 없오. 당신의 혈육인 자식들보다 즘승들을 더 잘 견사하니 당신 하는 일이 옳다고 생각하는지 내가 알기 원하오.[53]

아내의 말에서도 알 수 있듯이 남편은 결혼할 때 아내에게 한 약속을 무려 40년이 지나도록 지키지 않고 있다. 그는 오직 가축을 늘이는 일에만

---

[53] 위의 글, 159쪽.

관심이 있을 뿐이다. 위 인용문 마지막에서 아내가 당신의 자식들보다도 가축들이 중요하냐고 따지는 것도 무리가 아니다. 아내가 남편에게 당당하게 "당신이 옳은 일을 하고 있는 것이라 할 수 없오"라고 말하는 것은 좁게는 아내가 남편에게, 더 넓게는 여성이 남성에게 던지는 일종의 독립 선언과 다름없다. 이 장면과 관련하여 이 작품의 서술 화자는 "펜 부인의 얼굴은 확확 달았다. 그는 웹스터와 같이 자기의 조그마한 사건을 주창하였다"[54]고 말한다. 여기서 화자가 미국의 정치가요 법률가를 지낸 대니얼 웹스터를 언급하는 것이 흥미롭다. 연방 하원의원, 매사추세츠주 연방 상원의원, 국무장관을 역임한 웹스터가 무척 관심을 기울인 연방 통합은 미국 국민의 정체성과 깊이 관련되어 있었다. 다시 말해서 웹스터가 신생 국가 미국의 정체성을 수립하는 데 온힘을 쏟았다면 새러 펜은 남성에 맞서 여성의 정체성을 수립하는 데 온힘을 쏟았다고 할 수 있다.

남편이 말을 사려고 며칠 집을 비운 사이 새러는 새 외양간을 주거 공간으로 꾸며 헌 집에 있던 살림살이 도구들을 새로 지은 외양간으로 옮겨놓는다. 소 네 마리가 집에 도착하자 그녀는 그동안 식구들이 살아온 헌 집에 넣도록 한다. 이러한 일은 곧바로 온 시골 마을에 퍼지고, 마을 사람들은 이 일을 두고 설왕설래한다. 새러가 미쳤다고 말하는 사람도 있고, 전통을 무시한 '무법한' 행동이라고 말하는 사람도 있다. 그러나 어떤 사람들은 새러의 행동이 '혁명적 정신'에 기반을 둔 것이라면서 그녀를 칭찬하기도 한다. 교회 목사마저 새러를 방문하여 설득하려 하지만 이렇다 할 효과를 거두지 못한다.

---

54 위의 글, 160쪽.

며칠 뒤 말 한 마리를 이끌고 집에 돌아온 남편은 아내의 행동에 적잖이 충격을 받는다. 저녁 식사를 한 뒤 그는 집 밖으로 나가 창고 앞에 홀로 앉아 눈물을 흘린다. 그러자 아내는 그에게 다가가 무릎을 꿇고 한 손으로 부드럽게 그의 어깨를 잡는다. 남편이 아내에게 새 외양간에 벽도 만들고 창문도 다는 등 아내가 원하는 대로 뭐든지 다 해 주겠다고 말하는 것을 보면, 그가 흘리는 눈물은 분노의 눈물이라기보다는 그동안 아내와 여성을 무시하고 억압한 것에 대한 회한의 눈물로 볼 수 있다.

김태선의 단편소설 번역은 시 번역처럼 그렇게 만족스럽지 않다. 예를 들어 새러가 남편에게 따지는 장면에서 "머리를 틀어 언진 법이 면류관과 흡사하였다. 거이 결심한 듯한 안해의 목소래는 점잔코 위엄성이 나타났다"[55]는 번역 문장은 원문과 적잖이 다르다. 원문에는 새러가 머리를 면류관처럼 틀어 얹은 것이 아니라 "마치 왕관을 얹은 것처럼 머리를 쳐들었다"로 되어 있다. 여기서 화자가 굳이 왕관을 언급하는 것은 남편 앞에서 새러가 여왕처럼 당당한 태도를 보여 주려고 하기 때문이다. 그다음 문장도 원문 "there was that patience which makes authority royal in her voice"를 번역한 것으로 그다지 정확하다고 볼 수 없다. "그녀의 목소리에는 그런 인내심이 깃들어 있어 권위를 기품 있게 하였다"로 옮겨야 한다. 다음 번역 문장은 원문과 비교해 보면 독자들을 더더욱 어리둥절하게 한다.

품성학品性學을 연구하는 데 그는 조각을 가저서도 상당히 해설할 수 있는 목

---

55 위의 글, 158쪽.

사이었다. 그뿐 외라 청교도나 혹은 역사적 갱신 교설에 대하여도 상당한 권위자이었다. 그러나 펜 부인은 그가 생각하는 대로 알 수가 없었다.^{5행 약56}

He could expound the intricacies of every character study in the Scriptures, he was competent to grasp the Pilgrim Fathers and all historical innovators, but Sarah Penn was beyond him. He could deal with primal cases, but parallel ones worsted him. But, after all, although it was aside from his province, he wondered more how Adoniram Penn would deal with his wife than how the Lord would. Everybody shared the wonder.

여기서 '그'란 펜 집안 식구들이 다니는 교회의 담임 목사를 말한다. 새러에 관한 소문을 전해들은 목사가 그녀를 설득하려고 찾아오는 장면이다. '품성학'은 국어사전에는 비교 행동학과 같은 의미로 풀이한다. 즉 자연환경에서 동물의 행동을 객관적으로 정밀하게 관찰하여 환경과의 관계 속에서 그 본능적 행동을 중심으로 행동의 기능, 개체 발육, 계통, 발생 따위를 연구하는 학문을 말한다. 품성학의 의미도 애매하지만 '조각을 가진다'는 말은 또 무슨 의미일까? 원문을 보면 목사는 성경에 등장하는 여러 인물의 복잡한 성격을 잘 설명할 수 있다는 뜻이다.

더구나 'Pilgrim fathers'도 단순히 '청교도'로 부르는 것보다는 좀 더 구체적으로 '필그림스 파더' 또는 한국어로 '순례자 선조'로 옮겨야 한다.

---

56 위의 글, 166쪽.

1620년 신대륙으로 건너가 플리머스에 식민지를 건설한 그들은 영국의 분리주의자들이었다. 그들은 뒤를 이어 신대륙에 도착한 청교도들과는 종교적 신념이 조금 다르다. 또한 'historical innovators'도 '갱신 교설' 보다는 원문에 좀 더 충실하게 '역사적 혁신자들'로 옮기는 것이 좋다. 영국 국교인 성공회에 맞서 청교도를 비롯한 개신교 지도자들이야말로 역사적 혁신자에 해당할 것이다. 위에 인용한 번역문 다음에는 괄호 안에 '5행 약'이라고 적어 있다. 그렇다면 도대체 왜 5행을 번역하지 않고 생략했을까? 이렇게 분명하게 밝히는 것을 보면 실수에 따른 것이 아니라 의도적으로 생략한 것임이 틀림없다. 김태선이 번역하지 않은 원문이 조선총독부의 검열에 걸릴 어떠한 정치적 의미도 담겨 있지 않아 더더욱 의아할 수밖에 없다. 이렇게 애매하기는 다음 단락도 마찬가지여서 원문과 비교해 보면 김태선의 번역에 문제가 많다는 것을 쉽게 알 수 있다.

몇 시간 안 되어 가장 줍물은 쉽게 모아놓았다. 월쭈가 아쁘라암의 최후전에 잠 못 이루고 적군을 밤에 감시하며 기진하여 사기된 군인들의 용맹을 일으켜 격려한 것이 마치 사라 펜 1개 충실한 뉴잉글랜드 여성의 성품도 이에 비하야 못지지[못지] 않을 것이다. 그는 자식들의 한 어머니로써 자기 남편이 떠나서 있지 않은 새 집안 살림을 전부 모아 새 웽깐으로 옮기였었다.[57]

During the next few hours a feat was performed by this simple, pi-
ous New England mother which was equal in its way to Wolfe's storm-

---

[57] 위의 글, 164쪽.

ing of the Heights of Abraham. It took no more genius and audacity of bravery for Wolfe to cheer his wondering soldiers up those steep pre-cipices, under the sleeping eyes of the enemy, than for Sarah Penn, at the head of her children, to move all her little household goods into the new barn while her husband was away.

원문의 첫 문장은 소박하고 경건한 뉴잉글랜드의 어머니가 몇 시간 동안에 살림 도구를 한곳에 모아놓은 일은 그 방법에서 울프의 행적에 견줄 수 있다는 뜻이다. 훌륭한 번역자라면 울프가 과연 누구인지, 그는 '에이브러햄의 언덕'과는 어떠한 관계가 있는지 인유법이나 전고법을 살려 문맥에 맞게 번역해야 한다. 울프는 1759년 캐나다의 퀘벡 요새 밖 언덕에서 프랑스군과 맞서 싸운 영국군 장군 제임스 울프를 말한다. '에이브러햄 평원 전투' 또는 '퀘벡 전투'로 일컫는 이 전투는 영국군의 승리로 끝났으며, 영국은 이 전투의 승리를 발판삼아 북미 대륙의 패권을 확립할 수 있었다. '에이브러햄 평원 전투'로 부르는 것은 원래 이 격전지가 에이브러햄 마틴이라는 농민이 땅을 소유하고 있었기 때문이다.

이러한 역사적 배경은 접어두고라도 김태선의 번역은 원문과는 적잖이 차이가 난다. 영국군이 프랑스군이 주둔하던 에이브러햄 언덕을 '습격한다'라든지, 병사들에게 용기를 불어넣어 '가파른 절벽 위로' 올라가도록 한다든지, 울프 장군이 이렇게 하기 위해서는 지휘관으로서의 타고난 능력과 용기가 필요하다는 등의 의미가 모두 빠져 있다. 또한 '잠 못 이루는' 주체도 프랑스군이지 울프 장군이 이끄는 영국군이 아니다. 그런가 하면 "사라 펜 1개 충실한 뉴잉글랜드 여성"이라는 구절도 쉽게 이해가 가지 않는다. "소박하고도 경건한 이 뉴잉글랜드의 어머니"가 좀 더 정확한 번역이다.

북미조선학생총회의 기관지『우라키』에 실린 외국문학 작품 번역은 한국 번역사에서 굵직한 획을 그었다. 일본에 유학 중인 탓에 외국문학 작품의 일본어 번역을 쉽게 접할 수 있던 재일본동경조선유학생학우회 회원들과는 달리, 미국에 유학 중인 조선 학생들은 영문학의 본거지에서 영문학을 비롯한 서구문학을 직접 접하고 호흡할 수 있었다. 그래서 일본 유학생들처럼 일본어를 매개로 하는 중역 방식을 지향하고 될수록 영어에서 직접 번역하는 직역 방식을 택하였다.

한마디로 번역의 질적인 관점에서 보면『우라키』에 실린 번역이 재일본동경조선유학생학우회의 기관지『학지광』에 실린 번역보다 여러모로 뛰어나다. 다만 후자의 잡지가 영미문학 작품뿐만 아니라 프랑스와 독일을 비롯한 유럽의 작품과 러시아 작가들의 작품을 폭넓게 번역하여 소개한 것과는 달리, 전자의 잡지는 영국문학과 미국문학 작품 번역에 치중되어 있다는 한계가 있다. 1920년대 중엽에서 1930년대 중엽에 이르는 일제강점기에 만약『우라키』가 없었더라면 식민지 조선에서 외국문학 번역은 그만큼 초라했을지도 모른다. 이 잡지가 한국 학계와 문화계에 끼친 바 자못 크지만 특히 번역 분야에 끼친 영향과 기여는 참으로 크다고 할 것이다.

참고문헌

I. 잡지 및 신문

『우라키(*The Rocky*)』

『학지광(學之光)』

『해외문학(海外文學)』

『태서문예신보(泰西文藝新報)』

『삼천리(三千里)』

『동광(東光)』

『민성(民聲)』

『조선지광(朝鮮之光)』

『조선문단(朝鮮文壇)』

『조선중앙일보(朝鮮中央日報)』

『독립신문(獨立新聞)』(중국 상하이)

『신한민보(新韓民報)』

『조선일보(朝鮮日報)』

『동아일보(東亞日報)』

The Korean Student Bulletin

Free Korea

II. 국내 논문

고정휴, 「1930년대 미주 한인사회주의 운동의 발생 배경과 초기 특징」, 『한국근대현대사연구』 54집, 2010년 가을.

박태일, 「근대 개성 지역문학의 전개 - 북한 지역문학사 연구」, 『국제언어문학』 25호, 2012.4.

안남일, 「『우라키』 수록 소설 연구」, 『한국학』, 고려대학교 한국학연구소, 29, 2008.

오천석 외, 「반도에 기다인재(幾多人材)를 내인 영·미·노·일 유학사」, 『삼천리』 5권 1호, 1933. 1.1.

_____, 「미주 유학생의 면영(面影)」, 『삼천리』 4권 3호, 1932.3.

유진오, 『구름 위의 만상』, 일조각, 1966.

이광린, 『한국 개화사 연구』 개정판, 일조각, 1999.

장규식, 「일제하 미국 유학생의 서구 근대체험과 미국문명 인식」, 『한국사연구』 133집, 2006.

장덕수, 「동경 고학의 길 - 할 수 있는가? 할 수 없는가?」, 『학생』 1권 2호, 1929.

한흑구, 「초당 강용흘의 출세 비화」, 『민성(民聲)』, 6권 1호, 1950.1.

홍선표, 「일제하 미국 유학 연구」, 『국사관논총』 제96집, 진단학회, 2001.

III. 국내 단행본 저서

구경서, 『신익희 평전』, 광주문화원, 2000.

김근수, 『한국 잡지사 연구』, 한국학연구소, 1999.

김메리, 『학교종이 땡땡땡』, 현대 미학사, 1996.

김병철, 『한국 근대 번역 문학사 연구』, 을유문화사, 1974,

_____, 『한국 근대 서양문학 이입사 연구』, 을유문화사, 1980, 1982.

김영민, 『1910년대 일본 유학생 잡지 연구』, 소명출판, 2019.

김욱동, 『강용흘-그의 삶과 문학』, 서울대 출판부, 2005.

_____, 『소설가 서재필』, 서강대 출판부, 2010.

_____, 『번역과 한국의 근대』, 소명출판, 2010.

_____, 『근대의 세 번역가-서재필, 최남선, 김억』, 소명출판, 2010.

_____, 『부조리의 포도주와 무관심의 빵』, 소명출판, 2013.

_____, 『눈솔 정인섭 평전』, 이숲, 2020.

_____, 『외국문학연구회와 『해외문학』』, 소명출판, 2020.

_____, 『세계문학이란 무엇인가』, 소명출판, 2020.

_____, 『아메리카로 떠난 조선의 지식인들』, 이숲, 2020.

_____, 『이양하-그의 삶과 문학』, 삼인, 2022.

김학동 · 김세환 공편, 『김기림 전집』 2, 심설당, 1988.

김희곤, 『임시정부 시기의 대한민국 연구』, 지식산업사, 2015.

독립운동편집위원회 편, 『독립운동사 자료집 별집 3-재일본한국인 민족운동 자료집』, 독립운동편집
위원회, 1978.

민충환 편, 『한흑구 문학선집』, 아싱 2009.

박진영, 『번역가의 탄생과 동아시아 세계문학』, 소명출판, 2019.

방선주 저작집간행위원회, 『방선주 저작집』 제1권, 선인, 2018.

4 · 15문학창작단 편, 『두만강 지구』, 평양 : 문예출판사, 1981.

신익희, 『나의 자서전』, 1953.

유길준, 『유길준 전서』 4권, 일조각, 1995.

윤치호, 『윤치호 일기 1916~1943』, 김상태 편역, 역사비평사, 2001.

이광린, 『한국 개화사 연구』 개정판, 일조각, 1999.

임화문학예술전집 편찬위원회 편, 『임화문학예술전집』 전5권, 소명출판, 2009.

정진석, 『극비, 조선 총독부의 언론 검열과 통제』, 나남, 2007.

최덕교 편, 『한국잡지 백년』 1, 현암사, 2004.

현규환, 『한국 이민사』, 삼화출판사, 1976.

IV. 외국 논문 및 단행본 저서

姜徹, 『在日朝鮮人史年表』, 東京 : 雄山閣, 1983.

福澤裕吉, 『福沢諭吉選集』, 富田正文 · 土橋俊一 編, 東京 : 岩波書店, 1980.

Charr, Easurk Emsen, *The Gold Mountain : The Autobiography of a Korean Immigrant, 1895-1965*, 2nd ed, Ed, Wayne Patterson, Urbana : University of Illinois Press, 1996.

Cox, Harvey, *Fire from Heaven : The Rise of Pentecostal Spirituality and the Reshaping of Religion in the Twenty-First Century*, Reading, MA : Addison-Wesley, 1995.

Kim, Suzy, *Everyday Life in the North Korean Revolution, 1945-1950*, Ithaca : Cornell University Press, 2013.

Kim, Wook-Dong, *Translations in Korea : Theory and Practice*, London : Palgrave Macmillan, 2019.

_____, *Global Perspectives on Korean Literature*, London : Palgrave Macmillan, 2019.

Liu, Lydia H., *Translingual Practice : Literature, National Culture, and Translated Modernity — China, 1900-1937*, Stanford : Stanford University Press, 1995.

Patterson, Wayne, *The Korean Frontier in America : Immigration to Hawaii*, 1896~1910, Honolulu : University of Hawaii Press, 1994.

_____, *The Ilse : First-Generation Korean Immigrants in Hawaii, 1903-1973*, Honolulu : University of Hawaii Press, 2000.

Robinson, Michael E, *Cultural Nationalism in Colonial Korea, 1920-1925*, Seattle : University of Washington Press, 1988.

Tocqueville, Alexis de, *Democracy in America : A New Translation*, Trans. Arthur Goldhammer, New York : Library of America, 2004.

Weber, Max, *The Protestant Ethic and the Spirit of Capitalism*, Trans. Talcott Parsons, London : Routledge, 2001.

William Safran, "Diasporas in Modern Societies : Myths of Homeland and Return", *Diaspora: A Journal of Transnational Studies* 1:1, Spring 1991.